CLOAK OF THE VAMPIRE

SAPIR A. ENGLARD

CLOAK OF THE VAMPIRE

TOME 1

Hugo Roman

Romantasy

À PROPOS DE CE LIVRE

Veuillez noter que cette œuvre de fiction contient des éléments explicites et sombres ainsi que des passages qui sont susceptibles de heurter la sensibilité d'un public non averti.

Couverture : Faceout Studio, Amanda Hudson
Illustrations de couverture : © Hakan Filiztekin, © By Shin jungeun, © anny ta, © By Dany Kurniawan / Shutterstock ; © Nenov / Getty ; © Danielle Skinner / ArcAngel

Ouvrage dirigé par Bénita Rolland
Traduit par Robyn Stella Bligh
Pour la présente édition :
© 2025, Hugo Publishing
59, quai Alphonse Le Gallo
92100 – Boulogne
www.hugopublishing.fr
ISBN : 9782755677904/001

Dépôt légal : juillet 2025
Imprimé en France par CPI Bussière (2083343)
sur papier provenant de forêts gérées de manière responsable

MIXTE
Papier | Pour une gestion forestière responsable
FSC® C108412

Pour Gil, ma rouquine

PROLOGUE

Ils se disputent. Encore.

Ça ne fait même pas deux semaines que j'ai emménagé dans ce studio délabré situé du côté pourri de la ville, et j'en sais déjà beaucoup trop au sujet des voisins que j'entends mais que je n'ai encore jamais croisés.

Par exemple, ils *adorent* baiser bruyamment. Dans cet immeuble de six étages sans ascenseur et dont les murs sont fins comme du papier, l'intimité n'existe pas. Les grognements et gémissements du couple dans l'appartement voisin du mien et le bruit de leur tête de lit frappant contre le mur décrépi m'empêchent de dormir la nuit. *Ils doivent aimer y aller fort* n'est qu'une des pensées qui me traversent l'esprit alors que je scrute le plafond. Avec eux, c'est un cycle sans fin de disputes et de réconciliations sur l'oreiller.

Je soupire et ferme le magazine que j'essayais de lire. Je me lève et fais deux pas jusqu'à la kitchenette datant des années 70. Tout l'appartement fait la taille de ma chambre d'enfant, mais je ne vais pas me plaindre. C'est mieux que d'être… *là-bas*.

Et puis, le loyer est bas, et c'est une bonne chose, car je gagne le salaire minimum.

Je regrette juste de devoir entendre tout ce qui se passe de l'autre côté des murs.

– *Espèce de garce débile*, gronde une voix d'homme. *T'as dit que c'était la dernière fois !*

– *Austin, s'il te plaît…* essaie de répondre la femme, le souffle rapide, avant qu'il lui coupe la parole.

– *Tu crois vraiment que t'excuser va suffire ?*

Les cris de l'homme sont suivis d'un fracas.

– *T'es tellement conne. Tu crois pouvoir trouver mieux que moi ? Tu crois vraiment que ce débile tient à toi ? Il veut juste te baiser, comme tous les mecs que tu laisses se frotter à toi !*

Je grimace et remplis la bouilloire avant de la poser sur la petite gazinière. Ce type est un sacré enfoiré. J'ai connu des mecs comme lui. Ils cherchent à compenser leur petite bite fripée en usant de manipulation émotionnelle sur leurs partenaires. Ils n'écoutent pas. Ils se contentent de crier, de jouer les gros durs et d'intimider les femmes jusqu'à ce qu'elles se soumettent. Ils ne réfléchissent qu'avec leurs couilles, et rien de plus. Cette femme devrait le larguer illico presto.

– *On ne faisait que parler, Austin*, sanglote la femme. *S'il te plaît… Je te promets que je n'ai rien fait… Je ne ferais pas… Je t'aime…*

Je lève les yeux au ciel et ravale la bile qui remonte dans ma gorge. Ce type n'est qu'un crétin, comment peut-elle l'aimer ?

Je pose mes mains sur la bouilloire et la sens me réchauffer alors que le mec perd patience.

– *Si tu m'aimais vraiment, tu m'aurais écouté quand je t'ai dit de plus jamais parler à un mec à moins que ce soit pour le travail. Et encore, il peut s'adresser à moi pour te réserver, si c'est ce qu'il veut vraiment. Mais non…* ricane-t-il. *Il a fallu que tu craches sur mes demandes et que tu essaies de me montrer que tu peux réfléchir par toi-même. T'es rien sans moi. Rien. Tu m'entends ? Aucun homme ne voudra de toi quand j'en aurai fini avec toi.*

Wouah. Ce type a une très haute opinion de lui-même. Après tout, regardez où on vit.

La bouilloire se réchauffe de plus en plus, comme si elle était d'accord avec moi.

– *Ça se reproduira plus, je te le promets*, supplie la femme en geignant. *Je ne lui reparlerai plus jamais. À lui ni à personne. Mais…* *ne me quitte pas…* dit-elle d'une voix éraillée. *S'il te plaît, ne me quitte pas…*

La bouilloire est trop chaude pour que je laisse mes mains dessus.

– *Arrête de geindre, espèce de garce. T'as surtout besoin d'une bonne leçon, putain*, dit l'homme.

Soudain, un bruit retentit, suivi d'un hurlement. Le mur vibre tandis qu'un gros objet… ou plutôt *quelqu'un*… le frappe.

La bouilloire siffle dans mes oreilles tandis que j'abandonne mon studio et cours chez les voisins. J'entends un autre fracas, un cri, puis un grognement presque animal qui me pousse à ouvrir la porte et à me précipiter à l'intérieur.

Je me fige en découvrant la scène. J'ai l'impression que le temps s'est figé et que je suis aspirée dans ce sous-sol sombre et froid. Je me force à ignorer les souvenirs et me concentre sur le présent, sur ce qui se passe chez mes voisins. Je n'ai pas pu les sauver, à l'époque, mais je peux sauver celle-ci.

Une femme est sur le sol crade, en position fœtale, les bras sur le visage. Du sang coule dans ses longs cheveux noirs et elle tremble en pleurant.

Mon regard se pose ensuite sur l'homme qui la surplombe. Il est grand et fin, les poings serrés et couverts de sang. Son visage est l'incarnation même de la rage tandis qu'il m'observe, comme si j'avais interrompu son spectacle.

– T'es qui, putain ? dit-il d'un ton menaçant, les poings tellement fermés que ses phalanges sont blanches.

Son regard est étrangement perturbant.

Je ne réponds pas. Je suis trop occupée à me retenir de mettre une raclée à cette brindille au visage morbide et émacié. Je ne me laisserai pas intimider. J'ai affronté des monstres pires que lui. Cet enfoiré ne va pas être épargné.

– Je t'ai demandé, gronde-t-il en se tournant vers moi, qui t'es, putain, et ce que tu fous chez moi !

Chez moi, pas chez *nous*, je remarque avant de retrouver ma voix pour répondre.

– Éloigne-toi d'elle.

J'entends ma bouilloire siffler dans le couloir, comme une alarme incendie.

Il écarquille les yeux, l'air incrédule.

– Pourquoi je ferais ça, elle est tombée et s'est fait mal.

Il s'accroupit et tend la main vers la femme, qui tressaille.

Sa réponse ne me surprend pas.

– Éloigne-toi d'elle, je répète en serrant les poings.

Je dois me contenir. Ça fait à peine quinze jours que j'ai tout laissé derrière moi pour commencer cette nouvelle vie. Je ne peux pas tout risquer à la première difficulté que je rencontre.

En même temps, je ne peux pas non plus laisser cette femme rester ici. Elle a l'air tellement petite et fragile, allongée par terre, sa peau pâle couverte de sang… Ma poitrine se serre. Même si ce type me frappe aussi, je ne peux pas la laisser là.

J'ignore le mec et m'avance jusqu'à la femme pour m'accroupir à côté d'elle.

– Eh, je murmure, tu peux te lever ?

Elle se crispe tout en baissant les bras. Elle est belle, mais sa beauté est meurtrie par une plaie affreuse sur son front qui saigne abondamment et par les bleus au-dessus de son œil et de sa joue gauches. Son nez a l'air cassé aussi.

Elle me regarde, mais elle ne semble pas me voir. Ses yeux émeraude contiennent trop d'horreur pour comprendre que je suis là pour l'aider.

– Viens, je dis en prenant délicatement son bras pour l'aider à se lever.

Elle me laisse faire et quand elle est debout, je me tourne vers l'homme qui nous regarde, clairement agacé.

– Je t'ai entendu la frapper, je déclare d'une voix grave et menaçante. J'habite à côté, tu vois. J'ai enregistré votre dispute, ce soir, et tous les bruits que j'ai entendus. Y compris cette petite conversation.

Je m'arrête pour le regarder droit dans les yeux.

– Je t'interdis de nous suivre, sinon c'est fini pour toi.

La femme appuie tout son poids sur moi, je passe un bras autour de sa taille et la porte à moitié jusqu'à la porte.

Puis la main du type atterrit sur mon bras.

– Espèce de fouineuse, gronde-t-il avant d'avancer pour empoigner la femme.

Mais je ne compte pas le laisser faire. Je fais volte-face et profite de ce qu'il a sa main sur mon bras pour saisir le sien et le tordre. Il hurle de douleur, mais je ne cède pas.

– Vaut mieux pas m'emmerder, enfoiré, ou tu regretteras le jour où t'es né, je lance en rivant mon regard dans le sien.

L'espace d'un instant, je crois voir ses yeux luire de colère, mais il retrousse sa lèvre et ses pupilles redeviennent mornes.

J'aimerais faire beaucoup plus que lui tordre le bras. J'aimerais empoigner sa gorge et écraser sa trachée – c'est un des restes de mon entraînement en arts martiaux. Je veux voir le blanc de ses yeux enfler et rougir, le voir ouvrir et refermer la bouche, essayant de faire du bruit, en vain. Je veux couper son front et lui montrer ce que sa copine a ressenti quand il lui a fait la même chose.

Une part de moi espère qu'il va me pousser dans mes retranchements et me donner une raison de lui faire tout ça. Mais il me lâche subitement, comme si mon bras était en feu, et il recule et grimace en massant son bras.

– Garce, siffle-t-il.

Je reprends le contrôle et réprime mon instinct violent. Je tourne le dos au type, prends la femme et sors de l'appartement avant de refermer la porte derrière moi.

S'il essaie de me suivre, je le lui ferai payer.

CHAPITRE 1

J'aimerais être n'importe où, un vendredi soir, plutôt qu'au *Trou.* Mais Cassidy est mon amie, la première que je me suis faite depuis que j'ai commencé ma nouvelle vie loin de ma ville natale. Le jour où je l'ai sauvée de sa relation abusive et où on est devenues amies, j'ai promis d'assister à tous ses concerts, et je suis fière d'avoir tenu cet engagement depuis trois ans. Je continuerai à le faire, même si ça m'oblige à traîner dans des bars miteux comme celui-ci.

Je ne suis pas du genre à aller en boîte de nuit, mais celles où Fourcorns a l'habitude de jouer sont moins glauques que *Le Trou*, au moins. Heureusement, je ne suis pas seule. Skye est l'autre amie que Cassidy a forcée à voir tous ses concerts.

– J'ai un nouveau correcteur anticerne, tu veux l'essayer ? demande Skye en me reluquant.

Elle est la seule personne que je connaisse à cacher une insulte sous une proposition d'aider.

Je dégaine aussitôt le sourire aussi faux qu'étincelant que j'ai appris à maîtriser à la perfection au fil des années.

– Ça va, merci. Ce n'est pas si comme j'avais quelqu'un pour qui je voulais avoir l'air reposée, je réponds, essayant en vain de plaisanter.

Elle hausse les épaules et secoue la tête comme si mon apparence était insultante à ses yeux.

– Travailler de nuit dans cette *supérette* laisse des traces, apparemment.

Je ne rate pas son ton moqueur, et normalement, il m'en faudrait plus pour m'atteindre. Mais cette journée a déjà été suffisamment merdique avec cette cliente qui s'est plainte à mon patron que j'aie refusé ses coupons de réduction périmés, et me voilà maintenant dans ce trou à rat. Or, j'ai besoin de ce boulot. En quelques mois, j'ai réussi à passer manager, et les deux dollars supplémentaires de l'heure font une vraie différence.

Skye grogne dans sa barbe et regarde son téléphone. La lumière blanche de l'écran est presque aveuglante dans la pénombre du bar.

– Il est presque vingt-deux heures. Ils commencent quand ? demande-t-elle, ne s'adressant pas vraiment à moi.

Cassidy et son groupe ne sont jamais sur scène à l'heure.

– Je n'en sais rien, je murmure avant de me tourner vers le barman pour demander un verre d'eau.

Il prend ma commande, sans quitter Skye des yeux. Il attend quelques secondes pour voir si elle le remarque, puis il soupire et se met au travail quand ce n'est pas le cas. Ce n'est pas étonnant, en fait. Elle est belle, et les mecs se battent constamment pour avoir son attention. Il fut un temps où elle aurait apprécié le regard du barman. Mais elle est avec Tyler maintenant et, contrairement aux hommes précédents avec qui elle était, Tyler sait quoi faire pour la garder.

– Cassidy vient de m'écrire, dit Skye en regardant mon verre d'un air dédaigneux. Ils jouent dans cinq minutes.

Dieu merci.

Aussi merdique que soit ce bar, il est bondé. Les concerts de Cassidy n'ont jamais un tel succès, donc je présume que la foule a été attirée par l'offre spéciale sur les boissons.

Skye se met à scroller et écrire sur son téléphone, ignorant les gens qui se bousculent autour d'elle, comme s'ils n'existaient pas. Comme d'habitude, elle m'ignore aussi, ce qui est parfait parce que je ne suis pas d'humeur à parler – surtout de maquillage. J'aimerais plutôt prendre l'air. L'atmosphère est étouffante ici et les gens sentent mauvais. Je ne dirais pas que je suis claustrophobe, mais c'est trop, même pour moi.

Je suis sur le point de dire à Skye que je sors quand un mouvement sur ma droite me pousse à me raidir. Discrètement, je bois une longue gorgée d'eau et regarde sur le côté pour voir de quoi il s'agit. Ce que je vois me fait me figer des pieds à la tête.

Un homme est là, adossé contre le bar. Il est méga canon avec des cheveux bruns qui lui arrivent aux épaules, des yeux sombres, la peau bronzée. Il a un visage à la fois sexy et dépourvu d'expression. Son long trench et ses larges épaules accentuent la taille de son corps grand et musclé. Instinctivement, je me rapproche de lui, entièrement concentrée, ignorant les poils qui se sont hérissés sur ma nuque. Une impression de danger pèse dans l'atmosphère maintenant qu'il n'est plus qu'à quelques pas de moi.

Cours, me dit mon instinct de survie. *Cours, et ne regarde pas en arrière.*

Mais je ne peux pas bouger. Mes yeux sont rivés sur lui, comme si le fait de le regarder pouvait faire taire les étranges signaux d'alarme qui retentissent dans ma tête. Pourtant, il ne me donne pas l'impression d'être pervers – j'ai rencontré mon quota de types libidineux, dans ma vie. Ce mec est autre chose, et je ne suis pas certaine de vouloir découvrir quoi. Je passe donc d'un pied sur l'autre en le surveillant, jetant des coups d'œil vers lui en espérant que personne ne le remarquera.

Il commande une bière et la sirote. C'est une attitude parfaitement normale, mais quelque chose dans sa façon de faire me donne l'impression que c'est calculé. Mon instinct me hurle désormais de m'enfuir. Cependant, je dois le dévisager trop longtemps, à tel point qu'il le sent, car son regard est soudain sur moi.

Je me maîtrise et lui offre un sourire neutre avant de tourner la tête vers Skye.

– Allons à l'avant, je lui dis alors que mon sang vrombit dans mes oreilles et m'empêche de respirer correctement. D'ici, on ne voit rien.

Heureusement, Skye est occupée à envoyer des messages et se contente d'un « d'accord » avant de me laisser l'éloigner de l'homme dont je sens le regard fixé sur mon dos pendant encore de longues minutes.

Fourcorns n'est un super groupe que pour une seule raison : Cassidy.

Mon amie a réellement la voix d'un ange. Elle peut chanter tous les genres. Elle sait même rapper, bon sang, et elle le fait bien. Elle a un talent fou – je ne comprendrai donc jamais pourquoi elle traîne avec ce groupe.

Mais je ne lui dirai jamais rien de tout ça. Elle est incapable d'apprécier les compliments de quelqu'un qu'elle ne respecte pas.

Je n'y connais rien en musique, mais je suis quand même capable d'entendre que le batteur perd le rythme pendant leur premier morceau et qu'à un moment, la guitare principale n'est pas accordée. Cassidy ne semble pas y attacher d'importance, cependant, elle est à fond dans les chansons qu'elle travaille d'arrache-pied à composer.

Grâce à sa voix irréelle et à sa présence hypnotique sur scène, le public les adore. Cela dit, le fait que Cassidy soit aussi belle que Sky, voire plus, n'est pas étranger à cette adoration. Elle porte une minuscule robe noire qui moule toutes ses courbes, et le contraste avec sa peau ivoire est encore plus fort sous les projecteurs. Ses cheveux noirs tombent en grosses boucles jusqu'à sa taille et ses yeux vert clair sont accentués par son maquillage smoky. Elle est sublime, et elle le sait.

Lorsque le dernier morceau arrive, je suis vraiment prête à ce que ce concert soit fini. J'adore voir et écouter Cassidy chanter, et je pourrais le faire non-stop pendant des jours, mais *Le Trou* m'épuise, et j'ai envie de rentrer chez moi, de me coucher et d'écouter un podcast éducatif.

– Merci au *Trou* ! Vous avez été géniaux ! lance-t-elle enfin dans son micro avant de quitter la scène.

Skye, qui a passé tout le concert sur son téléphone, le range enfin dans son sac.

– Viens, dit-elle.

On part en coulisses et on retrouve Cassidy dans le vestiaire, où Skye la prend immédiatement dans ses bras.

– T'étais incroyable ! crie-t-elle, comme si elle avait écouté le concert avec autant d'attention que moi.

Cassidy l'étreint en retour en riant.

– Merci, acquiesce-t-elle, alors qu'elle sait déjà ce qu'on pense d'elle.

Je la serre moins longtemps contre moi.

– Je pourrais t'écouter chanter toute la journée.

– Bien sûr ! ricane-t-elle. Je suis géniale.

Et modeste, en plus.

– Où sont les mecs ? demande Skye en regardant autour d'elle, tout excitée.

Elle a beau être obsédée par son petit ami, elle ne se prive pas de se rincer l'œil dès qu'elle le peut.

– Ils sont allés acheter à boire, soupire Cassidy. Mais je n'ai pas envie de boire. Je suis fatiguée. Je veux rentrer chez moi.

– Tu ne vas pas rentrer sans fêter un autre concert réussi, Cass ! s'exclame Skye en rejetant ses cheveux blonds en arrière.

– Allez, Skye, je ne suis pas d'humeur, répond Cassidy, et son sourire disparaît.

– Qu'est-ce qui ne va pas ? je demande en fronçant les sourcils.

Il y a quelques secondes, tout allait bien. Elle avait l'air heureuse, même.

Cassidy soupire à nouveau.

– Allons-y, on se casse.

Skye essaie de s'y opposer, mais Cassidy semble avoir pris sa décision. On sort du bar, et quand on est enfin dans la rue et que l'air frais remplit mes poumons, je me sens infiniment mieux.

– Je crois que Shawn a le béguin pour moi, dit Cassidy quand on attend que le taxi de Skye arrive.

Cassidy pense que tous les membres de son groupe ont le béguin pour elle. Maintenant, c'est Shawn, le guitariste et sans doute le second membre le plus talentueux de Fourcorns.

La dernière fois, c'était Emery, le batteur qui, j'en suis certaine, n'est pas du tout intéressé par les femmes.

– Fonce, dit Skye. Ça fait un moment que tu n'as pas baisé.

– Mais je sors avec Ollie, répond Cassidy. Et Bryan. Sortir avec les deux en même temps est déjà suffisamment fatigant. Je n'ai pas besoin d'un troisième.

– Mais c'est marrant ! répond Skye en souriant. Si Tyler n'était pas aussi parfait, j'aurais fait pareil. Je l'ai déjà fait, d'ailleurs.

Cassidy s'appuie au lampadaire et sort une cigarette. Je n'ai jamais compris les chanteurs qui fument – et je comprends encore moins Cassidy parce qu'elle veut réellement faire carrière dans la chanson. Et que fumer ne l'aidera pas à y arriver.

– Je suis juste fatiguée, dit-elle en tirant sur sa cigarette. Je sais que je suis canon et je sais que j'ai du talent, mais *bon sang*. Qu'ils arrêtent de craquer pour moi.

– Il te faut un Tyler, déclare Skye d'un ton sage. Ça résoudra tous tes problèmes.

– Non, pas du tout, s'agace Cassidy avant de se tourner vers moi. Et toi, Aileen ? Tu as quelqu'un, pour changer ?

Elle connaît déjà la réponse, mais elle me pose la question chaque fois qu'on se voit. C'est presque devenu une habitude. Et comme chaque fois qu'elle me le demande, je fais comme si c'était la première fois et je me force à rougir et à murmurer « non » en secouant la tête.

Elle lève les yeux au ciel en expirant un nuage de fumée dans la nuit.

– Quand est-ce que tu vas commencer à voir des mecs ? Et à baiser ? Tu ne peux pas rester vierge pour toujours.

Si elle savait…

– Je… je ne… je bégaie en cherchant une réponse évasive.

– Laisse-la tranquille, Cass, ricane Skye. Certaines personnes sont faites pour être seules. Et ce n'est pas comme si elle n'avait pas l'occasion de rencontrer des mecs. Chaque fois qu'on sort, elle sort avec nous. Mais elle dégage quelque chose qui la rend inabordable, explique-t-elle, comme si je n'étais pas plantée à côté.

– Ouais, je suppose, s'esclaffe Cassidy avant de me reluquer de la tête aux pieds. Mais sans rire. Tu pourrais être canon si tu faisais un effort, Aileen. Tu es jolie, à ta façon. Ça ne te ferait pas de mal de montrer un peu de peau, de te maquiller et de te coiffer. Tu pourrais te faire faire des mèches, ou un truc comme ça. Et tes vêtements trop grands sont pas fous.

Ce qu'elle désigne comme « trop grands » sont un legging, un tee-shirt manches longues avec un col en V et un pull. Mais ce n'est pas assez révélateur pour elle. Cela dit, ses insultes ne me font rien. Il en faut plus que ça pour m'atteindre.

Heureusement, je n'ai pas besoin de trouver une réponse, car le taxi arrive. Skye nous prend dans ses bras, nous dit qu'elle nous aime (mais bien sûr) et s'en va.

Cassidy et moi vivons dans la partie défavorisée de la ville. Même si ça a beaucoup changé. Avant, on pouvait louer un T1 au sixième étage sans ascenseur pour six cents dollars par mois. Puis les promoteurs ont débarqué et, maintenant, on ne peut pas trouver un studio pour moins de neuf cents dollars.

C'est pour ça que j'ai été choquée quand Cassidy a voulu déménager de l'appartement qu'on partageait, il y a six mois, alors que vivre seul est presque impossible.

On s'est rencontrées quand je venais d'aménager à côté de l'appartement où elle vivait avec Austin, son petit ami violent de l'époque. On est devenues colocataires quand elle l'a quitté, et je pensais que tout allait bien. Puis, par un jour d'avril, sans prévenir, Cassidy a déménagé à deux rues de chez moi. J'ai l'impression qu'elle me cache quelque chose. Ou quelqu'un. Ou peut-être qu'elle n'en pouvait plus de vivre avec moi, tout simplement.

On traverse le quartier côte à côte. Comme d'habitude, je raccompagne Cassidy chez elle avant de rentrer chez moi. J'ai adopté un côté protecteur vis-à-vis d'elle, même si elle déteste être traitée comme une victime. Elle ne l'admettra jamais, mais je sais qu'elle aime que je veille sur elle.

Notre relation est différente quand Skye n'est pas là.

– Je crois vraiment que tu devrais commencer à prendre plus soin de toi, dit Cassidy.

Je ne lui réponds pas que coucher à droite et à gauche n'est pas l'idée que je me fais de prendre soin de soi.

– Merci de t'inquiéter, mais c'est inutile, tu sais. J'aime bien ma vie, je réponds plutôt.

Elle ricane.

– Comment tu peux être heureuse à constamment travailler dans cette supérette, sans autre vie sociale que les moments où tu es avec Skye et moi ?

– C'est une vie calme et modeste, je rétorque en me sentant plus sur la défensive que d'habitude. Ça me plaît.

Et pour les gens comme moi, c'est la meilleure et la seule solution.

– Et la peinture ? demande-t-elle soudain. Tu adorais les cours de peinture que tu prenais il y a deux ans.

Adorer est un bien grand mot.

– Je continue de peindre de temps en temps, je marmonne. Mais ces cours coûtaient cher…

Elle lève brusquement les mains et les laisse retomber.

– J'abandonne, s'agace-t-elle. Fais ce que tu veux. Fais des boulots de merde et emmerde-toi pour le reste de ta vie, je m'en fous. Je ne sais pas pourquoi je perds mon temps alors que tu as l'air de te contenter de ne pas avoir de vie du tout !

Cassidy a du mal à comprendre que tout le monde ne réfléchit pas comme elle. Elle ne prend jamais la peine de voir les nuances et les expériences qui changent le point de vue des gens. Elle n'arrive pas à comprendre que mener cette vie m'apporte un sentiment de liberté dont je n'aurais pas osé rêver par le passé.

Je ne me fatigue donc pas à m'expliquer.

Elle soupire quand je ne réponds rien.

– Je n'en reviens pas que tu aimes être comme ça, aussi… aussi…

Pour une fois, elle ne trouve pas les mots pour me décrire.

– Je suis heureuse, je lui dis en me forçant à sourire.

Elle n'a pas tort. Ma vie est loin d'être géniale. Mon boulot est pourri et paye mal. Mes seules amies sont Cassidy et Skye. Je n'ai pas acheté de nouvelles fringues depuis des années et, sans Cassidy, je n'irais jamais ailleurs qu'au travail ou chez moi.

Il n'empêche que c'est *ma* vie, et que je suis heureuse – en tout cas, je suis plus heureuse que je ne l'ai jamais été. Rien que de pouvoir rentrer du travail et insérer ma clé dans la serrure d'un appartement qui est à moi a une importance énorme.

Cassidy se pince les lèvres et ne dit plus rien jusqu'à ce qu'on atteigne son immeuble.

– Je te vois demain, dit-elle en me passant devant pour ouvrir la porte.

– À plus, je chuchote.

Je suis sur le point de partir quand Cassidy m'interpelle.

– Je peux te poser une question ?

– Bien sûr, je réponds en lui faisant face, les sourcils froncés.

Je n'arrive pas à déchiffrer son expression ni son regard.

– Si tu ne me revoyais plus jamais, je te manquerais ?

Je me tiens plus droite en la dévisageant, mais elle tourne la tête et triture le bas de sa robe, comme si elle était gênée de poser cette question. Ce qui est sans doute le cas, Cassidy n'a jamais douté de mon amitié. Au contraire, elle a plutôt tendance à me prendre pour acquise.

J'ai fait énormément d'efforts pour montrer à Cassidy mon soutien et ma loyauté. J'ai fait tout ce que j'ai pu pour lui donner l'impression qu'elle occupe une place immense et essentielle de ma vie. Mais apparemment, j'ai eu tort. Peut-être suis-je tellement abîmée que mes tentatives me font apparaître nonchalante, ou stoïque, même.

Mais je tiens à elle. Je tiens énormément à elle. Et je suis blessée que Cassidy ignore mes sentiments.

Quoi qu'elle pense, ça n'a pas d'importance, car je choisis de lui répondre sincèrement.

– Tu es mon amie, Cassidy, je déclare puisque c'est la vérité, malgré tout. Bien évidemment que tu me manquerais.

Notre amitié a beau être complexe, Cassidy fait partie de ma vie. À ce stade, elle est comme une sœur pour moi. Si elle partait et ne revenait jamais, il y aurait un vide dans ma vie.

Elle ne semble cependant pas convaincue – du moins, à en croire son expression. Elle me tourne le dos et met sa clé dans la serrure.

– Merci, chuchote-t-elle avant d'ouvrir la porte et de la refermer derrière elle.

Je regarde droit devant moi, confuse. La plupart du temps, j'arrive à comprendre Cassidy. Mais pas cette fois.

Je secoue la tête et m'apprête à rentrer chez moi en décidant de penser à autre chose. Cassidy a tendance à broyer du noir. Et dans ces moments, la seule chose que je peux pour elle, c'est d'être là.

Elle ne ferait jamais la même chose pour toi, chuchote une petite voix dans ma tête, mais je l'ignore. Peu importe ce que Cassidy ferait ou non pour moi. Après tout, elle n'a pas la moindre idée de qui je suis réellement, et de ce que je traverse.

Et je ne veux pas que ça change.

CHAPITRE 2

Nous sommes début octobre, et il fait déjà horriblement froid, comme souvent en automne en Nouvelle-Angleterre.

Emmitouflée dans mon sweat à capuche, je me rends dans l'un des bars à quelques rues de chez moi. Cassidy doit déjà y faire les balances même si son groupe ne joue que dans quelques heures. Je me demande si elle va mettre une tenue aussi aguicheuse que d'habitude, étant donné que le *Banner Bar* n'est pas réputé pour son chauffage efficace. Cela dit, c'est Cassidy. Elle mettrait un maillot de bain en plein mois de janvier si ça permettait de rameuter plus de monde à ses concerts.

Skye n'est pas encore arrivée, donc je choisis une table près de la scène et m'installe avec un jus d'orange pour regarder le match de foot diffusé sur la télé, de l'autre côté de la salle. Moi qui me suis dépêchée de me doucher en pensant que j'allais être en retard…

N'ayant rien à faire, j'observe la salle quand je vois un homme entrer. Il est grand et musclé avec de larges épaules, il est vêtu d'un jean délavé, de rangers et d'un trench noir dont la capuche est relevée, cachant son visage. Il s'assoit au bar et dit quelque chose au barman. Il n'enlève pas son manteau, ce qui est dommage parce que d'après ce que je vois, son physique a l'air délicieux.

Je le reluque toujours quand Skye arrive et pose son sac à main sur la table avant de s'asseoir sur la chaise face à la mienne.

– Tyler a failli ne pas me laisser traîner avec vous, ce soir, déclare-t-elle au lieu de dire bonjour. Quel imbécile ! Il voulait qu'on regarde un film. *Encore*. Comme si je n'avais pas mieux à faire.

Tu adores qu'il te fasse ce genre de scandale, je pense, mais bien sûr, ce n'est pas ce que je dis.

– Il t'aime vraiment.

Elle sourit d'un air rêveur, comme si elle ne venait pas de le traiter d'imbécile.

– Ouais, c'est vrai, hein ?

Cassidy m'évite de répondre en nous rejoignant. Comme je m'y attendais, elle porte un short en jean qui ne couvre que la moitié supérieure de ses fesses, un crop-top noir et des cuissardes noires à talons aiguilles très hauts. Je suis impressionnée qu'elle réussisse à marcher aussi facilement que si elle portait des claquettes.

– Hey, dit-elle, la mine étonnamment sombre.

En général, avant un concert, Cassidy pétille de stress et d'excitation – ça ne lui ressemble pas.

Skye ne semble pas le remarquer.

– Mon Dieu ! s'exclame-t-elle en l'étudiant des pieds à la tête. T'es canon, Cass.

– Ah bon ? répond-elle d'un ton étrangement agressif.

D'ailleurs, elle semble s'en rendre compte et elle affiche aussitôt un sourire forcé.

– Merci, Skye, dit-elle.

Skye ne remarque rien et lui sourit en retour.

– C'est quand, vos balances ?

Je regarde Cassidy, qui est concentrée sur son téléphone et fronce les sourcils.

– Dans trente minutes, marmonne-t-elle d'une voix absente tout en rédigeant un message.

Elle se mord ensuite la lèvre, comme si elle attendait une réponse.

– Assieds-toi avec nous, alors, insiste Skye, et Cassidy accepte, clairement à contrecœur.

C'est alors que ma joue s'enflamme, et je comprends que quelqu'un nous observe. Ou plutôt, *me* regarde.

Je sirote mon jus d'orange et balaie la salle des yeux jusqu'à trouver l'homme de tout à l'heure. Son visage est encore caché sous sa capuche, mais il semble regarder dans la direction de Cassidy. D'ailleurs, il est tellement insistant que je marque un temps d'arrêt. Il ne bouge pas. Pourtant, je n'ai pas l'impression qu'il la mate ou ce genre de chose. Il a l'air… d'attendre.

Je détourne mon regard avant qu'il me voie l'observer, mais j'ai de nouveau la sensation d'être étudiée, moi. J'ai beau chercher, personne ne semble regarder dans ma direction. En même temps, pourquoi m'observerait-on quand je suis avec Cassidy et Skye ? Personne ne me mate jamais, et si je suis honnête, ça me convient très bien.

– … donc je lui ai dit « Ty, tu *sais* que Finn déteste que tu lui casses les couilles en public »… continue Skye au sujet de son petit ami possessif. Et tu sais ce qu'il m'a répondu ? « Personne ne traite ma meuf de pouffiasse sans répercussions », dit-elle en soupirant d'un air admiratif. J'ai trouvé ça méga sexy, donc bien sûr, je l'ai traîné dans la pièce la plus proche et…

– Tu l'as baisé, interrompt Cassidy d'un ton sec et blasé.

Skye la regarde en fronçant les sourcils.

– T'as l'air déçue, déclare-t-elle froidement.

Cassidy lève les yeux de son téléphone et tourne la tête vers elle.

– Je sais de quoi Tyler est capable, répond-elle avec un regard provocateur. Tu oublies que j'ai été à ta place et que je n'ai pas voulu y rester.

Un silence s'abat sur notre table et je regarde Cassidy, bouche bée. C'est le seul sujet qu'on n'aborde jamais, comme une règle tacite. Personne n'en parle jamais depuis que Skye a commencé à sortir avec Tyler. Après tout, c'est pour le bien de leur amitié.

Cassidy est d'une humeur tellement étrange qu'elle a l'air de faire une croix sur cette règle.

– C'est quoi ton problème ? lance Skye en croisant les bras.

Cassidy se lève d'un bond, comme si elle attendait ce moment.

– Tu me demandes quel est mon problème ? répond-elle d'un ton furieux et incrédule. Qu'est-ce qui te fait penser que j'ai envie de savoir ce que toi et Tyler-petite-bite faites à chaque instant de la journée ?

Mon pouls accélère. Ce n'est jamais arrivé. Depuis trois ans que je connais Cassidy et Skye, elles ne se sont jamais disputées, pas une seule fois. Que Cassidy confronte Skye à propos de quoi que ce soit, et qui plus est à propos de Tyler, le sujet le plus sensible pour toutes les deux, n'est pas juste inhabituel. C'est carrément bizarre.

Inquiète, je les regarde tour à tour.

– Cassidy… je chuchote alors que Skye se lève, le visage déformé par la colère. Skye… Toutes les deux, rasseyez-vous…

– Oh, ne commence pas, Aileen ! aboie Cassidy. Tu sais que j'ai raison ! Tu en as autant marre que moi de constamment entendre parler de Tyler et de leurs parties de jambes en l'air ! s'exclame-t-elle avant de lancer un regard assassin à Skye. D'ailleurs, tu sais pourquoi il est avec toi, non ?

Skye retient son souffle, clairement blessée, et mon cœur bat la chamade.

– Cassidy, ne…

Elle ne me laisse pas le temps de finir. Elle s'approche de Skye, le regard brillant d'émotions que je n'arrive pas à déchiffrer, et siffle d'un ton amer :

– Tout le monde sait que quand il couche avec toi, il regrette que ce ne soit pas moi.

Elle a été trop loin.

– Comment oses-tu ? crache Skye, les yeux remplis de larmes. Espèce de pouffiasse !

Je me lève et regarde autour de nous. On attire trop l'attention à mon goût. Il y a déjà ce type qui ne quitte pas Cassidy des yeux, on n'a pas besoin de se donner encore plus en spectacle.

– Calmez-vous, toutes les deux, je gronde. On va se rasseoir et en discuter tranquillement.

Cassidy jette son téléphone sur la table.

– Comme si j'allais rester pour en « discuter tranquillement » ! répète-t-elle d'un ton moqueur. Je vais prendre l'air. Et ne vous avisez pas de me suivre !

– Cassidy, attends… je dis en saisissant son poignet.

Mais elle dégage sa main et sort du bar.

– Quelle pétasse ! siffle Skye en prenant son sac à main et en se tournant vers moi. Tu vas sérieusement rester voir le concert après ce qu'elle vient de me dire.

– Skye, reste, j'insiste aussi calmement que possible. Tu sais que Cassidy ne pensait pas ce qu'elle a dit. C'est juste le stress.

Cependant, je n'en suis pas si sûre. Je n'ai jamais vu Cassidy craquer comme ça. Pas depuis sa rupture avec Austin.

– Comme tu voudras, répond-elle en me fusillant du regard. Continue d'être son gentil petit toutou, je m'en fous. Je me tire.

Elle se précipite hors du bar, si rapidement que ses boucles blondes rebondissent dans son dos.

Je m'affale sur ma chaise en me demandant comment la situation a pu dégénérer aussi vite.

Je décide d'attendre Cassidy et je vais au bar pour demander un verre d'eau. Je le bois en pianotant nerveusement sur le comptoir et plus les minutes passent, plus j'angoisse.

Pourquoi elle met autant de temps ?

Le groupe est déjà en train de s'installer sur scène, mais Cassidy n'est nulle part en vue. Être en retard ne lui ressemble pas, surtout quand il est question de son concert. Mais en fait, rien de ce qui s'est passé ne lui ressemble, aujourd'hui.

Je finis mon verre d'eau et tourne instinctivement la tête vers l'homme qui regardait Cassidy.

Il est parti.

Mon cœur s'emballe. *Ne panique pas*, je me dis. *Ce n'est peut-être qu'une coïncidence. Peut-être que Cassidy est juste aux toilettes et que je m'inquiète pour rien.*

Je sors d'abord du bar, mais la rue est déserte. Je retourne à l'intérieur et me dirige vers les toilettes, mais elle n'y est pas non plus, et la peur s'empare de moi.

Une brise froide effleure ma nuque, agitant légèrement ma queue-de-cheval. Je tourne la tête vers la fenêtre et vois qu'elle est ouverte… et qu'elle est assez grande pour que quelqu'un y passe.

Sans réfléchir, je me hisse sur le rebord en prenant appui sur le lavabo et regarde par la fenêtre. Elle donne sur une ruelle déserte et j'hésite à sortir. Si Cassidy est déjà en coulisses et que je l'ai ratée, tout simplement ? Si mon instinct se trompe ?

Le problème, c'est que j'ai déjà ignoré mon instinct par le passé et que ça a eu des conséquences mortelles qui me hantent encore la nuit. J'essaie donc d'apprendre des erreurs de mon passé afin qu'une nouvelle personne innocente n'en souffre pas.

Surtout Cassidy.

Je me décide et saute par la fenêtre, atterrissant lourdement sur le bitume. Mes genoux sont secoués par l'impact, qui se répercute dans tout mon corps, mais j'ignore tout ça en observant la ruelle. Il y a des poubelles à ma gauche, et la route principale à ma droite. *Je vais où ?*

Un bruit attire mon attention sur la gauche, suivi par un juron sifflé par une voix masculine. Je m'accroupis derrière les poubelles et penche la tête, essayant d'écouter malgré les pulsations assourdissantes de mon cœur.

L'homme du bar a plaqué Cassidy contre le mur. Il la domine, sa bouche pressée contre la sienne.

L'action logique aurait été d'appeler la police, si ce n'est quand je n'ai pas trouvé Cassidy à l'intérieur, mais au moins maintenant. Mais je ne peux pas être mêlée à quoi que ce soit avec la police. Mon nom ne peut pas être associé à une enquête des forces de l'ordre, et même si je pourrais faire un signalement anonyme, Cassidy manque de temps.

Si tu ne me revoyais plus jamais, je te manquerais ? m'a-t-elle demandé il y a deux jours à peine.

Mon cœur martèle contre mes tympans. Je dois faire quelque chose.

Quand Cassidy devient molle entre les bras de l'homme, je ne peux retenir un petit cri. Je serre mon téléphone dans ma main, mais je suis figée sur place en regardant l'horrible scène se dérouler sous mes yeux.

Le temps semble ralentir. L'homme me dévisage de ses étranges yeux bleu fluo, comme s'il décidait de son prochain geste. Il respire fort en se rapprochant de moi, le regard luisant en m'étudiant de la tête aux pieds. Ses bottes noires frappent le sol, si fort que j'en ressens les vibrations dans tout le corps.

Je suis figée, immobile comme un lapin pris dans les phares d'une voiture, tiraillée par un mélange d'horreur et de fascination face à l'immense et bel homme qui vient vers moi.

Je crie quand son visage est soudain à quelques centimètres du mien, comme s'il s'était téléporté jusqu'à moi. Or je ne peux que l'observer avec de grands yeux quand il m'arrache le téléphone des mains et le serre si fort qu'il se brise et tombe au sol dans un amas de pièces électroniques.

Maintenant qu'il est aussi près, il me paraît vaguement familier. C'est seulement quand mon instinct me hurle de *COURIR* que je réalise où je l'ai vu : il y a deux jours, au *Trou*. Mais, je ne peux pas courir. Mon corps est immobile, incapable de bouger, comme retenu par la volonté de cet homme, par une force invisible qui me semble toutefois bien réelle et contre laquelle je lutte désespérément dans ma tête.

Il ne dit pas un mot tandis qu'il me plaque au sol, sur le dos. Il s'abaisse et saisit mon menton avec une poigne contre laquelle je ne peux pas résister. Il me survole et les pans de son trench s'ouvrent sur nous, projetant une ombre étrange.

Quand j'essaie de bouger, je n'y arrive pas. Je ne peux bouger que les yeux, et encore, je ne peux pas cligner.

La panique se répand dans mes veines et fait tant de ravages que toutes sortes de souvenirs atroces jaillissent dans mon esprit. C'est comme si les cauchemars ne cessaient de se répéter.

Je n'ai pas pu sauver Cassidy.

Je ne peux pas me sauver moi-même.

Je suis impuissante.

Complètement sans défense.

Je revois le sous-sol. Le sang. Les cendres. La ceinture dans ma main. Les yeux noisette de mon père, si semblables aux miens et en même temps si étrangers, luisant d'une ferveur perverse alors qu'il se réjouissait de m'obliger à participer à ses activités horribles.

Et me revoilà. Incapable de bouger. D'aider mon amie ou moi-même. Mais ce n'est pas la peur qui me retient. C'est… *lui*.

C'est alors qu'une chose étonnante se produit.

Sa bouche s'empare de la mienne.

Tout en moi veut se débattre contre lui. Mais au lieu d'agir, je me sens rapidement vaseuse, comme s'il me droguait avec ses lèvres. Mes paupières deviennent lourdes et se referment, rompant le contact avec ses yeux étrangement luisants. Bientôt, tout mon corps est comme ankylosé, épuisé, comme si je venais de terminer un marathon.

Puis ma capacité à réfléchir, à formuler la moindre pensée, disparaît en même temps que la réalité.

J'ai mal, mais ce n'est pas affreux. C'est plutôt comme si j'avais pris des antidouleurs et que la douleur était devenue latente.

Je suis allongée sur un lit d'hôpital, mais je ne suis pas entourée de quatre murs blancs. Je suis au milieu d'un champ immense de fleurs rouges et d'une herbe grasse et verdoyante, sous un ciel pourpre parsemé de minuscules étoiles.

Les couleurs sont vives et les fleurs sont comme de petites gouttes de sang dans la plaine. J'ai envie de me lever pour admirer la vue, mais quand j'essaie, je découvre que je n'y arrive pas. Je suis attachée aux barrières du lit par des sangles en cuir dont les boucles dorées s'enfoncent dans mes poignets. Je ne peux aller nulle part. J'essaie de bouger les mains et réalise qu'autre chose est fixé à mon poignet gauche. On dirait une vieille montre usée. Mon cœur bat lourdement dans mes oreilles, comme si je reconnaissais la montre, mais mon cerveau est trop ensommeillé pour comprendre pourquoi cette montre me dérange.

Soudain, une tête décapitée atterrit sur le matelas, devant moi. Même dans mon état délirant, je sais à qui elle appartient. Ça ne me perturbe pas. Je savais que le jour viendrait où je devrais revoir ce visage.

Une voix résonne fortement dans ma tête.

Bois-le.

Je fronce les sourcils.

Que je boive quoi ?

Une coupure apparaît sur la joue de la tête et un sang cramoisi en jaillit pour imbiber les draps blancs.

Le sang, insiste la voix. *Bois le sang.*

C'est drôle, mais le fait qu'une tête décapitée me tombe dessus ne me dérange pas autant que l'idée de boire le sang de quelqu'un. Je dévisage la tête quelques secondes, sans bouger, saisie par un lointain sentiment de tristesse. Je n'ai pas envie de boire le sang, mais je ne sais comment, je sais que je n'ai pas le choix. Je sais que la chose ou la personne qui m'a amenée ici n'acceptera pas que je refuse.

Bois-le, répète la voix, plus fort et avec plus d'insistance qu'avant.

Je regarde autour de moi et vois que les sangles se sont évaporées et que mes mains sont libres – mais la montre est toujours là. Mon corps décide de bouger avant que mon esprit se soit décidé. Mon torse se penche en avant et mes lèvres effleurent la plaie, puis ma langue sort pour lécher le sang. *Ça n'a pas le goût métallique habituel du sang*, je me dis, de plus en plus étonnée. C'est comme de l'eau : sans goût, mais vital. Soudain, je suis désespérée de le boire, comme si j'avais arpenté un désert sans fin et que je venais de trouver une oasis.

Je plaque ma bouche à la coupure et aspire.

Une sensation de paralysie s'empare de moi, figeant mon cœur, glaçant mes veines. Plus j'aspire, plus j'ai froid, et si c'est déconcertant, je me sens aussi étrangement attirée et envoûtée, et je suis tentée de sentir… *plus*.

Je saisis les cheveux et attire la tête contre moi pour rapprocher encore sa peau tandis que je lèche et dévore toutes les gouttes de sang que je trouve. D'une façon ironique, une chaleur glaçante enfle en moi et me donne l'impression que mon sang s'embrase, que des flammes se répandent dans tout mon corps, si fortes que je frissonne des pieds à la tête.

Une bataille de chaleur et de froid fait rage en moi, de feu et de glace, et je me sens plus vivante que jamais. Je me sens légère, comme si tout ce qui me dérangeait, tous mes problèmes et mes remords m'avaient été enlevés et avaient été jetés, ne laissant derrière eux que la sensation méchante et impressionnante d'être invincible.

Je ne sais pas combien de temps s'écoule avant qu'il n'y ait plus de sang à sucer. Je repousse la tête décapitée, attristée par la perte de ces sensations, et elle disparaît.

Je sors enfin du lit, mais mes pieds ne rencontrent pas les fleurs ou l'herbe. Au lieu de ça, ils transpercent le sol.

Et je chute dans un vide noir et sans air, sombrant à nouveau dans l'inconscient.

CHAPITRE 3

Un silence de mort règne quand je me réveille. J'essaie d'ouvrir les yeux, mais mes paupières pèsent une tonne. Ça fait longtemps que je ne me suis pas sentie aussi fatiguée. Quelque chose ne va pas.

Mais soudain, les souvenirs surgissent, si vite et avec tant de force qu'en un instant je suis parfaitement réveillée. J'ignore la torpeur qui m'anime et ouvre grand les yeux pour regarder autour de moi.

Un homme qui tient Cassidy, l'embrasse, l'homme devant moi, pressant sa bouche contre la mienne, puis rien.

Je me trouve dans une petite pièce inconnue, meublée du lit simple dans lequel je suis allongée. Le sol, les murs et le plafond sont recouverts de bois. Il n'y a qu'une petite fenêtre par laquelle je vois la nuit. J'enlève la couette et dois faire un effort pour m'asseoir. Je défais ma queue-de-cheval et coiffe mes cheveux avec mes doigts avant de les rattacher.

Mon corps me supplie de me rallonger et de me rendormir, mais je refuse de céder à ses caprices et me force à me lever. Quand mes genoux ont arrêté de trembler, je me dirige d'un pas chancelant jusqu'à la porte située de l'autre côté de la pièce. Je tourne la poignée et découvre sans surprise qu'elle est fermée à clé.

Je soupire, lâche la poignée et suis en train d'effectuer le long trajet jusqu'à la fenêtre quand la porte s'ouvre sur l'homme immense qui a nous a agressées, Cassidy et moi. Je le vois bien, maintenant, grâce à la lumière du plafonnier.

Il porte le même trench qu'au *Trou*, où je l'ai vu pour la première fois, et ses yeux sont bleu foncé. C'est *lui*, l'homme à la présence terrifiante qui réveille mon instinct de survie et me met sur mes gardes tout en m'hypnotisant dès qu'il bouge comme un prédateur traquant sa proie, lentement, silencieusement et précautionneusement.

Il ferme la porte derrière lui et se tourne vers moi.

– Prénom, dit-il d'une voix grave, rauque et autoritaire.

Je suis peut-être étrangement fatiguée, mais mon cerveau est en alerte.

– J'aimerais savoir ce qui se passe, je dis d'une voix polie, ignorant son ordre.

Mon cœur bat la chamade et tout me crie de m'enfuir et de courir loin de cet homme dangereux.

Mais je dois ignorer la voix de la raison, car je ne peux aller nulle part, de toute façon. Pas quand ce corps musclé et imposant bloque la sortie. Et puis, je n'ai pas la moindre idée d'où je suis, donc m'enfuir serait stupide. En tout cas, pas tant que je n'aurai pas trouvé Cassidy et qu'on ne pourra pas partir toutes les deux.

L'homme me dévisage longuement. Puis tout devient flou tandis qu'il se déplace rapidement et me plaque contre la porte fermée, ses doigts plantés dans mes épaules. Je pousse un cri et grimace sous sa poigne douloureuse, mais je ne dis rien.

– Prénom, répète-t-il dans un grognement.

– Aileen, je crache, essoufflée.

Ma peau se couvre de chair de poule, je suis rongée par le stress et une *horrible* excitation.

Il ne te frappe pas, il ne te frappe pas, il ne te frappe pas...

– Nom complet, dit-il.

– Aileen... Henderson, je réponds d'une voix tremblante alors que mon pouls semble ralentir.

Je force mes muscles à se détendre un par un et ralentis ma respiration. *Calme-toi, Aileen, tu dois te calmer...*

– Âge, aboie-t-il.

– Vingt et un.

– Pays de naissance.

– États-Unis.

– État de naissance ?

– Dans le Maine.

– Ethnicité.

C'est une question étrange, je réponds néanmoins, même si tout me pousse à me taire.

– Écossaise, égyptienne, ukrainienne.

– Niveau d'études.

– Lycée, si on veut.

Il marque un temps d'arrêt. Son visage, qui était jusqu'ici brutalement dépourvu d'expression, se déforme un instant sous une colère apparente avant de redevenir neutre.

– Quand as-tu arrêté le lycée ?

À sa façon de poser la question au lieu d'aboyer des ordres, j'ai l'impression qu'il ne s'attendait pas à se retrouver avec sur les bras une femme dépourvue de diplômes.

– En première.

Il passe à la suite et reprend ses ordres.

– Talents.

– Aucun.

Il marque une nouvelle pause.

– Hobbies, dit-il ensuite.

Il ne m'est pas facile de répondre. J'aime la peinture, mais je ne dirais pas que c'est un hobby. Ma passion pour cette activité est… compliquée.

– Aucun, je dis, n'ayant pas de talent ou d'intérêt notable.

Il me lâche et fait un pas en arrière.

– Je m'appelle Ragnor, mais tu m'appelleras *Milord*, dit-il sèchement. Assieds-toi. Il faut qu'on parle.

Je suis à deux doigts d'éclater de rire. Je suis censée l'appeler *Milord* ? Il se prend pour qui, bon sang ?

Pourtant il me suffit de voir son visage sévère et inflexible pour que toute trace d'humour disparaisse.

Même si la dernière chose dont j'ai envie est de lui obéir, je traverse la pièce, tout ensuquée, et m'assois sagement sur le lit. Il s'accroupit devant moi de sorte à me regarder dans les yeux.

– Je suis un vampire, dit-il d'une voix neutre. Je t'ai donné l'Empreinte, ce qui veut dire que tu es désormais vampire aussi. Tu me suis, jusque-là ?

Aussitôt, ma gorge s'assèche et, l'espace d'un instant, je me demande si tout ça n'est pas une mauvaise blague. Il ne m'a rien donné du tout, il n'a fait que *prendre*. Le truc, c'est qu'il est on ne peut plus sérieux.

Comme je ne suis pas spécialement réactive, il poursuit.

– Je vais envoyer quelqu'un avec les documents que tu dois signer et qui t'expliquera le reste. En attendant, n'essaie pas de t'enfuir.

Ses yeux deviennent soudain bleu fluo et luisants et je me fige, choquée.

– Je le saurais si tu essayais, et tu n'as pas envie de me mettre en colère, crois-moi.

Il se redresse et sort de la pièce, fermant la porte à clé de l'extérieur.

Je n'ai jamais été intéressée par les livres, séries ou films sur les êtres surnaturels, y compris les vampires, que tout le monde a l'air d'adorer. Mais si je devais être fan d'une créature mythologique en particulier, je serais sans doute dans le camp des loups-garous.

Assise sur le lit de la petite chambre, j'essaie de faire le tri dans mes pensées. D'abord faire le point sur cette histoire de vampires. La magie est un concept extrêmement abstrait pour moi auquel je ne crois pas ; pour moi, l'existence d'une race mythique est réservée aux contes de fées.

Ragnor n'avait pas l'air de mentir. Il semblait convaincu de ce qu'il disait. Je pose ma main sur mon cou, cherchant une marque de morsure. N'est-ce pas comme ça que les gens sont changés en vampires ? Je ne sens rien.

Comment ses yeux ont-ils pu se mettre à briller comme des faisceaux de lumière qui lisaient dans mon âme ? Personne n'a des yeux comme ça. Et comment je peux être ici, où que je sois, alors que j'étais dans cette ruelle derrière le *Banner Bar* avec Cassidy ? Comment se fait-il que j'envisage sérieusement l'existence de vampires ? Et *moi*, alors ? Il s'attend vraiment à ce que je croie que je suis une vampire ?

La porte s'ouvre et une sublime femme entre, une pile de documents dans les mains. Elle doit avoir vingt-cinq ans environ, elle a des yeux vert clair et des cheveux bouclés et auburn qui s'agitent à chacun de ses pas. Elle a un corps voluptueux et elle se déplace avec la confiance d'une femme habituée à obtenir ce qu'elle veut.

Elle referme la porte d'un coup de pied et s'assoit à côté de moi sur le lit.

– Je m'appelle Margarita, dit-elle avec un léger accent. Je travaille pour les Ressources Vampiriques. J'ai eu les infos de notre Lord et j'ai préparé des papiers que tu dois signer.

J'ai des dizaines de questions au sujet de ce qu'elle vient de dire et je ne sais pas par où commencer. Mais j'ai une priorité.

– Annule-le.

Elle me regarde comme si un troisième œil venait de pousser sur mon front.

– Quoi ?

– Cette histoire de vampire. Annule ça, je déclare.

Si je dois accepter que cette histoire ridicule soit vraie, je ne veux pas en faire partie. Je ne deviendrai pas une créature mythologique.

Elle penche la tête sur le côté.

– Vous ne cesserez jamais de m'étonner, vous, les nouveaux, dit-elle en plissant les yeux d'un air désapprobateur. Au cas où ce n'était pas clair, c'est impossible. Une fois qu'on reçoit l'Empreinte, c'est pour l'éternité.

Pas la vie. *L'éternité.*

– Est-ce que je suis immortelle ? je demande, essayant de trouver un sens à l'insensé.

– Oui, à moins que tu fasses quelque chose d'incroyablement stupide, répond-elle en posant les papiers sur le matelas. Écoute, tu es une vampire. Comme notre Lord, Ragnor Rayne, a dû te le dire, il t'a donné l'Empreinte. C'est l'essence qui permet à tous les humains qui la reçoivent de se changer en vampires. C'est un état irréversible ; tu seras vampire jusqu'au jour de ta mort, déclare-t-elle en m'adressant un regard sévère.

Elle prend quelques feuilles et me les tend.

– Voici quelques formulaires que tu dois obligatoirement signer avant que je puisse poursuivre le briefing. Sache que si tu choisis de ne pas signer, tu seras dépourvue de Ligue.

– Dépourvue de Ligue ? je demande, essayant toujours de comprendre ce qui m'arrive.

Elle répond d'un ton impatient, comme si j'avais posé la question la plus débile au monde.

– Ça implique que si tu es attaquée, kidnappée, torturée… tu seras seule.

Je baisse les yeux sur les documents. Les vampires sont des chasseurs, non ? Cela dit, les humains aussi. Les deux sont des monstres, à leur manière, et les deux peuvent donc sans doute devenir des proies.

Je grince des dents et me force à inspirer.

– Je veux les lire, d'abord.

– Je t'en prie, dit-elle en haussant les épaules.

Le document est intitulé « Accord sur le Fonctionnement des Ligues » et il détaille un tas de clauses décrivant ce qu'implique d'être un vampire Ligué : obéir à tous les ordres et aux règlements, ne boire que du sang fourni par les ressources de la Ligue, travailler pour la Ligue afin de conserver son statut de vampire Ligué, assister à tous les évènements obligatoires de la Ligue, suivre les trois mois de Formation Générale des Nouveaux-Arrivants, et ainsi de suite, jusqu'à en avoir le tournis. La seule chose que j'ai besoin de savoir, c'est que la Ligue est une sorte de communauté de vampires. Au pied de la page, en lettres grasses, il est stipulé : « En signant, vous acceptez toutes les clauses susmentionnées. »

La page suivante est un Accord de Confidentialité qui explique que la société vampire est en fait secrète – je sais, c'est choquant – et que toute violation du secret aura pour résultat l'expulsion immédiate des rangs de la Ligue. Le vampire se retrouve alors dépourvu de Ligue et doit se débrouiller seul. En gros, c'est un accord de confidentialité standard, sauf qu'en enfreignant celui-ci, on est mis à la porte et on se retrouve seul au monde sans protection et sans toit.

– Vous avez une autorité juridique pour appuyer tout ça ? je demande en m'efforçant de maintenir une voix ferme alors que je réalise peu à peu tout ce qui m'arrive.

Et je n'aime pas ça. Pas du tout.

– On a notre propre système judiciaire, répond Margarita d'un ton sec. Ici, dans la Ligue Rayne, la parole de notre Lord est la loi.

Ragnor n'a pas menti. Et cette femme ne me ment pas non plus. Or s'il y a des chances qu'ils ne soient pas des conspirationnistes adulateurs de vampires, que je ne signe pas ces papiers et que je retourne à ma vie passée, je pourrais mourir rapidement. Dans les mythes, les vampires ont de nombreuses faiblesses : le soleil, l'ail, les miroirs, par exemple. Admettons qu'ils disent la vérité. Ces faiblesses s'appliquent-elles, maintenant ?

– Je veux une preuve, je déclare en soutenant le regard de Margarita. J'ai été agressée et kidnappée par votre *Lord* et on me raconte une histoire ahurissante sur les vampires, mais je n'ai pas de marque sur le cou ou ailleurs, et je n'ai pas envie de sang humain, je dis en marquant une pause alors que la panique m'essouffle progressivement. Alors, donnez-moi une preuve.

Margarita m'étudie en silence pendant de longues secondes, puis elle esquisse un sourire agaçant et mystérieux.

– Signe les papiers, d'abord.

J'ai envie de lui jeter ces fichus papiers à la figure. J'ai envie de sortir d'ici et de rentrer dans mon appartement pourri. J'ai envie de retrouver ma vie merveilleusement ennuyeuse, où je ne suivrai pas mon amie débile dans une ruelle sombre, où un inconnu ne m'embrassera pas et où on ne me dira pas que les vampires existent et que j'en suis désormais une.

Toutefois, je ne peux pas me débarrasser de cette impression agaçante qui me dit que le meilleur chemin est celui que j'ai le moins envie de suivre.

Ma situation me rappelle le poème intitulé *La route que je n'ai pas prise*, de Robert Frost. C'est la dernière œuvre que j'ai étudiée en cours d'anglais avant d'arrêter le lycée, donc je m'en souviens bien. Dans le poème, il est question de l'importance des choix qu'on fait et de la manière dont ces choix façonnent le chemin qu'on emprunte au cours de sa vie.

J'ai l'impression que dans mon cas, le choix ne fera pas que façonner ma vie. Il détruira tout ce que j'ai été et ne réparera jamais tout ce qu'il brise.

– L'heure tourne, marmonne Margarita en tapotant son poignet dépourvu de montre.

– D'accord, je concède amèrement.

Je prends le stylo en grimaçant et signe les fichus papiers.

Elle les prend et me regarde.

– Tu es officiellement Liguée. Félicitations, et bienvenue à bord.

– Parlez maintenant, je crache.

Elle le fait enfin.

– Être vampire ne change pas ton besoin de manger de la nourriture normale ou de dormir. La seule différence est dans le liquide dont ton corps a désormais besoin : le sang est ta nouvelle eau.

Elle fouille dans son sac et en sort une bouteille remplie d'un liquide qui ressemble à du vin rouge, mais qui est très certainement du sang.

– Prends soin de boire au moins une bouteille par jour, dit-elle en me la tendant.

J'étudie la bouteille d'un air suspicieux et l'ouvre avant de la porter à ma bouche. J'ignore la nausée qui me saisit à l'idée de boire du sang humain, puis je ferme les yeux et bois une gorgée. Je suis surprise de découvrir un goût d'eau. Comme l'a dit Margarita.

– Maintenant, commençons par les faiblesses, dit-elle en esquissant un sourire pincé lorsque je baisse la bouteille. Nous n'en avons pas. Cela dit, comme le veut la légende, on préfère la nuit au jour, pour nulle autre raison que le fait que les vampires sont nocturnes et sont plus productifs la nuit. L'ail, les miroirs, toutes ces conneries ? C'est faux. On ne tombe pas malade, les armes à feu ne sont pas efficaces contre nous, et la seule façon de nous tuer est de nous décapiter ou de nous arracher le cœur. On peut être blessés par de simples couteaux, et on n'a rien contre les pieux, qu'ils soient en bois ou en argent, explique-t-elle. C'est tout ce que tu as besoin de savoir pour l'instant. Tu apprendras le reste pendant les trois mois de Formation Générale des Nouveaux-Arrivants. D'ici là, tu dois encore lire et signer d'autres documents concernant les règles de vie ici, la vie en tant que vampire Ligué, et ainsi de suite. Je te laisse lire les papiers et j'enverrai quelqu'un avec de la nourriture. En attendant, repose-toi, dit-elle en se levant et en rangeant les documents sous son bras. Ton corps doit encore être fatigué par l'Imprégnation, et tu dois retrouver tes forces. Demain soir, on t'installera en résidence.

Elle est déjà à la porte quand elle se tourne vers moi et me sourit. Ce n'est pas un sourire amical. Au contraire, il est carrément machiavélique.

– Encore une fois, bienvenue à la Ligue Rayne, et félicitations pour le succès de ton Imprégnation.

Elle part et je reste assise sur le lit, les yeux rivés sur la porte, physiquement vidée alors que des pensées plus folles les unes que les autres se précipitent dans ma tête.

Je lis les autres documents qu'elle m'a laissés et je mets un moment à tout comprendre. Je trouve une feuille blanche au-dessous de la pile et décide de noter les détails les plus urgents qui me viennent à l'esprit :

Les vampires existent, et leurs yeux sont luisants.

Je suis une vampire.

Cassidy doit être vampire aussi.

Ragnor Rayne est un enfoiré.

CHAPITRE 4

Je me sens beaucoup mieux quand Margarita passe me prendre le lendemain soir. J'ai dormi toute la journée et je me suis réveillée en me sentant modérément énergique. Les seules choses qui me manquent sont une bonne douche et des vêtements propres.

Margarita m'escorte hors de la pièce et je prends soin d'enregistrer l'agencement des lieux. On est dans un petit hangar situé dans un quartier industriel que je ne connais pas, ce qui me pousse à me demander où j'ai été emmenée et combien de temps s'est écoulé depuis qu'on m'a soi-disant donné l'Empreinte. Est-ce que c'était hier ? Il y a une semaine ? Plus longtemps encore ?

Margarita et moi passons devant plusieurs portes fermées, je me demande si Cassidy est derrière l'une d'entre elles.

À ce propos…

– Où est Cassidy ? je demande, rompant le silence.

Je réalise qu'elle ne sait peut-être pas de qui je parle et je clarifie ma pensée.

– Mon amie. Vous savez, celle que vous avez prise avec moi. Ou alors vous ne l'avez pas prise ?

Margarita me regarde brièvement du coin de l'œil.

– Ça ne te concerne pas. Sache juste qu'elle va bien.

Je grimace et son expression devient froide. Je ne pense pas obtenir plus d'informations, mais je refuse de laisser tomber.

– Dites-le-moi, je gronde à voix basse.

Elle s'arrête et se tourne vers moi.

– Je ne crois pas que tu comprennes ta position, la nouvelle, rétorque-t-elle, le regard soudain luisant. Tu n'es pas en mesure d'aboyer des ordres comme bon te semble. Tu n'es habilitée à recevoir aucune information. Ici, la hiérarchie est très claire.

Elle fait un pas vers moi et même si elle est plus petite, elle réussit à me regarder de haut.

– Je suis Lieutenante. Le bras droit du Lord. Et ton rang est l'équivalent d'un fantassin.

Je la fusille du regard et croise les bras.

– Je me contrefiche de connaître ton rang, je réponds. Je veux juste savoir où est Cassidy, putain.

Son regard s'étrécit.

– Ton insolence sera rapportée. Milord n'est pas du genre clément.

Elle reprend son chemin, ignorant ma requête, et j'hésite à lui tenir tête et à faire un caprice jusqu'à ce qu'elle me dise ce que je veux savoir. Cela dit, à moins de la secouer jusqu'à ce qu'elle réponde, elle n'a pas l'air prête à céder du terrain.

Agacée, je lui emboîte le pas. *Pas de problème,* je me dis. *Je le saurai tôt ou tard.* Du moins, je l'espère.

Margarita s'arrête devant l'entrée du hangar et s'accroupit pour chercher quelque chose par terre. Elle saisit alors une poignée cachée et ouvre une trappe qui donne sur un escalier.

– Suis-moi, dit-elle.

Nous descendons les marches jusqu'à atteindre une petite pièce à peine éclairée, aux murs en briques. Un ascenseur s'y trouve, et le seul moyen de l'appeler est par empreinte digitale.

– Ton empreinte ne sera enregistrée que lorsque tu auras un an, pour des raisons de sécurité, explique-t-elle d'un ton distrait en pressant sa paume sur le lecteur.

Une lumière verte s'allume, puis l'ascenseur arrive et ses portes métalliques s'ouvrent.

Margarita s'appuie contre le mur du fond et croise les bras alors qu'on entame notre descente. Pendant ce temps, je ne cesse de penser à Cassidy et ma poitrine se comprime peu à peu. Sa vie, comme la mienne, n'était pas géniale, mais elle a été forcée de l'abandonner comme moi, tout ça à cause de Ragnor Rayne. Elle n'est pas du genre à apprécier de perdre le contrôle de sa vie. C'est la seule chose qu'on a en commun, elle et moi.

Après que ses parents sont décédés il y a quelques années, la laissant entre les mains d'une tante violente qu'elle a fuie pour se jeter dans les bras de son ex encore plus violent, elle s'est démenée pour reprendre le contrôle de sa vie merdique et la rendre plus belle. Elle n'avait peut-être pas de relation importante dans sa vie, entre Skye qui était une amie de consolation et tous les mecs qu'elle fréquentait de façon passagère, mais elle tenait les rênes. Et si Fourcorns était un groupe assez mauvais, c'était *son* groupe, et elle pouvait s'en servir comme marchepied pour atteindre son rêve de devenir artiste solo. Or si je n'étais moi aussi qu'une connaissance passagère qu'elle jetterait lorsqu'elle deviendrait star, elle voulait quand même de moi dans sa vie. Elle avait eu besoin que je sois là quand elle était en danger.

C'était une vie solitaire, mais c'était la vie qu'elle avait choisie. Comme j'avais choisi la mienne.

Or voilà que ces vies sont révolues pour toujours. Cassidy, où qu'elle soit, doit sans doute vivre la même chose que moi. Elle a dû se réveiller perdue et morte de trouille. Elle a sans doute été interrogée par Ragnor de la même manière impolie et violente, ce que Cassidy ne supporte vraiment pas.

Et je n'ai pas été là pour faire la seule chose sur laquelle elle comptait en tant qu'amie. Je n'ai pas pu la protéger.

Vais-je la perdre, comme j'ai perdu tous les autres ?

Toute une ville souterraine évolue sous le hangar et semble s'étendre sur des kilomètres. La ville est un mélange entre un labyrinthe, un centre commercial et un navire de l'époque médiévale, avec des sols en marbre, des cavernes généreusement éclairées et des murs en bois.

Margarita m'offre une visite guidée des lieux.

– Voici le hall d'entrée, dit-elle d'un ton passablement ennuyé en désignant d'un geste de la main ce qui ressemble surtout à une terrasse surplombant le reste de la ville. Cet ascenseur est la seule sortie.

Elle me guide vers un des escalators parmi la douzaine que je vois d'un coup d'œil. On dirait presque une version high-tech d'Hogwarts.

On arrive à l'étage inférieur et elle pointe du doigt deux grandes portes en acajou.

– Ça, c'est la cafétéria, dit-elle sans s'embêter à me la montrer.

On atteint ensuite un couloir en marbre comportant plusieurs portes. Celui-ci est peu éclairé par des lanternes.

– C'est ici que se trouvent les salles de classe, explique-t-elle avec légèrement plus d'entrain. L'une d'elles est réservée à la Formation Générale des Nouveaux-Arrivants, le FGNA, les autres sont réservées aux différentes branches de la Ligue.

– Alors, ce n'est pas la seule formation que vous proposez ? je demande d'un ton sarcastique. Vous proposez des formations continues ?

Margarita me lance un regard noir.

– Je te conseille de rapidement laisser tomber ce ton, la nouvelle, gronde-t-elle d'une voix menaçante.

Je lui retourne un regard assassin.

Le couloir mène à un autre escalator qui conduit à l'étage du dessous. Celui-ci a l'air bien plus high-tech, et si le sol est en parquet ancien et que des lanternes vintages éclairent les lieux, certaines pièces ont des murs en partie vitrés et semblent contenir des bureaux.

– Nous sommes au département de Ressources Vampiriques, explique-t-elle fièrement. En tant que chef du département, je dirige une équipe de trente employés qui effectuent le travail quand je ne le peux pas. Ils sont sages et efficaces.

On dirait qu'elle parle d'une meute de chiens bien dressés. Elle m'adresse même un regard rempli d'espoir, comme si elle souhaitait que je me montre émerveillée par la source de tant de fierté.

– Wouah, je réponds sèchement.

– Je sais ! s'exclame-t-elle, ratant mon sarcasme.

Elle esquisse un sourire narquois et se tourne vers moi d'un air mesquin.

– Heureusement, je ne pense pas que tu travailleras pour moi un jour.

Ça me va parfaitement.

On passe devant un autre couloir, puis on emprunte un escalator pour monter dans une section différente.

– C'est ici que se trouvent les Archives, dit-elle en désignant une porte en obsidienne. L'accès n'est permis qu'à quelques individus qui ont réussi la FGNA, comme beaucoup des équipements de la Ligue, dit-elle avant de s'arrêter et de se tourner vers moi. La priorité de la Ligue Rayne est le savoir. On l'échange, on le conserve, on le protège. La connaissance est une chose très puissante, et notre Lord prend soin de ne pas la partager librement avec ceux qui ne sont pas méritants.

La lecture ne m'intéresse pas plus que ça, mais ça me paraît un peu extrême.

– Il a l'air parano, je déclare avant de pouvoir me retenir, et Margarita semble profondément agacée.

– Il n'est pas parano, rétorque-t-elle. Il est intelligent. Plus que tu ne le seras jamais. Il comprend ce qui fait tourner le monde ainsi que les tendances psychologiques des gens, dont il est précautionneux.

Son regard brille de façon véhémente, émerveillée, révérencieuse et… affectueuse.

On dirait que quelqu'un a le béguin.

Non pas que ça me regarde.

– Mais tout pointe le contraire, je crache, perdant le contrôle de ma colère. S'il est précautionneux à ce point, comment se fait-il qu'il donne l'Empreinte de façon aléatoire aux gens, comme Cassidy et moi ? Les vampires sont puissants, non ? On l'est ? Alors, est-ce qu'il n'est pas plus imprudent que vous le pensez ?

Elle esquisse un sourire qui révèle toutes ses dents. *Comme un requin.*

– Aah, la nouvelle, murmure-t-elle d'un ton dédaigneux et enjoué. Tu découvriras bien assez vite quel genre d'homme est Ragnor Rayne.

Son ton condescendant me met hors de moi, mais elle a déjà tourné les talons, mettant fin à la conversation.

Elle m'emmène à un des étages inférieurs et on arrive dans ce qui ressemble au lobby d'un hôtel.

– Ces ailes sont pour les résidences partagées, dit-elle d'une voix ennuyée à nouveau en me menant à l'une des portes. Tu partageras cette suite avec deux nouveaux, comme toi.

On s'arrête et elle me met un bout de papier dans les mains.

– Voilà ton planning hebdomadaire à partir de demain.

Je baisse les yeux et découvre un emploi du temps pour la FGNA.

– Quant à tes affaires, poursuit-elle – et je lève la tête en me crispant –, on récupérera tes affaires essentielles et tes vêtements dans ton ancien appartement.

– Mon *ancien* appartement ? je demande en plissant les yeux.

– Tu ne pensais pas y retourner, si ? lance-t-elle avec un nouveau sourire carnassier.

– Comment vous savez où j'habite ? je demande en serrant les poings.

Mon estomac se noue – encore quelque chose que je dois abandonner. Non pas que l'appartement compte pour moi, mais il représente la liberté que je n'aurai plus jamais.

– On a ton sac à main, répond-elle sèchement. On a trouvé ton adresse à l'intérieur.

Mon pouls accélère.

J'ai jeté les autres clés et j'ai brûlé les articles, non ? Ils ne trouveront rien... si ?

Un des documents que j'ai signés hier mettait fin à mon ancien bail et en concluait un nouveau avec la Ligue Rayne. Sur le moment, je n'ai pas pensé qu'ils iraient fouiller chez moi. C'est la dernière fois que je signe un contrat quelconque sans conseil juridique.

Margarita m'informe que le département juridique se chargera de la paperasse nécessaire et que je devrai m'installer dans ma nouvelle chambre privée – l'une des trois de la suite –, respecter mon emploi du temps, et que tout le reste me sera expliqué demain, dans la Formation Générale des Nouveaux-Arrivants.

– Si tu as des questions, n'hésite pas à les poser à ton prof, dit-elle avant de claquer des doigts. Rompez !

Je suis soulagée d'être enfin débarrassée d'elle.

Mon nouvel appartement – ou plutôt ma nouvelle suite – est rangé et joli, avec un salon meublé de canapés moelleux, d'une télé, d'une console et d'une bibliothèque remplie de jeux vidéo et de société. Ma chambre est petite, avec un lit double, un bureau et un petit dressing. Je cherche des toilettes et ne trouve qu'une douche. On n'a jamais besoin de faire pipi ?

Ma faim est également différente ; même si ça fait presque douze heures que je n'ai pas mangé, je ne suis pas affamée. Je n'ai qu'une faim légèrement agaçante. Mais, comme le déjeuner de nuit n'est que dans une heure, je vais dans ma chambre, m'assois sur le lit et, pour la première fois depuis que je me suis réveillée après l'attaque, je m'autorise à *ressentir*.

Une rage bouillonne au fond de moi et remonte peu à peu à la surface. J'empoigne les draps, désespérée de faire quelque chose, de griffer quelque chose. Tout mon corps se met à trembler de façon incontrôlable tandis que ma colère déferle dans mes veines et me donne l'impression que ma tête va exploser.

J'ai tout sacrifié pour être libre. J'ai travaillé dur pour mettre mon passé derrière moi et mener une vie parfaitement ordinaire qui m'apportait du confort et de la satisfaction. Puis, en quelques secondes, tout ce que j'ai réussi, tout ce que j'ai bâti de toutes pièces, m'a été arraché comme si mon sang, ma sueur et mes larmes étaient insignifiants, comme des grains de sable du Sahara.

Je sais ce qu'implique d'être enfermé dans une cage. Je sais ce que c'est d'être plongé dans une situation dont on ne contrôle rien alors qu'on n'a pas choisi d'y être et qu'on n'a aucune issue de secours.

C'est la raison pour laquelle je me suis enfuie de ma ville natale à dix-huit ans pour trouver du répit dans une ville nouvelle et repartir de zéro avec cinquante dollars en poche. C'est la raison pour laquelle durant la première semaine de ma nouvelle vie de liberté j'ai accepté toutes sortes d'emplois afin d'avoir assez d'argent pour louer ce minuscule studio.

J'avais été profondément soulagée. J'avais eu l'impression qu'un poids avait été ôté de mes épaules. Je n'étais plus forcée de regarder les horreurs qui se déroulaient sous mes yeux et de me doucher plusieurs fois par jour, comme si ça pouvait laver cette crasse qui s'était enfoncée en moi jusqu'à la moelle. J'avais préféré dormir derrière des poubelles pendant une semaine plutôt que de retourner là où les souvenirs ne se contenteraient pas de me hanter, mais aussi de me rendre folle et de me torturer jusqu'à la mort.

Donc, oui, ma vie était pauvre et merdique, mais c'était la mienne.

Et en moins d'une minute, Ragnor Rayne me l'a volée.

Je n'ai jamais détesté autant quelqu'un avant Ragnor Rayne. J'ai envie de le trouver, de l'empoigner par la gorge et de lui arracher la tête. J'ai envie de le voir mourir après ce qu'il m'a fait. Car je commence enfin à tout encaisser – je suis vampire et je ne serai plus jamais humaine. Je hais Ragnor de m'imposer cette nouvelle vie, ou plutôt cette nouvelle existence.

Il m'a pris ma vie, et je lui prendrai la sienne. Je le tuerai de mes propres mains dès que j'en aurai l'occasion. Je lui apprendrai la leçon. Je planifierai ma revanche, j'attendrai mon heure et prendrai des forces jusqu'à ce que je puisse me venger. Je refuse que quelqu'un m'impose de nouveau ce sentiment d'impuissance.

Cet enfoiré n'est pas le seul monstre en ces lieux.

CHAPITRE 5

La cafétéria est étonnamment décevante.

Située à l'étage le plus haut de la ville souterraine, elle est assez grande pour accueillir deux cents personnes, et c'est à peu près le nombre de vampires présents dans la salle quand j'y entre.

Le self ressemble à une crypte rénovée, tout en arches, avec un dôme de verre par lequel un faux ciel nocturne est projeté pour donner la sensation d'être dehors. Le sol est fait de marbre sombre et déprimant, contrastant avec l'image paisible du ciel étoilé.

Le buffet propose des plats variés, de la gastronomie vietnamienne à celle italienne, et une table est réservée à huit distributeurs de boissons en verre, sauf que ceux-ci contiennent les différents groupes sanguins.

La salle est meublée de tables longues, rondes, petites, ou encore pour une seule personne. Je fonce droit sur l'une d'elles et m'y installe. Je mange les brocolis et les spaghettis carbonara que j'ai choisis au buffet et sirote mon verre d'AB négatif (le distributeur était à moitié vide, donc j'en ai déduit que c'était sans doute le meilleur) en observant les autres vampires.

La plupart semblent avoir à peu près mon âge, mais c'est trompeur, si j'en crois ce que je sais de l'anatomie des vampires (ce qui n'est pas grand-chose, je l'accorde). Certains ont l'air plus âgés, entre trente et peut-être trente-cinq ans, mais la fourchette des âges ne s'étend pas au-delà.

Ce qui me perturbe vraiment, c'est à quel point ils paraissent normaux et se comportent de façon humaine. Il y a des clans, des groupes d'amis et des couples. Presque personne n'est assis seul et j'ai l'impression que la Ligue s'apparente davantage à un lycée moderne normal qu'à une dictature militaire.

Je déteste ça.

J'ai travaillé dur pour avoir la vie que j'avais avant l'arrivée de Ragnor Rayne, au point de changer de nom. J'ai bâti cette vie de façon méticuleuse, apprenant autant de choses que possible pour améliorer ma santé mentale et physique. Je mangeais de façon saine, je me suis fait quelques amies pour assouvir mes besoins sociaux, j'avais un travail stable et sans risque (si on ne compte pas la tentative de vol armé), et je prenais soin de payer mes quelques factures à l'heure.

Consciente que je maintiendrais sans doute une distance émotionnelle avec mes amis, quels qu'ils soient, j'avais choisi d'opprimer ou d'exprimer mes sentiments grâce aux jeux vidéo.

Or si je compte conserver un semblant de stabilité, je dois désormais composer avec des paramètres inconnus dans cette vie stupide qu'on m'a imposée.

Pendant le déjeuner, je dresse une liste, dans ma tête, des choses que je dois faire. La nourriture n'est pas un problème, celle de la cafétéria remplit mes critères. En ce qui concerne mes besoins de sociabilité, je vais bientôt commencer cette formation débile et pourrai peut-être y faire quelques rencontres, même si je devrai m'assurer qu'ils seront aussi superficiels que Skye et aussi autocentrés que Cassidy. Quant à ma stabilité mentale… je vais devoir m'y pencher.

Ce sont mes principales priorités. Si j'ai l'intention de rester fidèle à ce *moi* que je me suis acharnée à devenir, je dois prendre soin d'accomplir tout ça.

Quand je retourne dans ma suite après le déjeuner, une femme est dans le salon. Elle n'a l'air d'avoir que deux ans de plus que moi, et comme Margarita a dit que cette suite était réservée aux nouveaux, ce doit être son âge réel. Elle a un carré châtain avec une longue frange, des taches de rousseur et un nez long et pointu qui ressort dans son visage en forme de cœur. Elle est plus grande que moi, mince, le teint hâlé.

Elle lève ses yeux marron et les plonge dans mes yeux noisette.

– Salut, dit-elle d'une voix étonnamment forte.

– Salut. Je m'appelle Aileen. Je suis nouvelle.

– Moi aussi, répond-elle en hochant la tête. Je m'appelle Zoey. On m'a donné l'Empreinte il y a une semaine. Et toi ?

Je hausse les épaules et esquisse un petit sourire. J'ai été tellement chamboulée que j'ai oublié de poser la question à Margarita. Il faudra que je trouve une occasion de le lui demander.

– Tu ne le sais pas ? demande-t-elle en fronçant les sourcils.

– Tu as l'air surprise.

Elle semble réfléchir à quelque chose avant de secouer la tête.

– Peu importe, dit-elle enfin en souriant. Tu as été sur la liste d'attente pendant combien de temps ?

La liste d'attente ?

– La quoi ?

– La liste d'attente. La liste où on s'inscrit pour recevoir l'Empreinte ? J'étais inscrite depuis trois ans et je commençais à croire que je ne l'aurais jamais, puis notre Lord est venu chez moi l'autre jour et m'a dit que j'avais enfin passé la sélection.

J'essaie d'analyser l'information, en vain. De quoi parle-t-elle, bon sang ? Ni Ragnor ni Margarita n'ont parlé d'une putain de liste d'attente !

– Ah oui, je mens en hochant la tête, comme si je savais de quoi elle parle. La liste. J'y étais depuis un moment, aussi.

Zoey soupire d'un air rêveur.

– Je n'en reviens pas d'être enfin ici. J'avais peur, au début, tu sais ? Je voulais être dans la Ligue Rayne. C'est la plus sûre et la plus célèbre, après tout. Mais on ne choisit pas sa Ligue. Heureusement, je ne suis pas dans la Ligue de ce Lord pervers et sordide. J'ai rencontré Renaldi à un de ces évènements. Je l'ai senti me reluquer, et je veux dire *reluquer*. J'étais habillée de façon plutôt sobre et je l'ai quand même senti me déshabiller du regard ! s'exclame-t-elle en frissonnant. J'ai entendu qu'il avait un penchant pour les brunes, alors on a de la chance d'être ici, toutes les deux.

Je ne comprends rien de ce qu'elle vient de dire. Elle parle de rencontrer un Lord avant de recevoir l'Empreinte ? D'assister à un évènement avec d'autres vampires ? De ne pas savoir dans quelle Ligue on va atterrir ? Mais c'est quoi, ce bordel ?

– Ouais, heureusement, je marmonne.

– Bref, je suis trop contente. Je me suis réveillée hier, cinq jours après l'Imprégnation, et je me sens en super forme, tu sais ? Je suis exactement là où je veux être, je suis devenue ce que je voulais être et j'ai l'impression que tout se met enfin en place…

Elle continue de me faire part de ses pensées et de ses sentiments, mais mon cerveau tourne à vive allure. Quelque chose cloche. Parce que s'il existe une liste sur laquelle les gens s'inscrivent de leur plein gré pour devenir vampire, pourquoi Ragnor a-t-il donné l'Empreinte à Cassidy et moi sans avoir notre consentement ?

À moins que… ça ne concerne que moi ?

Je repense à cette nuit horrible et réalise combien le comportement de Cassidy était étrange. Elle était agitée, au point de provoquer une dispute avec Skye, ce qu'elle n'avait jamais fait auparavant. Puis elle était partie sans un mot, ce qui était bizarre aussi. Elle avait beau être capricieuse, Cassidy a toujours fui les mélodrames. Et quand je l'ai trouvée dans la ruelle, elle était contre le mur tandis que Ragnor l'embrassait…

Je prends conscience, soudain, que je n'ai pas vu ce qui s'est passé *avant*.

Est-ce que Cassidy était sur la liste d'attente ?

Mon cœur cesse de battre. Non, c'est impossible. Pourquoi ferait-elle ça ? Pourquoi troquerait-elle sa vie pour cette… cette *existence* ? Est-ce qu'elle détestait vraiment cette vie ? Certes, elle n'était pas parfaite, mais je pensais qu'on se comprenait. Je pensais qu'on était d'accord en ce qui concernait notre liberté !

Ne tire pas de conclusions hâtives, me dit la voix de la raison. *Elle n'était probablement pas sur cette liste. Il n'y aurait pas de raison rationnelle à ce qu'elle y soit, après tout. Comment pouvait-elle connaître l'existence des vampires ?*

– Tu seras aussi en cours demain, n'est-ce pas ? demande Zoey, me tirant de mes pensées.

Je cesse de jouer avec mes doigts, légèrement apaisée.

Cassidy ne serait pas bête au point de s'évertuer à trouver une société secrète à laquelle appartenir, et encore moins de s'inscrire sur cette liste.

Je hoche la tête d'un air distrait et elle a l'air tout excitée.

– Ça va être génial. J'ai rencontré quelques-uns des nouveaux arrivants, et certains sont canon, en plus. Ça va être trop cool !

Ouais, c'est ça.

– J'ai hâte de rencontrer tout le monde, je mens.

Une porte s'ouvre et une fille d'environ dix-neuf ans entre dans le salon. Jusqu'à maintenant, elle est la plus jeune que j'aie vue – tous les autres vampires semblaient avoir mon âge ou plus. Elle a des joues rondes et de grands yeux bleus qui lui donnent un air innocent et naïf. Ses cheveux blond vénitien sont tressés, ils sont tellement longs et lisses qu'ils lui arrivent aux genoux, comme la queue d'un cheval. Sa peau est pâle et légèrement rosée, et elle est petite et mince – presque chétive.

Elle pose d'abord ses grands yeux sur Zoey, puis sur moi.

– Tansy, dit-elle de sa voix de soprano qui est pourtant étonnamment lugubre.

– Aileen, je réponds d'un ton prudent.

Elle penche la tête sur le côté.

– Tu le prononces mal, dit-elle d'une voix désormais rêveuse.

Je suppose qu'elle pense au prénom *Eileen*, plus populaire que le mien.

– C'est écossais, j'explique. Donc ça se prononce un peu différemment.

– Ah. Tu es nouvelle aussi ?

Je suis sur le point de répondre, mais Zoey doit souffrir de ne pas entendre sa propre voix, car elle parle à ma place.

– Elle a reçu l'Empreinte il y a quelques jours. Elle sera avec nous en formation demain.

– Ah, murmure Tansy. Je suis nouvelle aussi.

– On a eu l'Empreinte à peu près en même temps, me dit Zoey. Tansy n'était sur la liste d'attente que pendant *un an* avant d'être acceptée, cette garce. Je ne suis pas rancunière, ajoute-t-elle d'une voix légère en faisant un clin d'œil à Tansy, mais je devine qu'elle est jalouse.

Tansy dévisage longuement Zoey, ça devient gênant.

– La liste est longue, déclare-t-elle avant de hocher la tête vers moi et de retourner dans sa chambre.

– Elle plane un peu, me dit Zoey avec un regard entendu. Je pense qu'il ne faut pas trop prendre ce qu'elle dit au sérieux.

Je ne suis pas aussi curieuse à son sujet que Zoey. J'ai assez de conneries à gérer et pas assez d'énergie pour les mystères sans importance. Car un plus grand mystère m'accable et fait dangereusement accélérer mon pouls.

Est-ce que Cassidy était sur cette liste depuis tout ce temps ?

Après le repas, je décide de partir à la recherche de Margarita. Je ne l'ai pas vue à la cafétéria, et elle était si fière en parlant de son rôle aux Ressources Vampiriques que je décide de l'y chercher.

Le grand bureau des RV, les Ressources Vampiriques, ressemble à n'importe quel autre bureau qui aurait été construit à l'époque médiévale. J'avance sur le sol en marbre noir, à la lueur faible des lanternes, et m'arrête devant le bureau d'accueil. Mais il est désert, comme le reste de l'étage. Peut-être la journée de travail est-elle finie ?

Je grimace, m'approche de la première porte que je trouve et l'ouvre. Le petit bureau est vide. Je vais jusqu'à la suivante et recommence, mais la pièce est vide également.

Je suis sur le point de saisir la poignée de la troisième porte quand j'entends des voix et je me fige en percevant celle d'un homme.

– *Tu doutes de mes décisions, Margarita ?*

Je frissonne en reconnaissant le timbre.

– *Bien sûr que non, Milord !* répond Margarita d'un ton désespéré. *Nous obéirons tous à tes décisions, quelles qu'elles soient, même si elles sont contraires au protocole…*

Je ne bouge plus.

– *Je me contrefous du protocole*, grogne Ragnor Rayne. *Et si tu donnes la priorité au protocole plutôt qu'à la parole de ton Lord, alors tu n'es pas la femme que je croyais.*

– *Rien n'a changé, Milord ! Je suis toujours cette femme !* proteste Margarita d'un ton véhément et paniqué qui révèle davantage son accent. *Je me fiche complètement de cette nouvelle débile, et de tous les autres ! Il n'y a que toi qui comptes !*

– *Je me fiche de compter pour toi*, répond-il d'une voix presque cruelle. *J'ai seulement besoin que tu obéisses.*

Margarita retient si fort son souffle que je l'entends à travers la porte. Elle est vexée, c'est évident. Je le serais aussi si j'étais rejetée de façon aussi violente par un homme qui me plaît.

– *Pourquoi tu ne l'as pas tuée ?* demande-t-elle soudain dans un murmure que je peine à entendre.

Sa question comporte un sous-entendu que je ne comprends pas et qui me met à cran.

J'arrête de respirer en attendant la réponse de Ragnor, qui semble arriver des heures plus tard.

– *Ça ne regarde que moi.*

La colère embrase mon sang et j'aurais déboulé dans la pièce pour confronter cet enfoiré si je n'avais pas entendu les pas se rapprocher.

– *Cette conversation est terminée*, déclare-t-il.

Je recule à temps pour que la porte s'ouvre sur Ragnor. Il porte ce long trench qui semble être sa signature, avec un jean foncé et élimé coincé dans ses rangers. Ses cheveux tombent sur ses épaules, de part et d'autre de son visage, et ses yeux bleu nuit plongent dans les miens.

Il referme la porte derrière lui et se tourne complètement vers moi.

– Tu as quelque chose à dire ? murmure-t-il d'une voix grave en croisant les bras.

Je contracte ma mâchoire en sentant la rage enfler en moi et mettre mes nerfs à vif. J'ai envie de l'étrangler. De lui mettre un coup de pied entre les jambes. D'arracher son cœur de mes propres mains.

J'essaie de parler, mais je suis tellement tendue et prête à bondir que je n'y arrive pas. Je veux seulement *agir*.

Il avance jusqu'à n'être plus qu'à deux pas de moi.

– Eh bien ?

Sa proximité déclenche un frisson électrique qui remonte le long de mon dos, mais je me force à garder un visage impassible pour ne pas trahir ma réaction.

– Vous parliez de moi, je déclare, même si en y réfléchissant, ils n'ont pas prononcé mon prénom.

Mais de qui d'autre pourraient-ils parler ?

Il plisse les yeux.

– Écouter aux portes n'est pas toléré dans ma Ligue, Henderson.

Cette fois, c'est moi qui avance pour qu'il n'y ait plus que quelques centimètres en nous.

– J'aurais cru qu'Imprégner quelqu'un contre sa volonté était plus important, je réponds calmement sans le quitter des yeux, mais il faut croire que nos priorités sont différentes.

Soudain, sa main est sur ma gorge. Il ne m'étouffe pas, mais sa poigne est ferme, et la chaleur de sa paume m'arrache un petit cri.

– Je suis quoi, pour toi ? grogne-t-il d'une voix qui me donne la chair de poule.

– Quelqu'un qui m'a imposé cet enfer, je siffle en grinçant des dents.

Il serre ma gorge un peu plus fort, en guise de mise en garde.

– Je te donne une autre chance. Je suis *quoi* pour toi ?

Je sais ce qu'il veut que je dise, et j'envisage un instant de lui cracher à la figure. Mais ses iris se mettent soudain à luire et, comme s'il avait appuyé sur un interrupteur, je le sens émettre cette aura atroce qui fait accélérer mon cœur alors que mon cerveau hurle *cours, cours, COURS !*

Tout me dit de m'enfuir, mais je suis incapable de bouger. Je suis figée par une peur subite et irrationnelle, et les deux pulsions contradictoires contractent mes muscles et assèchent ma bouche. J'ai l'impression d'être piégée dans mon propre corps, d'être claustrophobe dans ma propre peau.

Tu ne gagneras pas, me dit la voix de la raison. *Tu n'es pas encore assez forte. Il peut arracher ta tête d'un simple geste, s'il le veut. Tu dois céder.*

Je déglutis difficilement et ferme les yeux, essayant d'ignorer la peur horrible qu'il provoque au plus profond de mon être.

– Milord, je croasse.

Il effleure mon oreille de sa bouche et je frissonne de rage face à ma défaite.

– Ne l'oublie jamais.

Quand j'ouvre les yeux, il est déjà parti, emportant cette atmosphère intimidante avec lui, comme s'il ne s'était jamais rien passé, et je pose ma main sur ma gorge où s'attarde la sensation fantôme de son toucher.

CHAPITRE 6

D'après mon emploi du temps, je n'ai que deux cours par semaine, de quatre heures chacun. L'idée de devoir rester assise dans une salle avec seulement une pause de dix minutes me file de l'urticaire. Ce n'est pas pour rien que j'ai lâché le lycée.

Toutefois, j'ai besoin d'autant d'informations que possible concernant les vampires afin d'être suffisamment armée pour me venger de l'homme qui m'a Imprégnée sans mon consentement et qui semble adoubé par tous les autres.

Quand mes colocataires et moi entrons dans la salle de classe, elle est déjà à moitié remplie. Zoey s'éloigne de Tansy et moi et part s'asseoir avec un groupe de gens qui parlent de façon animée et l'accueillent avec des étreintes et des sourires.

Tansy se dirige dans le coin du fond, sort un livre de son sac et se met à le lire. Je m'installe dans la rangée du milieu, contre le mur. Je regrette de ne pas avoir un livre aussi, histoire de faire semblant d'être occupée par autre chose que la gêne d'être à nouveau en cours.

D'autres vampires novices arrivent. La plupart ont l'air d'avoir vingt-cinq ans environ, mais certains ont l'air aussi jeunes que moi. En revanche, personne n'a l'âge de Tansy.

Mon inquiétude ressurgit quand j'entends quelques hommes parler dans la rangée devant moi.

– Je dois avouer que j'avais fait une croix sur le fait de recevoir l'Empreinte quand notre Lord est arrivé chez moi, dit l'un d'entre eux.

– Pourquoi ? demande l'autre. Tu savais qu'en signant le contrat, tu aurais l'Empreinte un jour ou l'autre. Il n'y a pas de clause de *sortie*.

– Bien sûr que je le savais, abruti, rétorque le premier en levant les yeux au ciel. Je dis juste que cinq ans à attendre, c'est long. Tu vois la fille dans le coin ? demande-t-il, et ils se tournent vers Tansy. Apparemment, elle n'a attendu *qu'un an*.

– Y en a qui ont de la veine, chuchote le second d'un ton amer en se tournant de nouveau.

Il semblerait que tout le monde ait été sur la liste d'attente.

Où est Cassidy, bon sang ? Elle est nouvelle aussi, non ? Elle devrait assister à la Formation Générale des Novices. J'ai vraiment besoin de la voir pour qu'elle me confirme qu'elle n'était pas sur cette foutue liste. Qu'elle n'avait jamais envisagé une telle chose. Que tout ce qui s'est passé n'est qu'une coïncidence.

Peut-être que le processus d'Imprégnation a mal tourné ? Qu'elle n'a pas survécu ? Qu'elle est morte ?

Si Ragnor l'a tuée, il regrettera le jour où il est né.

Je suis en train de penser à toutes les horreurs qui ont pu arriver à Cassidy quand un homme approchant de la trentaine entre dans la salle. Il n'a pas encore dit un mot, mais ses sourcils épais, ses yeux noirs, sa peau chocolat, sa barbe et ses cheveux noirs et épais attirent aussitôt mon attention. Son visage est détendu, mais il n'en est pas moins intimidant.

Toutes les places sont désormais occupées et l'homme s'adosse contre le bureau en bois, croisant les jambes avant de s'adresser à la classe.

– Je m'appelle Abe, dit-il, et je serai votre professeur. Si vous êtes ici, c'est que vous êtes Communs. J'ai déjà mémorisé vos prénoms, donc si vous espériez une activité pour briser la glace, vous allez être déçus. Mais vous aurez le temps d'apprendre à vous connaître en dehors de ce cours.

Quelques étudiants marmonnent à l'avant et font sourire le prof.

– Non, les Talentueux suivent une autre formation. Qui peut me dire la différence entre les Communs et les Talentueux ?

Zoey lève la main à toute vitesse en affichant une mine prédatrice et excitée.

– Oui, Zoey ? dit Abe.

Elle rougit en découvrant qu'il connaît son prénom, comme si cela la rendait spéciale malgré ce qu'il vient de dire.

– Les vampires Talentueux avaient un talent quand ils étaient humains, et en recevant l'Empreinte, ce talent s'est transformé en une sorte de pouvoir magique.

Zoey marque une pause, comme si elle venait de révéler un savoir profond. Cela dit, c'est une information nouvelle pour moi. Margarita ne m'a rien dit au sujet des Communs et des Talentueux.

Personne ne réagit, Zoey poursuit.

– Les vampires Communs n'ont pas de pouvoir particulier, mais ils acquièrent des sens développés et la force formidable d'un vampire pur-sang dans l'année qui suit leur Imprégnation.

Zoey recule sur sa chaise, l'air arrogante et satisfaite.

– C'est exact, acquiesce Abe. Je suis un vampire Commun comme vous autres. J'ai cinquante ans en années vampire, et j'ai atteint mon potentiel vampirique au bout de quelques mois de travail acharné. Vous pouvez en faire de même en aussi peu de temps, aussi, si vous êtes aussi déterminés que je l'étais.

Il se met à faire les cent pas devant son bureau, les mains jointes dans son dos.

– Il y a quelques rares cas de Communs qui développent des pouvoirs qui les changent en Talentueux, mais ça ne peut arriver que lorsque vous êtes bien plus âgés en années vampire. Donc pour l'instant, vous êtes tous Communs, et vous le resterez sans doute.

Zoey lève de nouveau la main et Abe hoche la tête.

– Il y a aussi les Sacrés, n'est-ce pas ? demande-t-elle, les yeux étincelants.

Abe sourit.

– Tu es très curieuse, dit-il. Oui, c'est vrai. En plus des Communs et des Talentueux, il y a les Sacrés. Tu sais ce que ça veut dire, Rittman ?

Zoey rougit fièrement.

– Oui, Margarita me l'a dit, répond-elle en bombant presque le torse. Les Sacrés sont les plus anciens vampires au monde. Ils ont certains pouvoirs qui ressemblent à… de la *magie*.

– C'est juste, acquiesce Abe avant de se tourner vers le reste de la classe. Toutefois, afin de mieux l'expliquer, revenons aux Talentueux.

Il s'appuie à nouveau contre le bureau et entame ses explications.

– Les vampires Talentueux forment à peu près quinze pour cent de la population vampirique. Ce sont ceux qui excellaient dans un domaine précis durant leur vie humaine, que ce soit un domaine artistique ou scientifique, et quand ils ont reçu l'Empreinte, ce talent s'est adapté à leur nouvelle existence de façon spéciale.

Je pense à Cassidy, avec sa présence magnétique sur scène et sa voix surréelle, et me sens soudain frigorifiée alors que de la bile remonte dans ma gorge. *Elle n'aurait pas fait ça*, je me dis, presque désespérée.

– Je vais vous donner un exemple, poursuit le prof. Un de nos vampires est un homme qui était un talentueux jardinier durant sa vie humaine. Quand il a été Imprégné, il a acquis une certaine affinité avec les plantes dont il s'occupe, et cette affinité lui permet de communiquer, d'une façon spéciale, avec les plantes. Il comprend ainsi ce dont elles ont besoin pour être fortes et vigoureuses. Vous ne trouverez pas de meilleure récolte que la sienne. Ce n'est qu'un exemple parmi tant d'autres, et chaque vampire Talentueux est unique. Deux musiciens talentueux ne développeront peut-être pas le même Talent en tant que vampires. Prenez deux pianistes : l'un acquerra peut-être une oreille plus fine et rien d'autre, tandis que l'autre pourra peut-être enchanter les gens en jouant.

Mon estomac se noue de plus belle.

– Ensuite, il y a les Sacrés, dit Abe, la mine sérieuse. Les Sacrés sont rares. En ce moment, il n'y en a que dix, environ, dans le monde. Ce sont des vampires très anciens, comme l'a dit Rittman, et très puissants. Ils sont dotés de magie. Et je ne parle pas d'une *sorte* de magie, mais de magie réelle qui les rapproche des dieux.

Sans surprise, Zoey lève de nouveau la main, toujours aussi vite. Une fois qu'Abe a hoché la tête pour lui donner la permission, elle pose sa question d'une voix révérencieuse.

– Notre Lord est Sacré, n'est-ce pas ?

– Oui, en effet, confirme Abe en nous adressant un regard de mise en garde comme pour nous dire de surveiller nos arrières.

Il se redresse ensuite et fait à nouveau les cent pas.

– Je suis là pour vous enseigner tout ce que vous devez savoir au sujet de votre nouvelle existence, explique-t-il, changeant si vite de sujet que j'en suis étourdie. Vous étudierez l'histoire des rapports entre humains et vampires, la biologie vampirique, la physique vampirique, et suivrez des cours d'éducation physique et de développement personnel. Vous avez attendu longtemps pour être ici, poursuit-il, croisant brièvement mon regard, mais la patience est cruciale. Nous avons trois mois pour couvrir tout le programme, et vous pouvez être sûrs de ne manquer d'aucune connaissance quand la formation sera terminée.

Il marque un temps d'arrêt et nous adresse à tous un sourire discret mais confiant.

– Commençons, déclare-t-il.

Au cours des deux heures suivantes, Abe nous parle de notre nouvelle biologie. Comme Margarita me l'avait expliqué, l'eau qui compose environ soixante-dix pour cent de notre corps a été remplacée par du sang. Et comme l'eau dont on avait besoin quand on était humain, on doit désormais boire du sang. Je suis étonnée d'apprendre qu'on peut boire le type de sang qu'on préfère, signifiant qu'on peut se nourrir de sang animal comme humain. Apparemment, plus on avancera en âge vampire, plus on aura soif de sang.

On aborde ensuite la question de nos crocs, que l'on peut montrer ou cacher comme on le souhaite.

– Comme on n'a plus besoin de chasser pour se nourrir, explique Abe, on a évolué afin de pouvoir cacher notre identité.

Il nous demande ensuite de nous entraîner à sortir et rentrer nos crocs jusqu'à ce que cela nous soit naturel. Sentir mes canines s'allonger et s'aiguiser est étrange, mais c'est encore plus bizarre de voir tous mes camarades vampires en faire de même.

Si j'avais encore des doutes concernant l'existence des vampires, cet exercice les fait disparaître.

Abe se lance ensuite dans une explication scientifique de l'anatomie vampire, mais à ce stade, je n'arrive plus à me concentrer. La science n'a jamais été un de mes sujets préférés, et si c'est plutôt intéressant dans un contexte vampire, je me perds rapidement dans les termes et les descriptions.

Quand l'heure de notre pause arrive, Abe sort de la salle et Zoey se lève d'un bond.

– C'est tellement excitant ! s'exclame-t-elle en souriant. On ne tombera plus jamais malade ! Pensez-y ! Fini le nez qui coule !

– L'attente en valait *tellement* la peine, dit une autre fille, aussi ravie que Zoey.

Je me tourne vers Tansy, dans son coin, qui regarde dans le vide en s'entraînant à sortir et rentrer ses crocs.

– Et ce *prof* ! soupire Zoey. Il est tellement sexy.

Un des mecs à qui elle parle ricane.

– Dans tes rêves, peut-être, dit-il. Je suis là depuis déjà deux semaines et crois-moi, j'ai essayé. Je ne me ferais pas trop d'espoirs, si j'étais toi.

– Et on pourrait croire que dans la mesure où notre Lord nous a choisis, il serait plus sympa, dit une autre fille, la mine boudeuse.

– N'oubliez pas qu'on doit mériter notre place, répond un des mecs. On doit travailler pour rester dans la Ligue. Peut-être que si on échoue à notre travail, on nous met dehors ?

C'est insensé.

– Il ne peut pas nous mettre dehors, je déclare.

Zoey et ses amis se tournent pour me dévisager.

– Pourquoi ? demande ma colocataire.

– C'était expliqué dans une des clauses de l'Accord sur le Fonctionnement des Ligues qu'on a tous signé, je réponds avant de me retenir de lever les yeux au ciel face à leurs visages confus. À moins d'enfreindre l'Accord de Confidentialité, on ne peut pas être virés d'une Ligue. Il est illégal pour un Lord de le faire seulement parce qu'on échoue à son poste, par exemple.

Le mec soupire, soulagé, mais Zoey a toujours l'air perplexe.

– Mais alors, qu'est-ce qui se passe ? Si on n'est d'aucune utilité à la Ligue ?

Je hausse les épaules. Je n'en ai sincèrement aucune idée, mais quelque chose me dit que cette question mérite qu'on s'y penche. Non pas que je compte être inutile ; je tiens à rester dans cette Ligue pour une raison précise, et être inutile ne servira pas ma cause.

À la fin de la pause, Abe revient dans la salle de classe. Il est accompagné d'un autre homme, qui est vêtu d'un jean noir, d'un col roulé assorti et d'un blouson et chaussé de bottines en cuir noir. Ses cheveux ébène et bouclés lui arrivent aux oreilles, il a des yeux turquoise et un beau visage rasé de près. Il a le physique d'un nageur, svelte, avec de larges épaules, et un bronzage doré qui semble naturel.

Je retiens mon souffle et suis momentanément incapable de réfléchir.

J'entends à peine ce que dit Abe. Sans doute présente-t-il l'homme à la classe, mais je n'ai pas besoin de présentations.

L'homme balaie la classe des yeux, mais ne s'arrête pas sur moi, pas même un instant. Est-il possible qu'il ne me reconnaisse pas ? Mon visage n'a pas beaucoup changé au cours des dernières années, pas plus que le sien.

Je suis profondément confuse tout en étant parfaitement pétrifiée. Cet homme est l'une des très rares personnes à savoir des choses sur moi que je tiens à garder secrètes. Sa présence ici n'est pas juste une mauvaise coïncidence. C'est une très mauvaise nouvelle.

Je ne sais comment je parviens à paraître calme et je fais un effort surhumain pour me concentrer de nouveau sur ce que dit Abe.

– … montrer ses capacités, conclut-il avant de se tourner vers le nouveau venu.

Vers… Logan, mon premier et dernier petit ami.

Je regarde Logan avancer de quelques pas.

– Comme Abe vient de le dire, je suis Logan, et je suis un Talentueux, explique-t-il d'une voix qui m'est aussi familière qu'étrangère. Quand j'étais humain, j'étais très doué pour le foot.

J'étais un prodige, une star montante. Quand on m'a donné l'Empreinte, ce talent s'est révélé plus important que je le pensais, dit-il avant de s'adresser à Abe. Je peux mettre un coup de pied dans ton bureau ?

Abe soupire, comme s'il savait ce que cela impliquait.

– Tu m'en achèteras un autre, d'accord ?

Logan ricane avant de nous adresser un regard entendu. Il lève ensuite la jambe et met un coup de pied dans le bureau, doucement et délicatement.

Il vient à peine de l'effleurer lorsque le bureau percute le mur et se brise en un million d'échardes.

Un silence mortel règne dans la classe tandis que Logan esquisse un rictus nonchalant que je ne lui connais pas.

– Mon pouvoir est dans mes jambes, mais j'ai également plus d'endurance que la plupart des vampires. Tout ça parce que j'étais un talentueux joueur de foot.

– Logan sera votre prof de sport, annonce Abe avec un sourire machiavélique quand il voit la frousse de certains. Ne vous en faites pas, il ne vous mettra pas de coups de pied. Il ne fera que vous botter les fesses.

Logan sourit à son tour en balayant la classe des yeux. Encore une fois, il ne s'attarde pas sur moi, même si son visage ne semble plus aussi détendu lorsqu'il se concentre à nouveau sur Abe.

– Je vous vois dans quelques jours, dit-il avant de partir.

J'agis sur un coup de tête et me lève d'un bond.

– J'ai soif, je déclare à voix haute.

Je ne peux pas dire que j'ai besoin d'aller aux toilettes. Une des choses que j'ai écoutées est l'explication d'Abe sur le nouveau fonctionnement de notre système digestif. Le sang et la nourriture qu'on consomme ne se traduisent pas par les besoins naturels habituels. Au lieu de ça, ils sont transformés en énergie.

Abe me lance un regard inquisiteur, mais je me dirige vers la porte et sors avant qu'il me donne la permission de le faire. Logan est déjà à la moitié du couloir et mes pas résonnent tandis que je trottine pour le rattraper.

Il m'entend arriver et se tourne vers moi. J'ai beau être à quelques pas de lui, son visage reste impassible et ses yeux sont indéchiffrables.

– Tu sais qui je suis, non ? je demande avant d'y réfléchir à deux fois.

Il me reluque des pieds à la tête avant de trouver mon regard. Ses iris turquoise se sont mis à luire.

– Et alors ? chuchote-t-il.

Mon cœur bat la chamade tandis que l'angoisse glace mon sang. J'ouvre et referme la bouche comme un poisson, ne sachant pas quoi dire maintenant que j'ai obtenu son attention.

En même temps, que pourrais-je dire ? *Eh, ça fait un bail ? Tu peux la fermer à mon sujet, s'il te plaît ? Cimer !*

Son regard devient glacial quand je ne dis rien.

– Qu'est-ce que tu veux, Aileen ?

Entendre mon prénom dans sa bouche me fait l'effet d'un coup de poing dans le bide.

– Comment peux-tu être ici ? je demande. Qu'est-ce qui t'est arrivé ?

J'ai l'impression qu'il ne s'attendait pas à ce que je dise ça, et son visage se déforme sous l'effet de la colère.

– Je pourrais te poser la même question.

Mon cerveau est sens dessus dessous et j'essaie de faire le tri dans mes pensées pour décider quoi dire. Logan marche vers moi d'un pas décidé et s'arrête à quelques centimètres de moi pour me fusiller du regard.

– Que ce soit bien clair, chuchote-t-il d'un ton menaçant. Ici, on ne se connaît pas. On est de parfaits putains d'inconnus l'un pour l'autre qui n'ont pas de passé en commun.

Sa voix est chargée de colère et d'émotion. C'est comme s'il avait attendu longtemps pour déverser sa haine et que maintenant qu'il en avait l'occasion, il n'avait pas l'intention de se retenir.

– Je… Logan, je…

Je ne sais pas quoi dire. J'ai envie de tout lui dire, et rien à la fois.

– Oui, Aileen, crache-t-il avec un sourire froid. Je garderai tes putains de secrets, du moment que tu ne t'approches pas de moi.

Il fait un pas en arrière, l'air dégoûté.

– C'est le moins que tu puisses faire après ce qui est arrivé. Je suis bien clair ?

Je le dévisage, choquée. Car ce Logan est plus qu'un vampire. C'est une personne totalement différente du garçon que je connaissais.

Son regard noircit quand je ne réponds pas.

– Je t'ai demandé si je suis clair, putain ? grogne-t-il.

Mon estomac fait un saut périlleux, et un sentiment de deuil prend le pas sur toutes mes autres émotions.

– Limpide, je réussis à répondre, je ne sais comment.

Quand il me tourne le dos et s'éloigne, j'ai l'impression de perdre Logan une deuxième fois.

Le pire, c'est que je le mérite.

CHAPITRE 7

Le lendemain, Zoey, Tansy et moi sommes sur le point d'aller prendre le petit déjeuner quand Tansy pointe du doigt un petit bout de papier soigneusement plié et glissé sous notre porte.

– Lisons-le d'abord, dit-elle.

Objet : Affectations Temporaires

Chères résidentes de la Suite 2304,

Pendant que vous suivez la Formation Générale des Nouveaux-Arrivants, il est attendu de vous que vous travailliez comme tous les vampires de cette Ligue. Vous vous verrez attribuer un poste permanent à la fin de la formation, mais en attendant, vos affectations, qui commencent immédiatement après le petit déjeuner, sont les suivantes :

• Zoey Rittman : Assistante de bibliothécaire. Voyez Sanu aux Archives.

• Tansy Contos : Assistante aux Ressources vampiriques. Voyez Maika à son bureau du troisième étage.

• Aileen Henderson : Employée de cuisine. Voyez Lon à la cafétéria.

Bonne chance !

Maika Russi

Directrice adjointe, Ressources Vampiriques

– Merde, je marmonne.

Je m'y attendais. C'était écrit dans l'Accord, après tout. Mais « employée de cuisine » ? J'arrive à peine à préparer des nouilles instantanées.

– Rien n'est gratuit, soupire Zoey.

On se dirige toutes les trois vers la cafétéria et Tansy parle de sa voix naturellement rêveuse.

– J'aime bien Margarita.

À en juger par la mine dégoûtée de Zoey, elle est bien la seule.

– Eh ben, tu as de la chance de travailler dans son bureau, alors.

– Un boulot est un boulot, répond Tansy en haussant les épaules.

– Je me demande pourquoi on nous a donné ces affectations en particulier ? je m'interroge à voix haute en regardant Zoey. Je ne crois pas qu'on puisse me considérer comme une bonne cuisinière.

Comme Tansy, Zoey hausse les épaules.

– Je suppose qu'on va bientôt le découvrir.

Arrivées à la cafétéria, on s'assoit avec Gus et Jakob qui sont en FGNA avec nous. J'apprends qu'ils étaient tous les deux voisins dans un des quartiers les plus chics de leur ville, ce qui me pousse à me demander ce qu'ils font ici. Je ne leur pose pas la question, car ils ont tous les deux l'air ravis d'être là.

Contrairement à moi.

– Vous avez eu quelles affectations ? leur demande Zoey.

– Je suis Assistant aux Archives, répond Gus, et Jakob, ce veinard, a un poste dans le bureau d'un des Lieutenants.

– Les Lieutenants ? s'enquiert Tansy en penchant la tête sur le côté.

– Chaque Lord a deux Lieutenants ; un bras droit, si tu veux, explique Jakob. J'ai lu ça dans les documents que le prof nous a donnés, ajoute-t-il fièrement. J'ai hâte d'apprendre tout ce que je peux et d'explorer la Ligue qui va être mon chez-moi.

Son regard pétille de joie comme un enfant le matin de Noël.

– Qui sont les Lieutenants, alors ? demande Zoey.

– Notre Lord en a deux, dit Jakob. Je suis assigné à Margarita, des RV, et je ne sais pas qui est l'autre. Bref, et vous, vous avez eu quoi ?

– Je suis aux Archives aussi, dit Zoey en souriant à Gus. On n'a qu'à y aller ensemble.

– Je suis aux Ressources Vampiriques, répond Tansy avant de parler pour moi. Aileen est en cuisine.

Tout le monde m'adresse un regard plein d'empathie.

– Les postes en cuisine sont rudes, me dit Jakob, comme si je ne le savais pas déjà. Il semblerait que même Maika Russo a une dent contre moi.

– Ça ne me fait pas peur, je réponds simplement, déterminée à ne pas montrer combien ça m'inquiète.

– Ce n'est pas le travail de Sisyphe qui est rude, rétorque Jakob, la mine lugubre. Ça fait deux semaines que je suis là et j'ai vu comment sont traités les employés de cuisine.

Il marque une pause presque théâtrale avant de conclure :

– Ce n'est pas joli.

Zoey acquiesce, l'air grave.

– Je l'ai remarqué aussi. On dirait que la plupart des gens ne considèrent pas le travail en cuisine comme une tâche honorable ni même respectable.

En effet, ça n'a pas l'air joli…

– Eh ben, je n'ai pas vraiment le choix, hein ? je marmonne d'un ton un peu trop amer alors que le visage de Ragnor apparaît dans ma tête et que toutes sortes d'idées meurtrières s'y ajoutent.

Quand on a fini notre petit déjeuner, notre groupe se sépare et chacun part à son affectation.

J'approche d'une des vampires vêtue d'un tablier, elle nettoie la table à côté de la nôtre.

– Je cherche Lon. Je commence à travailler ici, aujourd'hui.

Elle hoche la tête vers une double porte derrière elle.

– Va en cuisine. Lon est là-bas.

J'obéis et passe les portes, qui donnent sur une salle de plonge. Un homme s'y trouve, occupé à crier sur l'une des employées, et je reste à l'écart jusqu'à ce qu'il ait fini de lui aboyer dessus. Ses yeux sont remplis de larmes et quand elle me voit, elle les essuie sur son tablier blanc et court dans la cuisine.

– Vous êtes Lon ? je devine en avançant vers lui.

Il tourne brusquement la tête et rive ses yeux jaunes et luisants sur moi.

– Tu es une des nouvelles de Ragnor, crache-t-il.

– Oui, je confirme en m'efforçant de garder une expression neutre alors que je bous de rage d'être désignée comme l'une des filles de Ragnor, comme une sorte de prostituée. Je m'appelle…

– Je me fous de connaître ton nom, gronde-t-il sèchement. Pour moi, tu es la numéro deux cent quarante-neuf. Je vais te montrer une seule fois comment ça fonctionne, puis tu es toute seule. Apprends vite, pose des questions si tu ne comprends pas et concentre-toi. Si tu arrives en retard ou que tu ne suis pas mes instructions, tu pourras faire une croix sur une lettre de recommandation chaleureuse et flatteuse. Compris ?

Non, pas compris, non.

– Une recommandation ?

– Pour les Enchères ! Tu as besoin d'une bonne lettre de reco pour les Enchères, aboie-t-il en secouant la tête. Je n'ai pas le temps pour ces conneries. Chaque semestre, les nouveaux sont de plus en plus débiles. Allez, viens ! crie-t-il.

J'essaie de suivre ses pas rapides dans la cuisine tandis que les cuisiniers, les serveurs, les plongeurs et les autres employés s'affairent autour de nous. Il fourre un tablier blanc dans mes mains, m'ordonne de me mettre au travail et part hurler sur quelqu'un d'autre.

Je sens que ça va être génial.

Je mets le tablier et me tourne vers un employé mort de peur qui coupe si vite des légumes que je m'inquiète qu'il se tranche le doigt.

– Je commence où ? je lui demande.

Il pousse une planche à découper dans ma direction, me tend un couteau et désigne un énorme tas d'oignons, il chuchote d'une voix horrifiée.

– Fais quelque chose, *n'importe quoi*.

Je m'exécute donc. Je coupe huit gros oignons alors que les larmes coulent sur mes joues. Quand j'ai fini, j'attendris des entrecôtes et d'autres morceaux de viande avant de les laisser reposer à température ambiante. Ensuite, j'aide à préparer des litres de sauce Alfredo et m'assure que chaque cuisinier a suffisamment de stock pour tenir tout le dîner, et quand j'ai fini, je lave la vaisselle qui s'est empilée.

Personne ne parle pendant qu'il travaille, en dehors des « Envoyez ! » des cuistots quand les plats sont prêts à partir. Lon fait les cent pas d'un coin de la cuisine à l'autre, terrorisant toute l'équipe avec ses grognements menaçants et ses cris. Tantôt la présentation des assiettes ne va pas, tantôt la température de la viande est fausse, tantôt quelqu'un a commandé la sauce bolognaise et *pas* la marinara... Il nous demande comment on a réussi à conserver nos emplois pendant nos vies humaines en étant inaptes à ce point. Il se demande comment il va réussir avec des employés aussi stupides et promet de parler à Maika pour se plaindre qu'on lui ait assigné de tels nases en cuisine.

Le pire, dans tout ça, c'est le moment où il goûte les plats, ce qui finit presque toujours par la nécessité de repartir de zéro après qu'il a vidé les casseroles dans la poubelle en clamant de façon presque théâtrale : « Les gens ! J'ai goûté de la merde qui était meilleure que ça ! »

Comparé à Lon, Gordon Ramsay est un véritable chaton.

Je me contente de me taire et de faire ce qu'on me dit. Chaque fois que Lon hurle ou renverse une marmite de sauce dans l'évier, ma colère enfle. Toutefois, Lon n'est qu'un rouage de la machine. Il n'est pas responsable de tout ça ni de ma présence ici. Ce n'est pas lui qui paiera pour ce qui est arrivé à Cassidy et moi.

Alors que l'heure du déjeuner approche, Lon se met à appeler les employés par leur numéro – sans crier, cette fois.

– Cent ! Deux cent treize ! Soixante-sept ! Vingt ! Cent quatre-vingt-dix !

Lon lit les numéros sur la liste qu'il tient devant son visage criblé de cicatrices d'acné.

Un par un, ceux qui sont appelés pâlissent, comme s'ils avaient vu un fantôme, puis ils se dépêchent de se mettre en rang devant lui et d'attendre ses ordres.

Je me tourne vers la fille qui travaille au poste à côté du mien.

– Qu'est-ce qui se passe ? je chuchote.

– Il choisit les serveurs du déjeuner, répond-elle, l'air apeurée. C'est tout ?

– Pourquoi ils paniquent ?

Elle n'a pas le temps de me répondre, car Lon aboie : « Deux cent quarante-neuf ! »

J'arrête ce que j'étais en train de faire, essuie mes mains sur mon tablier et marche jusqu'à lui.

– Tu suis cent quatre-vingt-dix, dit-il sans lever la tête de sa feuille.

La numéro cent quatre-vingt-dix se présente comme Jada alors que je la suis dans la cafétéria. C'est une grande fille à la peau noire, avec une belle masse de boucles brunes autour de la tête, comme un halo. Ses yeux d'un superbe gris pâle sont gentils quand elle les pose sur moi.

– Ne t'en fais pas pour Lon. C'est peut-être un enfoiré, mais au moins, il ne s'en cache pas.

– On dirait presque que tu *l'apprécies*, je ricane.

– Tu es folle, glousse-t-elle. J'essaie juste de voir le bon côté des choses.

Elle enlève son tablier taché et en met un noir qui est propre en me faisant signe de l'imiter.

– Je n'ai pas l'impression qu'il y en ait, je proteste.

– Ben, c'est vrai, admet-elle d'un air compatissant. Mais si ça peut te rassurer, je peux essayer de demander à Lon de te mettre à la plonge, la prochaine fois.

J'essaie de ne pas grimacer.

– Ça n'a pas l'air mieux, je réponds tandis qu'on se précipite vers le buffet.

– Tu serais surprise, me dit-elle en souriant. De tous les boulots que j'ai faits ici, la plonge était le meilleur.

– De *tous* les boulots ? je demande pendant qu'on se sert dans les casseroles approuvées par Lon pour remplir les énormes plats.

Jada m'adresse un regard enjoué en renversant un peu de sauce sur sa main.

– Tous les vamps n'ont pas de poste fixe, ici, répond-elle d'une voix distraite tout en léchant sa main.

Elle suce son pouce avant de se laver les mains, de prendre la casserole et d'en verser le contenu dans d'énormes saladiers de pâtes.

– Certains d'entre nous, comme moi, refusent de rester au même endroit trop longtemps.

Je fronce les sourcils et, armée de pinces argentées, j'attrape un nem en réfléchissant à ce qu'elle vient de dire.

– Alors, tu es comme une travailleuse free-lance ?

– Je préfère le terme touche-à-tout, dit-elle en souriant. J'ai de la chance, tu sais. Je ne crois pas que les autres Lords accordent autant de marge de manœuvre à leurs vampires.

Sa réponse fait jaillir toutes sortes de questions dans ma tête, mais l'aboiement de Lon m'empêche de les poser.

– Bougez-vous, ou je vous jure que vous bosserez en cuisine jusqu'à la fin de votre existence !

Jada et moi nous dépêchons de terminer, puis tous les serveurs se mettent en ligne.

– On ne sert que les hauts gradés, les Lords, leurs Lieutenants et quiconque avec un titre de Directeur ou plus, chuchote Jada. Je te conseille de la fermer à moins qu'ils te parlent, puis tu prends leurs commandes et tu les sers, m'explique-t-elle, l'air très sérieux. Ne prends jamais la commande de quelqu'un qui n'est pas assis à la table des dirigeants.

Ça a l'air super.

– D'accord.

Un bruit sourd résonne dans la cuisine, puis Lon s'avance vers nous.

– Cinq et six, dit-il à l'un des serveurs avant de passer au suivant, puis au suivant. Sept et trois. Quatre et dix. Huit et neuf.

Il s'arrête ensuite devant moi et me reluque de la tête aux pieds et de gauche à droite.

– La une.

Il passe au suivant et Jada me regarde d'un air navré.

– Tu n'as vraiment pas de chance, Aileen. Fais gaffe. La une est la table la pire.

Ah.

– Mais j'ai qu'une table, je chuchote, soulagée.

Peut-être que Lon a décidé d'être sympa avec moi, étant donné que je suis nouvelle.

– Hélas, c'est comme si t'en avais dix, marmonne-t-elle avant de se parler à elle-même. La huit et la neuf, *encore*. Putain…

– Qui est assis à la une ? je lui demande en me disant que ça ne peut pas être horrible à ce point.

– Le Lord, ses Lieutenants et tous ceux qui sont dignes de manger avec eux, répond-elle en me souriant tristement.

Voilà qui est génial, putain…

CHAPITRE 8

Il est une heure trente et la table une est toujours vide. Je reste à l'écart tandis que les autres tables se remplissent autour de moi, attendant impatiemment que les vampires auxquels on m'a affectée se pointent.

Pendant que j'attends, je ne peux m'empêcher de percevoir une atmosphère étouffante et horrible dans la cafétéria. Il y règne un mauvais présage qui n'y était pas avant, comme si l'endroit s'était transformé du tout au tout durant les heures où j'étais en cuisine, devenant une prison cruelle et inflexible. L'odeur de nourriture ne fait rien pour apaiser la nausée qui me prend.

Quand les invités de la une arrivent enfin, il ne reste plus que quelques vampires dans la salle, dont Jakob, Gus, Zoey et quelques autres étudiants de ma classe, assis près de la cuisine. Ils sont tellement concentrés sur leur conversation qu'ils ne m'ont pas remarquée, mais ils tournent tous la tête vers la porte en même temps.

Le premier à entrer est l'un des plus beaux hommes que j'aie jamais vus. Avec ses cheveux dorés et légèrement cuivrés, ses yeux couleur miel et sa peau bronzée, mon regard est immédiatement happé. Son corps ultra musclé d'un mètre quatre-vingt-quinze est juste impossible à ignorer et sa façon de marcher d'un pas assuré et confiant, comme un mannequin habitué aux podiums, est envoûtante. Il est vraiment incroyablement beau.

Margarita marche à côté de lui. Ses yeux verts et félins luisent et sont assortis à sa robe émeraude. Ses boucles auburn, qui lui arrivent à la taille, rebondissent à chaque pas. Elle se déplace avec l'assurance d'une personne habituée à avoir ce qu'elle veut et elle glousse à tout ce que lui dit l'homme.

Mais ils ne sont pas seuls.

Logan les accompagne, tête baissée, comme s'il était préoccupé. Le trio s'installe à la table une et le bel homme continue de chuchoter à l'oreille de Margarita, qui ricane comme s'il était la personne la plus drôle sur terre.

Je marche à contrecœur vers eux en sentant le regard compatissant des autres serveurs. Je m'arrête devant eux et sors un petit carnet et un stylo de la poche du tablier.

– Vous êtes prêts à commander ?

Ils se tournent tous les trois vers moi. Je fais en sorte que mon expression reste neutre et détendue en attendant qu'ils parlent. Je vois le bel homme me reluquer, puis il se concentre de nouveau sur Margarita. Apparemment, ce qu'il voit ne l'intéresse pas. Margarita grimace, comme si j'avais posé la question la plus débile au monde, puis elle se tourne vers l'homme. La pipelette d'il y a deux jours a disparu, on dirait.

Logan est le seul à me répondre, même s'il le fait sans me regarder.

– On attend notre Lord.

Je me crispe en réaction à son ton dédaigneux et je hoche brièvement la tête. Je m'éloigne de leur table et entends Margarita murmurer, assez fort pour que j'entende : « Je n'en reviens pas que Ragnor ait donné l'Empreinte à *ça*. »

Le bel homme chuchote dans son oreille tout en me regardant, mais je ne l'entends pas.

– Non, Magnus, ricane la Lieutenante en me reluquant des pieds à la tête et en secouant la tête d'un air incrédule.

Je suis sur le point de retourner en cuisine pour échapper à leur regard et au dédain de Logan quand les portes de la cafétéria s'ouvrent sur Ragnor Rayne.

Il est vêtu de son trench signature, d'un pantalon noir, d'une chemise assortie et porte ses rangers noirs. Ses cheveux bruns lui arrivent aux oreilles et sont légèrement ondulés, comme s'ils avaient séché naturellement après sa douche. Il avance de sa démarche prédatrice et balaie la salle de ses yeux bleu nuit, comme si tout ce qui l'entoure lui appartenait. Je suis à nouveau frappée par sa présence. Mon cœur bat la chamade et je sens la colère faire rougir mes joues. Je me remémore ma dernière rencontre avec lui il y a quelques jours aux Ressources Vampiriques, et mon sang bouillonne.

Le voilà dans la cafétéria, insouciant, alors que je suis coincée ici à faire un travail que je n'ai pas choisi, à mener la vie qu'il m'a imposée.

Il croise soudain mon regard et un frisson électrique parcourt mes veines. Je me force à détourner les yeux et me concentre sur la femme qui l'accompagne, mais c'est une grave erreur. Comment n'ai-je pas pu la remarquer avant maintenant ?

Cassidy.

J'oublie complètement Ragnor, choquée de la revoir après tout ce qui s'est passé. Elle n'est pas différente de la dernière fois que je l'ai vue, comme si rien n'avait changé. Ses cheveux ébène sont aussi soyeux que toujours, ses yeux verts luisent de satisfaction et sa peau est aussi parfaite qu'avant, si ce n'est plus. Elle porte les mêmes vêtements voyants qu'elle a toujours tant aimés.

La seule différence est dans son comportement. Elle est rayonnante de joie et de contentement, comme si le nuage sombre qui planait constamment au-dessus de sa tête avait été balayé par les rayons du soleil. Sa posture est plus confiante et détendue et ne ressemble en rien à la fausse arrogance dont elle faisait toujours preuve. D'ailleurs, je n'ai jamais vu Cassidy être aussi exubérante que maintenant.

Ça ne peut signifier qu'une chose : Ragnor ne lui a pas donné l'Empreinte au hasard. Il ne l'attaquait pas dans cette ruelle, ce soir-là. Cassidy était entièrement consentante.

Ce qui veut dire qu'elle était sur la liste d'attente.

Un sentiment de trahison transperce ma poitrine. Pourquoi ne m'a-t-elle rien dit ? Cassidy ne m'aurait jamais rien caché, par le passé. Alors qu'est-ce qui a changé ? Pourquoi a-t-elle abandonné sa liberté, comme si ça ne valait rien ?

Et comment ose-t-elle être aussi insouciante et heureuse alors que je suis parfaitement misérable ?

Cela dit, est-ce une perte de liberté si elle a consenti à devenir vampire ?

Je tente de respirer lentement. *Je dois me calmer. Je ne peux pas me permettre de craquer ici.*

Les invités de la table une se lèvent à l'arrivée de Ragnor et Cassidy, puis tous s'installent, et un silence s'abat sur la salle. Cette fois, quand je regarde vers la table de Zoey, ils me dévisagent tous. Et ce ne sont pas les seuls, je suis désormais au centre de l'attention de toute la cafétéria. Tout le monde semble retenir son souffle, comme s'ils attendaient le début d'un spectacle.

Je fais un effort surhumain et parviens à feindre d'être calme alors que mon cerveau est sens dessus dessous. J'avance donc vers la table une pour la deuxième fois, les yeux sur mon carnet, même si du coin de l'œil, je vois Cassidy me dévisager avec des yeux stupéfaits. Sa bouche s'ouvre comme pour dire quelque chose, puis elle la referme, fronce les sourcils et détourne le regard.

J'ai immédiatement envie de la gifler. *Comment oses-tu ?* La question résonne dans ma tête comme un coup de tonnerre. *Comment oses-tu me traîner dans cet enfer, puis t'asseoir là comme une princesse pendant que je te sers comme une putain de servante ?*

D'un point de vue rationnel, je sais qu'elle ne m'a pas *traînée* ici. Je l'ai suivie de mon propre gré. Ma colère est due à l'accumulation de tout ce qui s'est passé à cause d'elle, car au cours de nos trois années d'amitié, j'ai été une bien meilleure amie pour elle qu'elle ne l'a été pour moi. Je l'ai aidée à se tirer de situations compliquées, j'ai trouvé des concerts pour son groupe pourri et je l'ai laissée me marcher dessus juste pour la rendre heureuse.

Je ne sais comment, même après que j'ai risqué ma vie pour la sauver, c'est la belle Cassidy qui se retrouve au bras d'un Lord vampire, l'air parfaitement paisible.

– Qu'est-ce que je peux vous servir ? je demande d'une voix ferme alors que mes mains tremblent légèrement.

– Et si tu nous faisais un petit sourire ? dit Margarita.

Quand je lève la tête vers elle, son regard calculateur est rivé sur moi. La femme d'il y a deux jours, qui m'a servi de guide et m'a menti par omission en faisant comme si ma situation était normale. Certes, elle n'avait pas été spécialement gentille, mais elle est carrément méchante, maintenant.

– Je suis là pour prendre votre commande, Madame, je réponds aussi calmement que possible en sachant que tout le monde, y compris *Cassidy*, m'observe.

– Je commande un sourire, insiste Margarita en dégainant son sourire carnassier.

Je me crispe et commence à voir rouge. *C'est quoi le problème de cette pétasse ?*

– J'aimerais un faux-filet et du risotto, interrompt Logan en lançant un regard de mise en garde à Margarita. Si tu pouvais ajouter des champignons au risotto, ce serait super.

Je le note aussitôt sur mon carnet en espérant qu'ils imiteront tous Logan et passeront commande sans nouvel incident. Margarita hoche la tête en direction de Logan, comme pour lui dire qu'elle sera gentille, dorénavant. Elle dégaine ensuite un faux sourire et se concentre sur moi.

– Je prendrai la même chose que lui, et j'aimerais aussi, la *novice*, que tu me fasses un putain de sourire, ricane-t-elle.

Je décide que la contredire est une perte d'énergie, surtout quand je suis déjà sur le point de craquer, et je respire à nouveau avant de dégager mes cheveux de mon visage et d'esquisser un sourire froid et dépourvu de joie.

Sa délectation disparaît, remplacée par un regard assassin.

– Un peu de respect, *Aileeeeeeeen*. Je suis une *Lieutenante*.

Sa façon de prononcer mon prénom et son expression suffisante me disent tout ce que j'ai besoin de savoir à son sujet, au cas où je ne l'aurais pas déjà pigé. Le fait que personne ne la reprenne me met encore plus en colère.

J'efface mon sourire, hoche la tête et réponds avec juste ce qu'il faut de moquerie.

– Je te respecte.

Mon tutoiement et le ton de ma voix la mettent hors d'elle.

– Espèce de petite *garce*...

– Ça suffit, Margarita, gronde une voix grave.

Je tourne la tête vers Ragnor, dont les yeux sont rivés sur moi. Je frissonne tandis qu'il soutient mon regard, puis une étincelle embrase mon sang. Je n'arrive plus à détourner le regard, et je ne suis pas certaine d'en avoir envie.

– Trois faux-filets saignants et un plat de pâtes, dit-il avant de se lécher les lèvres sans me quitter des yeux.

Quelqu'un se racle soudain la gorge et mes yeux quittent ceux de Ragnor. C'est Cassidy.

Lentement, je me concentre sur elle et elle soutient longuement mon regard. J'ai l'impression qu'elle essaie de savoir si j'ai l'intention de mentionner notre passé commun.

– Je prendrai un faux-filet aussi, dit-elle enfin.

Je réalise alors que les vies qu'on menait avant sont réellement révolues. Effacées. Les amitiés ? Les relations amoureuses ? Les profs qu'on a pu avoir ? Je suis la seule à m'en soucier. Cassidy était une musicienne en difficulté, là-haut. Ici, elle est de mèche avec un Lord vampire très puissant, assise à côté de lui à la table *une*, et elle est servie par quelqu'un qu'elle connaissait et, si je suis honnête, qu'elle n'appréciait pas tant que ça. Elle ne me doit rien, donc attendre qu'elle dise autre chose ne sert à rien. Ici-bas, Cassidy ne veut pas me connaître.

Il semblerait que je sois la seule à m'accrocher à la vie que je menais là-haut et, quelles que soient les circonstances, malgré ma colère et mon sentiment d'avoir été trahie, il faut que ça cesse. Tout de suite.

Alors, comme si mon corps était passé en mode pilote automatique maintenant que je comprends comment les choses fonctionnent ici, je me surprends à répondre :

– Avec les trois faux-filets commandés par notre Lord, nous n'en avons plus. Je recommande un filet de poulet comme apport en protéines.

– Je prendrai le poulet, alors, répond Cassidy en soupirant d'un air épuisé, comme si elle venait de négocier une libération d'otage.

Elle sait être théâtrale, quand elle n'a pas ce qu'elle veut.

J'ai des milliers de choses sur le bout de la langue. Au lieu de ça, j'écris les commandes de Ragnor et Cassidy sur mon carnet.

– Ce sera tout ? je demande en regardant toute la table.

Le bel homme passe commande sans incident, que je note également. Quand je lève la tête, Cassidy continue de me dévisager. Et je vois enfin dans son regard ce que je n'avais pas perçu auparavant.

La panique.

Elle me supplie de ne rien dire. Pas ici, pas maintenant.

Il ne faut pas être un génie pour comprendre les raisons de Cassidy – elle vient d'arriver au bras du Lord de notre Ligue *et* elle est apparemment suffisamment importante pour déjeuner à la table *une*.

Notre maigre amitié d'avant n'est plus qu'un lointain souvenir. Elle est partie aux oubliettes maintenant qu'elle n'est plus la pauvre chanteuse d'un groupe merdique, vivant dans un quartier merdique, attendant de devenir vampire.

D'abord Logan, maintenant Cassidy. J'ai beau être entourée de centaines de vampires, je suis véritablement seule.

Quand j'ai fini de noter les commandes, je tourne les talons et pars, le regard droit devant moi, ignorant les regards compatissants de mes camarades et les mines moqueuses du reste de la Ligue.

CHAPITRE 9

L'aube approche quand je finis mon premier service à la cafétéria. Même Lon est parti. J'arrache mon tablier et le jette dans la panière à linge avant de me laver les mains dans une tentative de me débarrasser de cette *horrible* journée.

J'ai été ridiculisée, moquée, on m'a crié dessus, insultée et défiée du regard. J'ai dû regarder Cassidy et Logan rire et manger et se comporter comme s'ils n'avaient pas le moindre souci au monde.

Je quitte la cuisine en espérant qu'elle prendra feu, et je sors juste de la cafétéria quand une voix familière me fait sursauter.

– Bon travail, aujourd'hui.

Je suis tellement à cran que sa remarque est la goutte de trop. Je pivote sur moi-même, furieuse, et projette mon poing vers son visage quand il attrape mon poignet puis saisit l'autre. Il me pousse ensuite en arrière comme si je ne pesais rien et me plaque contre le mur.

Je me retrouve nez à nez avec Ragnor Rayne, la raison de toute ma souffrance.

Son regard bleu nuit est froid et son visage est tellement neutre que c'est intimidant. Maintenant, je ne peux plus penser qu'à lui. Il tient fort mes poignets, sans me faire mal pour autant. J'ai l'impression que ma peau s'embrase aux endroits où il me touche

– Jolie tentative, susurre-t-il en regardant mon petit poing fermé avant de trouver à nouveau mon regard. Mais que ça te serve de mise en garde. Si tu essaies encore une fois de me frapper, je ne serai pas aussi clément.

– Lâche-moi, enfoiré ! je crache alors que je sens mon corps se détendre peu à peu.

Rapide comme l'éclair, il lâche une main et empoigne ma gorge. Je me surprends à regretter qu'il ne la tienne pas assez fort pour me faire mal. L'espace d'un instant, je suis vulnérable face à lui, comme si mon corps me trahissait.

– Fais gaffe, Henderson, dit-il alors que ses yeux ne sont plus aussi froids et que son souffle accélère. Sinon...

Je n'attends pas qu'il finisse. Des pensées folles jaillissent dans ma tête, malgré moi. J'utilise donc ma main libre pour le frapper de nouveau, mais dans un éclair, il me fait pivoter pour plaquer ma poitrine contre le mur et piéger mes mains dans mon dos. Ses cuisses sont contre les miennes et je ne peux plus bouger.

J'inspire brusquement en sentant nos corps emmêlés et collés l'un à l'autre alors qu'ils ne le devraient pas. Il resserre son étreinte et se rapproche encore jusqu'à ce que je le sente d'une manière que je regrette.

Mon bas-ventre se liquéfie, mais je refuse d'y penser. Je veux m'enfuir aussi loin de lui que possible.

Mais je ne peux pas.

Et quand je sens son souffle tout près de mon oreille, je regrette d'avoir tenté de le frapper.

– Tu as fini ? chuchote-t-il d'une voix ferme, mais dépourvue de colère.

Comme si j'avais fini. J'ignore les signaux d'alarme qui résonnent dans ma tête et décide que c'est maintenant ou jamais.

– Tu n'as pas le droit, je crache, de plus en plus furieuse au point de le tutoyer. Tu n'as pas le droit de rendre ma vie ici difficile après ce que tu m'as fait.

Je gigote contre lui et chaque mouvement nous rapproche un peu plus encore.

Le silence de Ragnor et son étreinte inflexible m'énervent au plus haut point.

– Tu m'as tout pris, je siffle en tremblant de rage. Et ça ne serait presque pas grave, sauf que tu t'es montré consensuel avec tous les autres !

– Tu devrais me remercier, gronde-t-il d'une voix encore plus grave. Tu devrais baiser le sol à mes pieds de t'avoir laissée vivre.

– Tu ne m'as pas laissé le choix ! j'aboie, rapprochant sans le vouloir mon oreille de sa bouche.

– Ah, chuchote-t-il, tu aurais préféré que je te tue ?

Je me crispe alors que de lointains souvenirs d'urnes et d'une rivière ensanglantée jaillissent dans mon esprit. Ma peau se couvre de sueur froide et mon souffle devient superficiel.

– Oui, je susurre. Tu aurais dû.

J'ai l'impression qu'il se fige.

– Pourquoi ?

Soudain, je me sens épuisée. Tellement épuisée.

– Lâche-moi, je réponds plutôt. Juste… lâche-moi.

Laisse-moi partir d'ici et ne plus jamais revenir.

– Seulement si tu comptes être sage, murmure-t-il.

– Je le serai, je réponds, vidée.

Je suis surprise qu'il me libère et fasse un pas en arrière. Je me tourne vers lui et vois son regard remonter lentement de mes pieds jusqu'à ma tête.

J'ignore les flammes qui font rage dans les endroits de mon corps restés gelés pendant si longtemps et suis sur le point de partir lorsqu'il m'en empêche.

– Je n'ai pas dit que tu pouvais partir.

Je m'arrête et tourne brusquement la tête vers lui.

– Je ne suis pas ton chien, je rétorque avant de poursuivre mon chemin.

J'ai à peine cligné des yeux qu'il me barre la route. L'instant d'après, il empoigne mon menton et m'oblige à lever la tête vers lui, à le regarder dans ses yeux bleus et luisants.

– Tu ne comprends toujours pas comme ça fonctionne ici, hein ? gronde-t-il.

– Je te l'ai dit, je rétorque en rougissant. Tu aurais dû me tuer.

Il se rapproche jusqu'à presser nos corps l'un contre l'autre et je retiens mon souffle, frottant ma poitrine à son torse, et le minuscule mouvement fait durcir mes tétons. *Merde.*

– Je t'ai donné une nouvelle vie. Une *meilleure* vie, dit-il doucement.

Ses yeux ne luisent plus et son expression est désormais pensive.

– Tu es plus forte que tu ne l'as jamais été. Tu peux choisir d'appartenir à une communauté. Je t'ai offert une vie que la plupart des gens rêvent d'avoir et qui, en général, leur est refusée.

J'empoigne le col de sa chemise et m'en sers pour me mettre sur la pointe des pieds de sorte que nos visages ne sont plus qu'à quelques millimètres d'écart. Je sens les parties de mon corps s'embraser de plus en plus au point que cela devient difficile à ignorer.

– Je n'ai jamais demandé ça, je dis en le fusillant du regard. J'étais heureuse, là-haut. J'étais satisfaite. J'étais *libre.*

C'est un énorme mensonge. Ma vie d'avant était pourrie. J'allais au travail, je rentrais chez moi. Je mangeais des plats surgelés. J'allais voir les concerts merdiques de Cassidy. Je rentrais. Je recommençais le lendemain. Cette vie était dénuée de sens, mais c'était *ma* vie. Je la contrôlais. Et Ragnor m'a tout pris.

– Tu as pris la seule chose qui comptait pour moi, je siffle, et tu le regretteras.

Il plonge son regard dans le mien et, l'espace d'un instant, je n'ai plus envie de le lâcher. J'ai envie de me rapprocher, de coller mon torse au sien, de plaquer mes seins contre lui et d'effleurer ses lèvres des miennes.

Surprise par le tournant soudain de mes pensées, je le lâche, comme si je venais de me brûler, puis je me tourne et suis sur le point de partir quand il reprend la parole.

– Tout ça serait plus simple pour toi si tu arrêtais de te battre.

Une part de moi me pousse à poursuivre mon chemin sans répondre. Quelque chose me dit que continuer cette petite discussion est dangereux. Toutefois, ma tête et ma bouche ont des envies différentes, et je ricane en continuant ma route.

– Je n'en ai strictement rien à foutre.

– Comme tu voudras, alors, dit-il.

Je le sens alors juste derrière moi. Il me prend par la taille et me ramène contre lui, et des courants électriques crépitent le long de ma colonne vertébrale. Je suis brièvement figée et je me crispe encore plus quand il glisse ses mains sur mon bas-ventre et écarte les doigts. Mon cœur bat la chamade et les horribles pensées d'avant jaillissent à nouveau sous forme d'images de lui me plaquant contre le mur avant d'arracher mon pantalon, puis de baisser le sien.

Je pousse un cri aigu, ferme les yeux et essaie de fuir son étreinte infernale quand ses propos me figent sur place.

– Sois dans mon bureau demain, à six heures.

CHAPITRE 10

Le lendemain, je vais partir petit-déjeuner quand j'entre dans le salon et trouve Zoey en train de lire un livre. Son expression est étrange, j'ai l'impression que ses yeux ne bougent pas, comme si son esprit était ailleurs.

Je m'assois sur le canapé à côté d'elle.

– Bonjour, je chuchote quand elle ne réagit pas à mon arrivée.

Elle sursaute et tourne rapidement la tête vers moi.

– Ah, dit-elle en se détendant. Bonjour.

Je fronce les sourcils et hésite à m'en mêler ou pas, mais je vois les cernes sous ses yeux et me décide.

– Ça va ?

Elle se crispe un peu, puis elle soupire.

– Non, chuchote-t-elle. Ça ne va pas.

J'hésite un peu, puis je prends sa main dans la mienne.

– Je viens d'être informée que…

Elle secoue la tête.

– Quelqu'un de ma famille est décédé.

La première question qui me vient à l'esprit est comment elle l'a su. Nos téléphones ont été confisqués et on n'a aucun moyen de contacter le monde extérieur – tant qu'on est novices, en tout cas. Mais tout ça n'a pas d'importance quand elle semble aussi triste.

– Tu n'es pas obligée d'en parler, je dis en serrant plus fort sa main.

– Je pense que c'est mieux si j'en parle, répond-elle d'une voix tremblante. Tu vois, mon ancienne vie ne me manque pas. Mais certaines des personnes que je connaissais me manquent.

Elle s'éloigne doucement et croise les bras pour s'étreindre.

– Je viens de Brooklyn, dit-elle soudain. Ma famille est extrêmement conservatrice. Je me suis enfuie de chez moi à quinze ans.

Je l'écoute en silence.

– Ma relation avec ma famille est compliquée, c'est le moins qu'on puisse dire, admet-elle en ricanant d'un ton amer. Mais certains de mes proches, comme ma sœur… me manquent terriblement.

Je ne peux que me demander, dans ce cas, pourquoi elle s'est inscrite pour devenir vampire. Mais je ne le lui demande pas et me contente de l'écouter.

– Ton ancienne vie ne te manque pas, parfois, Aileen ? me demande-t-elle en me regardant.

Bien sûr que si. Plus qu'elle ne le croit, étant donné que je ne suis pas ici par choix.

– Si, je réponds dans un esprit de partage. J'étais en bonne voie pour avoir une promotion au travail. Je commençais à prendre ma vie en main, à en faire ce que je voulais. Il y avait même un client mignon qui venait, parfois.

Je m'arrête et tourne la tête quand le regard de Zoey se remplit d'une empathie que je ne peux pas encaisser.

– J'avais ma liberté. Je pouvais faire ce que je voulais. Tout ce que je voulais. Mais maintenant…

Mon destin n'est plus entre mes mains. Je ne le lui dis pas, cependant.

Dans le silence qui suit, quelque chose me dit que Zoey et moi nous demandons ce que nous faisons ici. Mais comme moi, Zoey semble ne pas vouloir me le dire, et je la comprends. Que penserait-elle si elle connaissait les circonstances qui m'ont amenée ici ?

– Il y a autre chose, dit Zoey, brisant le silence.

Je lève la tête vers elle et vois qu'elle n'est plus triste, mais plutôt blessée.

– Tu as entendu parler des Enchères ?

– Je crois que j'ai entendu quelqu'un en parler, pourquoi ? je demande en fronçant les sourcils.

– J'ai découvert ça hier, au dîner, dit-elle en frissonnant, clairement secouée par ce que ça implique. Un des vampires plus anciens est venu à notre table en nous regardant de haut. Il nous a dit qu'on ne devrait pas trop prendre nos aises étant donné que les Enchères permettraient à notre Lord de se débarrasser de nous, de toute façon. Quand on lui a demandé de quoi il parlait, il n'a pas voulu nous en dire plus, mais on se posait des questions. Gus a trouvé un chapitre à ce sujet dans un bouquin, quand il bossait aux Archives.

Un mauvais pressentiment me noue le ventre et je n'ose même pas imaginer ce que sont les Enchères.

– Dis-moi.

La bouche de Zoey se met à trembler.

– Tous les trois ou quatre mois, après que les formations des nouveaux arrivants sont finies dans les neuf Ligues américaines, les Lords organisent des Enchères. Ils réunissent les nouveaux vampires Communs dans un endroit et se les échangent contre de l'argent et des ressources. C'est comme des enchères normales, sauf qu'au lieu d'objets, c'est nous, les nouveaux, qui sommes vendus.

Ses propos sont perturbants à bien des niveaux.

– Mais alors, la liste d'attente ?

– Apparemment, ça ne vaut rien, dit-elle, les larmes aux yeux. La *liste d'attente*, d'après ce livre, n'est qu'une liste de vampires potentiels qui ont accepté de recevoir l'Empreinte. Ils ne peuvent pas nous la donner à moins qu'on soit d'accord. On est choisi au hasard par chaque Lord à des moments aléatoires de notre vie, sans la moindre garantie qu'on deviendra quelque chose ici. Et si on ne se montre pas utiles à une Ligue avant les Enchères, ils peuvent littéralement se débarrasser de nous en nous vendant à une autre Ligue.

– Qu'est-ce qui se passe si personne ne nous achète aux Enchères ? je demande, alors qu'un million d'autres questions se pressent dans ma tête.

– Je n'en sais rien, admet Zoey en frémissant.

C'est complètement tordu. Ragnor n'a pas eu de scrupule à me donner l'Empreinte, parce qu'il peut facilement se débarrasser de moi contre de l'argent – pour peu que quelqu'un veuille m'acheter, en tout cas.

– Ça implique autre chose, poursuit-elle en m'adressant un regard plein de pitié qui me fait reculer. Tu ne peux dire à personne qu'on vit ensemble. Et on ne peut pas être vues ensemble en public.

Je me crispe.

– D'accord, mais pourquoi ?

– Parce que tu travailles en cuisine, répond-elle, comme si c'était évident.

En y réfléchissant, cela le devient. Je revois la manière dont les autres employés de la cafétéria tremblent, le comportement de Lon et de la table de Ragnor… tout fait sens, maintenant. Je suis en bas de la chaîne alimentaire, ici. Je suis même en dessous des jardiniers et des femmes de ménage.

Toutefois, en voyant l'expression de Zoey, je réalise autre chose.

– Je vais sans doute être vendue, étant donné que je ne suis pas particulièrement appréciée par la direction de la Ligue. Mais tu as encore une chance de rester ici, et tu penses qu'être associée à moi peut amoindrir tes chances.

Elle hoche la tête en grimaçant.

– Je n'ai rien contre toi, explique-t-elle, mais parfois, la vie te donne certaines cartes, et il faut être malin dans sa façon de jouer.

Elle a raison. Si j'étais à sa place, que j'avais un travail plutôt respectable aux Archives et que je n'étais pas dans le viseur de Ragnor, j'aurais fait comme elle. C'est juste dommage qu'après la conversation qu'on vient d'avoir elle en vienne à me dire que son amabilité envers moi doit rester un vilain secret.

Cela dit, ça ne change rien.

– Je comprends.

Tansy entre dans le salon. Elle semble toujours se déplacer en flottant et son regard est toujours rêveur. Elle s'installe près de moi sur le canapé.

– J'adore mon nouveau boulot, dit-elle.

Ça semble être la goutte de trop pour Zoey, qui agite les mains en se levant.

– Je n'ai pas la patience pour ça maintenant, dit-elle dans un mélange de cris et de pleurs avant de sortir.

– Tu as entendu parler des Enchères ? je demande à Tansy en me tournant vers elle.

Elle penche la tête sur le côté et ses cheveux ridiculement longs effleurent ses mollets.

– Les choses matérielles ne me font pas peur, murmure-t-elle.

– Tant mieux, je réponds.

Soudain, le voile semble se lever de ses yeux et son regard devient perçant.

– Je te mets mal à l'aise, déclare-t-elle.

Elle est étonnamment perspicace.

– C'est vrai, j'admets sans me soucier de le nier.

– Je sais pourquoi, répond-elle, la mine lugubre. Tu me prends pour une folle.

– Pas du tout, je rétorque.

Et je ne mens pas. Mais je n'ai littéralement pas l'énergie de gérer Tansy maintenant.

Elle me dévisage longuement avant de hausser les épaules et de se lever gracieusement d'un bond.

– À demain, lance-t-elle d'une voix fluette avant de sortir de la suite.

Je vais en cours toute seule. Tout le monde est déjà là quand j'arrive, et personne ne fait attention à moi. D'ailleurs, j'ai l'impression que mes camarades m'ignorent. Il faut croire que Zoey n'est pas la seule à croire qu'il vaut mieux garder ses distances avec moi.

Je m'assois seule et attends que le cours commence, écoutant les autres parler, puisque je n'ai rien de mieux à faire.

– Mon rendez-vous est à sept heures, se vante Jakob.

– Pourquoi je n'ai pas rendez-vous avec lui ? râle Zoey. J'aurais adoré l'époustoufler avec ma superbe personnalité si ça implique d'éviter d'être vendue à ces horribles Enchères !

– Ne t'inquiète pas, ma belle, dit un mec que je n'avais pas remarqué jusqu'à maintenant, avec une coupe de rockeur et un lourd accent anglais. Ce rendez-vous n'a rien à voir avec les Enchères ou notre popularité. J'ai entendu que seules *certaines personnes* sont priées de voir notre Lord.

Ça ne plaît pas à Jakob.

– Comment ça, *certaines personnes* ?

– Qui d'autre a rendez-vous avec notre Lord aujourd'hui ? demande Zoey en balayant la salle des yeux.

Jakob est parmi les trois qui lèvent la main. Je ne me fatigue pas à lever la mienne, car ils n'en auraient rien à faire.

Abe entre alors dans la salle et met fin aux discussions. Quand tout le monde est assis, il étudie les élèves de ses yeux noirs.

– Aujourd'hui, vous aurez votre premier entraînement physique, dit-il en guise de bonjour. Après la pause, vous retrouverez Logan au gymnase et dépenserez un peu de votre stress.

Abe semble accorder plus d'attention à ceux qui ont levé la main tout à l'heure. Et j'ai beau essayer de ne pas réagir quand il parle de Logan, mon corps me trahit en s'affaissant sur ma chaise, sous le regard du prof.

Il tourne la tête et se dirige vers son bureau, et je libère enfin la respiration que je retenais.

– D'ici là, on va parler des Enchères.

Des murmures résonnent dans la salle, mais un seul regard d'Abe les fait taire. Il prend sa position habituelle contre le bureau, les jambes tendues et croisées devant lui.

– Les Enchères sont une tradition qui remonte aux tout premiers vampires. Ça permet aux vampires, que ce soient les nouveaux comme vous ou les plus anciens, de passer à une autre Ligue et de recommencer à zéro. Pour les novices, la participation est obligatoire. Vous comprenez pourquoi ?

Je n'ai pas de mal à le deviner. Je pense que Ragnor et les autres Lords veulent remplir leurs Ligues d'autant de Talentueux que possible, contrairement aux Communs. Tout le monde préférerait être entouré de Talentueux, non ?

Étant donné tout ce que j'ai appris jusqu'à maintenant, il semblerait qu'il y ait trop de Communs, et aucune Ligue n'en veut autant ou n'en a l'utilité. Je prends soudain conscience d'une autre chose, une chose horrible qui me fait frissonner. Les gens dans ma formation ne sont pas seulement des camarades, mais mes compétiteurs. Et on a intérêt à vite trouver un moyen de se démarquer les uns des autres et des Talentueux, sinon on ne survivra pas aux Enchères.

– Alors, si on est tous des Communs et qu'on est plus nombreux que les Talentueux… je marmonne depuis le fond de la salle.

Abe me regarde avec un petit sourire.

– Continue, Aileen, dit-il en souriant davantage.

Tout le monde tourne la tête vers moi et je me recroqueville un peu plus sur ma chaise, espérant qu'Abe lâchera l'affaire, m'ignorera et continuera ses explications.

– Vas-y, Aileen. Tu tiens quelque chose, dit-il plutôt en se redressant et en hochant la tête dans ma direction, les mains sur les hanches.

Je me racle la gorge et me redresse.

– Si on est tous des Communs et qu'on est plus nombreux que les Talentueux, et que les places sont limitées dans les Ligues, alors certains d'entre nous ne seront pas ici après les Enchères. Certains d'entre nous ne passeront pas la sélection, je dis dans une sorte de transe.

La mine satisfaite, Abe secoue la tête comme si je venais de résoudre le *Da Vinci Code*.

– Les Lords mènent de sérieuses recherches sur le passé de chaque candidat à l'Imprégnation, explique Abe. Tout ce qui vous concerne, depuis le jour de votre naissance jusqu'au jour où vous avez atterri ici, est connu et discuté parmi les Lords de toutes les Ligues. Mais ce qui compte *désormais*, c'est votre performance au sein de votre Ligue. Vous devez apporter votre contribution pour mériter votre place, et c'est pour ça qu'on vous a donné des affectations temporaires, pour permettre de découvrir vos talents cachés et voir si vous pouvez devenir une partie intégrante de la Ligue. Vous présenterez ensuite vos capacités aux Enchères et les Lords auront la possibilité d'acheter chacun d'entre vous si vous convenez à leurs besoins et aux postes vacants dans leur Ligue.

C'est une façon sympa de dire qu'on est tous remplaçables, et je suis persuadée que les boulots qu'on nous a attribués jouent un rôle dans tout ça. Par exemple, Tansy a eu un poste avec Margarita aux Ressources Vampiriques et moi, je suis en cuisine. Je n'ai pas besoin d'en savoir plus.

D'autres semblent le penser aussi, car Bryce, toujours aussi arrogant, lève la main.

– Nos postes sont révélateurs de notre futur succès potentiel, n'est-ce pas ?

Je ne suis pas surprise qu'il le pense. Bryce est l'incarnation de la masculinité toxique. Je suis étonnée que Margarita ne l'ait pas encore remis à sa place.

– C'est exact, acquiesce Abe. En ce qui concerne certains d'entre vous, le Lord souhaite votre présence ici. Si c'est le cas, il misera sur vous aux Enchères.

Jakob lève à son tour la main.

– Certains d'entre nous ont rendez-vous avec notre Lord, aujourd'hui. Qu'est-ce que ça veut dire ?

– Il souhaite sans doute en savoir davantage sur vous avant les Enchères, répond Abe. Vous aurez tous des entretiens avec lui au cours de la semaine.

Alors que les autres sont tout excités, je grimace. Il n'apprendra pas à me connaître, moi.

Je suis un monstre caché, après tout, et je doute que les monstres se vendent bien.

Abe doit sentir que le moral de la classe est au plus bas, car il nous laisse vingt minutes de pause après à peine quarante-cinq minutes de cours. Quand il sort de la salle, mes camarades se lancent dans un débat animé au sujet de tout ce qu'Abe a expliqué concernant les Enchères.

Je ne suis pas d'humeur à les écouter. J'ai plutôt besoin de faire quelque chose avant de devenir folle et de frapper quelqu'un. Je décide donc de sortir de la salle et je longe le couloir pour mettre de la distance entre les autres et moi. J'ai besoin d'être seule.

Hélas, être seule n'est visiblement pas prévu pour moi, car je tourne à l'angle du couloir et manque bousculer quelqu'un. Je m'arrête et lève la tête, découvrant Cassidy plantée devant moi.

Je la vois et je craque. Je me tiens plus droite et hausse le menton en croisant les bras.

– Tu me dois des explications, je crache.

Elle regarde partout sauf dans ma direction.

– Pas maintenant, Aileen…

– Si, maintenant, je gronde. J'ai joué le jeu quand tu as voulu faire comme si on ne se connaissait pas.

Je marque une pause en voyant son front se couvrir de sueur, et sa gêne flagrante m'énerve encore plus.

– C'est à ton tour de me faire une faveur.

Elle pâlit et se crispe.

– Qu'est-ce que tu veux ? demande-t-elle d'une petite voix timide, et je ne perds pas de temps.

– Tu étais sur la liste d'attente ?

Elle ne répond pas tout de suite et passe d'un pied sur l'autre.

– C'est compliqué, dit-elle, me mettant encore plus en colère.

– Alors explique-moi.

Elle fait un pas en arrière en secouant la tête.

– Je ne peux pas, Aileen, répond-elle en pâlissant de plus belle. Tout ce que je peux dire, c'est *pardon*, si ça peut aider.

Pardon ? Elle est *désolée* ?

– Pourquoi ? je siffle en serrant les poings, rouge de colère. Pourquoi tu as fait ça ?

En ne disant rien, elle admet que j'ai raison et qu'elle était bien sur la liste.

Elle l'était forcément. Elle avait prévu de partir sans un mot. Si je ne l'avais pas suivie, ce soir-là, je n'aurais jamais su ce qui lui était arrivé. Je serais restée dans le flou toute ma vie en ne sachant pas où elle était. Je serais morte en ayant passé toute ma vie avec le poids de sa disparition.

Cassidy ne semble pas d'accord avec moi.

– J'étais misérable ! aboie-t-elle soudain en rougissant à son tour de colère. Je n'ai jamais été comme toi, Aileen, poursuit-elle froidement. Je détestais chaque instant passé avec ce putain de groupe, à traîner avec des mecs qui se pensaient mieux que moi, avec des losers comme amies !

Elle s'arrête et me lance un regard dédaigneux. La Cassidy timide disparaît et elle me montre enfin sa véritable nature, dénuée de masques et de faux-semblants.

– Tu crois que je *t'appréciais* ? Que j'aimais avoir une amie sans ambition, une amie écervelée et naïve ? Tu crois que j'aimais être amie avec Skye et son égocentrisme insupportable ?

J'essaie de me protéger, mais sa réponse me blesse. Je suis blessée d'entendre ce qu'elle pense réellement de moi. Je m'en doutais, c'est vrai, mais l'entendre est très différent. J'ai l'impression qu'elle m'a physiquement giflée.

Je croise les bras et lui réponds froidement.

– Dommage pour toi, tu ne t'es pas débarrassée de moi, je déclare en savourant de la voir écarquiller les yeux. D'ailleurs, je te servirai de rappel constant du fait que tu as échoué à mettre ton passé derrière toi.

Elle réalise où je veux en venir.

– Je t'interdis de faire ça, Aileen, siffle-t-elle en regardant dans le couloir désert, comme si Ragnor lui-même allait se manifester.

J'esquisse un sourire mesquin et pose ma main sur son épaule, la serrant assez fort pour la faire grimacer.

– Oh, je n'ai pas dit que je révélerais tout, Cassidy. Je me contenterai de toujours être là où tu peux me voir pour que tu ne puisses jamais te détendre et que tu craignes constamment que je dise à tout le monde que tu partages un passé avec une pauvre vampire Commune.

Elle dégage ma main et me fusille du regard.

– Tu sais que je suis Talentueuse, déduit-elle.

– Je ne suis pas aussi bête que tu le crois, je réponds en conservant mon sourire.

Sa colère et sa peur disparaissent brusquement et elle adopte une mine contemplative qui ne me plaît pas.

Mon sourire s'évanouit tandis qu'elle ricane. Elle ouvre la bouche et elle aurait dit quelque chose si on n'avait pas été interrompues.

– Aileen ?

On tourne brusquement la tête vers Tansy, qui nous étudie de ses grands yeux ronds en tripotant sa longue tresse. Elle dévisage Cassidy avec son air hébété habituel, puis elle se concentre à nouveau sur moi.

– La pause est finie, me dit-elle.

Je me demande un instant depuis combien de temps elle est là et si elle a entendu quelque chose. Toutefois, elle semble aussi perchée que d'habitude. Quand je regarde mon ancienne amie, je n'ai pas de mal à lire la peur panique sur son visage.

– Merci d'être venue me le dire, je réponds d'un air légèrement suffisant avant d'adresser un regard triomphant à Cassidy. Il faut croire que tu n'auras pas ce que tu voulais, cette fois.

Va te faire voir, Cassidy.

Elle contracte sa mâchoire et ses yeux deviennent luisants. Mais avant qu'elle ait pu répondre quoi que ce soit, je lui tourne le dos et suis Tansy jusqu'à la salle de classe.

CHAPITRE 11

Pourquoi faut-il que tout vire au désastre ?

Le temps que je regagne ma chaise, mon sentiment de triomphe s'est évanoui, remplacé par une profonde tristesse. Inutile de dire que je n'écoute pas la suite du cours.

– Retrouvez Logan au gymnase du troisième étage, dit-il.

Je sens déjà le mal de tête arriver.

D'abord Cassidy, maintenant Logan et mon rendez-vous avec Ragnor plus tard dans la journée. J'ai le pressentiment que cette journée va se classer parmi les dix journées les pires de ma vie, et je n'oublie pas ce fameux jour il y a plusieurs années où j'ai dû témoigner devant le policier et cracher des mensonges pour tenter d'épargner un criminel.

Le gymnase est une immense salle vide remplie de cordes pendues au plafond, d'épais tapis empilés dans un coin, d'échelles de diverses hauteurs appuyées sur les murs et d'équipements de musculation éparpillés un peu partout. Logan semble presque petit au milieu de la salle, dans un jogging noir et un tee-shirt gris.

– Vous avez des tenues de sport au vestiaire, nous dit-il. Allez vous changer et soyez revenus dans cinq minutes, prêts à bosser.

Quelques minutes plus tard, on se rassemble à nouveau autour de Logan, tous vêtus comme lui. Zoey a lâché ses cheveux et remis du maquillage, et elle dévore Logan du regard comme s'il était un en-cas. Une petite jalousie inattendue s'empare de moi. Ça fait très longtemps que je n'ai pas pensé à Logan comme autre chose qu'un ex-petit ami.

J'attache mes cheveux bruns et je me pince les lèvres en me souvenant que Logan me disait toujours qu'il aimait que mon visage ne soit pas tartiné de maquillage. Maintenant, debout devant lui dans ce gymnase immense, attendant de faire ce qu'il a prévu pour nous, j'ai l'impression que cette époque avec Logan était il y a des milliers d'années.

Logan nous observe avec un sourire pincé pendant qu'il nous compte.

– Tant mieux, vous êtes tous là. Commençons. Ah, et toi...

Il désigne Zoey qui lui adresse un sourire aguicheur, comme si elle attendait qu'il la remarque.

– Attache tes cheveux, dit-il.

Elle fait la moue et obéit.

Logan nous fait d'abord nous échauffer, même si le terme est trop faible. Il nous demande quarante tours de gymnase, ce dont je n'aurais jamais été capable il y a quelques semaines. Mais aujourd'hui, quand je finis les quarante tours, je ne transpire même pas.

Après ça, Logan nous fait faire une série d'étirements, de pompes, de tractions et d'abdos. Il tourne autour de nous et passe de l'un à l'autre pour nous réprimander ou nous encourager, ou encore nous humilier pour notre performance. Et c'est seulement quand on a atteint la limite de nos capacités qu'il déclare :

– Okay, c'est l'heure de passer aux choses sérieuses.

– Parce que c'était une *blague*, ça, peut-être ? demande Zoey en essuyant la sueur sur son visage.

L'eye-liner et le mascara de ses yeux ont bavé, elle me fait penser à un panda.

Logan esquisse un rictus.

– Comme tu sembles avoir quelque chose à dire, c'est *toi* qui vas m'affronter la première.

– T'affronter ? *Toi* ? demande Gus en faisant les gros yeux. C'est un peu injuste. Tu es plus fort et plus rapide que nous tous, non ?

– Tu crois que Mohamed Ali est devenu le meilleur en combattant seulement des boxeurs plus lents que lui ? Plus faibles que lui ? On s'améliore en affrontant des gens qui ont les capacités qu'on cherche ; en les observant, en encaissant leurs coups et en apprenant à anticiper leur prochain geste. C'est *comme ça* qu'on s'améliore, répond Logan.

– Ah, dit Gus d'une voix vaincue. Et qu'est-ce qui se passe si on est nul ?

Logan ne répond pas à sa question de façon directe.

– J'ai besoin d'évaluer votre force et votre agilité de départ pour voir si l'un d'entre vous a le potentiel d'être recruté par la Troupe.

Des murmures s'élèvent dans la salle tandis que Logan fait les cent pas devant nous en nous étudiant, et son regard se pose brièvement sur moi.

– La Troupe est un peu comme notre armée, dit Zoey quand Logan la regarde.

– C'est exact. Tu viens de t'éviter de devoir me combattre la première, répond-il avant de s'adresser à toute la classe. Toutes les Ligues n'ont pas de Troupe, mais de celles qui en possèdent, celle de la Ligue Rayne est la meilleure et elle est composée des meilleurs combattants en arts martiaux et de nombreux Talentueux dont le Talent tient à leur physique, comme moi, explique-t-il fièrement. Comme la Troupe Rayne est la meilleure, la Ligue Rayne est considérée comme la Ligue la plus sûre et la plus sécurisée de toutes.

Une des filles lève la main et Logan lui fait signe de parler.

– De quoi on doit être protégés ?

Le visage de Logan s'assombrit.

– Les vampires ont de nombreux ennemis. C'est pourquoi tous les vampires, et pas seulement les combattants de la Troupe, doivent être assez forts pour se défendre contre tous les dangers, quels qu'ils soient. Quand je vous aurai évalués, poursuit-il d'un air très sérieux, j'établirai des programmes d'entraînement individualisés, spécifiques à chacun d'entre vous. Je vous conseille d'obéir aux règles, à moins que vous souhaitiez que votre vie éternelle prenne fin rapidement.

Je regarde autour de moi. Gus et Jakob ont l'air inquiets. Zoey a l'air ravie, et les autres ont juste l'air nerveux. Moi, j'ai envie que ce cours soit fini.

– Contos, tu es la première, dit Logan.

Tansy avance lentement, ses longs cheveux relevés en queue-de-cheval, de sorte que les mèches ne lui arrivent qu'aux fesses. Logan l'étudie des pieds à la tête, remarquant sans doute son corps frêle, puis il hoche la tête et fait quelques pas en arrière.

– Attaque, lui ordonne-t-il, les mains sur les cuisses.

Tansy se poste timidement devant lui et lui met un petit coup de poing dans le torse. Logan cligne des yeux, comme s'il attendait qu'elle le frappe vraiment.

– Ça ne compte pas comme une attaque, lui dit-il.

Il se met ensuite deux coups successifs dans le torse, comme pour lui montrer où elle doit le frapper et avec quelle force.

– Encore. Attaque.

Certains ricanent en voyant la tentative pitoyable de Tansy, et elle se met à trembler. Ses grands yeux innocents deviennent encore plus grands et ses iris bleus expriment brièvement quelque chose que je reconnais, tout comme ses tremblements. Elle se sent comme un lapin pris dans les phares d'une voiture et elle souhaite de tout son cœur se tapir dans l'ombre.

Logan fronce les sourcils et secoue la tête en lui faisant signe de s'écarter.

– Reviens quand tu seras prête à vraiment attaquer, déclare-t-il.

Tansy hoche la tête, l'air soulagée d'avoir une pause. Ce n'est pas la même Tansy que j'ai observée depuis quelques jours. Ici, dans ce gymnase, forcée à combattre Logan, elle n'est plus qu'une version frêle et pâle d'elle-même.

Garde tes distances avec elle, me dit mon subconscient, comme s'il savait quelque chose que j'ignore.

Quand Tansy s'est replacée à l'arrière du groupe, les bras croisés, Logan se tourne vers le reste des novices.

– Martin, appelle-t-il.

Gus approche, et Logan lui donne les mêmes instructions qu'à Tansy. Gus hoche la tête, puis il attaque Logan de toutes ses forces, mais le prof évite tous ses coups de poing et de pied. Alors que Gus se met à transpirer à grosses gouttes, Logan a l'air de s'ennuyer, comme s'il aurait trouvé plus divertissant de jouer aux échecs.

Au bout de quelques minutes, il remercie Gus et lui dit d'arrêter. Il passe d'un élève à un autre, et Zoey est la seule à réussir à le frapper dans l'épaule, ce qui lui vaut un hochement de tête approbateur. Elle ne se prive pas de faire la belle, tellement heureuse qu'on dirait qu'elle a gagné au Loto.

– Henderson, dit ensuite Logan.

Ses yeux turquoise se posent sur moi, bien moins chaleureux que jusqu'à maintenant.

Je marche vers lui et m'arrête quand je suis à la bonne distance pour le toucher.

– Attaque, dit-il sans me quitter des yeux.

C'est le moment de prendre une décision. Mon instinct me dit d'ignorer mon entraînement et d'y aller mollo avec lui. Il n'est pas une menace. Je ne suis pas en danger – il vaut mieux que je fasse semble d'être faible.

Toutefois, Logan saura que je me retiens parce qu'il me connaît. Il sait *précisément* de quoi je suis capable.

Or il ne s'agit pas seulement de cela. Je veux me venger de Ragnor Rayne, et je ne pourrai pas le faire depuis la cuisine ou en partant dans une autre Ligue. Je dois leur montrer que je suis bonne pour quelque chose, et si je sais que physiquement, je ne suis pas plus forte que Gus ou les autres, je sais quelque chose qu'ils ne savent pas.

Tout mon être se rebelle contre cette décision. Je suis de nombreuses choses, mais je ne suis pas sadique. Et puis, nous sommes vampires, maintenant. Il n'est clairement pas le même garçon de dix-sept ans en manque d'affection.

En même temps, ai-je vraiment le choix ?

J'ignore mon subconscient et j'attaque.

Je commence par viser volontairement les mêmes endroits, son visage, son ventre, son entrejambe. Et comme avec les autres, il évite mes attaques les unes après les autres. Encore une fois, Logan semble s'ennuyer. J'ai réussi à lui faire croire que je ne vais pas être plus efficace que mes camarades – que je ne lui referais *jamais* ça.

Il aurait eu raison s'il n'y avait pas eu les Enchères. L'idée d'être envoyée dans une autre Ligue et de ne plus jamais avoir l'occasion de me venger de Ragnor me pousse à ignorer ma raison.

Et pour la première fois en trois ans, j'autorise le monstre en moi à prendre le dessus.

Le Premier Commandement est *Gradus Diminutio*. Peu à peu, je me mets à me déplacer lourdement et mes coups de pied et de poing faiblissent, jusqu'à ce que je donne l'impression d'agir au ralenti. Cela se produit progressivement et Logan, ignorant ce que je suis en train de faire, se contente d'accorder son rythme au mien.

Lorsqu'il comprend enfin que je suis trop lente pour que ce soit normal, il est trop tard. Car c'est à ce moment-là que je lance le Second Commandement, *Propero Incrementum*, et en deux secondes à peine, j'accélère et projette mon poing dans son nez.

Il l'évite et pivote juste à temps, de sorte que je ne le manque que d'un cheveu. Toutefois, il ne m'a pas vu venir, et si j'avais été un chouïa plus rapide, je l'aurais eu.

Peu importe. Je peux encore le faire, même si les yeux de Logan s'étrécissent de colère. Il sait ce que je fais, à présent, mais ça ne l'aidera pas. C'est la beauté des Cinq Commandements ; à moins de les avoir étudiés et de les avoir tant répétés qu'ils sont gravés dans notre ADN et pas seulement dans nos muscles, les éviter est impossible.

C'est pourquoi le monstre qui me les a enseignés était si doué pour les horreurs qu'il a infligées.

Je ne m'autorise pas à ressentir la moindre culpabilité et j'utilise l'élan de mon coup de poing pour tourner et feindre un coup de pied circulaire lancé en direction de ses cuisses. Il saute en arrière, mais je me déplace déjà, laissant mon torse se reposer tandis que mes jambes travaillent. C'est le Troisième Commandement, *Crura Implacabilis* ; je bondis et vise son menton avec mon genou droit.

Logan est obligé de s'accroupir, et c'est exactement ce dont j'ai besoin, car mon pied droit atterrit sur le sol alors que mon tibia gauche vise sa tête, comme si c'était un ballon de foot et que j'étais un joueur prêt à marquer.

Cependant, je reste trop lente, trop *humaine* dans mon corps de vampire, car Logan m'évite et fait une roulade arrière avant de se redresser. Je ne m'y attendais pas et je tombe au sol, sur le côté, n'ayant pas pu retrouver l'équilibre.

Toute ma force s'évanouit et je me sens soudain épuisée. Ça fait longtemps que je n'ai pas exécuté les Cinq Commandements – et si je les connais par cœur, j'ai besoin de plus de force et d'endurance pour les effectuer plus d'une minute. Apparemment, c'est le maximum que je puisse tenir dans mon état actuel.

Je reste allongée par terre quelques secondes, cherchant mon souffle. Ma nuque picote et un frisson parcourt mon échine. Soudain sur le qui-vive, je m'assois et balaie la salle des yeux, cherchant ce qui a pu provoquer ce malaise en moi, mais en dehors de mes camarades et de Logan, je ne vois personne.

Logan est à quelques pas de moi, les yeux écarquillés et luisants, son torse se soulève et s'abaisse rapidement. Il est à bout de souffle et je devine qu'il lui a fallu toute son énergie pour éviter mes Commandements.

– C'était quoi, ce *bordel* ? crache-t-il, furieux.

Mon estomac se noue et je fais mine d'être confuse.

– J'attaquais, je réponds simplement.

Il me fusille du regard. Il sait parfaitement ce que j'ai fait, et sa haine ainsi que la jalousie qu'il n'a jamais trop su cacher sont presque palpables.

– Le cours est fini.

C'est l'heure du dîner et mes camarades se dirigent vers la cafétéria, mais je ne me joins pas à eux. Les deux premières heures d'ouverture sont toujours les plus bondées et je préfère manger pendant la dernière demi-heure.

Je suis dans le couloir désert qui mène à ma suite quand une voix familière m'interpelle dans mon dos.

– Aileen.

Je me fige avant de me tourner vers Logan. Il me rejoint, toujours en tenue de sport, des éclairs de colère dans les yeux. Sa mine furieuse et déterminée me dit que s'il me détestait avant, ce n'est rien comparé à ce qu'il ressent maintenant.

– Logan, je chuchote en croisant les bras. Je...

Soudain, il est posté devant moi et me surplombe de façon menaçante.

– T'as utilisé l'*Imperium* de Lovan contre moi ! grogne-t-il en tremblant de rage. *Encore une fois.*

Les remords menacent de refaire surface, mais je m'interdis de le montrer.

– Je n'avais pas le choix, je réponds calmement, même si ses yeux brûlent d'une rage alarmante. Je ne le regrette pas, j'ajoute, lui mentant tout comme à moi.

Il fait encore un pas en avant de sorte que nous ne sommes qu'à quelques centimètres l'un de l'autre et je penche la tête en arrière pour soutenir son regard.

– Tu avais promis, crache-t-il d'un air dégoûté. Tu avais *promis* que tu ne l'utiliserais plus *jamais* contre moi.

Il a raison, bien évidemment. Toutefois...

– Tu as rompu tes promesses, toi aussi, je lui rappelle en grimaçant quand il semble choqué. Tu avais promis de ne jamais m'abandonner, tu te souviens ?

C'est un coup bas. Je le sais. Je sais que Logan n'est pas dans cet état à cause de la douleur physique mais parce que je l'ai trahi... encore une fois.

Il recule brusquement et m'étudie avec un mélange de rage, de peur et d'horreur.

– Tu crois vraiment que j'aurais pu rester ? siffle-t-il, l'air incrédule. Tu crois vraiment que j'aime à ce point être puni ?

– Logan...

– Non, Aileen, dit-il en secouant la tête. Je t'interdis de m'accuser d'avoir rompu ma promesse quand les *tiennes* n'ont jamais eu la moindre valeur, gronde-t-il en serrant les poings. Après tout ce temps, je pensais que tu ferais preuve d'un semblant de décence. Ça m'apprendra à croire que tu avais pu changer, que tu étais peut-être différente. Mais je ne suis qu'un idiot. Tu es un putain de *monstre*. Tu es exactement ce que ton père a fait de toi. Et tu ne peux pas changer parce que c'est la personne que tu es.

Mon cœur pulse dans mes oreilles et j'ouvre la bouche, mais je ne sais pas quoi dire, alors je la referme, me sentant anesthésiée, vide… et gelée.

CHAPITRE 12

Le bureau de Ragnor est situé au premier étage. Dans le grand hall d'entrée, deux secrétaires sont assises à des tables en marbre, occupées à pianoter sur le clavier d'ordinateur. Elles m'adressent à peine un regard quand j'annonce ma présence, et l'une répond simplement : « Assieds-toi et attends qu'on t'appelle. »

Je m'installe dans un des énormes fauteuils moelleux et étudie la pièce. Des rangées de livres sont soigneusement agencées dans les étagères, et il y a un portrait à l'huile d'un homme encapuchonné, que je présume être l'enfoiré lui-même. L'œuvre paraît très ancienne, comme si elle avait été peinte à la Renaissance, par là. Et peut-être est-ce le cas, car Ragnor doit être très vieux pour être un Lord Sacré. Or si ce n'était pas déjà assez perturbant, un autre portrait est accroché à côté, représentant un homme qui lui ressemble vaguement et qui est vêtu de vêtements royaux, assis à côté d'une table couverte de nourriture, comme un aristocrate du XVe siècle.

Ça fait une dizaine de minutes que j'observe la pièce quand une des secrétaires m'appelle et m'autorise à le voir. J'entre dans son bureau et suis surprise qu'il ne contienne qu'un bureau, un ordinateur portable et deux chaises : une pour Ragnor et une pour son invité. La pièce est plus petite que ce à quoi je m'attendais, et il n'y a pas la moindre bibliothèque ou peinture sur les murs.

Ragnor se tient devant son bureau, les bras croisés, face à la porte. Ses cheveux mi-longs sont lâchés et légèrement ondulés, et je reste intimidée par sa taille comme chaque fois. Ses yeux bleu nuit sont rivés sur moi, froids et calculateurs.

Je m'arrête à quelques pas de lui, les mains jointes dans mon dos. Il me reluque des pieds à la tête et son visage s'assombrit. J'essaie de me voir de son point de vue : mes longs cheveux bruns sont attachés en une queue-de-cheval soignée, mes yeux noisette révèlent sans doute combien je suis fatiguée et mes vêtements sont froissés après avoir été jetés sans soin dans la valise qu'on m'a donnée il y a deux jours avec le reste de mes affaires.

L'idée que les hommes de Ragnor ont fouiné dans mon appartement pourri, ont vu à quel point j'étais pauvre et démunie, est humiliante.

Ragnor ne m'invite pas à m'asseoir et il n'y va pas par quatre chemins.

– Tu es consciente que ta situation est différente de celle des autres, dit-il.

Ce n'est pas une question, et il a beau connaître la réponse, il semble en attendre une quand même.

– Oui, j'acquiesce en hochant la tête.

Son visage se crispe.

– Oui, quoi ?

Enfoiré.

– *Oui, Milord.*

Il avance vers moi comme un lion traquant sa proie, prêt à bondir d'un instant à l'autre.

– Explique-moi pourquoi mon équipe n'a pas trouvé la moindre information sur toi.

Danger… me chuchote mon instinct.

J'ai envie de répondre de façon insolente, mais sa posture et sa façon de me regarder me disent que c'est une mauvaise idée. Il me tourne autour et se poste devant moi, plus près, comme s'il ne savait pas quoi penser de moi.

Il baisse ensuite les yeux sur mon corps et je me crispe.

– C'est quoi cette tenue ? demande-t-il d'un ton dédaigneux.

J'ouvre et referme la bouche. Je ne sais pas quoi dire. Il interroge mon style vestimentaire, maintenant ?

Ragnor glisse sa main sous mon menton et m'oblige à lever la tête.

– Tu ne dors pas assez, déclare-t-il.

Je fais un pas en arrière pour me dégager, et ça semble l'agacer. Ma respiration est un peu plus forte, à présent, et je réalise soudain à quel point on est proches l'un de l'autre et la façon dont il observe chacun de mes gestes. C'est comme s'il n'arrivait pas à détourner le regard, malgré lui. J'ai chaud, tout à coup, et je me sens légèrement claustrophobe, comme s'il n'y avait pas assez de place dans cette pièce pour nous deux.

Est-ce qu'il ressent cette tension étouffante, lui aussi ? Mais peut-être est-ce dans ma tête.

Ou peut-être que je me prends la tête pour rien. Après tout, Ragnor est incroyablement beau et sexy. Il doit avoir des dizaines de maîtresses prêtes à lui obéir au doigt et à l'œil. Pourquoi ressentirait-il la moindre attirance pour quelqu'un qu'il perçoit comme un désagrément ? Une casse-pieds ?

La notion m'agace et je croise les bras en haussant le menton.

– Je doute que tu m'aies convoquée ici pour parler de mes vêtements et de mon manque de sommeil.

Quand il plisse les yeux, je ravale mon agacement et me force à me corriger.

– *Milord.*

Il enfonce ses mains dans les poches de son pantalon et avance vers moi en lissant son visage pour ne plus exprimer la moindre émotion.

– Tu caches ton passé, et j'ai besoin de savoir ce qu'il contient pour savoir si ton passé va être un problème pour cette Ligue, déclare-t-il.

Son ton autoritaire m'irrite encore plus.

– Mon passé n'a pas d'importance, et je peux t'assurer que je ne mettrai en péril ni toi ni ta Ligue.

Son expression ne change pas, mais ses yeux deviennent plus froids.

– S'il n'a pas d'importance, pourquoi tu ne m'en parles pas, tout simplement ?

Parce que certaines choses doivent rester enfouies.

– Je ne vois pas ce que ça change. On nous a dit que la seule chose qui compte est notre performance lors des Enchères. Je suis concentrée là-dessus.

Il n'est plus qu'à un pas de moi et je dois lever la tête pour soutenir son regard.

– Je vais m'expliquer, répond-il d'une voix encore plus grave qui ressemble presque à un grognement. Comme tu as dû l'apprendre, il existe un protocole avant de donner une Empreinte. Il y a une longue liste de candidats en attente et ceux-ci sont soigneusement choisis par les Lords. On mène une enquête sur tous les candidats afin de connaître leur personnalité et la façon dont ils se comportent pour s'assurer qu'ils ne mettront pas notre Société en péril. Tu peux donc comprendre, Henderson, pourquoi les recherches sur le passé sont non seulement importantes mais obligatoires ?

S'il savait ce qu'il me demande…

– Tu n'as pas besoin de connaître mon passé pour comprendre ma personnalité, je réponds en serrant les poings contre mes cuisses. Notre passé ne fait pas de nous qui nous sommes.

Je ne crois pas du tout ce que je dis, mais je n'ai pas d'autre idée pour le dissuader de fouiner.

Il me dévisage un moment, l'air indéchiffrable.

– Je t'ai observée.

Cours, me crie mon instinct. *Cours, cours, cours…*

– Tu es dotée de capacités qu'une personne normale ne devrait pas avoir, murmure-t-il en me reluquant à nouveau.

Son regard est moins froid qu'avant et il embrase ma peau.

– Tu te bats comme une experte en arts martiaux. Tu as si soigneusement effacé ton passé que ça engendre des questions. Tu es plus maligne que tu le montres. Tu joues serré, tu ne montres pas ton jeu et tu refuses de laisser quiconque voir ce qui se passe derrière tes beaux yeux.

Je ne sais comment, il s'est encore rapproché et je retiens mon souffle.

– Tu es une bombe à retardement et ça, Henderson, c'est un problème pour la sécurité de ma Ligue.

Je me crispe des pieds à la tête. Comment est-il au courant de mes talents en arts martiaux ? Est-ce que Logan lui a dit ? Est-ce qu'il vient vraiment de dire que mes yeux étaient beaux ?

Il semble deviner ce que je pense, car il esquisse un sourire dénué d'humour.

– Il ne se passe rien dans ma Ligue dont je ne sois au courant, et tu n'es pas une exception.

Il n'est pas seulement dangereux. Ragnor Rayne est calculateur et observateur, et rien ne lui échappe. Ça ne peut vouloir dire qu'une chose, dans ce cas : tant que je n'ai pas une stratégie solide pour me venger, je dois garder mes distances autant qu'il m'est vampiriquement possible.

Par ailleurs, il n'a pas tort, non plus. Je *suis* une bombe à retardement. C'est pourquoi, depuis trois ans, je m'efforce de mener une vie aussi ennuyeuse que possible. J'ai pris soin d'assouvir la plupart de mes besoins humains sans complications, qu'ils concernent ma vie sociale, le fait d'avoir un emploi stable ou de maintenir un mode de vie physiquement et mentalement sain.

Peut-être est-ce mon problème, justement. Car les picotements stupides et irrationnels que Ragnor déclenche dans mes parties intimes ne tiennent qu'à ma longue abstinence. En dehors de mon combat avec Logan, Ragnor est le premier homme dont j'ai été aussi proche en trois ans. Il n'est pas choquant que je ressente toutes ces choses.

Tout cela aurait pu être évité s'il n'avait pas choisi de me sauver. Et j'en reviens donc à la seule question à laquelle je n'arrive vraiment pas à répondre.

– Pourquoi tu ne m'as pas tuée ?

Il me dévisage, la bouche pincée, mais il ne répond pas.

– Ne crois pas que ça te rende spéciale, dit-il plutôt. Je me fiche de toi. Je m'intéresse seulement au danger que tu poses peut-être à ma Ligue. Je m'interroge sur la raison pour laquelle je n'ai rien trouvé sur toi ou ton passé. En dehors de ça, tu es une simple vampire Commune comme les autres, aussi remplaçable que tes camarades. Je compte suivre le protocole au cours des trois prochains mois, parce qu'on a tous les deux signé un accord. Mais aux Enchères, tu partiras au premier acquéreur, aussi basse que puisse être son offre.

Un silence tendu suit ses propos et on se défie du regard. Soudain, il lève la main. Je ferme les yeux, mais je le sens seulement coiffer une mèche derrière mon oreille. Ses doigts effleurent ma joue et je retiens mon souffle en frissonnant malgré moi. Ma peau s'embrase et mon souffle se fait superficiel. J'ouvre les yeux et l'étudie, un peu trop hébétée à mon goût, tandis que mon bas-ventre s'enflamme.

Il soutient mon regard et ses yeux se mettent à luire, si fort qu'ils illuminent le bureau tamisé. Stupéfaite, j'entrouvre la bouche et son regard se pose sur mes lèvres. Ses doigts s'en rapprochent et quand il pose sa main sur ma joue pour caresser ma lèvre inférieure avec son pouce, je retiens mon souffle et me penche vers lui sans le vouloir.

Il lâche si vite mon visage que je titube en arrière et finis contre la porte fermée de son bureau.

Il recule, la mine indéchiffrable, ses yeux redevenus normaux, et parle d'une voix calme et sereine, comme s'il ne s'était rien passé.

– Si tu me causes des ennuis aux Enchères, Henderson, sois sûre que je te tuerai.

Le chaos règne dans la cuisine, comme la dernière fois que j'y suis venue, et ce service n'est pas plus facile. Lon hurle sur tout le monde avec sa façon bien à lui, ses petits yeux furieux luisent d'un jaune presque fluo. Il est tellement rude que quelques employés s'excusent pour aller pleurer dans la remise.

Lorsque le déjeuner approche enfin, je suis déjà épuisée. Une part de moi regrette que Jada, la serveuse de mon premier service, ne soit pas là, car elle est la seule dans la Ligue à s'être montrée gentille avec moi.

Encore une fois, Lon me choisit pour le service, et encore une fois, il m'assigne à la putain de table une. Je commence à croire qu'il fait exprès de m'y envoyer et à me demander si ce putain de Ragnor Rayne ne lui a pas ordonné de le faire, mais je ne dis rien. Cela reviendrait à m'avouer vaincue, et je refuse de montrer le moindre signe de faiblesse à Ragnor.

Cette fois, la cafétéria est bondée quand Ragnor et son gang y entrent. Il est de nouveau accompagné par Margarita et Magnus, ses Lieutenants, et Magnus est scotché à une femme qui le regarde comme s'il avait décroché la lune. Logan et Abe sont avec eux, ainsi que Cassidy.

La présence de Ragnor éclipse celle des autres. Vêtu d'un jean coincé dans ses rangers et d'un tee-shirt noir, il semble tout droit sorti d'un magazine de mode. Sa peau hâlée est étirée sur ses biceps et même d'où je suis, je vois les veines gonflées sur ses bras et j'en ai l'eau à la bouche.

Ressaisis-toi, Aileen !

Je secoue la tête et ne me laisse pas plus de temps pour réfléchir. J'affiche plutôt un sourire amical et marche vers la table d'un pas confiant.

– Pas encore elle… grogne Margarita, la première à me voir.

Cassidy me scrute avec une expression neutre, comme si on ne s'était jamais disputées. Je ne rate pas sa façon de suivre le moindre de mes gestes, comme si elle attendait que je dise quelque chose que je ne devrais pas. De son côté, Logan passe commande sans m'adresser le moindre regard. Quant à Magnus, il est trop occupé à chuchoter à l'oreille de sa nouvelle copine, qui se mord la lèvre en rougissant.

– Un rôti de bœuf, saignant, dit simplement Ragnor.

Ni Margarita ni Cassidy ne commandent quoi que ce soit. Cassidy n'a pas l'air de vouloir manger en ma présence et Margarita boude d'un air capricieux, les bras croisés, le nez retroussé.

Je pars chercher leurs commandes et, sur un coup de tête, je prépare une assiette pour Cassidy composée des choses qu'elle aime, comme des spaghettis bolognaise et une escalope panée. Une part de moi se dit que je ne devrais pas le faire, mais une part plus grande veut lui montrer que je suis moins mesquine qu'elle le pense.

Je prends également soin de ne pas rater le risotto de Logan ni le rôti de bœuf de Ragnor, même si je suis tentée de servir la viande du dernier à point et non saignante. Je retourne ensuite vers leur table en sentant les regards des vampires assis à la table de Zoey.

Je reste concentrée sur l'assiette de spaghettis de Cassidy. Je me demande si elle appréciera mon geste. Je suppose que non. Honnêtement, je ne sais pas trop pourquoi je me fatigue. Cassidy n'a jamais apprécié les choses que les autres faisaient pour elle. Elle s'est toujours attendue à un traitement de faveur et à ce qu'on en fasse des tonnes pour elle. Bon sang, même après notre dispute, elle est sans doute encore persuadée que je l'adule.

Mon amitié avec Cassidy a toujours été… compliquée, malgré ou peut-être à cause de tout ce qu'on a traversé ensemble. Néanmoins, je ne suis pas insensible en la voyant perturbée. Dispute ou pas, je suis tellement habituée à prendre soin d'elle et à la protéger d'elle-même et des autres que je ne peux pas faire autrement.

Je suis presque revenue à leur table quand un bruit de verres qui tombent retentit de l'autre côté de la cafétéria, suivi par un cri.

Je n'ai pas eu le temps de me retourner que les vampires fuient le lieu du fracas, l'air choqués et terrorisés, en poussant les tables, faisant voler les assiettes de nourriture et les verres de sang.

J'observe le vacarme, stupéfaite, figée sur place, puis quelqu'un me bouscule sur son passage et mon plateau d'assiettes s'écrase par terre. Ce n'est que là que je découvre la source du chaos.

C'est mon camarade, Gus. À première vue, il semble normal. Il se tient droit, sa peau pâle scintille sous la lumière de la cafétéria et ses cheveux blond cendré tombent sur ses yeux gris.

Puis je réalise que ses yeux ne sont plus gris. Ils brillent d'une lueur blanche, et rien n'est plus normal chez lui quand il se met à quatre pattes comme une bête prête à bondir, ses vêtements désormais en lambeaux. Il a dégainé ses crocs et du sang coule de sa bouche.

– Aileen !

Je tourne la tête et vois Cassidy courir vers moi, ses yeux verts brillent de peur. Magnus apparaît soudain, sans sa compagne, et il saisit Cassidy par la taille, si vite qu'elle n'aurait pas pu lui résister.

Elle crie quelque chose avant d'être portée vers la sortie par Magnus, et je sors enfin de ma torpeur. Je tourne le dos à l'homme, ou plutôt à *la créature*, et me mets à courir.

Loin devant moi, je vois Margarita et Logan. La Lieutenante semble se disputer avec mon ex, furieuse, alors que Logan l'empoigne par le bras et l'emmène vers les portes, qu'ils atteignent au même moment que Magnus et Cassidy.

J'y suis presque aussi quand j'entends un grognement monstrueux derrière moi. L'instant d'après, des mains saisissent mes épaules et m'aplatissent par terre, et un poids lourd et puissant m'écrase. J'aperçois brièvement le visage de Gus avant de sentir des dents pointues, des *crocs* effleurer la peau de mon cou.

Puis je la sens.

La *puissance*. Une force indéniable.

Elle m'ordonne de lui obéir alors qu'elle se répand en moi. Je la sens bientôt dans mes os, et un froid terrifiant vide tout l'air de mes poumons. La force immense fait accélérer mon cœur et le fait battre comme les ailes d'un papillon.

Des mains réelles et invisibles me plaquent contre le sol, m'empêchant de me débattre et de m'enfuir. Je ne peux que rester allongée, forcée de supporter cette énergie insoutenable, transparente et atroce.

COURS ! TU DOIS T'ENFUIR !

Mais je ne le peux pas. Je ne l'aurais pas pu même si Gus n'était pas sur moi, car cette pression incompréhensible me maintient à terre.

Je me souviens vaguement du moment où Ragnor m'a donné l'Empreinte et d'avoir ressenti la même chose.

– Ne bouge pas, Henderson.

La voix calme et froide de Ragnor me parvient dans ma terreur et, tout à coup, le poids de Gus disparaît alors que son cri bestial résonne dans la vaste salle.

Ses cris se changent en hurlements horribles qui me glacent le sang et je ferme les yeux en claquant des dents. Mon corps entier est crispé par le besoin absolu et horrible de fuir, mais je suis incapable de le faire.

Puis, aussi vite qu'elle est arrivée, l'agonie oppressante et atroce disparaît et l'énergie invisible et puissante qui m'immobilisait s'évanouit. Et comme une bouteille de soda qu'on aurait trop secouée, je me lève d'un bond et me mets à courir.

Je tourne la tête vers Ragnor, qui affronte la bête.

Il l'empoigne avec une technique de judo, le bras autour du cou et les jambes serrées autour des siennes. Ses yeux bleus luisent et il dégaine ses crocs pour les planter dans la gorge de Gus.

Puis il lui arrache la tête.

En n'utilisant que ses crocs.

Qu'est-ce que…

Le corps décapité de la bête tressaute quelques secondes avant d'arrêter de bouger. La tête roule par terre, ses yeux blancs grands ouverts et immobiles rivés au plafond, le visage couvert de sang.

Ragnor crache le sang, la mine grave et déformée par la colère. Il se relève et essuie sa bouche du revers de sa main, puis il se tourne vers moi et ses yeux cessent de luire.

Je me contente de le dévisager, choquée par ce que je viens de voir. Des dizaines de questions se précipitent dans ma tête.

Il commence à marcher vers moi, lentement et précautionneusement, le visage dépourvu d'émotions. Il avance comme quelqu'un qui approche d'un animal sauvage qui pourrait fuir à tout moment. Mais comme je ne ressens plus cette force froide et atroce, je ne ressens pas non plus le besoin de fuir.

Ragnor s'arrête devant moi et me prend la main. Elle tremble. *Je* tremble. Il pose son autre main sur ma joue et me fait pencher la tête pour trouver mes yeux.

– Est-ce que ça va ? demande-t-il d'une voix grave. Est-ce qu'il t'a fait mal ?

Comme lui, je cherche son regard et je déglutis avant de répondre.

– Je vais bien.

Il utilise sa main sur ma joue pour m'attirer vers lui et tenir ma tête contre son torse, puis il me tient contre lui, une main sur ma nuque, l'autre dans mon dos.

Je me crispe, les bras tendus contre moi, les poings serrés.

– Qu'est-ce que tu fais ?

Il me serre encore plus fort.

– Être attaqué par un vampire atteint de Frénésie de sang n'est pas rien, dit-il d'un ton factuel. J'essaie de te réconforter.

Une touche d'agacement me saisit et remplace ma stupeur.

– Je n'ai pas besoin de ton *réconfort.*

– Tu l'as quand même, dit-il en haussant les épaules. Jusqu'aux Enchères, tu restes membre de ma Ligue, ajoute-t-il d'un ton indifférent qui m'énerve encore plus.

– Lâche-moi.

Il soupire et appuie sa mâchoire contre mes cheveux. Quand je tressaute, il inspire, comme s'il respirait mon odeur, et mon cœur bat la chamade. Je lève les mains et les plaque contre son ventre, leur ordonnant de le repousser, en vain.

Son étreinte est tellement agréable…

– Milord !

Ragnor recule à la vitesse de l'éclair, et je suis soulagée de voir Magnus et Margarita passer les portes de la cafétéria. Ils me passent devant sans m'accorder la moindre attention, les yeux rivés sur Ragnor.

Les Lieutenants s'affairent autour de Ragnor et j'en profite pour m'éclipser et me tapir à nouveau dans l'ombre.

Là où est ma place et où elle sera toujours.

CHAPITRE 13

Allongée avec mon premier petit ami dans une vieille cabane, je caresse sa peau baignée par le clair de lune, ma poitrine collée à la sienne alors qu'il est étendu sous moi. Il est immobile et me laisse promener mes doigts sur son visage puis jusqu'au point faible de sa gorge, que je griffe du bout des ongles.

– Leenie, chuchote-t-il quand je descends mon autre main jusqu'à sa verge. S'il te plaît…

Sa prière me rend euphorique et je ferme les yeux. J'empoigne sa queue et le sens essayer de soulever le bassin, mais il est attaché aux barreaux et ne peut pas bouger.

– Voilà ce que je veux que tu me fasses, je murmure en le lâchant et en levant les mains.

Je les pose ensuite sur son cou et appuie mes pouces sur sa trachée, plantant mes ongles dans sa peau jusqu'à faire jaillir une jolie goutte cramoisie.

Il retient son souffle et je sens presque sa peau s'embraser alors qu'un désir le fait rougir malgré lui. Le plaisir me consomme, et l'idée que je contrôle la situation est tellement entêtante que je pourrais presque gémir. Je veux lui montrer ce que j'ai besoin qu'il me fasse et qu'il refuse toujours de faire.

Il lutte contre les barreaux et son visage se transforme alors que son corps s'allonge et devient plus musclé. Ses cheveux noirs deviennent bruns et ses yeux turquoise s'assombrissent pour prendre une étrange et familière couleur bleu nuit.

Je pousse un petit cri quand il arrache soudain les chaînes qui enserraient ses mains et nous fait rouler de telle sorte que je suis sur le dos, sous lui. Il plaque mes mains sur le matelas et son corps puissant et tonique survole le mien pendant que ses yeux, plus voraces que jamais, parcourent mon corps.

Il se lèche les lèvres et mon cœur bat la chamade. Je sens soudain ses mains sur mes cuisses nues, qu'il écarte pour exposer ma fente trempée à son regard affamé. Sa poigne devient plus forte, douloureuse, et je sens mon bas-ventre se contracter.

Ça, *je pense alors qu'il baisse la tête et prend le bourgeon de nerfs au sommet de mon sexe entre ses dents, me faisant me cambrer en gémissant.* C'est ça que je veux.

Je sens la tension bouillonner et enfler en moi, menaçant d'exploser tandis qu'il dévore ma chatte comme son dessert préféré. Il la lèche et la mordille et la suce, et le plaisir est tellement puissant, accablant, que je me démène contre les chaînes qui m'attachent désormais aux barreaux. Je veux sa bouche sur la mienne et sa queue en moi.

Mais quand il lève la tête et que nos regards se trouvent, je vois mon reflet dans ses pupilles, et je m'immobilise. Ce n'est pas mon visage qui y est reflété. C'est le visage d'une autre personne, plus âgée, familière et parfaitement terrifiante.

Quand je me réveille du cauchemar, je suis grelottante et en sueur et les draps sont trempés. Mon cœur bat tellement fort que je le sens contre mes côtes. Ce qui a commencé comme un rêve de Logan et de nos ébats a viré en cauchemar de Ragnor et moi, ici, dans cette ville souterraine.

Je ne ferme pas l'œil du reste de la nuit.

– Parlons de la Frénésie de sang.

Abe croise les bras, la mine lugubre. L'ambiance générale dans la Ligue est morose aussi, après ce qui s'est passé hier soir, quand Gus s'est changé en bête-vampire et a perdu la tête dans la cafétéria.

Mes camarades ont l'esprit ailleurs. Jakob, l'ami le plus proche de Gus, a les yeux rivés sur le mur, le regard lointain et rougi par les larmes. Zoey, qui était également proche de Gus, n'est pas toute guillerette comme d'habitude. Elle a les yeux fixés sur ses mains, clairement angoissée. Le reste de la classe écoute attentivement les explications d'Abe.

Quant à moi, j'essaie de me concentrer sur le cours plutôt que sur ce qui s'est passé après l'attaque de la bête-vampire.

Ou sur Ragnor et le rêve auquel je n'arrête pas de penser.

Abe se met à faire les cent pas à l'avant de la salle.

– La Frénésie se produit quand un vampire ne consomme pas assez de sang pendant plusieurs jours d'affilée.

S'il paraît enseigner comme d'habitude, quelque chose dans son regard trahit ce qui ressemble à des remords.

– Tout comme les humains peuvent être déshydratés, un vampire peut manquer de sang, et cela déclenche une Frénésie de sang.

Des chuchotements montent dans la classe. Abe reste silencieux et nous observe avec un air inquiet. J'en viens à me demander si la Frénésie se produit régulièrement, et si c'est le cas, pourquoi on ne nous en parle pas dès le début. Certes, Margarita m'a dit de veiller à mon apport en sang, et Abe nous a également dit que boire du sang chaque jour était obligatoire, mais aucun n'a expliqué les conséquences de ne pas le faire.

Quand les murmures se taisent, Abe semble revenir sur terre et il nous adresse un regard très sérieux.

– La Frénésie peut frapper à tout moment. Vous pouvez aller très bien, et l'instant d'après, vous aurez planté vos crocs dans le cou d'un de vos meilleurs amis. Parfois, il peut y avoir des signes que certains peuvent rater ; des signes que quelqu'un risque de subir une Frénésie.

La salle redevient silencieuse. Je tourne la tête vers Jakob, qui n'a plus l'air distrait mais triste, la bouche pincée et les yeux larmoyants. Il baisse la tête et laisse les larmes couler sur ses joues sans un bruit. Près de lui, Zoey cache son visage dans ses mains, ses épaules sont secouées par des sanglots silencieux.

– La Frénésie augmente temporairement les sens, la vitesse et la force au point qu'il en faut beaucoup pour être maîtrisé, poursuit Abe d'une voix grave. Mais elle vous fait aussi perdre la tête tant vous avez envie de sang, de *n'importe quel* sang, et on devient une sorte d'animal dépravé qui s'attaque à la première chose vivante qu'il trouve.

Cynthia, une fille habituellement discrète aux cheveux couleur arc-en-ciel, lève la main, et Abe hoche la tête dans sa direction.

– C'est ce qui s'est passé hier, c'est ça ?

– Oui, soupire Abe en grimaçant. Augustus était un vampire très prometteur. Il était malin et gentil, et il nous manquera.

Il regarde ses mains avant de se remettre à faire les cent pas.

– J'espère que vous apprendrez de cet évènement afin que la Frénésie n'emporte pas un autre de nos vampires.

Un des garçons, Bryce, lève la main d'un geste hésitant.

– Pourquoi notre Lord l'a tué ?

– Parce qu'on ne peut pas guérir de la Frénésie. Contrairement aux humains, qui peuvent être soignés pour leur déshydratation, il n'existe pas de traitement pour la Frénésie de sang, si ce n'est la mort.

Abe paraît attristé et perturbé. À l'évidence, la mort de Gus lui pèse.

– Il est du devoir de notre Lord de nous protéger, même au prix de l'un des siens. S'il l'avait laissé libre, Gus aurait tué tout le monde sur son passage. Ceux qui souffrent de Frénésie n'ont pas de limite et leur faim n'est jamais rassasiée.

C'est incroyablement triste. J'ai beau le détester, je ne souhaiterais à personne de devoir tuer quelqu'un qui n'a fait de mal à personne. Et je suis triste pour Gus, aussi. Quelle horrible façon de partir, en restant dans la mémoire des gens comme une bête déchaînée et délirante, tout ça parce qu'il a oublié de boire du sang.

Cynthia lève à nouveau la main – elle semble plus active en classe maintenant que Zoey est silencieuse.

– Qu'est-ce qui se passe si on boit trop de sang ? Bien plus que la dose journalière recommandée ?

– C’est une très bonne question, répond Abe en lui adressant un sourire reconnaissant qui la fait sourire en retour. Il y a une raison au fait que nous ayons des restrictions concernant de nombreux aspects de notre existence, explique-t-il en joignant ses mains dans son dos. Nous sommes une espèce dangereuse, et nous ne pouvons pas nous permettre de perdre le contrôle et de nous exposer aux humains. C’est pour ça que les restrictions existent.

Abe s’arrête à côté de mon bureau et poursuit ses explications.

– Pour répondre à ta question, Perkins, si tu consommes trop de sang, tu seras saisie par un sentiment d’euphorie équivalent à ce que ressent un humain accro à la drogue, dit-il en lançant un regard de mise en garde à chaque élève de la salle. La plupart de ceux qui deviennent accros au sang sont inutiles dans leur Ligue et finissent expulsés ou, dans certains cas, tués.

Sur cette note positive, Abe termine sa leçon et nous accorde une pause avant notre cours de sport.

Quand on arrive au gymnase, Logan nous attend, et il n’est pas seul.

Ragnor est là aussi, ainsi que ses deux Lieutenants.

Margarita ne me regarde pas, observant plutôt le reste de la classe d’un air dégoûté. Magnus suit des yeux les mouvements de Tansy avec un air prédateur qui crie *danger*, et le visage de Ragnor est impassible. Je réalise que c’est la première fois que je le vois en vêtements de sport ; il porte un jogging et un marcel qui révèle ses biceps et attire l’attention sur son torse dur comme fer.

Mes cuisses se contractent en le voyant, et je me mens à moi-même en me disant que c’est juste du stress. Je repense alors à *ce rêve* qui, avant de virer au cauchemar, était clairement érotique, et une petite voix me chuchote : *tu te racontes des conneries, Aileen.*

– Nous avons des coachs spéciaux, aujourd’hui, dit Logan sans préambule, me faisant revenir sur terre. Notre Lord Ragnor Rayne, ses Lieutenants et moi-même allons vous affronter chacun notre tour. Vous avez une seule mission : nous obliger à utiliser nos Talents ou, pour ce qui est de notre Lord, son pouvoir Sacré.

Il marque une pause et nous adresse un sourire rassurant.

– Le but n'est pas de vous faire échouer mais d'évaluer comment vous vous débrouilleriez en affrontant des vampires plus anciens et dotés de Talents et de magie, ce que vous, vampires Communs, n'avez pas.

– C'est dingue, murmure Cynthia derrière moi.

– Je ne veux pas affronter notre Lord, chuchote Bryce. Il va m'aplatir comme une crêpe. Mais je veux bien me frotter à la femme.

– Fais la queue, alors, répond Kastor, un autre camarade, faisant ricaner les mecs autour de lui.

Logan fait un pas en avant.

– Chacun de nous choisira au hasard ceux qui nous affronteront, à commencer par notre Lord.

Ragnor ne perd pas de temps et rive ses yeux sur moi :

– Henderson.

Mes camarades me lancent des regards compatissants tandis que j'avance pour me planter devant lui. *Au hasard, mon œil.*

Magnus est le suivant et je ne suis pas surprise, non plus, qu'il choisisse Tansy, qu'il dévore du regard quand elle se poste à côté de lui en tremblant des pieds à la tête. Margarita fait le bonheur de Bryce en le choisissant, et Logan appelle Kastor. Au second tour, Zoey est également choisie par Magnus ce qui, en temps normal, l'aurait ravie, et Ragnor prend Jakob, qui semble terrifié en plus d'être attristé, et ainsi de suite.

– On va commencer avec nos quatre premiers choix, annonce Logan quand tout le monde a été réparti. Les autres vont s'asseoir sur les bancs et regarder.

Logan fait signe à Ragnor, Magnus, Margarita et leurs proies respectives de s'éparpiller dans le gymnase et de se préparer au combat. Je me place face à Ragnor, dont les yeux sont rivés dans les miens, et attends que Logan donne le signal de départ. Quand il le fait, tout le monde bouge autour de nous, et je me contracte en attendant.

Ragnor attend aussi. Il est aussi immobile qu'une statue et j'essaie de deviner ce qu'il cherche à faire. Veut-il m'intimider ? Est-ce qu'il veut que je l'attaque la première ? À quoi ça sert ?

Au bout de quelques minutes, son visage durcit.

– Attaque, ordonne-t-il d'une voix grave, et ses yeux se mettent à luire.

Très bien… Je prends une inspiration et avance lentement vers lui, étudiant son corps en me demandant où attaquer d'abord. Ragnor dégage un air de tueur en série qui met mon instinct de survie en alerte et me pousse à courir, courir, *courir.*

Je m'arrête à quelques pas de lui, essayant de ne pas me laisser intimider par sa posture menaçante. J'aimerais pouvoir oublier le souvenir de ses bras autour de moi, de son doigt sur ma lèvre ou du rêve où sa bouche était sur ma chatte. J'aimerais pouvoir ignorer combien il est sexy.

Concentre-toi, Aileen.

Des calculs s'affichent dans ma tête. Je dois viser là où il s'y attendra le moins. Le prendre de court est mon seul espoir. Mais malgré sa pose prétendument détendue, je sais qu'il est déjà prêt à tout ce que je pourrais faire. Il est ancien, plus ancien que tous les vampires de cette Ligue, et il est Sacré, ce qui est un avantage évident. Mais quel âge peut-il avoir ? Apparemment, seuls les vampires les plus anciens sont Sacrés, mais qu'est-ce que ça veut dire ? Cent ans ? Deux cents ? Cinq cents ?

Toutes les stratégies qui me viennent à l'esprit présentent des défauts. Il verra clair dans tout ce que j'essaierai. Si j'utilise l'*Imperium* de Iovan, il pourrait l'anticiper. Il sait déjà que j'ai failli battre Logan l'autre jour, après tout.

L'heure tourne. Je dois faire quelque chose. Je reprends le contrôle de mes émotions et concentre mon regard sur ses jambes, puis sur sa gorge, et je me jette sur lui. Mon poing vise son ventre tandis que je projette ma jambe sur sa taille, et l'espace d'un instant, j'ai l'impression que je vais réussir. Mais je cligne des yeux, et il n'est plus là.

Déséquilibrée, je retiens mon souffle et regarde tout autour de moi, cherchant où il a pu aller au cours du millième de seconde qui est passé, quand un bras apparaît devant ma gorge et la serre fermement sans que ce soit douloureux. Ma chair s'embrase au contact de sa peau et mes pensées retournent à ce rêve, à son bureau, à son étreinte.

Puis, l'instant d'après, il chuchote dans mon oreille :

– Morte.

Il me lâche et je fais volte-face, la peau brûlante, tout en l'observant avec plus de précaution qu'avant. Son visage redevient impassible et son corps se détend. *Enfoiré.*

Je ne me laisse pas le temps de trop y réfléchir et je l'attaque avec une série de coups de poing et de pied, partout sur son corps, cherchant un endroit qui pourrait se révéler faible. Mais il pare tous mes coups avec la même simplicité que s'il voulait se débarrasser d'une mouche, et ses gestes sont tellement rapides qu'ils en sont flous. Il me laisse prendre les rênes et ne fait rien pour m'attaquer, comme Logan lors de la première évaluation, il y a trois semaines.

Après quelques minutes sur l'offensive, je m'arrête et lui tourne autour, frustrée. Je dois réussir à le toucher ou l'obliger à utiliser sa magie, ce qui serait génial, car savoir ce que c'est me serait très utile.

Mais il est soudain devant moi, la main sur ma gorge.

– Morte.

Ma peau se couvre de chair de poule et je n'ai eu le temps de rien faire lorsqu'il est de nouveau derrière moi, les bras autour de ma taille.

– Morte, répète-t-il.

Mon cœur accélère et j'ai l'impression qu'un courant électrique parcourt mes veines. Juste après, en un éclair, il m'a plaquée au sol, piégée sous son corps massif, les mains à nouveau sur mon cou.

– Morte.

J'émets un mélange de cri et de gémissement alors que la position me rappelle mon rêve. Il me retourne alors sur le ventre et chevauche mon dos. Il approche sa bouche de mon cou et ses lèvres effleurent ma peau. Je sens les pulsations de mon cœur dans mon oreille et je retiens mon souffle, crispée, alors que ma peau s'embrase jusqu'au point de rencontre de mes cuisses.

Son corps est lourd sur le mien, son souffle est chaud sur ma peau, et je ne peux rien contre le frisson qui me parcourt, comme je ne peux pas empêcher la bouffée de chaleur qui me saisit ni la décharge électrique qui naît dans mon cou et se répand sur ma poitrine jusqu'à mes cuisses.

C'est juste l'abstinence… C'est juste l'abstinence…

La sensation de sa voix contre ma peau me fait l'effet d'un baiser.

– Morte.

J'ai compris le message. J'écrase mon excitation et les sensations de son corps contre le mien, et une nouvelle émotion m'envahit. Un sentiment d'impuissance plus grand que tout ce que j'ai pu ressentir par le passé. Je suis profondément déçue par mon incapacité à me défendre contre lui dans un combat.

J'étais tellement furieuse que je n'avais pas réalisé que j'avais prévu de me venger. Ragnor est rapide comme l'éclair et aussi dangereux que ce qu'il laisse paraître. Comment je suis censée me venger de quelqu'un aussi rapide et puissant ? Comment je suis censée le battre alors qu'il cultive ses pouvoirs depuis je ne sais combien de temps ?

Le pire, c'est que son toucher embrase tout mon corps.

Je suis foutue.

Il me lâche et met deux mètres entre nous.

– Essaie encore, ordonne-t-il.

Je me lève, rive mon regard sur lui et ignore tout et tout le monde. Je vais le frapper. Il le faut. C'est peut-être futile, mais je n'accepterai la défaite qu'après avoir épuisé toutes les options.

Quand je me sens prête, je cours vers lui et vise son entrejambe avec mon pied. Il saisit mon tibia avec sa main et, avec son autre main, il attrape le poing que je projetais dans son ventre. Sans effort, il me pousse sur le tapis se met sur moi, mes poignets dans ses mains, ses genoux contre mes cuisses.

J'ai beau ne pas l'avoir touché, il semble à bout de souffle quand il baisse la tête, les yeux sombres.

– Capitule, exige-t-il.

Je le dévisage, essoufflée, toute chaude encore une fois. Je ne peux pas encore capituler. Je dois essayer de le battre, d'une façon ou d'une autre. Mais ma concentration disparaît quand il m'écrase davantage et que son ventre n'est plus qu'à quelques millimètres de ma poitrine. Ses mains sur mes poignets et son visage tout près du mien, je n'ai plus qu'une envie : franchir cette minuscule distance et sentir cet éclair frapper ma…

Je fais taire cette pensée et me force à prendre une grande inspiration. *Concentre-toi, Aileen. Concentre-toi, bon sang !*

Le calme que j'impose à mon corps me permet de me détendre sous le corps dur et puissant de Ragnor. Je maîtrise ma respiration et adopte l'expression la plus neutre possible. Il voit le changement, et il le ressent aussi, car ses yeux s'étrécissent et sa bouche se pince tandis qu'il tient plus fort mes poignets.

– Prochain round ! crie quelqu'un, au loin, mais Ragnor secoue la tête.

– On n'a pas fini, répond Ragnor d'une voix rauque.

En effet, non.

Il me lâche et se lève d'un bond, puis il tourne autour de moi comme un requin alors que je me lève lentement, en chancelant. Ses yeux sont rivés sur moi et il n'essaie pas de cacher sa désapprobation. Mais je me fiche qu'il approuve ou pas. D'ailleurs, je me fiche complètement de lui. Une seule chose m'intéresse.

Gagner.

Je n'y réfléchis pas plus et je cours vers lui, feignant un coup de poing. Bien sûr, il me voit venir, mais je m'accroupis et saisis sa cheville de toutes mes forces. Mes crocs jaillissent et je baisse la tête pour me rapprocher de sa peau.

Il m'empoigne par la nuque et me soulève comme si j'étais un vilain chat.

– Recommence, dit-il quand on est de nouveau face à face.

Je lui souris de toutes mes dents, les traits tirés, et il plisse encore plus les yeux.

Il me jette en arrière et j'atterris à genoux, mais je me dépêche de me relever pour l'attaquer de nouveau.

Il ne perd pas de temps pour me repousser sur les fesses en criant « Encore ! » d'une voix exaspérée.

Au bout d'un moment, je réussis à approcher mes crocs de son biceps de sorte que je ne suis qu'à quelques centimètres, mais il me retourne, penche la tête sur le côté et effleure ma peau avec ses canines.

– Capitule, dit-il et, cette fois, je sais que je ne peux plus refuser ni tenter de le vaincre.

Ma peau est brûlante et inconfortable tant j'ai envie qu'il fasse plus qu'effleurer ma gorge… et la force de ce désespoir frustré me terrorise.

J'ai besoin qu'il me lâche avant que je fasse une chose stupide, même si mon corps me supplie du contraire.

Mon envie de gagner est puissante et je veux le battre, quelle que soit la méthode. Je sais que je le pourrais en le prenant par surprise, comme l'embrasser ou avec un autre geste absurde du même genre.

Pourtant, mon instinct de survie est plus fort. Il me surplombe et je sens son souffle chaud sur la peau de ma gorge, ses crocs tout près de ma chair, ses cheveux doux chatouillant le lobe de mon oreille au point de me rendre folle, et toute notion de victoire s'évapore, remplacée par le besoin tout-puissant de me protéger.

Et c'est cette peur féroce et pure qui est ma perte.

– Je capitule.

CHAPITRE 14

L'équipe désignée pour la plonge, aujourd'hui, est constituée de quatre vampires : Jada, CJ, Bowen et moi. Je suis contente de revoir Jada, et il semblerait qu'elle ne soit pas la seule vampire sympa de la Ligue Rayne, car CJ et Bowen sont aussi chaleureux qu'elle.

Et puis, le fait que la plonge soit faite à la fin de la journée, quand Lon est parti, ajoute à la bonne ambiance, car une tranquillité paisible règne en son absence.

– Bowen est l'employé le plus ancien aux cuisines, après Lon, me dit Jada, la seule pipelette de la bande, tandis qu'elle rince les assiettes en porcelaine véritable et que je les essuie. Il est dans la Ligue depuis 1984. Notre Lord l'a acheté aux Enchères et a dû se battre pour l'avoir, en plus. Apparemment, Lord Renaldi pensait qu'il deviendrait Talentueux, et notre Lord le pensait aussi.

Bowen ricane depuis son poste, où il lave les casseroles.

– Le seul Talent que je possède est de savoir éviter notre Lord quand il est énervé, dit-il d'un ton amer.

Jada lui adresse un regard désapprobateur.

– Tu devrais être reconnaissant qu'il ne t'ait pas renvoyé gratuitement à Renaldi, espèce de bon à rien.

Bowen lui fait un doigt d'honneur couvert de bulles.

– Bref, reprend Jada en me tendant une assiette avant de prendre un verre pour le rincer. Bowen a eu de la chance. Notre Lord achète rarement des vampires lors des Enchères. Il ne dépense son argent que quand il est certain qu'un vampire en vaut la peine.

Ce n'est pas très étonnant, mais personne ne l'avait encore confirmé. Grâce à Jada, je sais désormais combien mes chances sont maigres. Je fronce les sourcils et y réfléchis en séchant l'assiette.

– Pourquoi il donne l'Empreinte à autant d'humains, alors ?

Jada grimace.

– Chaque Lord choisit les personnes qu'il Imprègne d'après un seul critère : les chances qu'elles soient Talentueuses ou qu'elles développent un Talent en vieillissant, explique-t-elle alors que ses gestes deviennent un peu brusques. Aucun Lord ne veut être coincé avec trop de Communs, mais c'est inévitable, bien sûr, puisqu'il n'y a pas de garantie que les humains Imprégnés se révèlent Talentueux. Les Talentueux forment environ quinze pour cent de la population de vampires.

Jada se révèle être un puits de savoir et encore plus pipelette que je le pensais.

– Alors, comment choisissent-ils ? je demande en essayant de ne pas avoir l'air trop curieuse.

Jada soupire brusquement et fourre violemment le verre dans mes mains.

– Officiellement, la loi sur l'Imprégnation veut que chaque humain qui souhaite devenir vampire en ait l'occasion, répond-elle en fronçant les sourcils. C'est pour ça que la liste d'attente a été inventée.

– Mais comment ça marche ? je demande en repensant à l'Accord de Confidentialité que Margarita m'a fait signer. L'existence des vampires n'est pas censée être top secret ?

– Si.

Jada pose l'assiette en porcelaine et prend son verre de sang pour en boire une gorgée.

– C'est pour ça que chaque Lord a des agents de recrutement. Ils trouvent les bonnes personnes dans les bons cercles pour faire circuler l'info, ils leur font signer un accord de confidentialité obligatoire, ils les emmènent à des évènements et les inscrivent sur la liste d'attente.

– CJ était agent de recrutement, dit Bowen en s'appuyant contre le plan de travail près du nôtre, les bras croisés. N'est-ce pas, CJ ? lance-t-il en hochant la tête en direction de l'immense homme noir et massif qui nous observe depuis un des îlots de cuisine.

Il fait oui de la tête sans cesser ses mouvements.

– Pourquoi tu as arrêté ? je lui demande, enregistrant toutes les informations qu'ils sont prêts à me donner.

CJ m'adresse un sourire qui le fait passer de *beau* à *méga canon.*

– Ça me rappelait trop le boulot que je faisais quand j'étais humain, répond-il avant de ricaner quand je le dévisage bêtement. J'étais commercial, la novice. J'avais l'impression d'être un putain de commercial, à raconter des conneries à des personnes jeunes et innocentes qui ne savaient pas vraiment dans quoi elles s'engageaient.

– Bien sûr, ce n'est pas le seul moyen de s'y prendre, me dit Jada, le regard brillant d'une colère qui n'est pas dirigée contre moi. Les Lords ont trouvé une faille qui leur a ouvert une voie plus fourbe : ils trouvent des Talentueux potentiels par eux-mêmes et demandent à leur agent de les mettre sur la liste d'attente environ un jour avant de leur donner l'Empreinte.

Je suis confuse, cette fois.

– Tu m'as perdue, je crois.

– Tu expliques tellement mal, Jada, dit Bowen en se rapprochant, tout en s'essuyant les mains. Les Lords sont censés choisir à qui ils donnent l'Empreinte de façon aléatoire d'après la liste, dit-il en souriant à Jada quand elle le fusille du regard. Mais ils sont seulement *censés* le faire.

– Disons que ça ne se passe presque jamais comme ça, commente CJ, et Bowen acquiesce en ricanant.

– Maintenant, revenons aux Enchères, déclare Jada, qui semble vouloir s'entendre parler de nouveau. Elles sont censées permettre de diminuer le nombre de Communs. Malheureusement pour les Lords, nous les Communs faisons partie de cette Société, qu'ils le veuillent ou non.

– Mais on a de la chance, dit CJ d'un ton sérieux. Notre Lord est l'un des rares à se soucier de ses Communs. Il nous *voit*, contrairement aux autres Lords, pour qui on ne sert à rien.

Jada lâche une assiette, qui se brise par terre, et elle la regarde en fronçant les sourcils avant de plonger son regard noir dans le mien.

– CJ a raison, siffle-t-elle. Pour les Lords, on est un poids mort. Et s'il ne le dit pas, je suis sûre que notre Lord pense la même chose.

– Ne sois pas ingrate, Jada, soupire Bowen.

Elle met ses mains sur ses hanches et le fusille du regard.

– Je suis très reconnaissante, dit-elle, la mâchoire contractée. Mais tu dois admettre que j'ai raison.

– Si notre Lord ne tient pas à nous, les Communs, pourquoi nous donne-t-il des postes clés ? rétorque Bowen en secouant la tête.

– Tu parles de Maika, aux RV ? demande CJ.

– C'est un exemple parmi d'autres, oui, acquiesce Bowen. Il y a aussi Sanu, à la tête des Archives, et Neisha, une des quatre commandantes de la Troupe…

Jada l'interrompt en ricanant.

– Arrête tes conneries, Bowen. Tous ceux que tu viens de mentionner sont clairement surveillés par notre Lord parce qu'ils ont des chances de devenir Talentueux.

J'écarquille les yeux en me rappelant qu'Abe a dit que c'était possible.

– Jada a raison, Bowen, admet CJ en balayant la porcelaine cassée.

– Vous ne savez pas ce que je sais, chuchote Bowen en grimaçant d'un air désapprobateur.

Je suis sur le point de m'immiscer dans leur conversation pour demander à Bowen de quoi il parle quand Jada se tourne vers moi.

– N'oublie pas ce que j'ai dit : *tous* les Lords méprisent les Communs. Et si l'un d'entre eux te dit le contraire, surtout, ne les approche pas.

Deux semaines ont passé depuis le cours de sport avec Ragnor, et je n'ai pas revu Milord l'enfoiré. Ce qui est super. Génial, même. Parce que ça me laisse le temps d'encaisser tout ce que j'ai appris à son sujet, et ça renforce ma détermination.

Pendant un de mes services en cuisine, je sers la soupe au buffet à côté d'un vampire prénommé Hassan, qui sert le poulet frit, quand deux jeunes femmes approchent en discutant.

– Elle est complètement gaga, dit la brune en ricanant. L'autre jour, je l'ai entendue menacer une des novices parce qu'elle le regardait trop longtemps. Comme si notre Lord pouvait être intéressé par une *nov* !

Je remplis deux bols de soupe et les leur tends, mais elles ne daignent même pas lever la tête avant de passer au poste d'Hassan.

– Il y a aussi eu cet incident dans la Troupe, il y a quelques semaines, tu te souviens ? demande la brune.

– Elle a craqué, je te le dis ! glousse la blonde.

Elles poursuivent leur chemin et je me tourne vers Hassan qui regarde droit devant lui, l'air morose.

– Tu sais de qui elles parlaient ? je lui demande prudemment.

Il n'est pas particulièrement chaleureux, contrairement à Jada et ses amis, qui sont étonnamment tolérants envers moi malgré mon statut de nov. Hassan fait partie de ceux qui gardent leurs distances.

– Elles parlent de la Lieutenante, répond-il en me prenant par surprise alors qu'il pose brusquement un bout de poulet dans l'assiette d'un vampire. Un conseil, la nov : ne manque jamais de respect à l'un des Lieutenants.

Je ne suis pas étonnée d'entendre que Margarita a le béguin pour Ragnor. En revanche, je suis surprise de découvrir qu'elle n'est pas la seule, et qu'il n'a été avec personne depuis plusieurs décennies.

Bien évidemment, ce n'est qu'une rumeur que j'ai entendue en cuisine quand j'ai mentionné son statut amoureux à Jada.

– Beaucoup pensent que notre Lord a eu le cœur brisé il y a longtemps, m'a-t-elle dit, ravie comme toujours de parler des ragots de la Ligue. C'est sans doute pour ça que personne, y compris Margarita, n'ose faire le premier pas avec lui.

Jada n'est pas la seule à le penser. Apparemment, l'abstinence supposée de Ragnor intéresse certains de mes camarades de formation, aussi. Pendant une pause, j'entends Cynthia aborder la même rumeur avec Jakob, qui est à peu près redevenu lui-même après la disparition de Gus.

Hélas, je n'en apprends pas davantage au sujet des amantes passées de Ragnor. En revanche, je découvre plusieurs choses au sujet du Lord de la Ligue Rayne.

CJ et moi nettoyons la cafétéria quand je décide de l'interroger.

– Est-ce que Ra… est-ce que notre Lord a déjà donné l'Empreinte à quelqu'un sans son consentement ?

Ma question semble le prendre par surprise.

– Pas que je sache, non, répond-il en fronçant les sourcils. Notre Lord est de nombreuses choses, mais il ne fait jamais rien sans raison. Imprégner quelqu'un de force, sans son consentement écrit, est interdit depuis 1815.

Je m'arrête et me tiens droite, les yeux rivés sur lui.

– Comment ça, *interdit* ?

CJ ne remarque pas mon ton subitement excité.

– Ben, c'est interdit, répète-t-il, accroupi derrière une table pour enlever une tache par terre. Cela dit, je doute que les Lords se soucient encore de cette vieille loi. Après tout, pourquoi un Lord ferait-il une chose aussi dangereuse ? Ce serait vraiment gâcher leurs ressources précieuses.

Quelles ressources ?

– Je ne comprends pas.

Il soupire et se relève.

– Vous n'avez pas encore appris comment un Lord donne l'Empreinte à un humain ?

Je fais non de la tête et il s'étire avant de répondre.

– Dans ce cas, tu devrais attendre. Abe est un bien meilleur prof que moi.

Il est hors de question que j'attende.

– Allez, CJ, je râle en l'implorant du regard.

– D'accord, grommelle-t-il.

Il s'adosse à la table et croise les bras. Il a beau dire qu'Abe est un meilleur prof, il vient d'adopter exactement la même posture que lui.

– Quand un Lord donne l'Empreinte à un humain, il doit se départir d'un peu de sa Force Vive.

Je ne comprends rien à ce qu'il vient de dire.

– C'est quoi la Force Vive ?

– J'y viens, alors tais-toi et écoute, rétorque CJ, et j'obéis. La Force Vive est l'essence qui fait de nous des vampires plutôt que des humains. C'est ce qui nous permet d'être plus forts, plus rapides, d'avoir des sens plus affûtés, et même de devenir Talentueux ou Sacrés. C'est aussi pour ça que notre apport liquide n'est plus l'eau, mais le sang. Chaque vampire en possède, et c'est par l'Imprégnation qu'on l'obtient.

Il lève son poing fermé et poursuit ses explications.

– Disons qu'on mesure la quantité de Force Vive dans chaque vampire. Les Communs ont ça.

Il lève son index.

– Les Talentueux ont à peu près ça, dit-il en levant son majeur et son annulaire. Et les Sacrés ont ça, conclut-il en levant les dix doigts de ses mains. Après qu'il a donné l'Empreinte à un humain, la Force Vive d'un Lord est réduite à ça.

Il baisse sa main gauche et ne laisse que l'index et le majeur levés sur sa main droite.

J'écarquille les yeux en me rappelant cette horrible nuit derrière le *Banner Bar*.

– Alors, un Lord ne peut donner l'Empreinte qu'à un humain par jour ?

– Par *semaine*, corrige CJ avant de ricaner devant ma stupeur. Bien sûr, ça dépend de la puissance de chaque Lord. Certains peuvent Imprégner deux humains par semaine, peut-être même trois. Mais en général, ça les épuise et ils doivent dormir pendant plusieurs jours pour régénérer la Force Vive qu'ils ont perdue.

Mon cœur se pince.

– Alors, donner l'Empreinte à deux personnes la même journée…

– Je n'ai jamais entendu parler d'un Lord qui ferait une chose aussi dangereuse, dit CJ en haussant les épaules. Mais qui sait ? Peut-être que certains peuvent le faire, si l'occasion se présente. Qui sait ce que pensent ces Lords…

Soudain, ma détermination est encore plus forte et je suis encore plus en colère contre Ragnor. D'ailleurs, je contiens à peine ma rage.

Parce que l'Empreinte qu'il m'a donnée après avoir Imprégné Cassidy… aurait pu être évitée. Il aurait *dû* l'éviter, pour son propre bien. Or il s'est embêté à gaspiller sa Force Vive et à m'imposer cette vie comme s'il l'avait fait sur un coup de tête.

La perte de ma liberté, de ma vie passée… je dois endurer tout ça parce que Ragnor a eu *envie* de me donner l'Empreinte.

À la fin de mon service, ma colère s'est changée en rage. Dans le vestiaire de la cuisine, j'enlève mon tablier, je remets mon jean et mon tee-shirt, et je me barre.

Je longe le couloir qui mène à l'escalier, rêvant de trouver un punching-ball pour dessiner le visage de Ragnor dessus et me défouler quand je vois justement le cauchemar qui empoisonne ma vie arriver vers moi.

Ce putain de Ragnor Rayne.

Alors que j'étais justement en train de me demander pourquoi il m'a donné l'Empreinte, peut-être même au risque de sa vie, le voilà devant moi, vêtu d'un jean et d'un tee-shirt qui met en valeur ses bras musclés. Une excitation irrépressible jaillit aussitôt en moi.

Toutefois, ma colère, ma rancœur et ma rage… sont plus fortes que tout le reste. Du moins, c'est ce que je ne cesse de me répéter.

Il contracte sa mâchoire en me voyant et il s'arrête, mais je continue de marcher jusqu'à être sous son nez.

– J'en ai assez, je gronde, ne pouvant pas me retenir.

Ragnor plisse les yeux et me dévisage en haussant un sourcil, comme s'il me défiait de continuer.

– C'est noté.

– Tu aurais dû éviter de me donner cette putain d'Empreinte, je grogne en le fusillant du regard, tremblant de rage. Pour ton propre bien, étant donné cette histoire de Force Vive.

Il ne répond rien et continue de me regarder sans cligner des yeux, ce qui me met encore plus en colère.

– Mais tu m'as quand même Imprégnée. Tu as gâché ma vie et risqué la tienne, et tout ça à cause d'une sorte de *pulsion*, putain !

Son œil tressaute et il répond d'une voix moqueuse.

– Je ne savais pas que tu t'inquiétais à ce point que je risque ma vie, Henderson.

– Ne déforme pas mes propos ! j'aboie en rêvant de le frapper, de gifler ce visage péniblement beau. Alors réponds-moi une bonne fois pour toutes : *Pourquoi tu m'as donné l'Empreinte, putain ?*

Mes paroles résonnent dans le couloir désert, suivies d'un silence pesant. Il continue de me regarder dans les yeux, mais je n'arrive pas à savoir ce qu'il pense.

Quand il parle enfin, sa voix est grave et j'ai l'impression qu'il se rapproche lentement.

– Tu ferais quoi si je te disais qu'il n'y avait pas de raison ?

Je me crispe et me tiens plus droite.

– Je te tuerais.

Je n'ai même pas cligné des yeux quand Ragnor saisit mon poignet et m'attire dans un placard à balais qui sent légèrement la Javel. Il me plaque ensuite contre la porte fermée, sa main sur ma gorge, ses yeux luisant d'un bleu fluo.

– Tu crois vraiment pouvoir me tuer ? grogne-t-il alors que j'ignore la façon dont sa voix chatouille mon ventre et ma peau. *Toi ?*

– Va te faire foutre, je gronde en retour, furieuse qu'il me piège de cette façon.

Il serre plus fort mon cou et appuie son front contre le mien, le regard aussi furieux que glacial.

– Il est temps que tu comprennes où est ta place, Henderson, susurre-t-il avant d'enlever sa main de ma gorge pour empoigner mes cheveux et les tirer pour pencher ma tête en arrière.

Je retiens mon souffle, mais je n'ai le temps de rien dire car il approche sa bouche du creux de mon épaule et dégaine ses crocs pour effleurer ma peau avec.

Rien n'aurait pu me préparer pour le moment où il appuie ses crocs à ma peau et la perse, m'arrachant un cri de douleur.

Ce n'est pas comme dans les films. J'ai l'impression que des flammes jaillissent à l'endroit où il m'a mordue et que mon sang s'embrase. Toutefois, quand il suce mon sang et lèche ma peau, la douleur se transforme en une sensation bien plus effrayante. Une sensation qui me donne autant envie de le repousser… que de l'attirer contre moi.

Et quand il écarte mes jambes avec sa cuisse et presse son érection contre mon entrejambe, quand il empoigne ma taille avec sa main libre, je comprends soudain que je ne suis pas la seule. Il la ressent aussi.

Cette folie pure qui brûle entre nous.

Un gémissement m'échappe quand Ragnor frotte sa queue à ma fente par-dessus nos vêtements. Je saisis sa tête et l'attire contre moi alors qu'il suce mon sang, et chaque coup de langue me fait mouiller un peu plus.

Toute la rage que je ressentais se transforme en une chaleur liquide et crépitante qui me rend temporairement folle. C'est la seule explication que j'ai alors que je me mets à me déhancher pour me frotter contre lui, chevaucher sa cuisse, regrettant de ne pas pouvoir vraiment le sentir.

Il retire brusquement ses dents et sa bouche, et je manque geindre de tristesse, mais il lèche ensuite la plaie puis ma gorge en s'arrêtant à l'endroit où mon pouls bat sous ma peau. Il remonte ses mains sur ma taille, sous mon tee-shirt, et s'arrête sur mes côtes, juste sous mes seins. Je retiens mon souffle alors que ma poitrine devient lourde, que mes tétons durcissent et que son toucher déclenche des vagues de désir qui déferlent dans mes veines et se précipitent entre mes cuisses.

Je veux plus, tellement plus que je n'arrive pas à réfléchir. Je glisse mes mains sous son tee-shirt, dans son dos, et la sensation de ses muscles merveilleux me fait crier et frissonner. Il se crispe légèrement, puis il avance de nouveau son érection contre mon sexe, et mon estomac ainsi que mon bas-ventre se crispent. Il dessine du bout des doigts le contour de mes seins et je suis tellement folle de désir que je suis à deux doigts de le supplier d'enlever mon soutien-gorge et d'empoigner mes seins.

Or soudain, aussi vite que ça a commencé, Ragnor recule la tête et fait un pas en arrière. On est tous les deux à bout de souffle, en sueur, et on se dévisage avec une sorte d'appréhension émerveillée.

Je devine qu'on pense tous les deux la même chose. *Qu'est-ce qu'on fait, putain ? Est-ce qu'on devrait ? Est-ce que ça en vaudrait la peine ?*

Le silence s'étire entre nous et il semble être le premier à se décider, car sans un mot, il passe à côté de moi, ouvre la porte et s'en va.

CHAPITRE 15
Ragnor Rayne

Assis dans le pub à l'odeur musquée dont le propriétaire est un membre de sa Ligue, Ragnor jette un œil sur les clients. Il regarde un couple assis dans un coin de la salle, occupé à chuchoter. À l'autre bout du bar, trois amis humains fêtent un anniversaire, ils commandent des bières en criant et en s'agitant. Derrière lui, son ouïe fine détecte quelques vampires de sa Ligue qui boivent un verre en parlant de tout et de rien. Il les reconnaît, bien sûr. Il connaît chacun des cinq cent douze vampires de sa Ligue – et pas seulement leur prénom, il connaît leur voix et leur odeur, aussi.

Il pianote sur le bar du bout des doigts en écoutant les conversations autour de lui.

– T'es génial, Bill ! s'écrie un des humains en frappant le dos de son ami.

La femme du couple dans le coin murmure à son ami.

– Warren ne conviendra jamais à Patricia. Il est trop guindé…

Derrière lui, les vampires Maika et Jason ont une conversation légèrement plus intéressante.

– Je m'inquiète pour Logan, dit Maika, la vice-directrice des Ressources Vampiriques. Il est d'humeur affreuse depuis quelques semaines.

– Ouais, il a été pénible pendant les entraînements pour la troupe, aussi, soupire Jason. Je crois que c'est parce qu'il entraîne les novices dans la FGNA. Personne n'aime travailler pour ces fichus novs, après tout.

– Qu'est-ce qui est arrivé à Samuel ? demande Maika. Depuis que je suis devenue vampire, c'est lui qui formait les novices de la FGNA.

– J'ai essayé d'en parler à notre Lord, il y a quelques semaines, murmure Jason. Disons que j'ai essuyé un vent.

S'ils savaient qu'il est dans le pub, ils n'auraient jamais pu se détendre. Heureusement, un des avantages à être Sacré est qu'il peut cacher sa présence. Ça fonctionne tellement bien que même ses propres vampires ne savent pas qu'il est là.

Mais il y a une personne sur qui ça ne marche pas, se moque la voix dans sa tête, le mettant aussitôt d'humeur lugubre.

Il n'a pas le temps de s'attarder là-dessus, car il entend la clochette tinter au-dessus de la porte, indiquant l'arrivée d'un nouveau client. Il reconnaît son odeur ainsi que ses pas trop silencieux, il se tourne néanmoins vers elle en remontant sa capuche et l'observe qui se rapproche de lui. Elle est la seule à le voir, puisqu'elle sait qu'il est là.

Eliza Wains serait ordinaire si elle n'avait cette grande cicatrice qui court depuis le dessus de son œil gauche, définitivement fermé, à sa clavicule. Son œil droit marron foncé, presque noir, s'étrécit quand elle le voit. Elle dégage ses boucles châtains dans son dos et hisse son petit corps mince sur le tabouret à côté du sien.

Une fois assise, elle lui adresse un regard sévère de son seul œil valide.

– Qu'est-ce qui était important au point de me faire venir de Paris ?

Il l'étudie.

– Bonsoir, ravi de te voir aussi.

Un serveur, un vampire du nom de Moïse, vient vers eux et Eliza le fusille du regard, clairement de mauvaise humeur.

– Une bière, aboie-t-elle.

Moïse déglutit et hoche la tête avant de se tourner vers Ragnor. Hélas, sa capacité à cacher sa présence s'évanouit quand quelqu'un voit son visage, ce qui est le cas de Moïse. Soudain pâle comme un drap, celui-ci déglutit encore plus difficilement.

– Je vous sers quelque chose, Milord ?

– Un AB positif avec du gin, répond-il à voix basse pour éviter que les autres vampires entendent sa voix et découvrent qu'il est là.

Maladroitement, et *inutilement*, Moïse esquisse une sorte de révérence et part chercher leurs boissons. Eliza se concentre alors sur Ragnor et hausse un sourcil.

– Eh bien ?

Il n'aime pas travailler avec des personnes extérieures à sa Ligue, surtout quand le sujet la concerne. Et surtout quand les personnes en question ne sont même pas des vampires. Toutefois, il n'en peut plus. Ses meilleurs employés n'ont pas réussi à résoudre le mystère, et il n'a eu d'autre choix que de solliciter l'aide d'Eliza.

Son instinct lui hurlait de ne pas la mêler à ses affaires, mais il n'a plus d'idée et il ne peut pas continuer à ignorer le sujet.

– J'ai un problème dans ma Ligue auquel je n'ai trouvé aucune solution.

La nouvelle semble égayer Eliza.

– Ragnor Rayne a un problème qu'il n'arrive pas à résoudre ? demande-t-elle, le regard pétillant. Me voilà intriguée. Vas-y, crache le morceau.

Il lui adresse un regard qui lui dit qu'il n'approuve pas son ton, mais Eliza n'est pas du genre à accepter les ordres, elle lui répond par un sourire narquois.

– J'attends.

Ragnor ravale son ego et lui explique la situation.

– Il y a plus d'un mois, j'avais prévu de donner l'Empreinte à la dernière humaine de ma liste d'attente pour le trimestre, dit-il en se remémorant la soirée. J'ai procédé comme j'en ai l'habitude. J'ai pris soin d'enquêter sur elle et de m'assurer qu'elle ne manquerait à personne si moi ou l'un de mes agents l'approchions pour lui faire la proposition. Elle n'avait pas de famille proche, mais elle avait deux prétendues amies et quelques amants plus ou moins réguliers, donc j'ai fait des recherches sur eux tous.

– Laisse-moi deviner, dit Eliza. L'un d'eux s'est révélé suspicieux.

Moïse apporte leurs boissons, s'incline de nouveau devant Ragnor et se dépêche de repartir.

– C'est plus que ça, dit Ragnor en prenant son verre. L'une de ses deux amies... est ressortie vierge.

– Vierge comment ? demande Eliza en fronçant les sourcils.

– Je veux dire qu'aucune information n'est ressortie, répond-il d'une voix sinistre en buvant une gorgée de sang au gin. J'ai d'abord pensé qu'elle utilisait un alias, mais mon équipe a confirmé que c'est bien son vrai nom. Mes gars n'ont rien trouvé sur sa famille ni sur son passé. Ils ont seulement vu qu'elle travaillait dans une supérette depuis trois ans.

Eliza réfléchit un moment en silence.

– Mais en quoi c'est important ? Tu as donné l'Empreinte à l'autre fille. Pourquoi son amie est-elle encore un problème ?

C'est justement la question la plus importante de toutes, pense-t-il.

– Il s'est passé quelque chose, admet-il alors que sa fierté lui intime de la fermer.

Eliza semble le sentir.

– Qu'est-ce que tu as fait, Rayne ?

– J'ai donné l'Empreinte à la fille inscrite sur la liste, répond-il avant de boire une gorgée. Mais son amie est venue fouiner. Elle s'est cachée derrière des poubelles, et quand j'ai eu fini avec l'autre fille, je me suis retrouvé comme...

Il ne termine pas sa phrase, cherchant le meilleur moyen de décrire ce qu'il a ressenti.

– C'était une Frénésie ? demande-t-elle. Tu l'as tuée ?

– Non, répond-il en grimaçant. Je lui ai donné l'Empreinte aussi.

Choquée, elle le dévisage quelques minutes. Surprendre Eliza Wains, qui est toujours sur ses gardes, n'est pas une chose facile. Le fait qu'elle le soit en dit long sur ce qui s'est passé dans cette ruelle.

– Pourquoi tu ferais une telle chose ? demande-t-elle.

– Donner l'Empreinte épuise les réserves en énergie d'un Lord normal, explique-t-il d'un ton agacé. Comme je ne suis pas un Lord normal, comme tu le sais, l'Imprégnation a l'effet inverse sur moi. Ça me fait planer, comme si j'avais sniffé de la coke. Mais je suis habitué à cette intoxication et je sais la gérer.

– Tu veux dire que tu étais *défoncé* quand tu as donné l'Empreinte à cette autre fille ?

– Même en l'étant, je ne lui aurais jamais donné l'Empreinte, rétorque Ragnor, perdant patience. Chaque fois qu'un humain se trouve à l'endroit où je donne l'Empreinte alors qu'il ne devrait pas y être, mon intoxication me pousse à le tuer, sans la moindre hésitation. Cette fois, ça m'a poussé à faire toute autre chose.

Eliza redevient silencieuse, il la sent réfléchir.

– J'ai quelques questions, dit-elle en tapotant sa bière. D'abord, comment se fait-il que tu aies Imprégné quelqu'un dans un lieu où n'importe qui pouvait te voir ?

Il n'avait pas envie de parler de cet aspect du problème, mais il connaît suffisamment Eliza pour comprendre que, pour qu'elle puisse faire le tri dans ses pensées, elle a besoin d'une réponse à toutes ses questions. Il répond donc, même s'il déteste admettre qu'il a commis une erreur.

– Je soupçonnais la femme d'être Talentueuse. Celle à qui j'avais prévu de donner l'Empreinte, ajoute-t-il quand elle hausse les sourcils. Quand elle m'a dit qu'elle était prête *là* et *tout de suite*, et qu'elle ne pouvait pas attendre quelques heures de plus… j'ai accepté de le faire sur-le-champ.

Sa réponse ne plaît pas à Eliza.

– Tu dis que c'est ton empressement à mettre les mains sur un Talentueux qui t'a mis dans ce pétrin ?

Il la regarde froidement.

– Je n'apprécie pas ce ton, Eliza, gronde-t-il en guise de mise en garde.

La bouche d'Eliza se pince et une bataille de volontés commence. Eliza veut continuer à juger les actions de Ragnor, mais lui, refuse de céder et de la laisser lui marcher dessus.

En fin de compte, elle semble réaliser qu'insister sur ce sujet sera sa chute, qu'ils soient amis ou pas, et elle lève les yeux au ciel.

– Tu es tellement têtu, marmonne-t-elle.

Il se détend légèrement, maintenant qu'elle a laissé tomber.

– Quelles sont tes autres questions ?

Eliza boit une gorgée avant de poursuivre.

– Est-ce que ça t'est déjà arrivé ? De donner l'Empreinte à quelqu'un que tu aurais dû tuer ?

– Une seule fois.

Elle plonge son regard dans le sien en comprenant ce qu'il dit.

– Tu crois que…

– Non, interrompt-il, et ce n'est pas pour ça que je t'ai fait venir. Tu as d'autres questions ?

Elle recule et l'étudie d'un air contemplatif.

– Qu'est-ce que tu as besoin que je fasse ?

– Cette fille est désormais vampire dans ma Ligue, dit Ragnor, tiraillé par ses sentiments au sujet de cet étrange hasard. Les Enchères sont dans deux mois et je compte la vendre au premier Lord qui voudra bien miser sur elle. D'ici là, je veux que tu enquêtes et que tu déterres tout ce que tu peux sur elle.

– Tes gars sont aussi doués que moi, répond-elle, le visage sérieux. Qu'est-ce qui te fait croire que je trouverai quelque chose qu'ils ont raté ?

Sa question n'en est pas une, c'est un test. Eliza et lui ont beau être en bons termes, et elle a beau être l'une des rares personnes qu'il décrirait comme une amie, Eliza fait preuve d'autant de zèle lorsqu'il s'agit du secret de ses acolytes que lui des membres de sa Ligue. Elle cherche à savoir ce qu'il sait sur elle.

– J'ai vu de quoi tu es capable de mes propres yeux, Eliza, répond-il. Et si je sais que mes gars sont aussi doués que les tiens, je sais aussi que tu as des méthodes… *moins traditionnelles* pour obtenir des résultats.

Ses propos semblent la satisfaire.

– Je vais voir ce que je peux faire. Mais je ne comprends pas. Pourquoi tu tiens autant à connaître le passé d'une vampire Commune ? Tu comptes la vendre aux Enchères, de toute façon, alors, à quoi bon ?

Une vieille douleur se réveille en lui, menaçant de faire luire ses yeux bleus. Il la repousse, refusant de céder à ces vieux sentiments.

– Mon instinct me dit qu'elle n'est pas celle qu'elle prétend être, et j'ai besoin de savoir pourquoi une fille lambda m'a poussé à lui donner l'Empreinte et comment elle s'est remise de l'Imprégnation en vingt-quatre heures, alors que les nouveaux vampires ont généralement besoin d'au moins trois jours.

C'est un des plus grands mystères qui entourent cette fille. Personne, pas même lui, ne s'est réveillé aussi vite de l'Imprégnation. Le temps de repos moyen est de soixante-douze heures et Ragnor lui-même, quand il a été Imprégné il y a longtemps, a eu besoin de quarante-huit heures avant de se réveiller.

Or cette fille a ouvert les yeux au bout d'un seul jour.

Et depuis, elle n'a pas cessé de l'énerver et de le provoquer.

Ça ne plaît pas à Eliza.

– Tout ça m'a l'air d'annoncer un énorme merdier, dit-elle.

– C'est précisément pour ça que j'ai besoin de toi, répond-il simplement.

– Eh merde, soupire-t-elle. Tu as constitué un dossier sur elle, au moins ?

Il sort un bout de papier froissé sur lequel il a noté les quelques détails qu'il connaît à son sujet.

– Aileen Henderson, dit-il en lui tendant le brouillon.

Elle lit rapidement la feuille.

– Taille et corpulence moyennes, cheveux bruns, yeux noisette, peau olive, dit-elle à voix haute. Prétend être d'origines écossaise, égyptienne et ukrainienne…

Elle s'arrête et lève les yeux vers lui.

– Tu es *sûr*…

– Oui, rétorque-t-il, clairement agacé.

Elle fronce les sourcils et continue sa lecture.

– Prétend n'avoir aucun talent ni passe-temps… s'est remise de l'Imprégnation plus vite que quatre-vingt-dix-neuf pour cent de la population vampirique… affectée en cuisine… vit avec Zoey Rittman et Tansy Contos… ses anciennes amies sont Cassidy Jones et Skye Garner… statut amoureux inconnu, famille inconnue, connaissances inconnues... Wouah, tu ne sais vraiment rien de cette fille.

– Continue de lire, grogne-t-il.

– Personnalité indéterminée. Se montre parfois impétueuse et impulsive, sinon elle contrôle de près ses émotions. Connaissances poussées en arts martiaux d'après Logan... Qui est Logan ?

– Un des Talentueux, répond-il sèchement.

– D'accord. Ciblée par Margarita... tu parles de Margarita Wallen ? demande Eliza, et ses yeux pétillent de malice.

– Elle est ma Lieutenante, dit-il d'un ton menaçant. Et Talentueuse, aussi.

Son œil luit de tout le dédain qu'elle éprouve pour la Lieutenante en question.

– Très bien, crache-t-elle, mais sache que si cette garce la déteste, ça ne me fait qu'aimer davantage cette fille mystère.

– Je me fiche de savoir qui tu apprécies, Eliza, gronde-t-il.

Elle grimace et se concentre à nouveau sur le papier, mais il ne reste plus que les adresses de son ancien appartement et de la supérette où elle travaillait.

– Tu n'as vraiment rien trouvé, déclare-t-elle en secouant la tête. C'est quoi ce bordel, Ragnor ? Qui est cette fille ?

– Je ne sais pas, admet-il difficilement. Mais j'ai un mauvais pressentiment. Je n'ai jamais rencontré quelqu'un qui soit aussi...

Téméraire, fascinant, enrageant.

Eliza plie le papier et le met dans la poche de son jean.

– Tu as une photo d'elle ?

Il lui tend une petite photo que son équipe a prise d'elle durant ses recherches sur Cassidy.

– Ça devrait suffire.

Elle sirote le reste de sa bière en réfléchissant.

– Étant donné le peu d'infos que tu as, je vais devoir doubler mon tarif habituel.

Ragnor a peut-être assez d'argent pour tenir l'éternité, mais il a une meilleure idée que de dépenser une somme astronomique d'argent.

– Que dirais-tu d'une contrepartie ?

Eliza l'étudie longuement.

– Je ne te le recommande pas, déclare-t-elle avec cette franchise qu'il apprécie chez elle. Étant courtière en informations, je doute que tu puisses savoir quoi que ce soit qui m'intéresse.

Elle a beau être intelligente et être son amie, Eliza Wains est encore jeune. Du moins, plus jeune que lui.

– En gage de bonne foi, je vais te faire part de ce que j'ai, et tu verras par toi-même.

– D'accord, je t'écoute, dit-elle en se penchant vers lui.

Ragnor sourit intérieurement. Il n'y a rien de plus grisant que d'avoir l'avantage.

– Il y a une semaine, j'ai eu la visite d'une vieille connaissance, dit-il calmement. Le nom Luceras te dit quelque chose ?

Pour la première fois depuis qu'elle est arrivée, Eliza reste muette, son œil écarquillé, les poings serrés. Elle le dévisage d'un air qui ressemble à de la terreur.

Une part de lui apprécie de la choquer comme ça, mais une autre part est bien moins égoïste.

– Luceras et moi ne sommes pas amis, poursuit-il. Mais j'ai mes raisons de rester proche de lui.

Des raisons qu'Eliza ne connaît que trop bien.

– Qu'est-ce que tu proposes ? demande Eliza en fuyant son regard.

Sa question est rhétorique. Il a conscience qu'elle sait où il veut en venir, mais elle a besoin de l'entendre le dire.

– Je peux devenir son ami, murmure-t-il, et creuser suffisamment pour te donner ce que tu veux.

Si Eliza a accès à quatre-vingt-dix pour cent des informations qui circulent dans le monde à tout moment, Luceras appartient au cercle qui détient les dix pour cent restants, auxquels elle n'a pas accès. Ragnor peut lui obtenir ce dont elle a besoin.

Elle lève les yeux sur lui, les lèvres pincées.

– Allons pour une contrepartie, alors, déclare-t-elle amèrement.

Ils se lèvent tous les deux de leur tabouret.

– Tes services sont grandement appréciés.

Eliza hoche la tête en silence et s'en va tandis qu'il paie leur addition et se dépêche de retourner à sa base souterraine. Quoi que veuille lui faire croire Eliza – et son inconscient –, Aileen Henderson n'est pas la seule vampire de sa Ligue à exiger son attention.

CHAPITRE 16

Je viens de finir mon service à la cafétéria pour le dîner et je suis prête à me doucher une énième fois pour me débarrasser de l'odeur de friture qui me colle à la peau lorsque je trouve Margarita devant la porte de ma suite.

Dès qu'elle me voit, elle s'avance, un air menaçant sur son joli visage.

– Viens avec moi, ordonne-t-elle en m'adressant un regard plein de haine.

Elle se dirige vers l'escalator que je viens juste d'emprunter pour rentrer chez moi.

D'humeur sombre, je décide de suivre le conseil d'Hassan et de ne pas agacer la Lieutenante, même si elle m'irrite au plus haut point. Elle m'emmène dans une salle de classe vide du premier étage, referme la porte et se retourne pour me faire face.

Elle ne me laisse pas le temps de parler avant d'aboyer en me fusillant du regard :

– Je t'ai vue avec lui, tu sais.

– Avec qui ? je réponds en haussant un sourcil, et ses yeux luisent de plus belle alors qu'elle montre les crocs.

– Ne fais pas l'innocente, espèce de garce, crache-t-elle. Je l'ai vu avant qu'il te traîne dans ce placard à balais. Tu *bavais* devant lui.

Ah. J'essaie de parler, mais je ne trouve pas les mots. Comment Margarita m'a-t-elle vue avec Ragnor hier ? Je me souviens que le couloir était désert…

Cela dit, j'étais trop distraite par Ragnor pour percevoir quoi que ce soit d'autre. Qu'a-t-elle vu ou entendu ? Est-ce que Ragnor savait qu'elle était là ?

Il n'empêche que je n'ai rien fait de mal. C'est Ragnor qui m'a empoignée et attirée dans ce placard...

– Il me semble que tu te méprends, je réponds lentement. Ragn... *notre Lord* et moi ne faisions que parler...

– Je ne t'ai pas autorisée à parler, gronde-t-elle en se rapprochant jusqu'à être tellement près que je vois les éclats gris dans ses yeux verts. Tu agaces le Lord, *Logan* et tout le monde depuis que tu es arrivée ici, siffle-t-elle, et il semblerait que tu n'as toujours pas compris la leçon. Je te préviens, tu ferais mieux de savoir vite où est ta place, déclare-t-elle avec de grands yeux furieux.

Elle fait un pas en arrière et me reluque de la tête aux pieds, l'air dégoûtée.

– Je ne comprendrai jamais ce que ces deux-là ont vu en toi, dit-elle en me regardant de nouveau dans les yeux. Si *je* ne peux pas les avoir, alors personne ne peut les avoir, et surtout pas une novice bonne à rien comme toi, siffle-t-elle. Tâche de ne pas l'oublier.

Ces deux. Est-ce qu'elle a compris que Logan et moi nous connaissons depuis longtemps ? Est-ce qu'elle sait qu'on était ensemble ?

J'espère que non, putain. Sinon, ça va être un sacré problème.

Le lendemain, le hasard veut que je n'aie pas cours et, pour une fois, que je ne travaille pas non plus en cuisine. Donc, pour la première fois depuis que je suis devenue vampire, j'ai toute la journée pour moi.

Après le petit déjeuner, je sors de la cafétéria et hésite à aller au salon de la résidence des Communs ou à faire un tour à la salle de jeux dont Jakob et Bryce parlaient en cours, hier. Je suis presque arrivée au salon quand je me souviens qu'Abe a parlé d'une serre pendant un de ses cours.

Je me décide et accélère en me rendant à l'étage des ateliers pour trouver ce que je cherche. Quand c'est fait, je prends l'escalator près de la cafétéria et me rends à l'étage supérieur. Depuis cet endroit, le seul moyen d'aller à la serre est d'emprunter un escalier en colimaçon.

La serre est immense et remplie de fleurs et de plantes. Elle est entourée des mêmes murs en pierre que le reste de la base, mais son plafond est transparent et donne sur le ciel nocturne. C'est ma première fois ici, et voir les étoiles et le fin croissant de lune me donne l'impression d'être un tout petit peu plus libre que je ne le suis.

Je suis soulagée de découvrir la serre déserte, je m'installe sur un des bancs, puis j'ouvre le carnet de croquis et me mets à y gribouiller au crayon.

Certes, je ne dirais pas que le dessin ou la peinture est mon passe-temps préféré. Mais ça m'aide à m'apaiser et à faire taire mes pensées, ce dont j'ai réellement besoin. J'apprécie également d'être entourée de verdure, de fleurs et de plantes en tous genres, j'ai presque l'impression d'être sortie de cette Ligue étouffante.

Je passe quelques heures à dessiner la végétation qui m'entoure. C'est un peu comme méditer, et les gestes répétitifs me permettent d'atteindre une sorte de transe. Pour la première fois depuis longtemps, je me sens presque bien.

Je n'ai peut-être pas encore toutes les réponses, Logan ne supporte pas de me voir, Cassidy fait mine de ne pas me connaître tout en me haïssant, et j'ai commis une erreur avec le Lord de ce lieu, de sorte que Margarita me déteste encore plus qu'avant, mais ici, maintenant, la seule chose qui compte, c'est le bruit du crayon sur le papier.

Je pose enfin le crayon et regarde mon dessin. C'est un croquis de la serre, mais il ne lui fait pas honneur.

Je lève la tête et observe la rangée d'œillets roses et violets sur ma droite. Le plus près de moi est différent des autres, car ses pétales sont orange, je les caresse, émerveillée par leur beauté.

Je regrette de ne pas avoir apporté d'aquarelle. J'aurais voulu peindre cet œillet en particulier.

Je lâche la fleur, ferme le carnet et le range sous mon bras, prête à aller déjeuner. Quand je me tourne vers la gauche, je vois une silhouette à l'autre bout du banc, les mains dans les poches de sa veste, une capuche sur la tête. Il porte un pantalon de treillis noir et des rangers usés qui me sont familiers.

Je plisse les yeux et croise les bras en me postant devant lui.

– Tu me suis, ou quoi ? je demande d'un ton sec.

Il soupire et enlève sa capuche, plongeant ses yeux bleu nuit dans les miens.

– Non, répond-il froidement. Et pour être honnête, Henderson, si tu n'as rien d'important à dire, va-t'en.

Son ton dédaigneux me met hors de moi.

– Aucune règle ne m'interdit d'être ici, je déclare, marquant une pause avant d'ajouter d'un ton nonchalant : *Milord.*

Il se pince le nez, clairement épuisé.

– Tu sais ce qu'est la Force Vive, n'est-ce pas ? demande-t-il d'une voix exaspérée.

Je fronce les sourcils et décroise mes bras pour les laisser retomber.

– Et alors ?

– Ma Force Vive est à sec, là, répond-il en coiffant ses cheveux en arrière.

Je me fige et le dévisage.

– Tu viens de donner l'Empreinte à quelqu'un.

Mon cœur bat la chamade et je sens mon calme s'évanouir.

– Quelqu'un qui était sur la liste d'attente.

Je suis stupéfait du regard que m'adresse Ragnor, un regard étonnamment suppliant. *C'est quoi ce bordel ?*

– Va-t'en, Henderson, dit-il en laissant tomber sa tête en arrière. Je suis trop fatigué pour te parler.

Il se comporte comme s'il était saoul. Il n'a rien du Lord froid et distant que j'ai l'habitude de voir. Je suis face à un homme étonnamment sincère et honnête qui semble simplement chercher le calme.

C'est fascinant. D'ailleurs, c'est tellement fascinant que ma colère disparaît. Je m'assois à côté de lui sans quitter son visage las des yeux.

– Tu sais, je chuchote en m'interdisant de ricaner, tu te comportes de façon plutôt chou, là.

Il tourne brusquement la tête et son regard s'étrécit. Toutefois, je ne sais pourquoi, ça n'a pas le même effet intimidant que d'habitude.

– Tu viens de dire que je suis chou ? demande-t-il d'un air enjoué que je ne lui connais pas.

– Ben, peut-être que *chou* est un peu exagéré, je réponds en souriant, tout en le dévorant des yeux.

Il a l'air tellement fatigué qu'il est complètement détendu, mais il reste puissant, grand et musclé. Il est comme une bête endormie – mortelle, tout en étant inoffensive.

J'en viens à me demander s'il est comme ça quand il dort, étendu dans son lit, insouciant. Je me force à détourner les yeux et me concentre sur les lys colorés devant moi. Je l'entends bouger, puis il parle.

– Je croyais que tu ne considérais pas l'art comme un passe-temps.

Je me fige et me tourne vers lui. Il tient mon carnet et étudie les croquis que j'ai faits. Je n'avais même pas remarqué que je ne l'avais plus et je suis soudain sur mes gardes. Toute trace de légèreté disparaît, je suis tendue et gênée alors qu'il suit les traits de crayon du bout des doigts.

Son front contre le mien, ses lèvres sur mon cou, ses mains sur ma taille alors qu'il se frotte à moi…

Surprise par le souvenir qui surgit sans prévenir, je saisis mon carnet et le referme brusquement.

– Ça ne l'est pas.

Je regarde le sol, mais je sens ses yeux sur moi comme s'il me touchait avec ses mains.

– Tu as du potentiel, déclare-t-il de son ton neutre habituel.

– Mais non, je marmonne en me sentant rougir.

Je me lève et évite toujours de le regarder.

– Profite du reste de ta journée, je grogne.

Dans ma tête, je m'imagine plaquer ma main contre mon front, humiliée. Mais je grince des dents pour ravaler ma honte et me dirige vers la sortie.

C'est alors qu'un bras me saisit par la taille et je me retrouve plaquée contre son torse dur.

– C'est rafraîchissant, tu sais, de te voir toute confuse, pour une fois, chuchote-t-il dans mon oreille.

Je retiens mon souffle alors que tout mon corps se couvre de chair de poule.

Quand ses lèvres effleurent le lobe de mon oreille, je ferme les yeux et me mords la lèvre pour ne pas gémir. Mes cuisses se contractent quand il passe son autre bras autour de moi et saisit mon menton pour pencher ma tête sur le côté, offrant mon cou à sa bouche.

Je ne comprends pas ce qui lui arrive ce soir. Je ne sais pas pourquoi il fait ce qu'il fait. Car ce n'est pas une bataille de volontés, cette fois. Il se comporte comme une personne complètement différente – un homme sexy et diaboliquement beau qui flirte et me taquine, comme s'il n'était pas mon Lord et moi sa nov Commune. Comme si nous étions en bons termes. Comme si notre relation n'était pas ce qu'elle est.

Les menaces de Margarita résonnent dans ma tête. J'ai beau la détester, elle a raison, quelque part. Je dois garder mes distances avec lui. Ragnor est dangereux. Extrêmement dangereux.

Cependant, quand il plaque sa bouche sur la peau de mon cou, je frissonne, incapable de bouger alors qu'une vague de désir pur et féroce m'intime de céder.

Un fracas retentit, il me lâche et je recule vivement. Des voix approchent depuis le coin où se trouve l'entrée. Sans un regard pour Ragnor, j'écoute mon instinct qui jaillit avec plus de force que jamais et me hurle de courir, courir, *COURIR* !

Toutefois, courir n'efface pas ses caresses. Aucune distance ne peut me faire oublier la sensation de ses lèvres sur ma peau et de ses bras puissants autour de ma taille.

J'essaie néanmoins de frotter ma peau pour effacer la sensation de ses mains sur mon épaule, sur ma peau nue, de mon menton entre ses doigts, de sa queue contre moi et de son souffle chaud chatouillant ma gorge.

CHAPITRE 17

Pour fêter la fin du premier mois de formation, Abe a annoncé qu'on partait en voyage pédagogique pendant deux semaines. L'occasion de sortir d'ici après un mois d'interdiction est excitante. On n'a eu aucun contact avec le monde extérieur et aucune idée de ce qui se passe derrière ces murs.

– On va visiter les sept autres Ligues des États-Unis et rencontrer leurs Lords respectifs, a expliqué Abe lors du dernier cours du mois. C'est l'occasion pour vous de rencontrer les Ligues dans lesquelles vous serez peut-être transférés après les Enchères.

Par lesquelles on sera peut-être achetés, *plutôt*, je pense amèrement. Toutefois, je suis la seule à réfléchir de cette manière. Mes camarades sont trop excités par le voyage pour se soucier de la sémantique.

Nous attendons tous les quinze avec Abe dans le hangar où j'ai ouvert les yeux pour la première fois après avoir reçu l'Empreinte. Cependant, je ne sais pas trop ce qu'on attend, Abe a juste dit qu'on partait dans quelques minutes.

Perdue dans ses pensées, Tansy est à côté de moi, les yeux rivés sur Zoey, Bryce et Jakob – le trio star de la classe en l'absence de Gus. Je me demande, et ce n'est pas la première fois, ce qui se passe dans sa tête. Contrairement aux autres novices, Tansy est difficile à déchiffrer. Les autres semblent le penser aussi, car ils ont plutôt tendance à l'éviter.

Je trouve ironique que, dans un groupe de véritables vampires, personne n'accepte ceux qui sont différents.

– N'est-ce pas fascinant ? demande-t-elle soudain.

Je me tourne vers le trio pour comprendre ce qu'elle veut dire, mais ils ne font que parler et rire, excités par le voyage, comme tous les autres.

– Quoi ? je réponds.

Elle les désigne d'un hochement de tête.

– Eux. Les amitiés. C'est tellement étrange.

Regardez qui parle…

– Je ne comprends pas, je marmonne en fronçant les sourcils.

C'est pour ça que je ne me fatigue pas à discuter avec Tansy. Le fait qu'elle soit tête en l'air ne me dérange pas, mais tenter de la comprendre mène souvent à un mal de tête.

– Moi non plus, chuchote-t-elle en haussant les épaules.

Heureusement, je n'ai pas besoin d'écouter le reste de ses ruminations, car deux personnes apparaissent au bout du couloir.

Ragnor et Logan.

Je me crispe en les voyant avancer vers nous. Ragnor est particulièrement beau aujourd'hui, dans son jean délavé coincé dans ses rangers et un tee-shirt bleu pâle sous son trench habituel. Ses cheveux sont lâches et ondulés et il a une petite barbe naissante alors qu'il est habituellement rasé de près.

Logan est canon, aussi. Ses cheveux sont encore mouillés après sa douche et il est vêtu d'un jogging, d'un tee-shirt blanc, de baskets et d'un blouson en cuir noir.

Milord l'enfoiré et mon ex sont superbes, et je ne suis pas la seule à le penser, mes camarades femmes *et* hommes semblent éblouis par leur apparition. Même Tansy.

Abe prend alors la parole, et ma petite bulle éclate aussitôt.

– Notre Lord et Logan nous accompagnent dans ce voyage.

Génial. Je vais passer deux semaines avec mon ex qui me déteste et l'enfoiré de Lord auquel je me suis frottée, avec qui j'ai eu une étrange interaction dans la serre et pour qui j'ai une attirance absurde alors que je le déteste ?

C'est un désastre garanti.

Quand j'étais en seconde, je suis partie en voyage scolaire à Washington DC.

Je me souviens d'avoir été ravie de quitter ma ville natale pour la première fois et d'être encore plus excitée parce que Logan, qui était dans ma classe, m'accompagnait.

Logan était populaire. Il était beau et avenant, et avec son statut de prodige du foot en plus de capitaine de l'équipe, il avait plein d'amis, et un tas de filles étaient gagas de lui au point d'en être obsédées.

Cependant, Logan savait qu'il était mon seul ami et il a passé tout le voyage à côté de moi, à ignorer tous les autres. Tessa Garland, la capitaine des pom-pom girls et son amie d'enfance, qui avait le béguin pour lui depuis toujours sans que Logan ne le remarque jamais, a passé tout le voyage à me fusiller du regard. Elle essayait constamment de monopoliser l'attention de Logan, mais il refusait de la laisser faire.

C'est lors de ce voyage que nos camarades ont compris que Logan et moi n'étions pas seulement amis, et ça n'a plu à personne.

Et nous voilà maintenant assis dans un grand bus, Logan est entouré par la plupart de mes camarades actuels et il ne m'accorde pas la moindre attention.

Ce voyage scolaire a eu lieu il y a plusieurs années – l'eau n'a pas seulement coulé sous les ponts. Le pont est inondé et a été emporté par la pluie torrentielle.

J'ai toujours su que Logan s'en tirerait bien. Le voir maintenant, ici, avec Ragnor, confirme que malgré ce que je lui ai fait, il s'en est bien sorti. Mieux que ça, même.

Je suis assise seule presque à l'arrière du bus, loin des regards curieux, mes écouteurs branchés au vieux lecteur MP3 que l'équipe de Ragnor a récupéré chez moi. J'appuie ma tête contre la vitre et regarde passer le paysage de Nouvelle-Angleterre, cherchant un peu de répit au bazar qu'est ma vie.

Tansy, assise seule également dans le siège devant le mien, est profondément endormie. Ragnor est à l'avant, près d'Abe qui conduit le bus. Les autres sont installés avec Logan vers le milieu du bus et ils parlent assez fort pour réveiller les morts.

Je déplie la feuille de route qu'Abe nous a donnée hier. C'est une carte des États-Unis sur laquelle le trajet est marqué d'une ligne rouge. La Ligue Rayne est située quelque part dans le Maine et notre premier arrêt est à la Ligue Atalon, à Rochester, dans l'État de New York.

On a donc à peu près huit heures de route avant d'arriver.

On nous a distribué à chacun une bouteille d'AB positif, le groupe sanguin au goût le plus neutre, ainsi qu'un sandwich à l'avocat et un grand cookie aux pépites de chocolat. Je mords dans le biscuit et étudie l'itinéraire avant de tirer quelques conclusions.

Premièrement, aucune Ligue n'est située dans le Sud-Est, et la Ligue la plus à l'ouest est dans l'Oregon. Je me demande s'il y a une raison à cela.

Deuxièmement, des sept Ligues des États-Unis, une seule est dirigée par une Lady : Maiana Kalama, de la Ligue Kalama dans l'Oregon. Apparemment, la société vampirique est plutôt patriarcale.

Enfin, le nombre de Talentueux de chaque Ligue est inscrit. Toutes les Ligues ont environ le même nombre de vampires – à peu près cinq cents –, mais seule la Ligue Rayne a près de cinquante Talentueux, alors que les autres en ont tout au plus dix. Comment Ragnor a-t-il obtenu tous ces Talentueux ?

Je me souviens de l'explication de Jada au sujet du processus d'Imprégnation et des failles du système. Il n'empêche que la différence est énorme. Enfin, ça induit d'autres interrogations : pourquoi Ragnor s'évertue-t-il à ce point à avoir tous ces Talentueux, et pourquoi aucun autre Lord ne l'interroge-t-il à ce sujet ?

Cela dit, peut-être est-ce le cas. Après tout, je ne sais rien du climat politique vampirique. Peut-être que ce voyage sera l'occasion d'y remédier. Or ça m'agace parce que j'ai besoin de le savoir. Si je dois faire partie de cette fichue Société, je refuse de rester ignorante. Je refuse de jouer le jeu sans réponses à mes interrogations.

Je replie la feuille de route et la range dans mon sac. Je passe les deux heures suivantes à somnoler, la tête contre la vitre froide, du rock dans les oreilles.

Puis quelque chose bouge devant moi et j'ouvre grand les yeux. Quelqu'un s'est assis à côté de Tansy, et quand je vois sa tête rasée je comprends que c'est Bryce, un mec costaud qui a deux ans de plus que moi et qui fait partie de la bande de Zoey. Je me penche pour regarder Tansy, qui semble figée sur place.

– Tu as réfléchi à ma proposition ? lui demande-t-il en tendant le bras sur le dossier de son siège.

Il ne semble pas voir à quel point elle est mal à l'aise. Ou peut-être qu'il s'en fiche.

Sa queue-de-cheval bouge à peine quand elle secoue la tête. Je ne vois pas son visage, mais je devine que son expression n'est pas positive.

Bryce ne semble pas comprendre le message. Par l'espace entre les deux sièges, je vois son regard prédateur et vorace.

– Tu devrais, chuchote-t-il en se rapprochant d'elle, si près qu'elle se crispe de plus belle. Je suis un bon parti, tu sais. Magnus m'apprécie *vraiment.*

Tansy tourne soudain la tête vers Bryce en entendant le nom du Lieutenant, les yeux grands ouverts.

– Ça ne m'intéresse pas, murmure-t-elle d'une voix tremblante.

Ça ne semble qu'encourager Bryce, car il se rapproche encore d'elle, la coinçant contre la fenêtre.

C'est à mon tour de me crisper.

– Fais-moi confiance, bébé, dit-il, si bas que je l'entends à peine. Tu auras juste à rester allongée sur le dos et à savourer l'expérience.

Wouah. Cet enfoiré !

Bryce lève la main, et les yeux de Tansy brillent d'un éclat horrifié avant qu'elle les ferme, tremblant des pieds à la tête, recroquevillée sur elle-même. Ça fait sourire Bryce, qui se rapproche encore plus.

J'en ai assez vu. Je me lève d'un bond dans l'allée, je saisis Bryce par le col de sa chemise et je l'éloigne de Tansy.

– Putain ! crie-t-il, surpris et agacé.

Il tourne ensuite la tête et ses yeux se plissent quand il voit que c'est moi.

– Qu'est-ce que tu fous, Aileen ?

– Retourne t'asseoir, Bryce, je gronde en le fusillant du regard.

Je m'ennuie, je suis agitée et énervée par ce long trajet, et je meurs d'envie d'évacuer un peu de mon énergie. Je rêve que Bryce me donne une excuse de le faire avec lui.

Il dégage ma main et se lève à son tour.

– Tu interromps une conversation privée, dit-il, ignorant mon ton menaçant.

Tant mieux.

– Alors va te faire foutre et…

Mon poing percute si fort sa mâchoire qu'il titube en arrière et perd l'équilibre, et il aurait atterri sur les fesses si Jakob et Cynthia, assis à côté, n'avaient pas attrapé ses bras à temps.

Bryce repousse leurs mains et se relève en me fusillant du regard.

– Tu vas le payer, grogne-t-il en dégainant ses crocs.

Mon sang frémit d'excitation. Je ne lui laisse pas le temps d'attaquer le premier et fonce sur lui pour le plaquer au sol. Il crie, mais je m'en fiche. Il est peut-être costaud, je l'ai vu en cours de sport. Mais ses déplacements sont lourds et maladroits, et il ne sait pas quoi faire de sa propre force.

Je lui mets un autre coup de poing, sur la joue droite cette fois, le faisant grogner de douleur. Je le coince sous moi en utilisant mes cuisses et plaque mes mains sur sa gorge, ravie.

– Ça te plaît, enfoiré ? je grogne. Tu aimes être dépourvu de pouvoir et être à la merci de quelqu'un d'autre ? Hein ? Ça te plaît ?

Son visage devient rouge. Il empoigne mes bras, essayant de dégager mes mains, mais il est tellement faible que j'ai envie de rire. C'est drôle de voir que les hommes qui prennent plaisir à voir des femmes plus faibles à leur merci sont tout aussi faibles qu'elles, si ce n'est plus.

Ses yeux se remplissent de larmes.

– *S'il te plaît*... supplie-t-il.

Je le serre plus fort et souris.

– Ouais, c'est ce que je pensais.

– Henderson.

Je m'immobilise et lève lentement les yeux vers Ragnor, qui est accroupi devant moi. Ses yeux luisent et son visage est lugubre.

– Lâche-le, dit-il calmement.

Je plante mes ongles dans la peau de Bryce et lui soutire une goutte de sang.

– Non.

Ragnor soutient mon regard.

– Tu dois le lâcher, insiste-t-il d'un ton aimable qui ne lui ressemble pas.

J'aurais pensé qu'il grognerait ou grommellerait comme d'habitude.

– Tu n'es pas son Lord. Tu n'as pas l'autorité pour le punir.

Son changement soudain de comportement m'incite à être davantage encore sur mes gardes. Il n'est pas comme d'habitude, et il n'est pas non plus comme l'autre jour, dans la serre. Ne pas savoir ce qu'il pense m'excite autant que ça m'effraie.

– Il la harcelait, je chuchote. Il mérite de savoir ce que ça fait.

– Et ce sera le cas, acquiesce Ragnor.

Je hausse les sourcils en entendant sa réponse. Il empoigne mon avant-bras de sa main puissante et ça me donne la chair de poule.

– Mais ce n'est pas ton rôle.

Quand je continue de le dévisager sans répondre, il détache lentement mes doigts de la gorge de Bryce. Mon instinct me dit de l'en empêcher, de lutter contre lui, mais il continue de me regarder dans les yeux et son visage est tellement calme, ses gestes tellement doux, que je me surprends à lâcher Bryce et à autoriser mes émotions à céder à un tout autre sentiment : le réconfort.

Dès que je ne le tiens plus, Logan aide Bryce à se lever en adressant un regard noir d'abord à moi, puis à Bryce, avant de le traîner vers l'avant du bus. Je comprends alors que tout le monde nous observe. Abe n'a pas arrêté le bus, mais la musique de fond est éteinte.

Ragnor me relève avant de me lâcher.

– Viens avec moi, murmure-t-il, et je le suis dans l'allée en direction du fond du bus, loin des autres.

Il désigne un siège, puis il s'assoit à côté de moi.

Il regarde droit devant, vers les curieux qui nous dévisagent, puis il grogne assez fort pour qu'ils entendent :

– Le spectacle est fini.

Mes camarades entendent sa colère et se retournent vers l'avant. Abe remet la musique et les discussions reprennent, comme s'il ne s'était rien passé.

– Tu vas m'engueuler, maintenant ? je lui demande.

Il pivote vers moi, me piégeant contre la vitre comme Bryce l'a fait avec Tansy. Mais c'est différent, car Ragnor n'est pas Bryce et je ne suis pas Tansy.

– Tu as franchi une limite, dit-il d'une voix grave, le visage sérieux, alors que ses yeux ont cessé de luire. Mais je n'ai pas besoin de te le dire. Tu savais ce que tu faisais.

Je croise les bras, cherchant à mettre une barrière entre nous.

– Tu vas me punir ?

Son regard se pose sur ma bouche avant de revenir sur le mien.

– Non, Henderson, répond-il, me prenant par surprise encore une fois. Me donner un aperçu de qui tu es réellement est déjà une punition suffisamment grande.

Je rougis comme s'il venait de me gifler et je lui lance un regard assassin.

– Je ne t'ai rien montré du tout, je rétorque dans un quasi-grognement.

Il ne répond pas. Il lève la main et enroule une mèche de mes cheveux autour de son doigt avant de la coiffer derrière mon oreille, puis il effleure ma joue.

– J'ai vu ton visage, tes yeux, dit-il en m'adressant un regard noir qui fait accélérer mon cœur. Ça t'a plu, qu'il soit à ta merci.

Il se rapproche encore et sa bouche n'est plus qu'à quelques millimètres de mon oreille. Son souffle chaud la chatouille et me fait frissonner.

– Tu avais besoin d'être violente, sinon tu allais devenir folle.

Il lit trop facilement en moi, chuchote une voix dans ma tête, une voix qui ressemble horriblement à celle de mon père. *Tu dois t'enfuir avant qu'il t'attrape.*

L'instant d'après, il empoigne ma tête et la penche sur le côté pour exposer ma gorge, et je retiens mon souffle quand ses lèvres effleurent la peau juste sous mon oreille.

– La prochaine fois que tu ressens le besoin d'être violente, chuchote-t-il, viens me trouver.

Mon souffle devient rauque quand il lèche brièvement ma peau à l'endroit où il m'a mordue, il n'y a pas si longtemps, et quand il parle de nouveau, j'ai l'impression de ne plus pouvoir respirer du tout.

– C'est ton Lord qui te l'ordonne.

Il me lâche alors et repart vers l'avant du bus, me laissant essoufflée, rouge, apeurée et furieuse.

Parce qu'il n'est pas mon Lord. Je ne l'ai pas vu se comporter avec les autres comme il le fait avec moi, donc il ne peut pas être mon Lord.

Il est simplement un enfoiré que je n'arrive pas à me sortir de la tête.

CHAPITRE 18

La résidence de la Ligue Atalon n'est pas aussi discrète que celle de la Ligue Rayne. L'entrée de ses quartiers souterrains est située dans un gratte-ciel en plein centre de Rochester.

Il est trois heures du matin quand nous arrivons, la zone est tranquille. Abe et Logan nous escortent dans l'immeuble et nous prenons les escaliers jusqu'à l'étage du dessous. Ragnor ferme notre marche et semble encore plus en alerte que d'habitude. Bryce est à côté de lui, l'air pâle et apeuré d'être surveillé de près par Ragnor – or tout le monde sait ce que ça veut dire.

Nous empruntons un grand et chic ascenseur qui nous emmène environ huit cents mètres sous terre et quand nous en sortons, nous sommes enfin dans le camp Atalon.

Si les résidences Rayne et Atalon ont le même style architectural, avec des arches et des escalators partout, les couleurs sont très différentes. Là où la base de la Ligue Rayne est définie par ses couleurs neutres et son marbre noir, blanc et beige et des touches boisées, ici, tout est éclatant et dans des tonalités de rouge. J'ai l'impression de débouler dans un globule rouge.

Un comité d'accueil nous attend dans le hall d'entrée, composé de trois hommes, dont des jumeaux à la peau noire, aux cheveux bouclés et aux yeux en amande. Entre eux se tient un homme qui ressemble au portrait qui est fait des vampires dans les livres et les films : une peau de porcelaine, une mâchoire carrée et imberbe, des cheveux platine et des yeux noirs. Il est presque aussi grand que Ragnor, mais il est plus fin.

La première chose que je pense en le voyant est que je n'aime pas l'expression dans ses yeux. Quelque chose me dérange dans son regard. Comme Ragnor, il semble sur ses gardes.

Ragnor avance depuis l'arrière du groupe jusqu'à lui. Ils se serrent la main, puis Ragnor se tourne vers nous.

– Voici Lord Orion Atalon, dit-il. Vous l'appellerez Lord Atalon.

Atalon sourit et ça me fait froid dans le dos.

– Je suis ravi de vous accueillir, déclare-t-il d'une voix mélodieuse qui contraste avec son regard froid et reptilien. Allez, les néophytes, je vais vous faire visiter les lieux.

Il claque des doigts et les jumeaux s'activent, ils nous guident vers l'escalator et nous les suivons, tous aussi impatients et curieux les uns que les autres.

Atalon reste à l'arrière avec Ragnor, ils se parlent à voix basse en suivant le groupe. Je ralentis pour m'assurer d'être assez près d'eux pour tenter d'entendre ce qu'ils se disent.

Hélas, ils parlent tellement bas que même des chiens ne les entendraient pas. Leurs murmures me parviennent, mais ils sont inintelligibles.

– Notre premier arrêt est la plus grande fierté de la Ligue Atalon, dit l'un des jumeaux à l'avant tandis que le groupe s'arrête devant deux hautes portes en bois massif. Notre Ligue compte de nombreux artistes, qu'ils soient Communs ou Talentueux, et donc, convaincus de l'utilité de choyer ces artistes, nous avons bâti la Galerie Atalon au début du XIXe siècle.

L'autre jumeau pousse la double porte, révélant une vaste salle remplie de portraits et d'œuvres d'art accrochés aux murs rouges et de sculptures éparpillées ici et là. Une épaisse colonne se dresse au centre de la salle, sur laquelle est diffusée une vidéo d'animation montrant l'évolution de l'usage des colonnes dans l'architecture, commençant par l'Antiquité grecque et détaillant les différents ordres architecturaux, ionique, dorique et corinthien.

La vidéo est envoûtante et fascinante. J'ai étudié l'architecture grecque en cours d'art et voir les ouvrages en trois dimensions grâce à cette vidéo est époustouflant.

Sans que je le veuille, mes jambes m'emmènent jusqu'à la colonne et je reste plantée devant, suivant de mes yeux émerveillés les mouvements des stries. De loin, j'entends Abe nous dire qu'on a environ trente minutes pour explorer la galerie, mais peu importe. Je suis trop occupée à étudier la colonne.

Dans une autre vie, j'aurais peut-être pu devenir conservatrice de musée, même si je doute que je sois assez maligne pour ça. Mais j'aurais pu essayer. Si j'avais eu une vie normale, j'aurais pu essayer.

Dans cette vie, même avant de devenir vampire, ces pensées ne sont que des rêves. Et comme les fantasmes n'ont aucune place dans la réalité, je les ai écrasés avant même qu'ils ne puissent prendre racine dans ma tête.

J'observe cette colonne, puis je me déplace vers les œuvres accrochées aux murs, les portraits sublimes, les paysages époustouflants et plus encore, et je suis saisie d'une mélancolie pesante.

Je m'arrête devant un tableau qui attire mon attention. Il représente le dos d'une femme, dont les cheveux roux et flamboyants tombent en grosses boucles dans son dos. Elle se tient dans ce qui ressemble au Jardin d'Éden, tel qu'il est représenté dans les peintures classiques.

Le tableau est relativement simple, mais j'y suis étrangement attirée. Et plus je l'étudie, plus je commence à comprendre pourquoi. La femme est en train de courir. Mais elle ne semble pas figée dans le temps. L'artiste a réussi à la peindre de manière qu'elle semble en plein mouvement, comme un arrêt sur image dans un film ancien.

Le paysage qui entoure la femme donne la même impression. C'est comme si la cascade coulait lentement et que les nuages du coucher de soleil changeaient peu à peu de couleur au fur et à mesure que les rayons du soleil changaient d'angle.

– C'est sublime, n'est-ce pas ?

Je tourne la tête pour découvrir Lord Atalon à mes côtés, il contemple aussi le tableau. Je me concentre de nouveau sur le chef-d'œuvre et les initiales en bas à droite.

– C'est vous qui l'avez peint, n'est-ce pas ? je demande en voyant les lettres O. A.

– En effet, acquiesce-t-il d'une voix dépourvue de fierté, qui me paraît plutôt nostalgique. Quand ma magie est apparue pour la première fois, c'est le premier tableau que j'ai peint.

Je me crispe en entendant la désinvolture avec laquelle il parle de magie, sous-entendant qu'il est Sacré, comme Ragnor. Signifiant qu'il possède réellement de la magie.

– Est-ce que votre magie est liée à cette peinture ? je demande.

Quand il plonge ses yeux noirs dans les miens, je me demande si je n'aurais pas mieux fait de garder ma curiosité pour moi.

– Oui, elle l'est, confirme-t-il avec un sourire ironique.

Il n'en dit pas davantage, et j'ai la présence d'esprit de ne pas poser d'autres questions.

– Tu es artiste, n'est-ce pas ?

Légèrement tendue, je me retourne.

– Comment vous le savez ? je m'inquiète en voyant qu'il semble en savoir davantage sur moi qu'il ne le devrait.

Est-ce qu'il a parlé de moi avec Ragnor ?

Il plonge son regard dans le mien et fait un pas en avant.

– Je sais quand quelqu'un apprécie l'art davantage que la moyenne des gens, répond-il en baissant les yeux sur mes mains, qu'il prend dans les siennes pour les observer de près. Même si tu n'as pas les cals d'une véritable artiste.

– Je ne suis pas très douée pour la pratique elle-même, j'admets prudemment en retirant mes mains. Mais j'apprécie ceux qui le sont.

Il lève de nouveau les yeux vers mon visage et l'étudie.

– Avec le bon mentor, on peut toujours s'améliorer, déclare-t-il.

Une lueur brille dans ses yeux, que je n'arrive pas à déchiffrer. Quoi qu'elle reflète, elle me pousse à me crisper.

Le silence s'étire entre nous alors qu'il semble attendre que je dise quelque chose. Comme je ne dis plus rien, il finit par hocher la tête.

– Continue, dans ce cas, dit-il en tournant les talons.

Je peux enfin respirer.

Le reste de la Ligue Atalon s'avère aussi merveilleux que la galerie. On visite des ateliers remplis de matériaux d'art en tous genres, du moins cher au plus luxueux, situés un peu partout dans la ville souterraine. Des œuvres sont accrochées dans tous les couloirs et des sculptures délicates décorent chaque recoin. Il y a de grandes fenêtres sur lesquelles sont projetés des paysages qui donnent au lieu une atmosphère aérienne et spacieuse, et avec leurs vêtements tachés de peinture et leurs cheveux multicolores, les vampires qu'on croise ressemblent tous aux étudiants des beaux-arts dont j'étais tellement jalouse.

La cafétéria n'est pas aussi artistique que le reste de la base, même si quelques sculptures et tableaux sont présentés ici et là. C'est sans doute la salle la plus simple de toute la Ligue. Elle est agencée comme la cafétéria de la Ligue Rayne, mais celle-ci n'a pas de dôme. Au lieu de ça, des arches soutiennent le plafond circulaire, des toiles y sont accrochées qui pourraient facilement dater du XVe siècle.

Une grande table trône au bout de la salle, dédiée à notre groupe. Ragnor, Logan, Atalon et les jumeaux – les Lieutenants d'Atalon, apparemment – s'installent ensemble d'un côté, avec Atalon et Ragnor en bout de table.

Des serveurs viennent prendre notre commande et nous servir de l'O négatif, un sang réputé exquis parce que rare, avec une touche de cabernet sauvignon de cinquante ans d'âge. Lorsque les serveurs sont partis, Atalon lève son verre pour un toast.

– À notre entente cordiale et continue, déclare-t-il.

Ragnor trinque avec lui et on lève tous nos verres avant de boire une gorgée. Le sang est au mieux médiocre et l'amertume du vin n'arrange pas son goût. J'ai déjà décidé que l'AB négatif est le plus tolérable.

Les autres semblent tous ne pas être d'accord avec moi, car ils vident leurs verres avec un plaisir évident et demandent aussitôt à être resservis.

– C'est bon à ce point ? je demande à Tansy, qui est assise à côté de moi et termine son second verre avec une joie flagrante.

Elle se tourne vers moi, le regard vitreux.

– Est-ce que quelque chose est réellement bon ? répond-elle. Ou est-on programmés pour le penser ?

Je n'ai pas la moindre idée de ce dont elle parle, alors je me tourne à ma gauche, vers Cynthia, pour lui poser la même question.

– Oui, répond-elle simplement.

Après mon altercation avec Bryce, tous ont décidé de m'ignorer, à l'exception de Tansy. Personne ne veut croire que Bryce a harcelé Tansy comme je le prétends. Bryce, qui est un des mecs les plus populaires de la formation, joue la victime auprès de ses amis et les retourne contre moi. Cela dit, je n'avais pas besoin de ça. C'est un miracle que Cynthia ait daigné me répondre, en fait.

Le dîner se déroule en silence – du moins, de mon côté de la table. Tansy est perdue dans ses pensées, aspirant bruyamment ses spaghettis, et les autres ont l'air d'en faire de même. Les voix et les rires joyeux animent l'autre côté de la table.

J'ai conscience d'être observée tout au long du repas et le fourmillement sur ma joue est dur à ignorer. Cependant, quand je tourne la tête pour essayer de surprendre la personne qui m'étudie, aucun regard n'est fixé sur moi. Ragnor parle à Atalon, Logan parle à Zoey et sa bande et les Lieutenants jumeaux interviennent de temps à autre, les autres sont occupés soit à manger, soit à parler.

Il n'y a que peu d'autres vampires dans la cafétéria, et ceux qui mangent ne s'intéressent pas à nous.

Lorsque le moment est venu de dire au revoir à Atalon et sa Ligue, je ne sais toujours pas qui m'observait pendant le dîner, et je commence à croire que ce n'était que dans ma tête.

Du moins, jusqu'à ce qu'Atalon vienne vers moi quand tout le monde est sur le départ. Il se poste à côté de moi et se penche pour murmurer à voix basse.

– Si ça ne marche pas entre Rayne et toi, fais-le-moi savoir.

Je tourne brusquement la tête vers lui et plisse les yeux.

– Je vous demande pardon ? je siffle.

Il m'adresse un sourire quasi machiavélique tandis que ses yeux pétillent d'une lueur qui me dérange.

– Je connais ton Lord depuis de nombreuses années, dit-il. Il est expert lorsqu'il s'agit de jouer serré, mais il n'est pas tout à fait capable de cacher ses émotions lorsqu'elles le ravagent.

Il se place soudain devant moi et se baisse pour prendre mon visage dans ses mains. Mon cœur se soulève et je me fige, choquée, ne sachant comment appréhender ce qui se passe. Il se penche encore plus vers moi pour chuchoter tout contre mon oreille.

– Si les regards pouvaient être mortels, je serais déjà mort dix fois.

Du coin de l'œil, je regarde Ragnor qui parle aux jumeaux Lieutenants, et je découvre qu'il nous observe comme s'il envisageait d'arracher la tête d'Atalon comme il l'a fait avec Gus.

– Je ne suis pas intéressée.

Par toi ou par lui.

Atalon me libère et fait un pas en arrière en me reluquant lentement des pieds à la tête.

– Si ça change… chuchote-t-il alors, que cette fois, son regard s'embrase et se met à briller d'un rouge vif, tiens-moi au courant.

Quand Lord Atalon passe à Ragnor pour lui serrer la main, rien dans le regard de Ragnor n'indique qu'il vient de se comporter comme un amant possessif et non comme un Lord qui me hait autant que je le déteste.

CHAPITRE 19

On s'arrête ensuite à la Ligue O'Brien, dirigée par Charley O'Brien, un petit homme irlandais aux cheveux roux et à l'accent tellement fort qu'il est presque inintelligible. Sa Ligue souterraine se situe à Indianapolis et est différente de celles des Ligues Rayne et Atalon dans la mesure où elle est comme une immense usine dotée de plusieurs divisions, chacune spécialisée dans la confection d'un produit différent. Sa spécialité reste toutefois le café, dont le parfum embaume toute la base.

– Tenez, goûtez notre nouveauté, dit O'Brien après qu'on s'est assis dans sa cafétéria qui ressemble davantage à une taverne.

Ses Lieutenantes, deux femmes tellement grandes que leur Lord semble encore plus petit à côté d'elles, nous servent personnellement un café dont la couleur ressemble énormément à du cappuccino.

– Allez, goûtez et dites-moi ce que vous en pensez, insiste le Lord.

On boit tous une gorgée, et nos réactions sont variées. Zoey la recrache en grimaçant, Logan et Abe vident poliment leur tasse, le visage déformé de dégoût, Bryce ricane en défiant Jakob de finir sa tasse aussi, et Cynthia ne touche même pas la sienne.

Les seuls qui ne réagissent pas sont Ragnor et Tansy. Ragnor la boit comme si c'était du sang, et Tansy sirote son café avec un air rêveur et contemplatif.

De mon côté, je ne comprends pas trop pourquoi tout le monde en fait un flan – le café a le goût d'un expresso avec un étrange arrière-goût, mais rien qui mérite des réactions aussi vives.

O'Brien sourit de toutes ses dents en reculant sur sa chaise, clairement satisfait, puis il se tourne vers Ragnor.

– Tu en penses quoi, Rayne ? demande-t-il, les yeux pétillants d'impatience comme un chiot qui veut la validation de son maître.

Ragnor ne prend même pas la peine de le regarder en répondant.

– L'ajout de poudre de cerf est un choix... intéressant.

Je regarde aussitôt Tansy, qui n'a pas l'air de les écouter, mais à côté d'elle, Jakob pâlit, l'air écœuré.

– Tu es toujours aussi perspicace ! C'est unique, hein ? s'émerveille O'Brien, ravi.

Ragnor lève brièvement la tête et remue sur sa chaise en pianotant sur la table. Se pourrait-il qu'il soit... mal à l'aise ? Il semble peiner à cacher sa désapprobation et j'ai l'impression qu'il supplie le Ciel de faire taire O'Brien alors que ce dernier se lance dans une explication détaillée de ses expériences avec le café.

Voir Ragnor aussi gêné me fait sourire. La différence de pouvoir entre les deux vampires est flagrante alors qu'O'Brien lèche les bottes de Ragnor pour obtenir son approbation. Ragnor, qui a clairement le dessus, essaie de se contenir, même si ça implique de boire l'étrange mélange de café.

Ça ne lui ressemble tellement pas que c'est hilarant.

Il rive soudain son regard sur moi et mon sourire narquois. Son visage noircit, me faisant sourire de plus belle, et je lui fais un clin d'œil avant de me concentrer de nouveau sur le repas qui est apporté par des serveurs normaux.

En dehors de la dégustation de café, notre visite de la Ligue O'Brien ne présente aucun évènement remarquable. Quand on remonte dans le bus, mes camarades se lancent dans des discussions animées.

– Cette Ligue n'est vraiment pas pour moi, déclare Jakob en secouant vivement la tête. Je déteste le café. Je déteste *l'odeur* du café. Je déteste tout ce qui a trait à la putain de viande de cerf *en poudre* dans du café !

Bryce éclate de rire.

– Tu aurais dû voir ta tronche ! Tu avais l'air sur le point de tomber dans les pommes.

– Ce n'est pas drôle, Bryce, rétorque Cynthia.

– En dehors de son empire du café, intervient Zoey, Lord O'Brien ne fait pas très… *Lord*.

Elle a raison. La personnalité enjouée de Lord O'Brien est une chose, mais sa façon d'admirer Ragnor comme si c'était un dieu le fait passer pour une chiffe molle. Je ne connais rien de la société et de la politique vampiriques, pas encore, mais je sais déjà qu'en tant que vampires Ligués, on devrait aspirer à être sous la protection d'un Lord plus stable et confiant.

Les discussions concernant les mérites – ou plutôt leur absence – de la Ligue O'Brien durent longtemps et je m'endors, fatiguée de les écouter répéter les mêmes choses.

Plus de sept heures plus tard, nous atteignons notre troisième arrêt, la Ligue Daugherty à Kansas City, dans le Missouri. Lord Deion Daugherty est un homme maigre aux cheveux bruns et bouclés. Il nous attend dans l'entrée de ses quartiers avec ses deux Lieutenants, un homme et une femme qui semblent tout droit sortis d'un groupe de rock ou de métal, vêtus de noir, les cheveux multicolores, et couverts de bijoux emo.

– Rayne ! s'exclame Daugherty quand on sort de l'ascenseur.

On arrive dans une base peinte en noir et violet, illuminée de lanternes qui semblent faites pour Halloween. Daugherty s'avance jusqu'à Ragnor et lui offre une de ces étreintes de mecs – avec une tape dans le dos – que Ragnor ne lui retourne pas mais semble se forcer à supporter.

– Daugherty… articule-t-il d'une voix lugubre.

Le Lord doit être courageux ou stupide, car il n'a pas l'air de remarquer le ton de Ragnor quand il se retourne vers nous en souriant jusqu'aux oreilles.

– Prêts pour une visite rock'n'roll, les gars ? lance-t-il, tout excité.

Je le dévisage sans savoir quoi répondre. Les autres doivent ressentir la même chose, car ils se regardent comme s'ils essayaient de comprendre ce qui se passe.

On suit Daugherty dans un grand studio de musique qui ressemble à celui que Cassidy et son groupe louaient pour répéter. Celui-ci est bien plus luxueux ; le studio d'enregistrement est immense et doté d'une console de mixage qui fait la taille de mon ancien appartement, et le tout est insonorisé avec des matériaux haut de gamme.

Daugherty nous fait attendre dans la régie parce qu'une dizaine de vampires sont dans la cabine de voix, à écouter un autre vampire parler.

– Monte le son, Steve ! ordonne Daugherty d'un ton joyeux, et le Lieutenant s'exécute de sorte qu'on entend ce qui se dit dans la cabine.

– Prenez chacun l'instrument de votre choix et montrez-moi ce que vous comptez jouer aux Enchères.

Tout notre groupe se crispe en entendant cet horrible mot. Abe le remarque et se tourne vers nous.

– C'est un cours de préparation aux Enchères. Vous en aurez aussi à notre retour.

Nous observons le premier novice prendre le violon et entamer un morceau classique que je ne reconnais pas. Un autre attrape une guitare et joue un solo d'Isaac Albéniz, que je reconnais, tandis que le suivant s'installe à la batterie et exécute un rythme tellement complexe que je n'arrive pas à le suivre des yeux.

Je suis hypnotisée par le talent des novs de Daugherty, qui doivent pourtant tous être Communs comme nous puisqu'ils seront présentés aux Enchères. Je ne suis pas la seule à être envoûtée par ce petit concert, mes camarades admirent le cours de préparation et tous semblent en prendre note.

La Ligue de Daugherty est centrée sur la musique, au point que chaque salle des quartiers souterrains a un lien avec la musique ou les instruments. Il y a un atelier de confection d'instruments, un petit théâtre pour les spectacles internes, un studio de karaoké pour s'entraîner et s'amuser, et même un *hall of fame*, un couloir dédié aux portraits et aux récompenses des plus grands artistes de la Ligue.

La cafétéria ressemble à un club de jazz, avec une petite scène, des tables rondes éparpillées dans la salle et un bar au fond qui sert des cocktails à base de sang vingt-quatre heures sur vingt-quatre. On s'assoit pour manger et un groupe monte sur scène pour jouer du blues.

Je suis assise près de Ragnor et de Daugherty qui discutent tranquillement entre eux. Comme les autres sont occupés à écouter la musique, j'entends des bribes de leur conversation tout en faisant mine d'observer le concert.

Leur conversation semble soudain plus animée et je note le ton sans équivoque de Ragnor.

– Je ne te prêterai plus aucun de mes Talentueux, Daugherty.

Je les regarde du coin de l'œil et vois que Daugherty étudie Ragnor avec une mine blessée.

– Mais c'est différent ! s'offusque-t-il. On parle d'un *rossignol* !

Je ne vois pas l'expression de Ragnor, car son visage est caché par celui d'Abe, mais je devine à sa voix que cette discussion tourne au vinaigre.

– Moïse essaie encore de ramasser les morceaux après ce que tes membres lui ont fait, grogne-t-il. Je ne vais pas mettre d'autres de mes vampires, Talentueux *ou* Communs, en péril en leur permettant de venir ici.

La mine de Daugherty est soudain furieuse.

– Je t'ai dit que je ne donnais plus ces conneries à mes membres ! crie-t-il, assez fort pour interrompre la musique. Et mes vampires sont aussi bons que ceux de n'importe quelle Ligue, y compris la tienne !

– Ah vraiment ? répond Ragnor d'une voix haineuse que je ne lui connais pas et qui me donne la chair de poule. Alors, explique-moi pourquoi le trafic de drogue augmente constamment dans cette ville depuis que ta Ligue s'y est installée il y a cinq ans ?

Les yeux luisants, Daugherty se lève d'un bond, les crocs dégainés. Fini le vampire rock'n'roll d'il y a deux heures.

– Tu veux la bagarre, ou quoi, Ragnor ? grogne-t-il. Parce que tu le regretteras, espèce d'enfoiré…

La suite se passe tellement vite que je l'aurais ratée si je ne les observais pas déjà. Daugherty se retrouve aplati au sol sous

Ragnor, qui est beaucoup plus grand, bien plus musclé et bien plus menaçant.

Le groupe arrête de jouer et les Lieutenants emos sont sur le qui-vive, les yeux rivés sur leur Lord et sur Ragnor. Logan et Abe se tiennent derrière Ragnor, prêts à intervenir. Tout le monde les observe, essayant de comprendre ce qui se passe.

J'essaie moi-même de le savoir. Qu'est-ce qu'un rossignol ? Qui est Moïse ? Et qu'est-ce que la Ligue de Daugherty a bien pu lui faire, bon sang ?

– Tu peux continuer avec ton petit cartel de drogue, je n'en ai rien à foutre, siffle Ragnor d'une voix tellement sinistre et menaçante que plus personne ne bouge. Mais ne t'attends pas à ce que je te fournisse des vampires pour maintenir tes activités à flot.

Il se tourne, les yeux luisants, et son regard s'arrête brièvement sur moi avant de se concentrer sur Abe et Logan.

– On y va. On a fini.

Nous sortons de la base souterraine en pressant le pas, dans un silence assourdissant.

CHAPITRE 20

Le trajet vers Albuquerque, au Nouveau-Mexique, se fait en silence. Mes camarades dorment, tout comme Abe qui a passé le relais à Logan, et Ragnor est assis au fond du bus avec un air tellement effrayant que tout le monde reste à l'écart.

Ça fait une heure qu'on a repris la route et que j'hésite à aller le voir. D'un côté, j'ai l'impression que ce serait chercher les ennuis, car il est clairement de mauvaise humeur et tout chez lui crie « dégage ». D'un autre, une part de moi veut s'asseoir à côté de lui et le réconforter comme il l'a fait avec moi après que j'ai attaqué Bryce.

Je sais que c'est absurde. Pas besoin d'être un génie pour savoir qu'essayer d'apporter du réconfort à Ragnor Rayne équivaut à une sentence de mort. Mais je repense à son étrange attitude dans la serre, quand il m'a montré – volontairement ou pas – qu'il n'était pas complètement invincible sur le plan émotionnel.

Qu'est-ce que ça peut te faire, qu'il ait besoin de réconfort ? me demande la voix de la raison. *C'est pas comme si vous étiez amants – bon sang, vous n'êtes même pas amis !*

Hélas, la logique n'a rien à voir avec ce que je ressens.

Je me retrouve donc à me lever et à longer l'allée jusqu'à sa place au fond du bus. J'hésite un instant, mais je m'efforce de ne pas trop réfléchir, puis je me glisse sur le siège à côté du sien.

Ses muscles se tendent visiblement, mais c'est la seule indication qu'il a remarqué ma présence. Son regard reste rivé sur la vitre et ses bras sont croisés.

Je refuse de me laisser intimider.

– J'essaie de me faire une idée des Ligues qu'on a visitées et de savoir si elles sont meilleures ou pires que la tienne, je dis en gardant les yeux fixés sur mes mains sur mes cuisses. Histoire d'explorer les options que j'ai, tu sais. J'ai même dressé une liste des paramètres que je crois importants, quelle que soit la Ligue.

Il reste silencieux et je commence à me sentir gênée. *Pourquoi je me fatigue ?*

Cependant, Ragnor me surprend en répondant quelques secondes plus tard.

– C'est quoi la liste ?

Je triture le bas de mon tee-shirt alors que mon cœur bat la chamade, et je me racle la gorge.

– Le pouvoir, la richesse et la liberté, je déclare avant de marquer une brève pause. En ce qui concerne le pouvoir, il n'a pas été difficile de déterminer quelle Ligue en détient le plus parmi celles qu'on a visitées à ce stade.

Je vois Ragnor bouger du coin de l'œil, il se tourne légèrement vers moi.

– Et pour les deux autres critères ? chuchote-t-il d'une voix rauque qui me donne la chair de poule tant elle est absurdement sexy ?

– Côté richesse, vous avez tous l'air à peu près égaux, même si je peux me tromper, je dis en sentant son regard transpercer mon visage. Mais il y a aussi la question de la liberté.

Tout à coup, il empoigne ma main et la plaque sur sa cuisse. Je manque bondir de mon siège alors que mon cœur bat plus fort que jamais.

– Je présume que sur ce point, ma note laisse à désirer, dit-il d'un ton sarcastique.

Je grimace. Il n'a pas tout à fait tort, mais en même temps…

– D'un point de vue subjectif, tu as raison, bien sûr, je réponds à voix basse. Mais objectivement, tout indique le contraire.

Grâce au temps que j'ai passé avec Jada, CJ et Bowen, je sais que Ragnor leur a accordé largement assez de liberté pour faire ce qu'ils veulent. Et les autres vampires de la Ligue Rayne ont toujours l'air détendus et satisfaits, plus que les vampires des autres Ligues qu'on a visitées jusqu'à maintenant. Sauf peut-être

Atalon, mais ça reste à voir, puisqu'on n'a pas rencontré beaucoup de membres de sa Ligue.

Quant à la supposée liberté de la Ligue Daugherty, elle semble forcée, si ce n'est fausse, comme si Daugherty essayait de se faire passer pour un parent cool et progressiste alors qu'il est en réalité intolérant et vieux jeu. La Ligue O'Brien, quant à elle, n'est pas dominée par la liberté mais plutôt l'anarchie, et Charley O'Brien est un des Lords les plus faibles que j'aie rencontrés et il n'est clairement pas fait pour un poste de chef.

– Henderson, dit Ragnor, me tirant de mes pensées.

Je tourne la tête vers lui et il plonge son regard dans le mien, comme s'il cherchait à y lire quelque chose, alors que son expression reste indéchiffrable.

– Où tu veux en venir ?

Je me sens rougir et quand j'essaie de m'éloigner, il me tire par la main jusqu'à ce que nos cuisses se touchent et que son visage soit devant le mien. Je déglutis et ignore les battements effrénés de mon cœur, je détourne les yeux en prenant une grande inspiration.

– Tout ce que je dis, c'est que tu ne devrais pas t'en vouloir d'avoir perdu le contrôle.

Il s'immobilise et je ferme les yeux en espérant ne pas avoir fait de faux pas.

– Tu l'as fait pour les membres de ta Ligue. C'est une noble cause.

Je sens soudain son souffle contre mon oreille.

– Tu n'essaierais pas de me réconforter, Henderson ? murmure-t-il en effleurant mon lobe de ses lèvres tandis que ses cheveux chatouillent ma joue.

Je frissonne malgré moi et tire sur ma main pour essayer de la lui faire lâcher, mais il la serre plus fort.

– Pas du tout, je murmure d'une voix rauque.

– Menteuse, chuchote-t-il.

Il lâche mes doigts et prend mon visage dans ses mains. J'ouvre grand les yeux et le dévisage, stupéfaite. L'atmosphère se charge entre nous et crépite de plus belle quand il approche sa bouche de la mienne.

– Tu t'inquiétais pour moi.

Je secoue la tête.

– Je ne t'apprécie même pas.

Sa bouche tressaute dans un rictus et ses yeux bleu nuit piègent les miens de sorte que je ne peux plus détourner le regard.

– Tu en es sûre ?

– Milord.

Ragnor et moi sursautons et il lâche mon visage. Je m'écarte de lui et on tourne la tête vers l'allée.

Logan nous observe, agacé, les yeux presque luisants. Je pensais qu'il conduisait, mais il a dû changer de place avec Abe – et il a failli me surprendre avec Ragnor.

Rouge de honte, j'essaie d'avoir l'air ennuyée.

– Je vous laisse, je déclare.

Je prends le temps d'observer Ragnor, dont le regard froid est rivé sur Logan, puis je me tourne vers Logan qui nous regarde tour à tour d'un air suspicieux.

Le Lord et mon ex semblent pris dans un combat silencieux, comme s'ils se parlaient par télépathie. N'ayant pas envie d'être mêlée à ce qui se passe, je me faufile dans l'allée en évitant Logan et retourne à ma place d'un pas pressé.

Ragnor et Logan demeurent au fond du bus pendant le reste du trajet.

Quand on arrive à la Ligue Bowman, il ne faut pas longtemps à mes camarades et à moi pour comprendre que cette Ligue ne conviendra qu'à *très* peu d'entre nous.

Isaac Bowman était banquier dans sa vie humaine, et cette Ligue est en gros une banque géante dédiée aux vampires, avec des branches dans chaque Ligue, ce que je ne savais pas. Elle a également ses propres cabinets de comptabilité et d'avocats, qui offrent leurs services à la fois aux vampires et aux humains. La Ligue est constituée de bureaux et de box déprimants, et tous les vampires qu'on croise ont l'air aussi mornes que leur Lord.

Bowman n'est pas aidé par sa voix, qui est tellement monotone qu'elle pourrait endormir même un insomniaque.

– Je crois en la prospérité de la race vampire, déclare-t-il quand on est assis dans la cafétéria grise devant des assiettes de nourriture tout aussi grise, sans odeur et sans relief. Ainsi, je m'assure que les finances et les liquidités de chaque Ligue soient pérennes. Qui plus est, nous payons de hauts dividendes sur les bénéfices que nous obtenons grâce aux humains, et notre système d'inventaire est également conforme à l'économie humaine…

Personne n'écoute son monologue interminable, à l'exception de Jakob, le plus intelligent de notre formation et le seul qui paraît capable de comprendre ce que raconte Bowman. Même son Lieutenant n'a pas l'air de s'intéresser aux propos de son Lord, et il se met à parler avec Abe pour passer le temps.

– Est-ce que c'est comestible, au moins ? murmure Cynthia en poussant le morceau de viande gris et gélatineux dans son assiette.

– Je ne suis pas difficile, normalement, mais c'est un peu trop, même pour moi, répond Zoey en regardant sa viande d'un air méfiant.

À côté de moi, Tansy aspire bruyamment sa soupe, parfaitement insouciante.

Contrairement à Zoey, je goûte la viande. Je le regrette immédiatement et décide aussitôt que même si la Ligue de Bowman était parfaite (ce qu'elle n'est clairement pas) je prierais le Ciel pour ne pas y atterrir, rien qu'à cause de la piètre qualité de leur nourriture.

Je tourne la tête vers Ragnor pour voir s'il mange, mais il est en train de discuter à voix basse avec Logan. Aucun des deux n'a touché à son assiette.

En dehors de la nourriture et des monologues barbants de Bowman, la visite prend fin sans incident. Ragnor serre poliment la main de Bowman et j'en déduis que les deux se respectent mutuellement. En même temps, Ragnor est sans doute un peu forcé de tolérer l'accueil ennuyeux de Bowman dans la mesure où il est à la tête de la banque qui gère toute la société vampire, y compris la Ligue Rayne.

Comme le trajet précédent, celui qui nous mène à l'arrêt suivant se déroule sans problème. Je le passe à somnoler, à écouter de la musique et, de temps en temps, à dessiner dans mon carnet de croquis, regrettant de ne pas avoir de crayons de couleur. Je ne supporte plus la vue du gris après la visite des quartiers Bowman. Il n'empêche que j'ai beau m'appliquer, mes dessins ne ressemblent qu'à de pâles imitations des chefs-d'œuvre de Lord Atalon.

Quand on arrive à Las Vegas pour notre avant-dernière visite, l'étrange et paisible ennui qui m'a permis de me reposer touche violemment à sa fin.

J'ai entendu parler de la Ligue Renaldi à plusieurs reprises depuis que je suis devenue vampire. Rien de ce que j'ai entendu n'était positif.

L'accès à la Ligue se fait par un grand casino du Las Vegas Strip. Au départ, je ne pense pas grand-chose de l'emplacement, de la Ligue elle-même ou de son entrée. Mais dès que l'ascenseur s'arrête et qu'on sort dans le hall de la ville souterraine, tout commence à faire sens.

Si les bases des autres Ligues sont à peu près toutes structurées de la même façon, celle de la Ligue Renaldi est totalement différente. Premièrement, elle ressemble à un mélange de casino, de love hôtel et de bordel. Les lumières sont rouges, le sol en marbre est noir, et les murs sont rouges et dorés avec des motifs de dentelle. Des canapés moelleux dans les mêmes tons sont éparpillés dans la salle.

Un homme nous attend dans l'entrée.

– Bonjour, Lord Rayne, dit-il en s'inclinant, me laissant penser qu'il n'est pas Lord Renaldi.

– Bonjour Stefan, acquiesce Ragnor. Où est Manuel ?

Son ton désapprobateur fait grimacer Stefan.

– Je vous emmène auprès de lui. Suivez-moi, s'il vous plaît.

Les traits de Ragnor se déforment de plus belle. Il est clairement agacé, et je comprends pourquoi : dans toutes les autres

Ligues, les Lords nous ont accueillis. Or ici, Renaldi ne paraît pas enclin à faire preuve du même respect envers Ragnor, ce qui n'augure rien de bon.

Nous suivons tous Stefan dans le couloir tamisé. De la musique nous parvient, les basses sont si fortes que les murs tremblent.

Logan marche à l'avant du groupe avec Ragnor et lui parle en chuchotant, mais Ragnor lui répond dans un aboiement qui le fait grimacer et il arrête de marcher. Abe est à l'arrière, sur le qui-vive, regardant partout autour de nous comme s'il s'attendait à ce que quelque chose ou quelqu'un nous saute dessus. Quant à nous autres novices, nous avançons en silence.

Voyant Ragnor, Logan et Abe à cran, nous sommes tous aussi tendus qu'eux. Zoey tient la main de Jakob, pâle comme un linge. Tansy croise les bras pour s'étreindre, et Cynthia s'accroche à Bryce qui n'a pas l'air d'apprécier mais qui ne la repousse pas pour autant, comme s'il avait lui aussi besoin de s'appuyer sur quelqu'un.

Au bout du couloir se trouve une porte noire unique. Stefan tourne le verrou et l'ouvre, et la musique en jaillit.

– Bienvenue à la Ligue Renaldi, nous dit-il avec un sourire dépourvu d'humour.

J'entre dans la pièce et mon cœur accélère alors que ma vue, mon ouïe et mon odorat sont assaillis.

La salle est pleine de voiles et de rideaux, de canapés et de causeuses, d'oreillers et de divers vêtements jetés au sol. Un immense chandelier est suspendu au plafond, éclairé par de véritables bougies, que l'on retrouve un peu partout dans la pièce.

Un homme est installé au fond de la salle sur ce qui ressemble à un trône, ou une causeuse en forme de trône. On dirait qu'il a été champion professionnel de lutte dans sa vie humaine. Il a de puissants pecs couverts par un tatouage en forme de dragon chinois, il est grand, avec des bras et des jambes larges comme des troncs et débordant de muscles fermes et gonflés. Son cou épais, sa mâchoire carrée et son visage barbu parsemé de cicatrices sont aussi virils que le reste de son corps. Les os qui composent sa boucle d'oreille gauche ne font rien pour atténuer son apparence menaçante, bien au contraire.

Et puis, il y a les femmes. Un véritable harem. Certaines sont à moitié habillées tandis que les autres sont nues. Elles sont regroupées autour du trône et chacune est occupée à sa manière. L'une brosse les longs cheveux noirs du Lord et ses seins rebondissent à chacun de ses gestes. Deux autres lui lavent les pieds. Une autre encore est penchée sur l'accoudoir, son téton gauche dans la bouche de Renaldi pendant qu'il palpe son sein droit. Une cinquième femme est agenouillée entre ses cuisses, occupée à le sucer.

Les réactions dans mon groupe sont variées. Certains, comme Zoey et Cynthia, tournent la tête, horrifiés. D'autres, comme Jakob et Bryce, observent le spectacle d'un air fasciné et peut-être légèrement excité. Puis il y a Tansy, qui regarde droit devant elle, le visage indéchiffrable, les yeux vitreux. Logan tente de regarder ailleurs, clairement dégoûté et furieux, et Abe se contente de tourner le dos à la scène. Quant à Ragnor, il arbore un masque impassible.

La démonstration hédoniste est trop, c'est sûr, mais mes yeux sont rivés sur Ragnor. Je veux voir ce qui va se passer. Je me contrefiche que Lord Renaldi se fasse sucer sous nos yeux.

Quand Ragnor avance vers Renaldi, ce dernier retire sa bouche du sein de la femme et adresse un sourire sauvage et carnassier à Ragnor.

– Rayne ! Mon ami ! s'exclame-t-il en ouvrant grand les bras avant d'empoigner les cheveux de celle qui le suce.

Il les tire tellement fort qu'elle s'étrangle, ce qui semble ravir Renaldi. Il continue de l'étouffer avec sa queue jusqu'à ce qu'il soulève soudain le bassin, son visage crispé tandis qu'il éjacule et se vide dans la gorge de la femme.

Il utilise ensuite ses cheveux pour la jeter – littéralement – sur le côté. Aucune des autres femmes ne semble s'en préoccuper.

– Descends, dit Ragnor en s'arrêtant à quelques mètres du trône.

Son visage a beau être neutre, sa voix trahit le dégoût et la colère qu'il ressent.

Renaldi sourit jusqu'aux oreilles et se lève, sa queue molle tombant sur sa cuisse. Il saisit un pantalon blanc et l'enfile en marchant vers Ragnor.

– Ah, je vois que tu es toujours aussi coincé, murmure-t-il, assez fort pour qu'on l'entende.

Il s'arrête devant notre Lord, et il a beau être grand et massif, Ragnor mesure deux ou trois centimètres de plus que lui.

– Ça fait déjà dix ans que tu es devenu Lord, dit Ragnor en prenant Renaldi de haut, comme s'il était un enfant difficile alors qu'il paraît avoir eu pas loin de trente ans au moment de son Imprégnation, comme Ragnor. Il est temps que tu commences à prendre ta Ligue au sérieux.

– Hmmm, murmure Renaldi avant de se tourner vers le reste du groupe. Eh bien, puisque le coincé veut que je prenne cette affaire *au sérieux*, lance-t-il, alors salut ! Je suis Lord Manuel Renaldi, mais vous pouvez m'appeler Renaldi, ajoute-t-il en regardant Zoey, souriant de la voir pâlir, puis moi.

Je me crispe, mais je soutiens son regard. *Regarde ailleurs*, je supplie dans ma tête. *Regarde ailleurs…*

Les yeux de Renaldi s'embrasent et brillent soudain d'une lueur dorée.

– Qu'avons-nous là, dit-il en avançant vers moi, sans me quitter des yeux.

J'ai l'impression qu'en me regardant, il perçoit quelque chose que je ne me suis même pas avoué à moi-même.

Ragnor empoigne Renaldi par l'épaule et la serre.

– Enlève tes yeux dépravés de mes novices, gronde-t-il, les yeux luisant de colère.

– Ou peut-être seulement de celle-ci en particulier, Rayne ? répond Renaldi avec un sourire prédateur.

Il continue de me dévisager, comme s'il essayait de découvrir ce que je tente désespérément de cacher. Figée sous son regard insistant et l'effet qu'il a sur moi, je suis surprise de peiner à respirer. Ragnor se poste entre nous et je sens la chaleur irradier de son corps.

Frustré de l'obstacle que Ragnor représente désormais, Renaldi le regarde droit dans les yeux.

Une guerre muette jaillit entre les deux Lords et l'atmosphère se tend au point que l'air devient soudain irrespirable. Certains de mes camarades s'éloignent, les yeux écarquillés par la peur. Logan et Abe ouvrent la porte derrière nous, prêts à nous faire sortir si besoin, les yeux luisants et en alerte. Le harem de femmes se disperse aussi et je réalise tout à coup qu'elles ont toutes quelque chose en commun.

Elles sont toutes brunes.

J'ai entendu qu'il avait un penchant pour les brunes, m'a dit Zoey la première fois qu'on s'est rencontrées. Apparemment, ce n'était pas qu'une rumeur.

– Tout le monde dehors !

La voix de Ragnor est presque méconnaissable. Les femmes s'enfuient aussitôt et Logan et Abe nous escortent vers la sortie. Toutefois, si je meurs d'envie de sortir de cette salle à l'atmosphère étouffante, je traîne des pieds, les yeux rivés sur les Lords qui sont aussi immobiles que des statues et se défient de leurs yeux luisants.

Puis, sur un coup de tête, poussée par une curiosité féroce de voir ce qui va se passer, je saute derrière une causeuse et m'enveloppe dans un plaid, et je ne bouge plus.

Le bruit des gens quittant la salle s'éloigne et la porte se referme en claquant, un silence s'installe. J'ose alors sortir la tête de ma cachette.

Ragnor pousse Renaldi en arrière. Ce dernier titube légèrement et ricane en adressant à Ragnor un regard sinistrement enjoué.

– Je ne te pensais pas du genre à baiser une novice, lance-t-il en se léchant les lèvres.

Je n'ai jamais vu Ragnor aussi furieux. Il aplatit Renaldi par terre en moins d'une seconde et dégaine ses crocs.

– Je t'ai prévenu de ce qui arriverait si tu te resservais de ta magie sur moi, dit-il.

Contrairement à son visage, sa voix est parfaitement cordiale, comme s'ils parlaient de la météo.

Renaldi éclate de rire.

– Tu ne peux pas me tuer, Rayne. J'ai encore ton Empreinte.

Quoi ?

– Tu sembles avoir oublié, murmure Ragnor d'une voix suave. Alors, laisse-moi te rafraîchir la mémoire.

Pendant quelques secondes, aucun des deux ne bouge. Puis, sans raison apparente, Renaldi se met à hurler en se débattant sous le poids de Ragnor.

Je ne comprends pas la scène à laquelle j'assiste. Ragnor n'a pas bougé et n'a rien fait, mais Renaldi semble endurer la pire des souffrances. Ragnor a l'air de projeter une sorte de champ magnétique, mais qui est invisible. C'est la seule explication, car il n'a pas bougé d'un iota et il continue de regarder Renaldi dans les yeux alors que ce dernier empoigne ses propres cheveux et les tire comme un homme devenu fou.

Il crie de plus en plus fort, d'une voix de plus en plus horrifiée.

C'est alors que je le sens aussi, comme si j'étais également aspirée dans le champ magnétique de Ragnor.

La douleur. L'horreur. La peur.

J'ai l'impression d'avoir perdu l'unique chose que j'avais peur de perdre. J'ai l'impression de mourir, que l'air est aspiré de mes poumons. C'est comme si j'étais de nouveau dans ce sous-sol, témoin du même cycle d'horreurs, une fois après l'autre, encore et encore. C'est comme si je n'étais jamais partie, comme si je n'avais jamais fui le cauchemar qu'était mon père.

J'ai l'impression que quelqu'un me déchiquette de l'intérieur, mais pas physiquement. C'est plutôt mon âme qui est brisée, mon cœur qui est tourmenté.

La sensation est pire que toutes les douleurs physiques. C'est une souffrance dans sa forme la plus pure et la plus atroce.

J'ai envie de hurler comme Renaldi, de crier, de l'évacuer avant de devenir folle. Mais je me mords la lèvre jusqu'au sang et je serre le plaid à côté de moi, me forçant à rester silencieuse, à supporter cette terreur jusqu'au bout, même si j'ai l'impression que ça ne finira jamais.

La torture s'éternise au point que mon corps est anesthésié et que je ne peux plus respirer. Mes yeux se remplissent de larmes et la douleur atroce déferle dans mes veines, me faisant regretter de ne pas être morte. Tout, même la mort, serait mieux que ça.

Les cris de Renaldi s'évanouissent et seule la douleur occupe mes sens. Je suis aspirée dans un gouffre de ténèbres, de consternation et de peur si profonde que je ne pourrai plus jamais en sortir...

Tout à coup, c'est fini. Aussi vite que ça a commencé.

La douleur disparaît et je m'étouffe sur ma propre respiration. Mes membres anesthésiés commencent à se réveiller. Je ne peux pas bouger, des larmes coulent sur mes joues.

J'entends Ragnor parler.

– N'utilise plus jamais ta magie sur moi ni sur l'un des miens. C'est compris ?

Est-ce qu'il a dit *sur l'un des miens* ? Est-ce que Renaldi utilisait sa magie sur moi aussi ? J'entends un marmonnement, puis un fracas.

– Je t'ai demandé si tu avais compris.

Renaldi tousse, puis il chuchote d'une toute petite voix affaiblie.

– Oui, Milord.

CHAPITRE 21

– Je ne me sens pas en sécurité, chuchote Zoey depuis son lit de la chambre réservée aux invités. Cet endroit pue l'alcool et le sexe, et j'ai peur que Renaldi se pointe à notre porte.

Toutes les filles, dont moi, acquiescent en fredonnant. Aucune de nous ne se sent en sécurité, surtout après la journée qu'on a passée. Et le pire, c'est qu'on va devoir rester ici deux jours de plus.

Après l'altercation entre Ragnor et Renaldi, tout le monde est revenu dans la salle et j'ai fait comme si je rentrais avec les autres. Ragnor a de nouveau présenté Renaldi, qui était plus intimidé et hagard qu'avant sa confrontation avec Ragnor, puis Stefan nous a fait visiter le siège.

Le fonds de commerce de la Ligue Renaldi, ce sont les jeux d'argent et la fabrication d'alcool. Elle a sa propre distillerie ainsi qu'une chaîne de casinos répartis dans Las Vegas et dans le reste du pays. La Ligue est aussi riche que celle de Bowman, et ça se voit ; tout ce qui est doré est en or pur. Et chaque cristal est en fait un diamant.

Aucune des filles n'a envie de s'attarder ici puisqu'il semblerait que les femmes de cette Ligue n'aient qu'un seul rôle, alors que les hommes occupent des postes clés et s'assurent que les opérations ne rencontrent pas de problème. Toutes les femmes étant brunes, Zoey et moi, ainsi que deux autres filles novices, avons l'impression d'être personnellement ciblées.

Le contraste entre l'élégance de la Ligue Atalon et la perversion de celle-ci est choquant.

Hélas, au moment de partir, Abe nous a informés que notre bus refusait de démarrer et qu'il faudrait deux jours au mécanicien pour le réparer.

Nous devons donc rester à la Ligue Renaldi jusqu'à ce que notre bus soit en état de marche.

Ce qui n'est pas de bon augure pour nous les filles.

– Notre Lord n'a pas eu l'air d'approuver le… *spectacle de bienvenue* de Renaldi, dit Cynthia depuis son lit, à côté du mien. Peut-être qu'on peut lui demander de prendre une chambre dans un hôtel ?

– J'en doute, répond Jane, une autre camarade, d'un ton très convaincu.

Je suis d'accord avec elle, mais je suis curieuse.

– Tu as entendu quelque chose, Jane ? je demande.

– J'étais assise à côté de Carlos à l'avant du bus. J'ai eu des infos… soupire-t-elle.

On se tourne toutes vers elle. Je roule sur le ventre et pose mon menton sur mes mains, toute mon attention sur elle. Elle est assise en tailleur sur le lit devant le mien, ses boucles noires sont si longues qu'elles touchent son matelas. Elle semble adorer avoir toute l'attention sur elle.

– Ben, Abe a beaucoup parlé à Logan, cette semaine, nous dit-elle. En général, ils discutaient quand notre Lord était au téléphone ou qu'il se mettait à l'écart au fond du bus.

Elle se tient plus droite et hausse le menton d'un air important.

– Apparemment, la présence de notre Lord dans ce voyage les a choqués.

Si je n'avais pas déjà fait attention à elle, ses propos m'auraient réveillée.

– Il semblerait que notre Lord se soit joint au voyage à la dernière minute, prétendant qu'il y avait plus de dangers que d'habitude, à tel point qu'il devait garder un œil sur nous par mesure de sécurité, explique-t-elle d'une voix qui se veut mystérieuse.

Les autres filles retiennent leur souffle. Même Tansy, à ma droite, n'a pas l'air d'être sur une autre planète comme à son habitude.

– C'est flippant, murmure Aïsha.

– Je sais, acquiesce Jane en hochant la tête.

– Alors, c'est pour ça que tu penses qu'ils ne nous laisseront pas aller à l'hôtel, résume Zoey.

– Exactement, répond Jane. Si notre Lord pense qu'on est constamment en danger, il n'acceptera pas qu'on soit dans un endroit où il ne peut pas nous voir.

Un étrange sentiment me noue le ventre. Est-il possible que Ragnor soit venu à cause de moi ?

Mais peut-être que je me donne trop d'importance. Son univers ne tourne pas autour de moi. Il est le Lord d'une Ligue vampire. Il a des sujets à gérer, de nouveaux arrivants à protéger jusqu'à pouvoir les vendre au plus offrant et une réputation à maintenir. Il ne s'absenterait pas deux semaines pour se joindre au road trip de ses *novices* juste parce que j'en fais partie. C'est une idée parfaitement stupide et autocentrée.

Peut-être que nous courons de réels dangers. Je n'en sais rien, car lorsqu'il s'agit des ennemis de Ragnor ou de la société vampire dans son ensemble, je n'y connais vraiment rien.

Ce qui est en soi très dérangeant.

– Tant qu'on parle de notre Lord, intervient Cynthia, vous pensez quoi de sa relation avec Renaldi ?

Jane ricane :

– Tu parles du fait qu'il tient presque Renaldi en laisse ?

– Ouais, c'est marrant à voir, glousse Zoey. Surtout parce que Renaldi lui lance constamment des regards assassins.

J'ouvre la bouche, puis je me ravise, choisissant de ne rien dire. Ça ne sert à rien de leur révéler que Renaldi a sans doute eu l'Empreinte grâce à Ragnor. Ou que Renaldi a apparemment utilisé sa magie, quelle qu'elle soit, sur Ragnor, et que Ragnor s'est vengé d'une manière que je peine encore à comprendre. Et surtout, elles ne doivent pas savoir que je suis restée en arrière et que j'ai tout vu, non plus.

– En tout cas, si je ne le pensais pas déjà, dit Cynthia, je sais désormais que notre Lord n'est pas juste canon, il est méga sexy.

Je me crispe.

– Mais oui, n'est-ce pas ? s'exclame Zoey. Bon sang, ce que je rêverais qu'il me fasse… miam ! lance-t-elle en se léchant les lèvres.

– Mais vous ne le trouvez pas trop distant ? chuchote Jane. Genre, je ne me verrais pas être avec quelqu'un comme lui. Il est trop…

– Intense, conclut Aïsha en hochant la tête, l'air sérieuse. Froid. Calculateur, ajoute-t-elle.

– Ouais, mais ça fait partie de son charme, rétorque Zoey, les yeux pétillants. Enfin, c'est notre Lord, et notre Imprégnateur, et il est tellement confiant et intimidant…

Elle laisse sa phrase en suspens tandis qu'elle frissonne.

– C'est excitant, c'est clair, acquiesce vivement Jane.

Une colère irrationnelle jaillit en moi. *Vous ne savez pas comment il est réellement*, je pense. *Je ne le connais peut-être pas très bien, mais j'en sais plus à son sujet que vous, c'est clair, et vous devriez ravaler votre bave.*

Mon côté rationnel reprend le dessus. *Il n'est pas à moi*, je me rappelle alors que mon cœur bat la chamade. *Je ne veux même pas qu'il soit à moi.*

Toutefois, l'hésitation, ce doute dans ce qui aurait dû être une croyance ferme et inébranlable, déclenche la peur. Parce que c'est impossible. Je… je n'apprécie pas Ragnor, si ?

T'en es sûre ? s'est-il moqué il y a quelques jours, et je ne peux que me poser la question. Parce que si je l'apprécie… je suis bien plus bête que je le pensais.

– Je crois… commence Tansy de sa voix aérienne qui a néanmoins le mérite de me ramener à la réalité, que notre Lord est imprudent.

On est toutes tellement surprises par la clarté de ses propos qu'on se tourne vers elle pour lui accorder toute notre attention.

– Pourquoi tu penses ça ? demande Zoey en regardant Tansy comme si elle la voyait pour la première fois.

Tansy pose ses grands yeux bleus sur moi et son regard est plus perçant que je m'y attendais.

– Comment un homme aussi calculateur que notre Lord a-t-il pu commettre une telle erreur ? demande-t-elle d'un air sérieux que je n'ai jamais vu chez elle.

Je tourne la tête, et Zoey et Cynthia échangent des regards confus.

– De quelle erreur tu parles ? demande Jane.

Je sens son regard continuer de transpercer ma joue et je finis par la dévisager de nouveau.

– Il n'a pas fait son travail. Il n'a pas fait assez de recherches, murmure-t-elle en se penchant vers moi avec de grands yeux. Il aurait dû être au courant pour les Dieux du Lendemain.

Les autres filles éclatent de rire.

– Moi qui croyais que tu étais sérieuse, pour une fois ! ricane Cynthia.

– Tu parles ! glousse Jane.

Elles continuent de rire et de parler, et Tansy détourne ses grands yeux bleus de moi. Ils redeviennent vitreux, comme s'il ne s'était rien passé d'inhabituel.

Alors que toute mon existence est subitement sens dessus dessous.

Tansy est au courant.

Elle doit savoir. Peut-être ne sait-elle pas tout, mais elle sait quelque chose de mon passé, sinon elle n'aurait pas dit ce qu'elle vient de dire.

Personne ne connaît les Dieux du Lendemain.

Personne en dehors de mon père et moi.

Quand j'étais petite, dans le sous-sol, on accomplissait des sacrifices pour eux. On le devait. *Je* le devais. Je n'ai jamais entendu personne d'autre que mon père parler d'eux. Personne ne les connaît. Mais Tansy les connaît. Et elle sait que je les connais. Mais comment ?

Elle m'a regardée droit dans les yeux, comme si elle voulait m'envoyer un message secret pendant qu'elle prononçait ces trois mots qui ont fait s'écrouler tout mon univers.

Je ne peux pas rester ici avec ces filles, à parler comme si de rien n'était, à voir Tansy se comporter comme si elle ne venait pas de lâcher une bombe atomique. J'ai soudain trop chaud et j'étouffe dans cette chambre. J'ai besoin de sortir.

Je me lève en titubant et marmonne que j'ai oublié quelque chose à la cafétéria, puis je sors de la chambre et arrive dans le couloir tamisé. J'essaie de marcher, mais mes genoux tremblent et je dois m'appuyer au mur pour ne pas tomber. Ma peau se couvre de sueur, les gouttes dégoulinent sur mon visage, trempant mes vêtements.

Comment peut-elle être au courant ?

Je prends une grande inspiration que je peine à expirer. J'ai besoin d'air. D'air frais. Je ne sais comment, j'ai besoin de sortir.

Que sait-elle exactement, bon sang ?

Mes genoux cèdent et je tombe par terre, le cœur battant la chamade. J'ai vaguement conscience de ce qui m'arrive ; le fait de ne pas pouvoir respirer, de ne pas pouvoir bouger, l'horrible sensation de suffoquer, comme si je ne saurai plus jamais faire fonctionner mes poumons alors que ma vue se couvre de petits points noirs.

Et dans tout ça, une chanson lointaine joue dans ma tête. Puis tout devient noir.

Au cœur de la forêt, aucun oiseau n'est sauf,
Des baies émiettées les dieux feront pousser ;
Conçus dans le ventre de dame Nature,
Les Dieux du Lendemain viendront…

Je me réveille sur le sol du hall d'entrée, vaseuse et épuisée. Je m'assois lentement contre le mur, trop faible pour me mettre debout.

Pendant quelques instants, je n'entends que mon souffle superficiel. Quelqu'un vient vers moi. Des bruits de pas lointains se rapprochent rapidement. Si je ne bouge pas, l'individu me verra dans mon état le plus vulnérable.

Je panique et avance en rampant contre le mur jusqu'à un autre couloir. Je passe l'angle et m'adosse au mur, essayant de reprendre ma respiration. Les pas résonnent plus fort et je devine bientôt que la personne est dans l'entrée.

Puis les pas s'arrêtent. Je tends l'oreille alors que mon cœur s'affole.

– Bonsoir, Lord Renaldi.

C'est Logan, et apparemment il n'est pas seul. Alors de qui ai-je entendu les pas ?

– Que fait un joli cœur comme toi à se promener dans ma Ligue ? répond Renaldi d'une voix légère et moqueuse.

J'imagine sans mal l'expression de Logan quand il se fait appeler « joli cœur ».

– Je patrouille pour m'assurer qu'aucun de nos vampires ne fait de bêtises, dit mon ex en peinant à masquer son appréhension.

– Comme c'est méticuleux, murmure Renaldi.

Je l'entends ensuite bouger. J'ai beau être confuse, je suis curieuse ; j'aimerais pouvoir voir ce qui se passe au lieu de regarder le mur sombre du couloir.

– Si ça ne vous dérange pas, je vais partir, maintenant, annonce Logan d'une voix crispée.

Renaldi ricane.

– Oh, mais ce n'est pas drôle, ça. Ne sois pas rabat-joie, voyons.

– Sauf votre respect, Lord Renaldi, je suis occupé, rétorque sèchement Logan. Maintenant, si vous voulez bien m'excuser…

Un fracas fait vibrer le mur auquel je suis appuyée.

– Tes yeux sont vraiment spectaculaires, murmure Renaldi.

Ils sont plus près de moi, maintenant, et je me demande ce qu'était ce bruit.

– Rayne ne voit pas ton véritable potentiel. Quel gâchis…

– Lâchez-moi, grogne Logan, avant que je fasse quelque chose que je ne devrais pas.

Je ne suis plus vaseuse. Je suis trop intéressée par ce qui se passe – au point que je suis prête à tout risquer pour voir la scène de mes propres yeux.

Un autre bruit résonne dans le couloir, suivi par une troisième voix familière que je n'ai pas entendue arriver.

– Ça suffit.

Je m'immobilise. Ragnor.

Renaldi soupire.

– Tu as de la chance, joli cœur. Je te laisse partir. Mais la prochaine fois… on finira ce qu'on a commencé.

Des bruits de pas, sans doute ceux de Renaldi, s'éloignent, et Ragnor parle à nouveau.

– Va te coucher, Kazar.

Logan pousse un grognement.

– La prochaine fois, n'interfère pas, s'il te plaît, Milord, siffle-t-il. Je gérais la situation. Et ne me couve pas. Je peux continuer à patrouiller.

– Ce n'était pas une demande, répond froidement Ragnor. C'était un ordre. J'ai besoin que tu sois en forme demain. Je peux continuer à faire la ronde.

Ça ne plaît pas à Logan.

– Mais…

– Allez, Kazar, interrompt Ragnor. Ne m'oblige pas à me répéter.

Je n'ose pas bouger alors que les pas de Logan disparaissent au loin. Je me mets à prier dans ma tête. *Va te coucher aussi, Ragnor…*

Après tout ce qui s'est passé aujourd'hui, je suis épuisée. J'ai juste envie de retourner dans ma chambre et de dormir. Maintenant que ma crise d'angoisse est derrière moi et que j'ai les idées claires, je veux juste quelques heures de sommeil paisible avant de devoir affronter ce qui s'est passé et ce qu'a dit Tansy.

– Je sais que tu es là, Henderson.

Merde.

Les lèvres pincées, je pose ma main sur le mur et m'en sers pour me lever. Je chancelle toujours, mais j'arrive à rester debout. Appuyée contre le mur, je sors du couloir et tourne vers Ragnor, qui est face à moi, les bras croisés. Il est vêtu d'un pantalon cargo noir, de ses rangers et d'un tee-shirt noir qui met en valeur ses bras musclés. Ses cheveux sont décoiffés et ses yeux bleus sont encore plus sombres que d'habitude dans la lumière tamisée du hall.

Il est tellement canon que je ne peux que manquer d'assurance vêtue de mon legging et de mon débardeur, avec mes chaussettes remontées et mes cheveux lâches.

En un millième de seconde, Ragnor est tout près de moi et il prend mon visage dans ses mains pour fouiller mon regard.

– Qu'est-ce qui ne va pas ?

Tant de choses, je pense.

– Je vais bien, je bafouille.

Je ne vais pas bien du tout – j'essaie encore de me remettre de ma crise d'angoisse.

– Ça ne va pas, grogne-t-il en caressant mes joues avec ses pouces tout en m'adossant au mur. Qu'est-ce qui t'est arrivé ?

J'ai envie de répondre « rien », mais ses yeux débordent de quelque chose que je n'y ai jamais vu auparavant. Est-ce que c'est… de l'inquiétude ? J'ouvre et referme la bouche comme un carpe.

Il baisse les yeux sur mes lèvres avant de les replonger dans les miens.

– Si tu ne me dis pas ce qui ne va pas, chuchote-t-il, je ne pourrai pas contrôler mes gestes.

Je fronce les sourcils et essaie de déchiffrer ce qu'il pense, mais je n'y arrive pas. Et mon ventre se noue et mes cuisses se contractent quand il regarde de nouveau ma bouche, comme s'il ne pouvait pas s'en empêcher.

J'oublie ma fatigue, j'oublie tout ce qui s'est passé. Mes inhibitions partent en fumée, tout comme mon esprit rationnel. Et pour la première fois depuis très longtemps, je n'ai pas envie de réfléchir. Je n'ai pas envie de me poser de questions. J'ai juste envie de faire ce que j'ai envie de faire, et au diable les conséquences.

Je prends une profonde inspiration et pose mes mains sur ses épaules.

– Je ne te dirai rien, je déclare.

Ses yeux s'embrasent au ton provocateur de ma voix. Il comprend mon invitation, le défi que je lui lance. Il n'a plus qu'à le relever.

Mais soudain, comme s'il réalisait ce qui se passe, il cligne des yeux et ses iris ne luisent plus. Il baisse lentement les mains et fait un pas en arrière en me dévisageant avec une expression neutre.

– Tu devrais aller te coucher, Henderson, chuchote-t-il.

Une vive déception s'abat sur moi et ma fatigue est remplacée par une frustration féroce.

– Tu n'es qu'un lâche, Ragnor Rayne, je rétorque, les poings serrés.

Son visage reste impassible, mais son regard noircit.

– Attention à ce que tu dis à ton Lord, Henderson.

Je décèle quelque chose dans sa voix, comme si j'avais touché un point sensible. Comme si c'était *lui* qui se méfiait de *moi*.

Comme s'il tenait plus à moi qu'il ne le montrait.

J'aurais éclaté de rire si je n'avais pas été vexée à ce point.

– J'espère que tu regretteras ce moment pour l'éternité parce que tu n'auras pas de deuxième chance.

Je lâche le mur et lui fais un doigt d'honneur avant de retourner dans ma chambre, essayant de ne pas pleurer, tant je suis blessée d'avoir été rejetée de façon aussi violente.

CHAPITRE 22

Le lendemain, Renaldi organise un grand festin dans le but de se rabibocher avec Ragnor. En tout cas, c'est comme ça que je l'interprète. La raison officielle est qu'il souhaite « renforcer le lien qui unit les Ligues Renaldi et Rayne ».

Le banquet doit avoir lieu dans le bar-casino Renaldi à minuit, ce qui nous laisse le temps de nous préparer. Apparemment, le repas est prévu pour durer jusqu'à l'aube, puis ce sera l'heure de retourner se coucher.

Si aucune des filles n'est heureuse de rester ici, le banquet est une distraction bienvenue. Notre chambre se transforme en loge et Aïsha, qui était maquilleuse dans sa vie humaine, s'occupe de nous préparer. Jane et Zoey, qui étaient très branchées sur la mode, nous conseillent sur quoi mettre, et Tansy, experte en coiffure – ce qui est loin d'être surprenant avec ses cheveux longs jusqu'aux genoux – est chargée de nous coiffer.

Je suis étonnée d'être incluse dans les préparatifs. Avant ce voyage, j'étais pratiquement une paria à cause de mon travail en cuisine. Mais à présent – et peut-être à cause de notre séjour prolongé à la Ligue Renaldi, qui est celle qu'on a le moins appréciée –, les rangs sociaux ont été mis de côté. C'est comme si nous étions tous sur le même bateau, et l'esprit de camaraderie est une distraction agréable.

Zoey, qui a apporté un nombre impressionnant de robes pour le voyage, m'en propose une.

– Celle-ci t'irait super bien, s'exclame-t-elle, tout excitée de me montrer une robe d'été vert pastel.

– Hmmm, les couleurs pastel ne sont pas trop mon truc… je réponds avec un sourire pincé.

– Pas de souci, dit-elle avant de fouiller dans son sac à dos. J'en ai une autre qui pourrait te plaire. Bleu, ça irait ?

Je suis sur le point de dire oui quand je repense aux yeux bleu fluo de l'homme, du Lord, qui m'a rejetée.

– Tu aurais une robe noire ? je réponds plutôt, ignorant l'image qui est apparue dans ma tête.

Zoey fredonne avant de tirer une robe noire de son sac. Sa coupe est basique, de longueur normale, avec des manches courtes et un décolleté modeste.

– Elle n'a rien de spécial, murmure Zoey d'un ton déçu.

– Je la prends ! je déclare en la saisissant pour l'enfiler.

Elle est un peu plus moulante que je n'en ai l'habitude, car Zoey est plus fine que moi, mais elle me va.

Aïsha me maquille en respectant ma demande de ne rien avoir qui soit trop sévère ou trop doux, et le résultat est simple et naturel. Tansy me fait ensuite signe de m'asseoir devant elle pour qu'elle puisse me coiffer.

Après ses propos d'hier, je m'attendais à ce qu'elle se comporte différemment, mais elle me traite comme avant et semble de nouveau elle-même. Peut-être qu'elle ne sait rien de mon passé, finalement.

Ses gestes sont délicats et apaisants tandis qu'elle brosse mes cheveux.

– Ils sont beaux, tu sais, chuchote-t-elle.

– Merci, je réponds en souriant.

Elle finit de les brosser en silence, puis elle se met à les tresser. C'est alors qu'elle prononce un unique mot.

– Dorés.

– Dorés ? je répète en fronçant les sourcils.

– Tes cheveux, soupire-t-elle. Ils devraient être dorés.

Je me fige. C'est la deuxième fois en moins de vingt-quatre heures que Tansy dit quelque chose qui pourrait être directement lié à mon passé.

Après tout ce qui s'est passé avec Ragnor hier soir, je ne me suis pas attardée sur ce qui avait déclenché ma crise d'angoisse.

Tansy avait eu des propos qui, en apparence, ressemblaient tout à fait au genre d'absurdité qu'elle est capable de dire. Parler des Dieux du Lendemain et de mes cheveux dorés… est trop personnel. Comme si elle savait que je savais.

C'est insensé, car elle ne peut pas être au courant. Personne ne l'est à part mon père et moi.

Cela dit, mon père était également un immense menteur. Peut-être que Tansy connaît les Dieux du Lendemain à cause de sa famille, aussi ?

La notion est dérangeante. J'espère que la famille de Tansy n'est pas comme la mienne.

Mais de telles coïncidences sont-elles possibles ?

Quoi qu'il en soit, je suis maintenant totalement à cran.

Je ne réponds pas à son commentaire, et elle ne me dit plus rien.

Les filles ne sont pas les seules à se mettre sur leur trente-et-un. Bryce et Jakob sont carrément en costume avec des nœuds papillon, et les autres – s'ils ne sont pas en costard-cravate – ont également fait un effort.

Abe et Logan sont habillés de façon similaire, en chemise cintrée rentrée dans un pantalon noir. Logan est particulièrement canon avec ses cheveux coiffés sur le côté, sa barbe rasée de près et les manches de sa chemise bleu marine retroussées jusqu'aux coudes.

On attend tous Ragnor et Renaldi dans l'entrée du bar-casino. Il est situé dans une aile différente de la caserne souterraine et il est normalement ouvert aux humains et aux vampires, mais Renaldi l'a fermé pour l'occasion.

Ragnor émerge d'un couloir avec Renaldi et deux autres vampires. La différence entre les deux Lords est frappante : Renaldi est en costume rouge bordeaux, il a défait tant de boutons de sa chemise qu'il est presque torse nu, et il porte des chaussures de costume blanches à bouts pointus. C'est tellement surfait que c'est presque drôle.

Et il y a Ragnor. Habillé de façon détendue avec son jean délavé habituel, ses rangers et un tee-shirt noir tout simple, il est dix fois plus sexy que Renaldi ne pourrait jamais espérer l'être. Ses cheveux brun foncé ondulent sur ses épaules, encadrant son visage.

Ses yeux bleu nuit cherchent les miens, mais je fuis son regard et me concentre sur Renaldi. Je sens Ragnor m'observer, cependant, et mon bas-ventre se contracte.

Il m'a rejetée, je me répète, furieuse. *Il n'a aucun droit d'avoir un tel effet sur moi.*

Je serre les poings.

– Bienvenue dans ma fierté et ma joie, le casino *Il Gioiello del Deserto*[1] ! annonce Renaldi en ouvrant grand les bras dans un geste aussi pompeux que le nom de son casino. Comme nous avons du temps jusqu'au festin lui-même, remplissons nos portefeuilles de billets et nos ventres d'alcool !

Il semble attendre des applaudissements et on les lui offre, même si on se force, mais ça n'a pas l'air de le déranger.

– Maintenant, avant d'entrer, laissez-moi vous présenter officiellement mes deux Lieutenants, qui seront vos hôtes pour la soirée : Stefan Melendez et Armel Rivette ! s'exclame-t-il à la manière d'un chauffeur de salle.

Certains applaudissent à nouveau et je regarde Stefan, qui sourit d'un air navré comme pour dire « je sais que mon Lord est pénible, mais pardonnez-lui, s'il vous plaît, il n'y peut rien ». J'observe ensuite Armel, qui hoche la tête en guise de salut.

Je suis le groupe quand Renaldi nous fait entrer. Les jeux d'argent ne m'ont jamais vraiment intéressée, donc je me dirige tout droit sur le bar. Si je dois survivre à cet évènement, je ne peux pas être sobre.

Heureusement, le barman est un expert et il me sert un Bloody Mary (avec du vrai sang) généreux en vodka, sans même que je le lui aie demandé.

– Espérons qu'un seul te suffira, dit-il.

Hélas, je bois le cocktail beaucoup trop vite.

---

1. Le Joyau du Désert. (NdT)

J'ai toujours plutôt bien tenu l'alcool, mais ça fait un moment que je n'en ai pas bu, et le Bloody Mary n'est pas juste fort. Il est *fort.*

Pour la première fois depuis mon arrivée à la Ligue Rayne, je me sens légère et détendue. Je rejoins quelques camarades à une des tables de poker et leur parle de tout et surtout de rien.

Et c'est *génial* !

Puis je squatte une machine à sous pendant une heure, essayant d'obtenir un triple sept, perdant par la même occasion tous les jetons que Renaldi a donnés à chacun d'entre nous.

Je retourne commander un Bloody Mary, et le barman me le sert, à contrecœur. J'empoigne le verre et m'éloigne – sans vaciller, je tiens à le préciser – en direction d'un espace vide sur la piste de danse, où je danse au rythme de la musique techno.

Je ferme les yeux et sirote mon verre en me déhanchant de droite à gauche en souriant jusqu'aux oreilles. Être insouciante et faire tout ce que je veux est tellement libérateur ! Dans l'immédiat, au moins, j'ai le contrôle de mon manque de contrôle.

Je chancelle en faisant une pirouette ratée et je serais tombée sur les fesses si quelqu'un ne m'avait pas rattrapée à temps en saisissant ma taille. Je cligne des yeux et lève la tête sur Renaldi, qui me reluque avec des yeux luisants.

– Attention, ma belle, murmure-t-il en me matant ouvertement.

On croirait presque qu'il ne s'est pas fait sucer hier, entouré d'une dizaine de belles brunes.

Toutefois, comme je ne suis pas en mesure de me soucier de quoi que ce soit, je lui adresse un sourire étincelant et le repousse avant de reculer en dansant.

– Merci, Mister Lord, je déclare joyeusement, mais je suis capable de m'occuper de moi-même.

Renaldi ricane et avance vers moi.

– Ce serait plus intéressant que je t'aide à t'occuper de toi.

Je ne peux pas m'empêcher d'éclater de rire.

– T'es vraiment un énorme vicieux, tu sais ?

Il écarquille les yeux avant de les plisser de colère, les faisant luire de plus belle.

– Attention, ma belle, répète-t-il d'un ton dépourvu de séduction cette fois. Tu as beau être une petite canaille sexy, n'oublie pas à qui tu t'adresses.

Ça me fait pouffer de plus belle.

– Dans ce cas, je suggère que tu ailles harceler une autre petite canaille sexy.

Logan est à deux pas, ai-je envie d'ajouter, mais je n'ose pas quand je vois ses yeux noircir de colère. Je me contente donc d'éclater de rire et de m'éloigner en dansant et en vidant le reste de mon verre.

Je retourne au bar, pousse mon verre vers le barman et lui souris.

– J'ai besoin d'un shot.

Il m'étudie d'un air inquiet.

– Bois du sang, plutôt, répond-il en me tendant un verre rempli du liquide rouge.

Je le bois, lui fais un doigt d'honneur – mon majeur fait des heures sup, ces jours-ci – et m'éloigne en boudant. Je me sens bien, *enfin*, et le barman casse mon délire !

– Enfoiré, je marmonne en allant aux toilettes.

J'ouvre l'eau pour me laver les mains. Je ne sais même pas pourquoi je le fais – ce n'est pas comme si je les avais salies, ou quoi que ce soit.

Cela dit, Renaldi est crade à sa manière et j'ai bien besoin de me laver de lui.

J'ai fini et je suis sur le point de sortir quand j'entends Logan parler dans le couloir.

– Décris-la-moi, dit-il.

Ravie, je plaque mon oreille à la porte, curieuse de savoir à qui et de qui il parle.

– Elle a les cheveux bruns, les yeux noisette, et elle est plutôt jolie, dit l'autre voix qui m'est vaguement familière.

Je fronce les sourcils. Je suis sûre de connaître l'autre homme…

– Ne me dis pas que tu parles d'Aileen, répond Logan d'un ton incrédule et dégoûté.

– Je t'ai dit que Renaldi aimait les brunes, dit l'autre, et je réalise que c'est Stefan, le Lieutenant de Renaldi.

Je ne bouge plus et mon cœur s'emballe.

Logan marmonne quelque chose qui sonne comme un juron avant de répondre.

– Il faut que j'en parle à mon Lord, d'abord.

– Pourquoi ? s'étonne Stefan. Il a beau avoir de *nombreux* défauts, Renaldi a parfaitement le droit de s'entretenir avec une novice en visite s'il envisage de l'ajouter à sa Ligue.

– Tu ne comprends pas, râle Logan d'une voix qui trahit combien cette conversation l'horripile. Si c'est *elle*, mon Lord doit être mis au courant avant que je te l'amène.

– Putain, d'accord, grogne Stefan. Dis-le à ton Lord, alors.

Il y a un court silence.

– Renaldi veut l'ajouter à son harem ? demande Logan.

– À ton avis ? murmure Stefan.

Mon ventre se soulève. Ils parlent de moi comme si je n'avais pas mon mot à dire. Comme si j'étais la pute de Ragnor que Renaldi voulait louer.

– Putain, mec ! grogne Logan. Dis à Renaldi de pas l'approcher. Ton Lord a beau être un enfoiré, je t'assure qu'elle est bien pire.

Aïe !

– Je doute qu'une fille comme elle puisse être pire que *Renaldi*, Logan, ricane Stefan.

– Crois-moi, insiste mon ex d'un ton amer. Aileen Henderson a beau ressembler au rêve éveillé de tous les hommes, elle est un véritable putain de cauchemar.

Je m'éloigne de la porte. Je ne peux plus les écouter. Toute trace de légèreté joyeuse et pompette a disparu et je me sens lourde. Entendre cette conversation m'a fait dessoûler en un temps record.

Je titube et heurte le lavabo que je viens d'utiliser. J'ai un goût de sel dans la bouche et je réalise que je pleure. Mon souffle est court et mes genoux me soutiennent à peine. J'ai envie de me frotter jusqu'à être propre et lavée du passé, débarrassée de celle que je suis vraiment.

J'ai besoin de sortir.

Je ferme les yeux et pose ma main sur ma gorge en m'obligeant à prendre de grandes respirations. Je vide mon esprit et me concentre entièrement sur ma respiration, sur les mouvements de ma poitrine.

Une fois que j'ai repris le contrôle, j'ouvre les yeux et me tourne pour me regarder dans le miroir. Le maquillage d'Aïsha n'est pas complètement gâché. Quelques mèches sont sorties de la tresse que Tansy m'a faite, mais ça va. Ma robe est froissée par les mains de Renaldi, mais sinon, je suis à peu près présentable.

J'approche de la porte et tends l'oreille. Rien. Je l'ouvre et sors dans le couloir, mais au lieu de retourner au casino, je frôle les murs et me dirige vers la sortie aussi discrètement que possible.

Je vois que mes camarades sont passés à la roulette. Logan, Abe, Armel et Stefan boivent un verre au bar, et Renaldi sirote du vin en lorgnant les filles de ma formation.

Quant à Ragnor, je ne le vois nulle part.

Tant mieux.

Je presse le pas jusqu'à la porte. Personne ne me regarde, je sors dans le hall, j'enlève les petits talons que Jane m'a prêtés en avançant dans le couloir.

Puis je cours comme si j'avais le feu aux fesses.

Malheureusement, je ne me rappelle pas comment retourner à la zone principale de la Ligue, et quand le couloir se divise en deux, je dois suivre mon instinct et je prends à gauche. Je longe le chemin jusqu'à ce qu'il dessine une courbe et se divise de nouveau en trois couloirs.

Je ne peux pas me permettre de m'arrêter. Je ne sais pourquoi, je prends la voie du milieu.

Quand le couloir s'incline soudain, je n'arrive pas à freiner à temps et je tombe en m'étranglant sur un cri. Je glisse sur la pente courbée et atterris dans de l'eau avec un grand *splash* sonore.

Fatiguée, mais motivée, je nage à la surface pour reprendre de l'air. Je plaque mes mains sur le mur de pierre et frissonne dans l'eau glacée. Je regarde autour de moi.

Je me trouve dans une petite grotte circulaire dont le mur est tellement haut que je n'en vois pas le bout. Le couloir qui m'a recrachée est un tuyau au milieu de la paroi.

Bon. Mon plan s'est retourné contre moi. Maintenant, au lieu d'être coincée dans la base souterraine de Renaldi, je suis coincée dans une grotte où personne ne me trouvera jamais.

– Réfléchis, Aileen, je dis à voix haute, écoutant l'écho de ma voix sur les murs. Essaie de plonger.

Bien sûr. Peut-être que je peux sortir d'ici par le fond ?

Je gonfle mes poumons et replonge dans l'eau. Je descends autant que possible et nage autour de la grotte, cherchant une issue.

Il semblerait que la chance ne m'a pas complètement oubliée parce que j'aperçois une ouverture dans la partie la plus basse du mur. Espérant que c'est la bonne direction, je plonge à nouveau, pénètre dans le tunnel immergé et nage aussi vite que possible.

Toutefois, le tunnel n'en finit jamais, et je commence à manquer d'air. Je ne sais pas si les vampires peuvent mourir de ça, mais j'ai vraiment l'impression que ma fin approche. Plus le temps passe sans que je respire, plus mes gestes ralentissent et deviennent lourds, ce que je ne peux vraiment pas me permettre.

La liberté est tellement proche. L'air frais est si près, débarrassé des Ligues, des Lords et des vampires.

Après ce qui me semble être des heures, le tunnel s'ouvre sur une étendue d'eau. Je me propulse aussitôt vers la surface et dès que j'ai sorti la tête, je prends la plus grande inspiration de toute ma vie.

Je suis épuisée, mais je dois trouver la terre ferme. Je nage donc en direction du coin de verdure tout proche et me hisse enfin hors de l'eau.

Je m'allonge sur l'herbe, incapable de faire quoi que ce soit à part respirer.

Hélas, j'ai épuisé la minuscule dose de chance qui m'a été accordée, car je sens soudain une chose métallique sur l'arrière de ma tête au même moment où une voix jaillit dans la nuit.

– Bouge pas, suceuse de sang, ou je t'arrache la tête.

CHAPITRE 23

Je suis assise, le dos contre un tronc d'arbre, un homme est debout à côté de moi avec une véritable putain de faux dont il a placé la lame à deux centimètres de ma gorge de sorte que, quelle que soit la direction dans laquelle je me tourne, la faux m'attend.

Le sang coule sur ma tempe à l'endroit où ce même homme a appuyé la lame, mes vêtements sont déchirés et trempés, et ma peau est couverte d'écorchures après que deux autres hommes m'ont traînée à travers le parc, depuis le lac jusqu'à cet endroit reculé.

Maintenant, les deux autres sont penchés sur un ordinateur portable, sur lequel l'un des deux écrit.

– Le réseau est faible, dit celui avec un grain de beauté sur le menton. Il va peut-être mettre du temps à nous répondre.

L'autre, avec les cheveux qui lui arrivent à la taille, s'agace.

– Il aurait dû nous donner son numéro. Mais il est tellement parano que…

– La ferme ! gronde le premier. Tu as passé la soirée à te plaindre et j'en peux plus.

– Va te faire foutre, Yannis ! répond le chevelu.

Yannis, avec le grain de beauté, le fusille du regard.

– Tu ferais bien de fermer ta grande gueule avant que je te brise le cou, Felix.

Felix rougit, mais sa bouche se pince et il se tait.

– Tu es bien silencieuse pour une vampire, chuchote l'homme à côté de moi, me faisant sursauter. Tu ne t'es même pas débattue quand on t'a capturée.

Je le regarde du coin de l'œil et réponds sincèrement.

– Je suis fatiguée.

Je réfléchis également à un moyen de me sortir de la situation stupide dans laquelle je me suis fourrée.

– Ça n'empêche. Tu es bien trop complaisante, murmure-t-il. Je pensais que les suceurs de sang seraient moins soumis.

À ce stade, je suis plus confuse qu'autre chose. Premièrement, comment ces hommes sont-ils au courant de l'existence des vampires ? Deuxièmement...

– Qu'est-ce qui te fait croire que je suis une vampire ?

Il ricane dans sa barbe.

– Vous ne pouvez pas nous berner. Notre odorat est largement supérieur au vôtre. Vous n'avez pas besoin de montrer vos crocs ou de faire luire vos yeux pour qu'on le sache.

C'est encore plus perturbant, et ça entraîne une autre question.

– Vous êtes qui ? je demande, alors qu'une autre question me vient à l'esprit.

Sont-ils humains, en fait ?

Si les vampires existent, il n'est pas trop dur de croire que d'autres êtres surnaturels existent également. Qui sont nos ennemis naturels ? Si on en croit les fictions populaires, j'aurais tendance à penser que ce sont les loups-garous. Mais ces mecs ne ressemblent pas à l'idée que je me fais des loups-garous. Ils ont l'air humains.

Et maintenant, j'ai peur.

– Ça ne te regarde pas, dit le mec armé de sa faux. Tout ce que je peux dire, c'est qu'on attendait que l'un de vous débarque enfin à Vegas. Et c'est notre soir de chance... mais pas le tien.

Putain, c'est clair !

Un bruissement se fait entendre, Yannis et Felix se lèvent d'un bond, en alerte.

– Restez là, ordonne Yannis en sortant de sa poche ce qui ressemble à un petit pistolet.

Il se dirige vers le bruit et Felix se tourne vers mon gardien.

– Ne la quitte pas des yeux, Wode. Je reviens.

– Mais il t'a dit de pas partir, répond Wode d'un ton détaché et ennuyé.

Felix l'ignore et entre dans les bois, le dos bien droit, déterminé, me laissant seule avec Wode.

– Tu sais, je ne déteste pas ta race, en fait, remarque Wode.

Je le regarde de nouveau, essayant de voir son visage sous sa capuche.

– Est-ce que vous êtes rigides et froids ? Certes. Mais un poids mort ? Je ne pense pas.

– Alors, pourquoi ? je demande alors que mon cœur bat la chamade. Pourquoi vous faites ça… quoi que vous fassiez ?

Wode ricane.

– La foi, mon amie. Tout est toujours une question de foi.

Un coup de feu résonne dans les bois, si proche que je me fige. Wode devient silencieux aussi.

Il y a un autre bruissement, puis une image tout droit sortie d'un cauchemar apparaît. Un homme grand et musclé, tenant par les cheveux deux têtes décapitées et que je reconnais à peine comme celles de Yannis et Felix. Son torse nu, son jean et ses bottes dégoulinent de sang et de boue. Ses yeux luisent d'un bleu fluo et ses cheveux décoiffés tombent sur son visage. Ses crocs sont sortis et le sang coule au coin de sa bouche.

Wode se révèle malin. Il enlève la faux de ma gorge et se lève d'un bond. Son geste fait tomber sa capuche et je découvre la beauté brute de son visage. Je suis frappée par ses yeux argentés et ses cheveux ébène et brillants. D'un revers de la main, la lame de la faux rétrécit jusqu'à faire la taille d'un porte-clés.

– Elle est toute à toi, dit-il à l'homme.

Ce dernier lâche les têtes par terre et dévisage Wode, l'expression vengeresse, comme s'il était prêt à le décapiter comme les deux autres malgré sa capitulation.

– Je ne lui ai pas fait de mal, dit Wode à voix basse avant de hocher la tête et de déguerpir à la vitesse d'un vampire.

Cependant, j'oublie complètement Wode quand je tourne de nouveau la tête vers l'homme. Il me regarde droit dans les yeux et ses iris sont si brillants qu'ils ont pratiquement disparu. Il s'avance vers moi et s'il me restait la moindre énergie, je me serais enfuie.

Il s'accroupit et tend la main pour empoigner ma nuque. Mon cerveau comprend enfin qui c'est.

L'émotion qui m'assaille est si violente et inattendue que je suis à deux doigts de fondre en larmes.

– Ragnor, je chuchote.

Je suis tellement choquée et horrifiée que j'ai du mal à concilier l'homme que je connais et le monstre qui se tient devant moi. Je me sens trembler tandis que je l'observe avec un mélange de terreur et de soulagement. Car il est ici pour me sauver, mais il semble tout droit sorti des profondeurs des Enfers.

Tout à coup, une sensation chaude m'enveloppe et je sens mes paupières se fermer, mes muscles se détendre, et je sombre dans un sommeil soudain et contre-nature.

Je me réveille dans le lit le plus doux et le plus confortable que j'aie jamais connu.

Je serre la couette, rêvant de rester dans ce lit pour toujours. Je suis consciente d'être réveillée, mais je suis tellement fatiguée que je pourrais encore dormir pendant des jours. Mon cerveau ne fonctionne pas encore très bien et je suis merveilleusement confortable dans cette chaleur.

Un poids tombe sur le lit à côté de moi, m'indiquant que je ne suis pas seule, où que je sois, et mon sommeil me quitte aussitôt.

Lentement, je repousse la couette et m'assois. La décoration de la pièce me dit vaguement quelque chose, mais je n'y pense pas davantage quand mon regard se pose sur le dos nu et couvert de cicatrices de l'homme assis au bord du lit. Le parfum de gel douche chatouille mes narines et quand je le vois se sécher les cheveux avec une serviette, je comprends qu'il vient de se doucher.

Je baisse automatiquement les yeux sur mon corps. Je porte encore la robe de Zoey, et je suis toujours aussi sale.

Et je suis dans son lit.

Le lit de Ragnor.

Mon cerveau se réveille peu à peu tandis que je regarde autour de moi, et je comprends pourquoi la décoration m'est familière. Je ne suis jamais venue ici – une suite avec son propre salon –, mais le sol en marbre, les murs en bois, les lanternes, les couleurs et l'agencement sont les mêmes que ceux de la suite que je partage avec Zoey et Tansy.

Je suis de retour à la Ligue Rayne.

Mais *comment* ? Combien de temps ai-je dormi ? Pas *si longtemps*, si ? On était censés rentrer en bus depuis l'Oregon, où se trouve la Ligue Kalama, qui était le dernier arrêt de notre voyage. Or même si le bus était réparé, on aurait encore mis cinq jours pour rentrer, avec nos pauses et…

– Comment tu te sens ?

Je sursaute et tourne la tête vers Ragnor. Il me regarde, son visage n'est plus couvert de sang, ses crocs sont rentrés et ses yeux ont repris leur couleur bleu nuit normale. Cependant, mon regard refuse de rester sur sa tête et a décidé de parcourir son torse et ses pectoraux qui me mettent l'eau à la bouche.

– Henderson ?

Je me lève d'un bond et m'apprête à sortir de ce qui ressemble méchamment aux quartiers privés de Ragnor quand il saisit mon bras et m'oblige à m'arrêter.

– Il faut qu'on parle, chuchote-t-il.

Je pivote vers lui en sentant ma colère et ma panique enfler.

– J'ai besoin de me doucher, je réponds, fouillant son visage à la recherche de… je ne sais quoi. J'ai besoin d'enlever cette fichue robe et de me doucher avant de…

En un clin d'œil, je me retrouve dans sa salle de bains privative, face à lui.

– Là, déclare-t-il en scrutant mon visage d'un air indéchiffrable. Tu peux te doucher. Je te laisse une serviette et des vêtements de rechange.

Je le regarde, bouche bée.

– Tu veux que je me douche *ici* ? je demande d'une voix aiguë.

Il me lâche et croise les bras.

– Je te l'ai dit, il faut qu'on parle, dit-il à voix basse. Et après ta petite fugue, il est hors de question que je te quitte des yeux.

Je le fusille du regard, offensée.

– Tu comptes me regarder me doucher, aussi ?

Je suis surprise de voir sa bouche tressauter alors qu'il s'adosse au mur carrelé, les yeux pétillants.

– Ça m'a l'air d'être une excellente idée, chuchote-t-il en baissant les yeux sur ma poitrine et plus bas encore, avant de trouver de nouveau les miens.

En colère tout en étant excitée, je pointe la porte du doigt.

– Dehors ! je m'exclame.

Si je n'étais pas déjà assez choquée, Ragnor, qui est habituellement si distant et froid, voire désagréable, me décoche un sourire en coin. Quelle audace !

Mes tétons durcissent aussitôt. Un fichu *rictus* ne devrait pas les faire pointer, bon sang. Il ne devrait pas avoir le moindre effet sur moi, mon corps ne devrait pas avoir la moindre réaction !

Apparemment, il est d'humeur enjouée, car son sourire reste en place.

– Fais-moi signe si tu changes d'avis, déclare-t-il avant de sortir en refermant la porte derrière lui.

Une fois qu'il n'est plus là et que le silence règne autour de moi, je m'autorise à réellement sentir mon incrédulité. Qui est cet homme ? Ça ne peut pas être le même Ragnor que j'ai appris à connaître depuis deux mois. C'est impossible.

Le cauchemar qui m'a sauvée de ces kidnappeurs est plus proche de celui qu'est réellement Ragnor. Avec ce Ragnor, je sais à peu près à quoi m'attendre. Mais celui-ci m'est inconnu, et il est bien plus dangereux pour moi que n'importe qui d'autre.

Je me regarde dans le miroir et essaie de ne pas grimacer. J'ai fait de mon mieux pour enlever le maquillage à l'eau, mais l'eye-liner refuse de s'effacer complètement. Mes cheveux ne sont plus ondulés mais plutôt crépus puisque Ragnor, comme la plupart des hommes, utilise un shampoing deux-en-un. Ce genre de produit est un enfer pour mes cheveux.

Je ne sais comment, il a fait venir mes vêtements du placard dans ma chambre et je suis désormais vêtue d'un jogging gris et d'un tee-shirt noir. Le seul inconvénient ? Je n'ai pas de soutien-gorge propre à mettre. J'ai mis celui que je portais dans la chute à linge et, maintenant, je dois supporter que mes seins rebondissent librement.

Ce n'est pas comme ça que j'ai envie d'affronter Ragnor, mais je n'ai pas vraiment le choix.

Je fronce les sourcils face à mon reflet, j'ouvre la porte et je sors. La chambre est déserte, donc je me dirige vers le salon. Je découvre que la suite de Ragnor a aussi une kitchenette, avec un minibar et une machine à café. Il est en train d'en préparer un et il me demande sans se tourner vers moi :

– Thé ou café ?

Je suis confuse. Est-ce que Ragnor, le Lord de cette Ligue, propose de me servir à boire ?

– Je peux le faire moi-même, je réponds.

L'idée qu'il me prépare un café me donne l'impression que le monde tourne à l'envers, et je ne peux pas le supporter dans l'immédiat.

Ragnor me regarde par-dessus son épaule en haussant les sourcils.

– J'ai déjà commencé. Noir, ça te va ?

– Ouais, je réponds avant de marquer une pause. Mais sérieusement, je peux le…

– Va t'asseoir, dit-il, ignorant ma proposition.

Je grimace en croisant les bras, et je suis sur le point de refuser, mais il paraît le sentir venir.

– Je crois que ni toi ni moi n'avons l'énergie de nous disputer, Henderson, donc va poser tes fesses, bon sang.

Il parle sans colère, mais d'un ton déterminé qui me donne envie de mettre un coup de pied dans quelque chose. Ma réaction est irrationnelle et je sais qu'il a raison. Je suis épuisée. Ai-je vraiment la capacité mentale à engager une guerre verbale avec lui ?

Raide comme un piquet, je m'assois sur le grand canapé, mes genoux sous mon menton. Être dans ce salon me semble irréel. Surtout quand Ragnor me prépare un café, toujours à moitié nu, vêtu seulement d'un jean gris foncé qui moule son cul délicieux.

J'ai l'impression de m'être réveillée dans un univers parallèle où Ragnor n'a pas volé ma liberté et où je ne suis pas devenue son boulet fauteur de troubles.

Car c'est ce qu'on est, n'est-ce pas ? Quoi qu'il se passe entre nous, et même si j'ai voulu qu'il fasse le premier pas il n'y a pas si longtemps et que j'ai été fermement repoussée, on ne sait presque rien l'un de l'autre. Il y a encore peu de temps, on ne se supportait pas, après tout. Il me voyait comme pénible et insolente, je le détestais après qu'il m'avait Imprégnée sans mon consentement, et on allait couler des jours heureux jusqu'à la fin de nos existences – ou pas.

Alors pourquoi *diable* change-t-il désormais cet équilibre ?

Il n'y a jamais eu d'équilibre, chuchote la voix de la raison, me faisant grincer des dents.

Ragnor se tourne vers moi, une carafe de café à la main. Il l'apporte ainsi que deux tasses et s'assoit juste à côté de moi, posant le tout sur la table basse. Il remplit les tasses en silence et il m'en tend une avec un regard d'acier.

La bouche pincée, je la lui prends et bois une petite gorgée avant de faire un effort surhumain pour grommeler un « merci ».

Son visage reste impassible. Son bras est allongé sur le dossier du canapé, juste derrière moi, musclé, puissant et ultra sexy.

Arrête !

– Alors, je commence quand il ne dit toujours rien et que le silence s'éternise. Tu voulais parler de quoi ?

Il me regarde rapidement.

– Finis ton café, d'abord.

Faire l'opposé exact de ce qu'il me demande, par esprit de contradiction, est devenu une seconde nature pour moi. Je pose ma tasse sur la table basse et me tourne complètement vers lui.

– Non.

Il lève les yeux, comme s'il priait le Ciel de lui donner de la patience, et ça me fait ricaner.

– On a besoin de l'aide d'un être supérieur pour me gérer ?

– Tu as une haute opinion de toi-même, dit-il d'un ton sec en me regardant.

– J'ai tort, alors ? je demande en penchant la tête sur le côté.

Il soupire longuement et pose à son tour sa tasse avant de se tourner complètement vers moi, l'air grave.

– Tu t'es enfuie.

Ah. Oui. C'est vrai.

Avec tout ce qui a suivi ma fugue, comme le fait d'avoir été kidnappée et menacée, j'ai oublié ce que j'avais prévu de faire. J'étais tellement fatiguée et, certes, encore un peu pompette que quand j'ai vu que Ragnor était venu me sauver, au lieu de me sentir vaincue, j'ai été profondément soulagée.

– J'ai essayé, je réponds honnêtement en soutenant son regard. C'était l'occasion parfaite.

Il esquisse un sourire sardonique.

– Pas suffisamment parfaite, dit-il.

– C'est pour ça que je suis ici ? je demande. Parce que tu veux t'assurer que je ne vais pas fuguer à nouveau ?

– En partie, répond-il en se rapprochant. C'est aussi parce que j'ai besoin de savoir ce qui s'est passé avec ces trois… *hommes*.

Je ne manque pas de remarquer son hésitation. Il allait dire autre chose.

– Que sont-ils ? je demande, ignorant sa demande.

– Dis-moi ce qui s'est passé, ordonne-t-il.

Je me penche de sorte que mon visage n'est plus qu'à quelques centimètres du sien.

– Voilà, Ragnor, je rétorque alors que je le vois s'agacer que j'utilise son prénom au lieu de son titre, c'est justement pour ça que tu me rends furax. Si tu voulais de bons petits soldats, tu aurais dû devenir dresseur de chiens plutôt que Lord vampirique.

Il saisit ma mâchoire et je me retrouve soudain sur le dos. Il me domine et je suis coincée entre ses cuisses alors qu'il tient mes mains dans une seule des siennes.

– Est-ce qu'ils t'ont fait mal ? demande-t-il, les yeux moins noirs qu'avant. Est-ce qu'ils ont pris ton sang ?

Je le fusille du regard.

– Lâche-moi, et je parlerai.

Il serre plus fort ma mâchoire.

– Je t'ai posé une question.

Furieuse qu'il pense pouvoir m'intimider au point que je réponde à toutes ses questions, j'ai la vilaine envie de le provoquer.

– En fait, tu m'en as posé deux.

Il montre ses crocs et allonge ses canines alors que ses yeux deviennent brusquement fluo.

– Réponds-moi.

Voilà le Ragnor que je connais. S'il est effrayant, il est bien moins dangereux que celui qui me taquine et me prépare du café.

– Vas-y, fais-le, je dis en souriant, ravie de voir sa colère enfler. Mords-moi. Suce mon sang. Frotte-toi à moi sur ce canapé. Puis tu pourras t'enfuir comme un lâche et faire comme s'il ne s'était rien passé.

– C'est ta dernière chance, Henderson, grogne-t-il en écrasant ma mâchoire au point d'y laisser des bleus. Que t'ont fait ces hommes ?

Je souris jusqu'aux oreilles, à présent, et mon bas-ventre se contracte. Le voir aussi énervé alors qu'il me tient comme ça et qu'il est entièrement concentré sur moi, ses yeux sublimes me pénètrent jusqu'au fond de mon âme… C'est tellement excitant que je sens ma culotte se tremper.

Plus, me supplie mon corps. *J'ai besoin de plus.*

– Tu es peut-être plus fort qu'Atalon et Renaldi, je murmure en serrant les cuisses quand il plisse les yeux, mais tu es bien plus lâche qu'eux. Au moins, ils ont été honnêtes au sujet de leur désir pour moi. Au sujet de ce qu'ils voulaient *me faire.*

Ragnor s'immobilise et ses iris redeviennent bleu nuit tandis que ses crocs se rétractent. Il passe si brusquement d'un mode prédateur à un mode civil que je suis sous le choc.

Il lâche ma mâchoire et mes mains, mais il reste sur moi. Puis, d'une voix qui n'est plus un grognement et qui est plutôt factuelle, comme s'il me parlait de la météo, il demande :

– Est-ce que tu désires Atalon ou Renaldi ?

Je scrute son visage, mais il a remis son masque. Ses yeux d'un bleu glacial sont indéchiffrables. *Qu'est-ce qui se passe ?* Il y a un instant, j'avais réussi à le mettre merveilleusement en colère, et maintenant… Qu'est-ce qui se passe dans sa tête ?

– Tu me poses sérieusement cette question ? je demande en le dévisageant d'un air incrédule.

– C'est un oui ou un non ? insiste-t-il en rapprochant son visage du mien.

Je déglutis difficilement. Ma confiance, ou plutôt ma *maîtrise* de la situation s'évanouit.

– Bien sûr que c'est un putain de non, je chuchote avec de gros yeux, examinant son visage en le priant de me montrer ce qui se passe dans sa tête, ou au moins une indication pour que je sache comment me comporter.

– Dans ce cas, répond-il d'une voix grave, qu'est-ce que tu veux de moi ?

Je retiens ma respiration.

Le silence s'étire entre nous tandis que je cherche comment répondre. Mon cœur bat tellement fort que je suis persuadée qu'il peut l'entendre. Ma peau s'embrase et l'angoisse me fait transpirer. Mon souffle devient irrégulier et superficiel.

Pendant tout ce temps, Ragnor reste parfaitement immobile et m'étudie sans cligner des yeux, attendant une réponse.

Soudain, je n'ai plus la force de lutter. À quoi bon, quand ça ne sert à rien ?

Je lève les mains pour prendre son visage, cédant au brasier infernal qui brûle entre nous depuis le début, m'avouant enfin à moi-même ainsi qu'à lui ce que je désire vraiment.

– Toi. Je te veux, toi.

Puis je l'embrasse.

CHAPITRE 24

Je presse mes lèvres contre celles de Ragnor et déverse tout mon désespoir dans le baiser.

Sa réaction est immédiate. Il m'enlace et saisit ma nuque pour me retourner mon baiser, et mon bas-ventre se contracte en même temps que mon sang s'embrase.

Il lape mes lèvres et je me sens mouiller. J'ouvre la bouche et il y glisse sa langue pour caresser la mienne. Mes tétons durcissent alors que j'essaie de me relever pour plaquer ma poitrine à son torse, et quand il m'attire sur ses cuisses, je me colle à lui, entourant son corps fort et délicieux avec mes bras.

Je suce sa lèvre et il répond en mordillant la mienne. Il baisse les mains sur le creux de mes reins, puis il les glisse sous mon tee-shirt, et je sens ses doigts effleurer le dessous de mes seins. Je gémis dans sa bouche et m'autorise à explorer son torse, à sentir ses pecs se contracter sous mes caresses et durcir autant que mes tétons.

Il empoigne mes seins en même temps et me fait rompre le baiser quand je gémis en me cambrant. Il baisse la tête et lèche ma gorge avant de la mordre tout en taquinant mes tétons avec ses pouces. Je tressaute et agrippe ses épaules, plantant mes ongles dans sa peau quand il pince mes pointes dures et me rend folle de désir.

Il enlève mon tee-shirt d'un geste brusque et prend un téton dans sa bouche pendant qu'il masse l'autre sein. Je me raidis, tellement trempée, chaude et excitée que je veux le rendre aussi fou, si ce n'est plus.

Je m'installe sur son érection et commence à m'y frotter comme la dépravée que je suis. Il grogne contre mon sein avant de le lâcher pour relever la tête et plonger ses yeux bleu néon dans les miens, si brûlants de désir que je fonds aussitôt.

On se dévisage alors que j'ondule contre lui, sentant mon orgasme enfler, regrettant qu'il ne soit pas en moi à pilonner mon sexe, à me tenir jusqu'à me couvrir de bleus, à sucer mon téton jusqu'au sang.

Il me reprend dans ses bras et, tout à coup, comme s'il nous avait téléportés, il m'étend sur son lit et il s'installe entre mes cuisses en se dépêchant d'enlever mon pantalon et ma culotte.

Il me surplombe et me reluque d'un air affamé qui me fait frémir jusqu'à mon entrejambe. Il se lèche ensuite la bouche et je frissonne en me sentant encore plus proche de l'orgasme qu'avant. Il continue de me dévisager, d'étudier chaque coupe et chaque relief de mon corps, jusqu'à ce que je n'en puisse plus.

– Ragnor, je supplie.

Il lève les yeux pour trouver les miens, que je sais désespérés. L'instant d'après, il remonte sur mes cuisses, baisse la tête et met un grand coup de langue sur ma fente.

Mon orgasme est tellement inattendu que je retiens mon souffle et me cambre en empoignant les draps tout en tremblant des pieds à la tête, essayant de savourer les vagues de plaisir. Toutefois, je ne peux pas m'abandonner parce que Ragnor dévore ma chatte comme un homme affamé, la léchant et la mordillant tout en taquinant mon clitoris avec son pouce, et je réalise bientôt que la tension s'accumule de nouveau en moi, plus puissante encore qu'avant.

– *Ragnor* ! je gémis alors qu'un autre orgasme déferle en moi, me faisant éjaculer dans sa bouche et tremper les draps.

Il recule sa bouche magique et regarde mes joues rouges. Il enfonce ensuite trois doigts en moi et je me tortille, tiraillée entre la douleur et le plaisir.

– Putain, murmure-t-il en me doigtant d'une main si experte que le plaisir m'aveugle. Putain, t'es trempée.

– S'il te plaît, je le supplie alors qu'il recommence à masser mon clitoris sans arrêter de me doigter.

Un petit orgasme jaillit et je mouille de plus belle sur ses doigts.

Il les retire et empoigne mes seins en se relevant, arrêtant son visage à quelques centimètres du mien. Il plonge son regard de braise dans le mien et pince mes tétons. Je pantelle en cherchant mon souffle et je me mords la lèvre, l'implorant avec mes yeux d'arrêter de me torturer et d'en finir.

– Si je te baise, dit-il soudain et caressant mes seins, comme s'il ne pouvait pas s'en empêcher, ça ne changera rien.

Je suis tellement grisée et euphorique que répondre me demande un effort surhumain.

– Je m'en fiche.

Il arrête ses gestes et je crie de frustration.

– Regarde-moi, m'ordonne-t-il d'une voix grave.

J'obéis et vois qu'il est excité – très, même, mais sérieux aussi.

– Tu seras quand même présentée aux Enchères, et je resterai ton Lord.

Ça suffit, je pense, à deux doigts de grogner.

Je baisse la main pour trouver son érection par-dessus son jean et je la saisis. Le visage de Ragnor se détend de plaisir.

– Je. M'en. Fiche, je siffle dans son visage. Alors dépêche-toi, Ragnor, sinon je te jure que je vais te démembrer.

Lentement, il esquisse un sourire aussi machiavélique que sexy tandis qu'il prend mes deux poignets dans une main et les plaque au-dessus de ma tête.

– J'aime quand tu crois tenir les rênes, murmure-t-il contre ma bouche alors que je l'entends déboutonner son pantalon de sa main libre. Ça m'excite.

Je suis sur le point de répondre à sa remarque condescendante quand il s'empare de ma bouche avec une fougue qui me rend folle de désir. Quand je sens enfin son sexe contre ma fente, je retiens mon souffle.

– Capote ? je gémis quand il saisit ma cuisse avec sa main libre et l'écarte davantage pour mieux accommoder ce qui me semble être une queue large et épaisse.

– Pas besoin, murmure-t-il contre ma bouche avant d'enfouir la totalité de sa verge en moi en un coup de bassin.

Je crie dans sa bouche, surprise par la douleur. Ça fait trois ans que rien d'autre qu'un godemiché n'a été en moi, et Ragnor est énorme. Tellement que ma chatte se contracte autour de lui, faisant tressauter sa queue en moi de sorte qu'il touche mon point G sans effort. La douleur s'évapore aussitôt et cède à un plaisir ahurissant.

Ragnor lève la tête et me dévisage avec des yeux vitreux.

– Ça va ? grogne-t-il.

Mon sexe se contracte en guise de réponse.

Il se retire légèrement avant de s'enfouir à nouveau jusqu'aux testicules, et je me cambre en criant, ravagée par un mélange de plaisir et de douleur alors que sa queue m'étire et me comble.

Ragnor entame alors ses allers-retours et je me perds complètement dans la sensation sublime d'avoir enfin l'homme que je désire depuis des semaines, celui qui a failli me rendre folle et qui s'enfouit désormais si profondément en moi qu'il semble presque vouloir me déchirer, brisant tout ce que je pensais savoir du plaisir sexuel.

Je gémis et hurle. Il finit par lâcher mes poignets et je m'accroche à ses épaules comme si ma vie en dépendait. Il empoigne fort mes fesses et ça m'excite tellement que c'est ridicule, il continue de m'empaler, me faisant mouiller de plus belle, faisant enfler mon orgasme plus que jamais.

Ensuite, il se retire presque entièrement avant de mettre un grand coup de bassin, et j'explose comme une bombe. Je suis tellement noyée dans le plaisir que je ne sais plus si je crie ou gémis ou le supplie. Je sens seulement le plaisir me submerger et me ravager jusqu'à la moelle.

Un liquide chaud emplit mon sexe et je devine que Ragnor a joui aussi. Il plante ses dents dans mon épaule et fait quelques derniers allers-retours pour déverser sa semence chaude en moi.

Même quand je suis revenue sur terre, je ne peux pas bouger. Comment le pourrais-je alors que je viens de vivre le meilleur orgasme de ma vie ?

Sa bouche parcourt mon épaule jusqu'à ma mâchoire, puis il s'empare de ma bouche, comme s'il avait besoin de la goûter de nouveau.

– Encore, grogne-t-il d'une voix grave.

Je cligne des yeux, persuadée d'avoir mal entendu.

– Q… quoi ?

Il lève la tête et m'étudie avec des yeux aussi calmes que l'océan et aussi chauds qu'un midi du mois d'août.

– Tu croyais vraiment qu'une fois suffirait ? demande-t-il, apparemment surpris que je puisse penser une telle chose.

Je le dévisage, mi-horrifiée, mi-impatiente.

– Mais tu viens de…

Je perds le fil de ma phrase en sentant qu'il est toujours aussi dur entre mes jambes, et j'écarquille les yeux.

– Comment ?

Il pince ma hanche et esquisse un sourire tellement viril et sexy que mon ventre fait un saut périlleux.

– J'en ai envie aussi, répond-il avant de se retirer presque entièrement et de s'enfouir si fort que je ne peux que hurler.

Il nous offre ensuite à tous les deux un plaisir pur et inouï.

Ragnor et moi baisons cinq fois.

Cinq. Fois.

Et chaque fois est transcendantale et merveilleuse.

Nos corps sont plus que simplement compatibles – notre alchimie est tout bonnement explosive.

J'ai atteint le septième ciel tant de fois que je ne sais plus où est le paradis et où est la terre. Ma chatte est épuisée d'avoir été sollicitée plus que jamais, et mes seins, mes hanches et mes fesses sont couverts de bleus.

Le sexe avec Ragnor est brusque, sauvage et cochon. Je doute que ses draps survivent au lave-linge après le traitement qu'ils viennent de subir.

On est désormais allongés par terre – je ne sais pas comment on a atterri là –, blottis l'un contre l'autre. Il caresse mon bras de bas en haut pendant que je trace des cercles sur son ventre, aucun de nous deux ne semble capable de bouger pour l'instant.

– Alors, dit simplement Ragnor, comme s'il ne venait pas de me prendre cinq fois.

– Alors, je réponds, comme si je ne venais pas de le chevaucher comme une pro du rodéo.

– Je crois qu'on devrait parler, maintenant, dit-il.

Je baisse les yeux sur sa queue fatiguée, je sens ma chatte éreintée et je réalise qu'il a raison. Il est temps.

– On doit se lever, pour ça.

– Toi d'abord, dit-il après avoir soupiré.

Je plisse les yeux et me tourne vers lui, mais il m'étudie d'un air calme.

– Pourquoi pas toi ?

– Tu veux encore qu'on se dispute ? répond-il en haussant un sourcil.

– Si ça nous mène à une autre partie de jambes en l'air… je ricane.

Il s'assoit brusquement et m'entraîne avec lui tout en mordant ma lèvre inférieure. Il la libère ensuite en m'adressant un regard sérieux.

– C'était très fun, mais ça peut attendre qu'on ait parlé.

Pour être honnête, même si je sais qu'il a raison et qu'il faut qu'on parle, je ne suis pas d'humeur à parler. Certes, baiser est hors de question dans l'immédiat, mais je crois que je préférerais faire n'importe quoi plutôt que parler.

Parce que j'ai l'impression qu'une fois qu'on aura parlé, cette petite illusion qu'on a créée au cours des dernières heures disparaîtra, et je ne suis pas encore prête pour ça.

Toutefois, Ragnor refuse de céder, et on finit par se lever, se nettoyer et se rhabiller pour se rasseoir comme de véritables adultes.

– Commençons au début, dit Ragnor en nous servant du café frais. Qu'est-ce qui s'est passé avec ces hommes ?

Je sirote mon café avant de répondre.

– J'ai fini dans ce parc après ma tentative de fugue ratée, je réponds sans le regarder. Ils m'ont attrapée, m'ont traitée de suceuse de sang, et pendant qu'ils me retenaient, ils essayaient de joindre quelqu'un par mail, je crois, parce qu'ils n'avaient pas son numéro.

Ragnor ne répond pas et se contente de boire son café.

– Comme tu l'as sans doute deviné, ces hommes n'étaient pas humains, dit-il enfin.

Je m'immobilise, choquée qu'il ait répondu à la question que je lui ai posée plus tôt.

– Qu'est-ce qu'ils sont, alors ? je demande prudemment.

– Peu importe, soupire-t-il avant de me regarder. Je les ai tués.

Sa façon de me regarder me dit que je ferais mieux de ne pas insister, alors je change de sujet.

– Comment peut-on être de retour à la Ligue Rayne aussi vite ?

Il détourne le regard en buvant son café.

– Après que tu t'es évanouie, je t'ai ramenée ici dans le jet privé de la Ligue.

Ça sonne méchamment comme un mensonge, mais c'est assez logique, aussi. Par avion, le Nevada est à cinq heures et demie du Maine. Cependant, quelque chose me dit qu'il ne me dit pas tout.

– Alors, quand les autres vont-ils rentrer ? je demande en ignorant mes doutes.

– Ils vont visiter la dernière Ligue comme prévu et revenir ici par bus dans quelques jours, dit Ragnor avant de poser sa tasse et de se tourner vers moi. Étant donné que tu as essayé de t'enfuir, ton autorisation de sortie pour le voyage a été révoquée.

– Ce n'était pas amusant, de toute façon, je réponds en grimaçant, tout en repensant à la Ligue Renaldi et à la conversation entre Stefan et Logan.

Je secoue la tête et pose à mon tour ma tasse pour reculer contre le dossier et croiser les bras. Je sais ce qui m'attend, et je ne sais pas du tout comment je vais répondre.

D'un geste délicat, Ragnor prend mon menton dans sa main et m'oblige à le regarder.

– On a deux choix, dit-il en plongeant ses yeux dans les miens. On peut soit ignorer tout ce qui s'est passé ici aujourd'hui et reprendre comme c'était avant.

La notion me donne la nausée.

– Soit, poursuit-il, on continue notre petite liaison discrètement, loin des regards et des oreilles, tout en gardant la même distance qu'avant quand on est en public.

Je fais en sorte de garder une mine impassible, car je ne peux pas le laisser voir ce que je ressens. Sinon, il choisira la première option sans me demander mon avis.

– On peut choisir la deuxième option, je déclare. Après tout, c'est à peu près la même que la première, mais elle est bien moins ennuyeuse.

Ragnor fouille dans mon regard, comme s'il essayait de savoir si je mens. Mais je ne le lui laisserai rien voir, car je mens comme une arracheuse de dents. Mon mensonge est tellement gros que je réussis presque à me duper moi-même.

– D'accord, alors, dit-il en empoignant ma gorge.

Il rapproche ma bouche de la sienne et s'en empare, scellant le marché le moins malin de ma vie.

Car il l'a dit lui-même. Il me présentera quand même aux Enchères. Je n'aurai pas de traitement spécial juste parce qu'on baise. Il pourra profiter de mon corps et moi du sien jusqu'à ce qu'il soit temps pour moi de partir.

Quant à moi, je vais devoir ramasser les morceaux, quoi qu'il arrive.

CHAPITRE 25
Ragnor Rayne

– On peut dire que ta vamp a su enfouir son passé.

Ragnor regarde Eliza du coin de l'œil tandis qu'elle contourne la table pour s'asseoir en face de lui. Elle l'a appelé en début de semaine pour lui dire qu'elle avait réussi à trouver des infos sur une certaine vampire, celle qui s'est fait une place dans sa tête. Ils ont convenu d'un rendez-vous et maintenant, assis dans le pub dont sa Ligue est propriétaire, il est enfin temps de résoudre le mystère qu'est Aileen Henderson.

– Avant que tu dises quoi que ce soit, répond-il une fois qu'elle a commandé un café. Je veux savoir une chose : est-ce qu'elle est une menace ?

Eliza le dévisage longuement avant de soupirer.

– Pas dans le sens que tu crois.

Ça ne le rassure pas, mais il met ses pensées troublées de côté.

– Parle, ordonne-t-il, la faisant froncer les sourcils.

– Je ne suis pas un de tes sbires, Rayne.

– Parle, répète-t-il, et elle lève les yeux au ciel.

– Très bien, espèce d'enfoiré. Bon, la première chose que j'ai faite, c'est d'accéder aux registres publics. En utilisant ta description de la fille, j'ai tenté de trouver des profils qui pourraient coller, imaginant qu'elle utilisait peut-être un alias.

Ragnor avait également pensé qu'elle employait une identité différente.

– Et ?

– Je n'ai rien trouvé, comme si la fille avait été effacée de la surface de la terre, répond Eliza d'un ton solennel. Je suis ensuite allée sur le dark web, comme tu as dit que tes gens l'avaient fait, et encore une fois, je n'ai rien trouvé. Une fois que j'ai parcouru les registres de base, j'ai commencé à envisager différentes approches. J'ai piraté la base de données du système carcéral, et si je n'ai rien trouvé concernant ta fille, j'ai trouvé autre chose.

Elle sort un papier de son blouson et le lui tend.

– C'était inscrit dans une section que je n'avais pas pensé à fouiller, mais je suis tombée dessus en cherchant autre chose. Et si je n'avais pas lu attentivement, je l'aurais sans doute raté.

– Qu'est-ce qui t'a fait fouiner dans le système carcéral ? demande-t-il avant de lire le papier.

– Les gens qui veulent faire disparaître leur passé ont souvent commis des crimes. J'ai pensé que c'était peut-être le cas d'Aileen.

Il avait brièvement envisagé d'emprunter cette voie, mais apparemment Eliza sait vraiment faire son travail. Il déplie le papier et voit que c'est un bout de liste de prisonniers décédés en 2020 dans une prison près de Portland, dans le Maine. Les mots sont minuscules, mais Eliza a surligné le nom concerné.

Amir Zoheir-Henderson.

– C'est un nom arabe, remarque Ragnor.

– C'est ce que je me suis dit, aussi, puis je me suis souvenue qu'Aileen a déclaré être d'origine égyptienne, écossaise et ukrainienne. Zoheir est un nom qu'on trouve en Égypte, et Henderson est écossais.

Enfin, ils tiennent quelque chose.

– Alors, la part ukrainienne de ses origines doit venir de sa mère, dit Ragnor. Est-ce que cet Amir est son père ? Pourquoi il a été incarcéré ?

Les yeux d'Eliza noircissent.

– Une fois que j'ai trouvé le nom, j'ai trouvé le cimetière de la prison et je m'y suis rendue. L'âge d'Amir est cohérent pour qu'il ait été le père d'Aileen, donc on sait maintenant que son père est décédé en prison. J'ai donc cherché sur Internet et dans les bases de données, mais encore une fois, ta nana a réussi à cacher les infos concernant son père. Toutefois, elle n'avait pas accès à tout.

– De quoi tu parles ? demande Ragnor.

– J'avais seulement pensé à procéder aux recherches les plus complexes. C'est seulement plus tard que j'ai envisagé d'entrer son nom dans Google. Et j'ai trouvé ces articles, déclare-t-elle, les yeux brillants de fierté.

Elle sort des feuilles pliées et les lui tend. Il se dépêche de les ouvrir et ce qu'il découvre enflamme son regard.

– Il a été inculpé pour enlèvement, torture, agression sexuelle et meurtre sur…

– Des filles de moins de dix ans, conclut Eliza, la bouche pincée. Maintenant que tu sais ça, imagine ce qu'Aileen a dû subir.

C'est nauséabond, mais il refuse d'y penser maintenant.

– Tu as trouvé autre chose ? demande-t-il, en maîtrisant ses émotions et en tamisant la lueur de ses yeux.

– Je n'ai trouvé qu'une autre chose, répond-elle. Amir a été arrêté deux fois. La première fois, c'était il y a huit ans, et la seconde il y a presque quatre ans. Apparemment, il y a cinq ans, il a obtenu une libération conditionnelle pour bon comportement. Mais il a poursuivi ses crimes et a été emprisonné de nouveau. Il est mort dans sa cellule il y a un an. L'acte de décès officiel dit qu'il s'est pendu, mais on n'a aucun moyen de savoir si c'est vrai.

– Comment a-t-il pu être libéré pour bonne conduite ? s'enquiert Ragnor, furieux que les autorités humaines aient relâché un tel monstre.

– Parfois, les avocats font un travail spectaculaire, répond Eliza en grimaçant. Bref, voilà ce que j'ai trouvé. Quant à ce qui est arrivé à Aileen pendant qu'Amir était en prison, je n'ai toujours pas trouvé, mais je vais continuer à chercher.

Il reste silencieux quelques instants.

– Est-ce qu'Aileen Henderson est son vrai nom ?

– Les articles emploient le premier nom de famille d'Amir : Zoheir. Ils ne mentionnent pas qu'il a des enfants. Cependant, ajoute-t-elle en se penchant sur la table, si les registres publics n'ont rien révélé d'intéressant, le seul membre de la famille d'Amir qui soit mentionné était N. A. Zoheir.

Ça ne confirme pas qu'Aileen Henderson est la fille d'Amir, mais le reste semble coller. Si elle est réellement sa fille et qu'elle a su ce qu'Amir faisait à ces filles… il préfère ne pas y penser.

– À présent, déclare Eliza, ramenant Ragnor au présent, mon paiement.

Ragnor l'étudie quelques secondes. Il essaie encore de digérer ce qu'elle lui a appris, mais il lui doit une information en échange.

– Luceras m'a appelé l'autre jour, chuchote-t-il. Il a étudié des ruines en Égypte et il m'a fait part de certaines découvertes concernant l'oiseau Benou.

Les yeux d'Eliza se mettent à briller avec un mélange de curiosité et de terreur.

– Tu veux dire l'oiseau associé à Rê, le dieu Soleil dans la mythologie égyptienne ?

– Lui-même, acquiesce-t-il en repensant à cet étrange coup de fil. Ça fait un moment que Luceras cherche des infos sur l'oiseau Benou. Pour l'instant, il n'a pas trouvé grand-chose ; surtout des légendes populaires auxquelles il ne peut pas se fier.

Elle le dévisage, fascinée.

– Pourquoi s'intéresse-t-il à un oiseau mythologique ?

Il lui adresse un regard noir, redoutant ce qu'il s'apprête à lui dire. Or ce n'est pas inquiétant seulement pour Eliza, ça l'est pour lui aussi. C'est ce qui les a réunis, au départ. C'est la seule chose qu'ils craignent

Au cours de ses nombreuses années d'existence, il a rarement eu peur de quoi que ce soit. Le fait qu'il éprouve une émotion de la sorte n'est pas de bon augure.

– Luceras pense qu'un certain groupe associé à l'une des légendes n'a pas été complètement éradiqué comme on le pensait, dit Ragnor en étudiant la réaction d'Eliza.

Elle écarquille les yeux et son expression trahit son horreur. Elle entrouvre la bouche et chuchote d'un ton apeuré :

– Les Enfants de Kahil.

Il hoche la tête et recule sur sa chaise, puis il prend une grande inspiration.

– J'en saurai plus bientôt. Luceras revient prochainement aux États-Unis et on a prévu de se voir.

Comme en transe, elle hoche la tête et se lève.

– Merci, Rayne, dit-elle d'une voix distraite avant de regarder à nouveau le papier froissé sur lequel est écrit le nom d'Amir Zoheir.

D'un air songeur, elle rive ses yeux sur Ragnor et semble hésiter à parler.

– J'aimerais te poser une question avant de partir.

Ragnor se crispe et hoche sèchement la tête.

– Vas-y.

– Tu comptes toujours la vendre ?

Il lui faut quelques secondes pour comprendre, ils avaient changé de sujet, après tout. Mais il comprend, maintenant, et sa mine devient lugubre.

– Il n'y a pas de raison pour que ce plan change, répond-il, agacé.

– Mais si, justement. Je sais que tu détestes avoir mon avis, mais tu vas quand même l'écouter. Je crois qu'il y a autre chose dans cette histoire que le simple fait que tu veuilles connaître son histoire pour la sécurité de ta Ligue, et je crois que tu devrais sérieusement réfléchir au fait de laisser passer cette opportunité. Penses-y.

Elle part peu de temps après, laissant Ragnor avec l'envie de briser quelque chose parce qu'elle n'a pas tort, même si elle n'a pas tout à fait raison. Quelque chose chez Aileen Henderson le dérange. Du moins, sur le plan mental.

Physiquement, en revanche, c'est comme si elle était faite pour lui. Et il compte explorer chaque centimètre de son corps jusqu'à ce que, comme avec les autres, il se lasse d'elle.

Car il se lassera d'elle, c'est certain. Même si sa queue n'est pas d'accord avec lui. Même s'il lui faudra toute sa volonté pour s'en assurer.

CHAPITRE 26

Tansy envoie un vague coup de poing en direction de mon ventre et je pivote, la rattrapant par le bras avant qu'elle perde l'équilibre. Elle me regarde avec des yeux un peu vitreux tandis que la sueur coule sur son joli visage.

Je soupire et la lâche.

– Ce n'est pas en continuant comme ça que tu vas t'améliorer, je lui dis d'une voix douce.

Ça fait dix minutes qu'on s'entraîne et j'ai l'impression qu'en presque deux mois, elle n'a pas du tout progressé.

Moi qui comptais libérer un peu de ma colère dans un bon combat !

Tansy baisse la tête et des mèches tombent de son chignon serré.

– Je suis désolée, chuchote-t-elle.

– Pas besoin de t'excuser, je gronde. Tu dois juste prendre les entraînements au sérieux.

– C'est le cas, répond-elle en détournant les yeux.

Elle ne convainc aucune de nous. Un bruit sourd nous fait tourner la tête, Zoey, essoufflée, en nage et satisfaite, a mis Bryce le costaud à terre.

J'observe à nouveau Tansy, qui grimace en regardant le sol. Mon instinct me dit qu'il ne sert à rien d'attendre davantage d'elle aujourd'hui. Je me tourne vers Logan, qui aboie des instructions à Jakob et Jane.

– Laisse-moi attaquer, je dis.

Ses lèvres se pincent et elle hoche la tête. Elle prend une posture défensive et j'entame une série de petits coups de pied vers ses tibias. Elle fait les gros yeux et paraît comprendre que je fais exprès d'être tendre avec elle. Je ralentis également mes attaques, car ce n'est pas mon souci principal dans l'immédiat.

– Si tu veux me dire pourquoi les cours de sport sont aussi durs pour toi, je suis là, je chuchote pour qu'elle soit seule à entendre.

Elle ne répond pas, parant faiblement le coup de poing que je lui mets lentement au visage.

– Tu ne devrais pas, murmure-t-elle, si bas que je pense l'avoir imaginé.

Je fronce les sourcils en visant son ventre avec mon pied, faisant en sorte qu'elle puisse le parer de nouveau.

– Je ne devrais pas quoi ?

Elle me regarde dans les yeux, ses iris sont clairs, cette fois.

– Être ici.

Je m'arrête et la dévisage.

– Je ne te suis pas.

Elle secoue la tête en soupirant.

– Bien sûr que non. Tu ne suis jamais, tu te contentes d'observer. Mais, Aileen, tu ne peux pas regarder pour toujours, dit-elle en m'adressant un regard plein de pitié qui ne me plaît pas.

Stupéfaite, je la scrute avec de gros yeux, la bouche entrouverte, et je suis sur le point de répondre – je ne sais pas quoi, parce que ses propos n'ont pas de sens – quand Logan crie :

– Le temps est écoulé !

Tansy m'adresse un demi-sourire et rejoint notre prof. Quant à moi, je mets quelques secondes à me ressaisir et à bouger.

Logan nous explique comment être en meilleure forme ainsi que les étirements qu'on doit faire tous les jours – le tout en hurlant –, mais j'ai la tête ailleurs. Je n'arrête pas de penser aux étranges propos de Tansy.

Tu ne peux pas regarder pour toujours.

De quoi elle parle, bon sang ? Et pourquoi je n'arrive pas à me débarrasser de l'impression que quelque chose cloche et qu'elle est peut-être plus perspicace que tout le monde ne le pense ?

Quoi qu'il en soit, quand Logan nous libère, je suis perdue dans mes pensées. Je prends l'escalator pour monter à la cuisine, et je passe devant une porte quand, tout à coup, une main empoigne mon bras et m'attire de force dans un bureau vide.

Je retiens mon souffle au moment où un corps familier me plaque contre la porte fermée, et quand je lève la tête, je croise un regard bleu nuit.

– Ragnor ? Qu'est-ce que tu…

Il s'empare de ma bouche avant que j'aie pu finir et m'embrasse comme un homme assoiffé qui a trouvé de l'eau en plein désert.

Aussitôt, j'oublie complètement Tansy et ses propos mystérieux et je ne sens plus que les courants électriques qui parcourent mes veines.

Il me soulève et j'entoure sa taille avec mes jambes en l'embrassant plus fort et en tirant ses cheveux pour le rapprocher de moi. Son érection frotte contre moi et je gémis en sentant que je trempe ma culotte.

Sans rompre le baiser ni me lâcher, il parvient à enlever mon pantalon et ma culotte pour exposer ma fente luisante. Il sort sa queue dure et épaisse et, sans prévenir, il s'enfonce en moi, empoignant ma taille pour m'abaisser sur lui, nous joignant si profondément que je dois quitter sa bouche pour respirer.

– Putain, grogne-t-il, les yeux luisants.

Sa queue toujours en moi, il me tient contre lui et nous déplace jusqu'au bureau. Il me pose, me retourne et me penche sur le meuble. Les mains sur ma taille, il me pénètre par-derrière.

– Ragnor ! je gémis tandis qu'il entame des allers-retours si brutaux que je m'agrippe au bord du bureau, comme si ma vie en dépendait.

Sa verge est si épaisse que ma chatte se contracte, mouillant de plus en plus au fur et à mesure que la tension s'accumule en moi et que le plaisir devient si intense qu'il est presque insoutenable.

Il fait alors quelque chose qu'il n'a encore jamais fait : il me met une fessée, assez fort pour laisser une marque.

Et c'est ce qui me fait chavirer.

– Putain ! je crie, alors que l'orgasme déferle en moi.

Il s'enfouit en moi de façon si féroce, en giflant si fort ma fesse et en empoignant si fort ma peau que la douleur, ou plutôt le plaisir de la douleur, déclenche un autre orgasme encore plus fort.

– Putain, putain, putain…

CRASH !

Ragnor s'est retiré. Je prends une grande inspiration alors que mon cœur pulse dans ma poitrine, dans mes oreilles et dans mon sexe, et je me redresse, les jambes tremblantes.

– Reste là, dit-il quand nos regards se croisent, puis il sort de la pièce.

Sans réfléchir, je remets ma culotte et mon pantalon et refais ma queue-de-cheval. Je tremble, la peau couverte de chair de poule, et je fais les cent pas dans le bureau en attendant le retour de Ragnor.

Plusieurs minutes plus tard, sa délicieuse silhouette apparaît à la porte, le visage étincelant d'une émotion qu'il semble pouvoir rappeler quand il le veut. C'est comme s'il n'était pas enfoui en moi il y a quelques instants, perdu dans une passion torride.

– C'est une lanterne qui est tombée, déclare-t-il, les yeux rivés au sol, tout en parlant d'une voix factuelle qui ne colle pas à l'étincelle que je viens de voir dans son regard.

Je le dévisage en me demandant ce que cela signifie, si quelqu'un est peut-être responsable. Je suis sur le point de lui poser la question quand Ragnor se racle la gorge et se tourne vers moi.

– Restons-en là.

Il a beau le dire, je devine qu'il n'a pas envie d'en rester là. Il me dévore des yeux d'un air frustré, mais il semble avoir pris sa décision.

Maintenant que ses caresses ne me font plus perdre la tête et que l'interruption m'a mieux refroidie qu'une douche glacée, je me rappelle une chose dont j'avais besoin de lui parler.

J'ouvre la bouche, mais Ragnor referme déjà la porte derrière lui, me laissant seule, comme s'il n'était pas enfoui en moi jusqu'aux couilles il y a cinq minutes à peine.

CHAPITRE 27

Je n'en reviens pas. C'est déjà le troisième et dernier mois. Ce qui est encore plus incroyable, c'est que les Enchères approchent et qu'il reste encore tant de choses à faire.

– Les Enchères se déroulent en plusieurs étapes, nous explique Abe pendant le premier cours du dernier mois. D'abord, tous les vampires mis en vente assisteront au processus d'Exposition. Qui peut me dire de quoi il s'agit ?

Zoey lève immédiatement la main et répond quand Abe lui en a donné la permission.

– C'est une étape où les Lords nous observent, nous comparent et nous parlent comme vampires potentiels de leur Ligue.

– C'est exact, sourit Abe. Pour résumer, c'est la partie moins formelle de la soirée, où vous pourrez parler aux autres Lords et tenter de leur plaire, explique-t-il avant de joindre les mains dans son dos et de se mettre à faire les cent pas. Les pots-de-vin, le chantage et toutes ces bêtises ne marchent pas sur eux, je vous conseille de ne *pas* essayer.

Abe hoche la tête en direction de Jakob, qui a levé la main.

– Comment on fait pour plaire aux Lords ?

– Ça, vous l'apprendrez à notre prochain cours, répond Abe en s'arrêtant face à nous. Maintenant, parlons de la Bénédiction. Qui sait ce qu'est l'étape de la Bénédiction ?

Encore une fois, Zoey lève la main, mais Jane se propose aussi, donc Abe lui donne la parole. Perturbée d'avoir été choisie plutôt que Zoey, Jane se lance.

– Je travaille pour Maika aux RV, et elle m'a dit qu'il nous fallait des lettres de recommandation de la part de nos employeurs temporaires, pour la Bénédiction.

– C'est vrai, acquiesce Abe, mais ce n'est pas tout. Quelqu'un d'autre ? Zoey ?

Jane baisse les yeux et Zoey lui adresse un sourire suffisant avant de répondre.

– La Bénédiction est l'étape où chaque Lord dit quelques mots des novices et parle au public de leur performance dans leur affectation temporaire. Puis le Lord annonce son novice préféré.

Abe sourit de façon encourageante.

– Encore une fois, c'est exact, dit-il, et Zoey semble plus fière que jamais. Maintenant, parlons de la troisième et dernière étape : les Enchères elles-mêmes.

Un silence de mort s'abat sur la salle.

– Vous serez appelés un par un sur scène, où vous démontrerez votre meilleur talent en tant que Communs, explique Abe. Les enchères commenceront après votre démonstration et elles prendront fin quand vous aurez été achetés.

Jakob lève une main tremblante.

– Qu'est-ce qui se passe si personne ne mise sur nous ?

Abe nous adresse un regard lugubre.

– Faites en sorte de ne pas avoir à découvrir la réponse, déclare-t-il avant de changer de ton. Comme les Enchères ne sont que dans quatre semaines, votre préparation commence aujourd'hui.

Il nous offre un sourire rassurant, comme s'il sentait l'angoisse se répandre dans la salle.

– Votre talent sera évalué par les membres du comité d'évènementiel. Ça commence aujourd'hui après la pause et ça continue jusqu'à la semaine prochaine.

Je ne suis plus calme, et mes camarades ne le sont pas non plus. Zoey est tellement nerveuse qu'elle se ronge les ongles. Tansy est plus discrète que d'habitude, Bryce essaie de cacher son stress en racontant une blague, et les autres ont une mine lugubre, comme si leur bonne étoile venait soudain de s'éteindre.

– Après le déjeuner, vous aurez une évaluation durant laquelle vous découvrirez lequel de vos talents vous mettra le mieux en valeur pour les Enchères et augmentera vos chances d'être acheté, poursuit Abe, ignorant le désarroi général qui règne dans la salle. Prenez soin d'envisager toutes vos options, car une fois que vous aurez choisi votre démonstration, vous ne pourrez pas en changer.

Maintenant, je ne suis plus calme du tout.

Je dois vite élaborer une stratégie. Le problème est que je ne sais pas ce que je veux. Est-ce que je veux que Ragnor m'achète ? Est-ce que je préférerais être achetée par une autre Ligue ? Ou peut-être devrais-je tourner le dos à tout ça pour me retrouver sans Ligue ?

C'est une occasion de m'éloigner de tout ça. Je peux retourner à un semblant de vie normale dans une autre Ligue, ou en dehors, et m'assurer de reprendre le contrôle de ma vie.

Baiser Ragnor dans des pièces sans lumière n'est en rien une preuve de contrôle.

La réapparition de Logan dans ma vie ne l'est pas non plus.

Et c'est sans parler de Cassidy, la raison même pour laquelle je suis ici et qui me rappelle chaque jour que m'attacher à quelqu'un ne fait que me mener à la catastrophe.

La salle des ventes ressemble à une arène olympique souterraine, avec des centaines de sièges autour d'une scène étonnamment petite. Trois personnes sont assises sur les chaises les plus proches de la scène, dont deux que je reconnais : Magnus et Margarita, les Lieutenants de Ragnor. La troisième est une personne au visage sévère et aux sourcils épais qui me fait penser à Frida Kahlo.

Margarita, assise au milieu, attend qu'on soit tous entrés pour se lever.

– Chers nouveaux arrivants, asseyez-vous au premier rang, dit-elle. Nous allons vous appeler un par un pour votre évaluation.

Quand vous serez passés, vous retournerez vous asseoir et vous attendrez que tout le monde ait fini.

Quand tout le monde est installé, Tansy est appelée sur scène. Elle est étrangement sereine, même si elle paraît plus petite que jamais, face à tout le monde, sa longue tresse touche presque le sol. Je regarde les juges et vois que Magnus l'observe avec des yeux prédateurs qui m'interpellent. Il se lèche les lèvres, confirmant que ses intentions sont loin d'être pures.

– Il est écrit ici que tu danses, dit Margarita en lisant sa feuille d'un air ennuyé.

Tansy hoche la tête, des mèches blond vénitien tombent sur son cou.

– Voyons voir, alors, dit Margarita en bâillant.

Tansy enlève ses chaussures, ferme les yeux et se déplace.

– Elle reste ici, chuchote Zoey à Bryce, juste derrière moi. J'ai entendu Sanu, des Archives, parler à Margarita. Ce n'est pas pour rien si elle n'est restée qu'un an sur la liste d'attente. Notre Lord l'observe de près.

– Mais pourquoi ? siffle Jakob, qui est assis entre eux. Elle sait danser, d'accord, mais elle n'est pas Talentueuse.

– Je me souviens qu'Abe a dit que c'est rare, mais que parfois, après avoir reçu l'Empreinte et être devenu vampire, on peut acquérir un Talent, même si on a commencé en étant Commun, chuchote Zoey d'une voix excitée.

– C'est vrai ? murmure Bryce, surpris. J'avais oublié. En même temps, c'est logique, même si c'est rare. Après tout, les Lords vampires deviennent Sacrés après plusieurs siècles passés à affûter leurs pouvoirs vampiriques. Donc passer de Commun à Talentueux n'est pas si choquant…

– Elle a du potentiel, intervient Jakob. Ces Enchères sont pipées dès le début. Elle va rester, alors que la plupart d'entre nous allons partir.

J'ignore leur conversation et me concentre sur la danse de Tansy. Ses mouvements sont fluides et elle a vraiment du potentiel, comme le dit Jakob. Je n'y connais vraiment pas grand-chose en danse, mais même moi, je suis capable de repérer une star quand j'en vois une.

Margarita arrête Tansy au bout de quelques minutes et griffonne quelque chose sur sa feuille.

– La danse est la seule chose que tu sais faire ?

Tansy acquiesce et la Lieutenante soupire.

– D'accord. Dans ce cas, ta démonstration est terminée. J'appelle ensuite Zoey Rittman !

Zoey monte sur scène et Margarita énumère ses passe-temps. Apparemment, Zoey en a cité beaucoup.

– Logan dit que ta performance est remarquable en cours de sport, dit ensuite Margarita. Si tu nous montrais certains des mouvements qu'il t'a appris ?

Zoey rougit en entendant le compliment, puis elle hoche la tête. Elle entame ensuite un enchaînement offensif que Logan nous a enseigné il y a quinze jours, comprenant de nombreux mouvements compliqués. Elle les exécute tous rapidement et avec précision, cependant, et si j'étais vaguement consciente de son talent, je n'en ai pas été réellement témoin jusqu'à maintenant.

Quand elle a fini, Margarita lui adresse un regard dégoûté.

– Logan ne se trompe jamais, dit-elle d'une voix mielleuse. Magnus ?

– Je pense que c'est ce que tu devrais présenter aux Enchères, dit-il d'un ton indifférent. Ça peut montrer à notre Lord que tu mérites d'être achetée et que tu serais peut-être un bon élément dans la Troupe.

Zoey sourit jusqu'aux oreilles.

– Alors, c'est ce que je vais présenter.

– Bien, répond Margarita, l'air ennuyée de nouveau. J'appelle ensuite Bryce Sullivan.

Un par un, les nouveaux arrivants présentent ce qu'ils savent faire de mieux. La plupart sont médiocres, mais certains nous surprennent avec leurs talents cachés. Tous ont choisi des chorégraphies tape-à-l'œil et excitantes qui attireront l'attention, ce qui est la bonne stratégie. Dans un évènement où on se bat pratiquement contre les autres pour avoir l'attention des Lords, plus sa performance est exubérante, plus on a de chance d'être remarqué.

C'est pourquoi je sais ce que je dois faire – pour le meilleur ou pour le pire. Quand Margarita m'appelle, je monte sur scène avec une idée en tête.

Et mon idée s'ancre de plus belle quand Margarita ricane.

– Ah, la novive dépourvue de talent, dit-elle d'un ton méchant qu'elle n'a employé avec personne d'autre. Alors. Qu'est-ce que ce sera ? Un strip-tease ?

Les murmures se répandent parmi mes camarades comme un feu de forêt et je sens leurs regards sur moi. Ils se demandent sans doute pourquoi Margarita s'en prend à moi.

Cependant, je m'y attendais. Margarita me déteste depuis le début.

Néanmoins, je refuse de m'abaisser à son niveau.

– Je vais peindre.

Margarita, Magnus et la troisième femme me dévisagent comme si j'étais folle.

– Peindre ? répète la Lieutenante, comme si elle ne connaissait pas le mot.

Je serre les poings contre mes cuisses.

– Tu crois que je n'en suis pas capable ?

– C'est stupide, répond-elle en levant les yeux au ciel. Je doute que tu sois assez bonne pour capter l'attention du public.

– Je m'en fiche, je rétorque en souriant alors que mon sang ne fait qu'un tour. Donne-moi une toile et laisse-moi te montrer ce que je peux faire.

– Tu sais, je vais savourer ce moment, dit-elle d'un air ravi. Ta future humiliation va être *extrêmement* satisfaisante, déclare-t-elle alors que son sourire devient mesquin. Apportez une toile et des peintures à la nov.

Quelques minutes plus tard, je suis assise sur un tabouret face à une toile de taille moyenne, un pinceau à la main, et une palette pleine de peintures à l'huile à portée de main.

– Tu as cinq minutes. Top ! lance Margarita avec son sourire carnassier.

Je fais un effort surhumain pour masquer ma haine en trempant mon pinceau dans le rose et recouvre rapidement toute la toile. Je ne m'autorise à penser qu'à une seule chose tandis que je choisis du rouge et dessine partout, étalant la peinture avec mes doigts, par endroits, d'une manière particulière. Encouragée par la brûlure de ses paroles, j'ajoute ensuite des ombres grises et noires jusqu'à ce que mon message soit on ne peut plus clair.

– Le temps est écoulé ! lance Margarita d'une voix ravie.

Je baisse mon pinceau et me retourne face à elle, remplie d'une satisfaction lugubre lorsque je vois son visage bêtement arrogant s'empourprer.

À côté d'elle, Magnus paraît se raidir, comme s'il se préparait à une issue terrible, et le sosie de Frida Kahlo sourit jusqu'aux oreilles. Des murmures et des chuchotements confus s'élèvent parmi mes camarades.

Après quelques secondes de stupéfaction, Margarita semble se ressaisir et m'adresse un regard plein de haine.

– Ce sera donc la peinture, siffle-t-elle.

Je souris et me lève pour esquisser une révérence moqueuse. Je retourne ensuite à ma place et observe mon tableau de loin. Je dois admettre que c'est une de mes plus belles œuvres. Les lettres sont comme des cicatrices qui ont mal guéri et qui épellent un message très clair :

Il ne t'appartiendra jamais.

CHAPITRE 28

Le minuteur sonne et je lâche mon pinceau en sursautant. Quand j'ai arrêté l'horrible sonnerie, je me tourne pour regarder la toile et évaluer ce que j'ai réussi à faire en cinq minutes.

Hélas, ce n'est pas grand-chose – un mélange abstrait de couleurs qui auraient dû représenter un paysage, mais qui n'ont pas vraiment de forme précise. Cinq minutes ne suffisent pas à créer quoi que ce soit de concret, et pour l'instant, toutes mes tentatives se sont soldées par un échec.

Agacée par moi-même et par les Enchères qui approchent, je jette la toile et me prends la tête dans mes mains. Je n'ai que trois semaines pour m'entraîner et je n'arrive même pas à décider *quoi* peindre. Pendant ce temps, dans la salle située à l'autre bout du couloir, Tansy prépare sa chorégraphie et Zoey peaufine son enchaînement d'arts martiaux.

Même le spectacle de jonglerie de Jakob est bien plus décent que ce que j'ai accompli jusqu'à maintenant.

J'entends la porte de l'atelier s'ouvrir et je lève les yeux vers le réveil numérique qu'Abe m'a donné.

– Il me reste encore une heure, je maugrée, pensant que c'est Margarita, ma vampire favorite.

Tous les novices ont un mentor pour nous aider à perfectionner nos démonstrations, et la Lieutenante a décidé d'être la mienne – ce qui signifie que je dois me débrouiller par moi-même. Quelle garce ! Je ne l'ai pas vue depuis que j'ai commencé à m'entraîner ni depuis l'évaluation, d'ailleurs. Elle n'est mentore que sur le papier. En vérité, elle ne fait que créer les conditions de mon échec.

Non pas que j'aie envie qu'elle me conseille. Chaque fois qu'elle vient me dire que mon cours est fini, elle m'adresse un petit sourire sinistre qui me donne envie de l'étrangler.

Des bras puissants et musclés apparaissent de chaque côté de mon tabouret et je sens un torse chaud contre mon dos. Je ne bouge plus. Ce n'est clairement *pas* Margarita.

– On travaille dur à ce que je vois, murmure Ragnor.

Il me saisit par la taille et m'attire contre lui, et un courant électrique parcourt mes veines malgré moi, faisant fourmiller tout mon corps.

– Si tu faisais une pause ?

C'est tentant. On n'a pas remis le couvert depuis l'autre jour, quand on a été interrompus, et je dois admettre qu'avoir sa queue en moi me manque.

Toutefois, mon corps et ma tête ne sont pas sur la même page.

– Je ne dis pas non à une pause… je réponds prudemment.

Je me lève rapidement et me tourne vers lui en mettant de la distance entre nous avant que ses mains puissent atteindre des endroits dangereux de mon corps.

Il est habillé de façon décontractée et ses cheveux sont attachés en queue-de-cheval. Il me reluque des pieds à la tête avec un regard de braise qui me fait regretter d'être vêtue de ma salopette tachée de peinture.

Je me force à me ressaisir et je croise les bras avant d'attendre que ses yeux reviennent sur mon visage.

– Je veux parler, d'abord.

Sa bouche tressaute tandis qu'il vient vers moi d'une démarche nonchalante. Son regard est désormais rivé sur ma poitrine.

– Parle si tu veux, murmure-t-il d'une voix grave que je sens frémir dans mes reins. Voyons combien de temps tu tiens.

J'écarquille les yeux.

– Ragnor… je commence, mais il se jette sur moi.

Mes jambes flageolent quand sa bouche s'empare de la mienne. Il ne perd pas de temps pour défaire ma salopette et la baisser avant de me soulever. J'entoure sa taille de mes jambes, désormais vêtue d'une simple culotte et d'un débardeur. Il mord si fort ma lèvre qu'il m'arrache un cri et il en profite pour plonger sa langue dans ma bouche pendant qu'il nous transporte jusqu'à une table maculée de peinture.

Il me dépose là, rompt le baiser et dégage ma culotte, puis il enfouit sa tête entre mes cuisses et enfonce deux doigts dans mon sexe sans prévenir.

– Putain ! je crie en penchant la tête en arrière.

Il commence les allers-retours, et le plaisir est vite trop intense. J'essaie de fermer les cuisses, mais il en repousse une avec sa main libre pour m'en empêcher. Je tressaute de façon incontrôlable et ne suis plus capable de réfléchir alors qu'il me doigte à une vitesse inhumaine.

L'orgasme est si inattendu et si puissant que je hurle et plante mes ongles dans ses bras, surfant sur des vagues de plaisir.

Il retire ensuite ses doigts et me libère, et je m'allonge sur le dos, cherchant mon souffle en l'entendant défaire sa braguette.

Ma raison n'est pas encore revenue quand Ragnor saisit ma taille et m'attire jusqu'à se tenir entre mes cuisses, et je gémis en sentant sa queue chaude, dure et épaisse contre mes lèvres trempées.

D'un grand coup de bassin, il s'enfouit en moi et je me cambre avant de me figer. Il est si gros qu'il me comble entièrement et quand il taquine mon clitoris avec son pouce, je ne peux pas m'empêcher de jouir de nouveau.

Il me baise vite et fort alors que j'essaie encore de me remettre, mais il ne m'en laisse pas l'occasion. Il me retourne et colle son torse à mon dos, me plaquant contre la table, et il s'enfonce en moi, bien plus profondément qu'avant.

Il empoigne mes cheveux et m'oblige à lever la tête. Ses crocs déchirent la peau de mon cou et il aspire mon sang en entamant des va-et-vient si effrénés que je ne peux que hurler, assaillie par des vagues de plaisir.

Il accélère et je me crispe, sentant un autre orgasme enfler. Il serre si fort ma fesse que je sais déjà qu'il y laissera un bleu, et la douleur pousse ma chatte à se contracter sous l'excitation. Il doit le sentir, car il me pénètre encore plus fort et plus profondément qu'avant en me mettant des fessées, créant un mélange exquis de plaisir et de douleur.

Il retire ses crocs pour grogner « putain ! » et s'enfonce encore quelques fois en moi avant de se vider. Mon orgasme le suit de peu alors que sa queue tressaute en moi, la sensation d'être remplie de son foutre chaud est divine.

Ragnor appuie son front à mon épaule et on essaie tous deux de reprendre notre souffle. Sa queue est encore en moi et, en cet instant, je rêverais qu'elle le soit pour toujours.

Toutefois, je l'ai à peine pensé qu'il se retire et fait un pas en arrière, et je me force à me redresser puis à me tourner vers lui.

– Tu voulais parler, dit-il en remontant sa braguette.

Je le dévisage quelques instants, confuse. Je détourne ensuite les yeux et vois ma toile par terre, là où je l'ai jetée avant son arrivée.

Soudain, mon étourdissement est remplacé par un effroi qui me tire de ma torpeur. Les lèvres pincées, je remets vite ma culotte et ma salopette avant de lui faire face de nouveau.

– Je dois continuer à m'entraîner, je déclare en fuyant son regard. Tu peux partir, maintenant.

Ça ne lui plaît pas, apparemment, parce qu'il franchit la distance qu'il a mise entre nous.

– Mais tu avais quelque chose à me dire, répond-il.

Je me force à lever les yeux vers lui et découvre qu'il m'étudie en fronçant les sourcils – le seul signe apparent qu'il est confus.

Même si on vient de baiser comme si nos vies en dépendaient, sa présence m'est soudain étouffante. Je fais un pas de côté jusqu'à ma stupide toile abstraite.

– Ce n'était pas important, de toute façon, je dis d'une voix faussement légère. Les Enchères approchent à grands pas. Je dois me préparer si je veux qu'on m'achète.

Il ne dit rien pendant que je m'affaire avec le tableau, que je pose dans un coin de la pièce avec les autres. *Pars*, je supplie en silence, en passant devant lui pour prendre une toile vierge.

Il m'attrape par le bras et m'attire contre lui, je regarde partout sauf dans sa direction.

– Tu savais dans quoi tu t'engageais, dit-il lentement, presque délicatement. J'ai été clair concernant le fait que cette liaison n'aurait pas d'impact sur les Enchères.

Ma colère jaillit et je retire ma main en me tournant vers lui pour le fusiller du regard.

– Je sais, je gronde, encore plus furieuse de voir ses yeux étrécis et sa moue désapprobatrice. C'est pour ça que je dois m'entraîner comme une putain d'acharnée pour qu'un enfoiré meilleur que toi m'achète.

C'était la mauvaise réponse. Ses yeux se mettent à luire et il me plaque contre le mur, les mains de part et d'autre de ma tête.

– Tu veux à ce point être achetée par une autre Ligue ? gronde-t-il, furieux. Parce que je serais ravie de te donner ce que tu veux, Henderson.

À en croire son expression, il me semble qu'il ne parle pas seulement de sa Ligue.

Ça m'exaspère encore plus. Pourquoi tient-il soudain à ce que je veuille rester dans sa Ligue ? Après tout, il ne s'est jamais soucié de ce que je voulais !

– S'il y a une chose que j'ai apprise, grâce à toi, c'est que je n'ai plus la liberté de *désirer* quoi que ce soit, je rétorque en soutenant son regard.

Sa colère enfle et déforme encore plus son visage.

– Tu n'as toujours pas lâché l'affaire, hein ? dit-il d'une voix rauque, comme s'il s'en rendait soudain compte.

Un rire m'échappe.

– Comment je pourrais pardonner à l'homme qui m'a tout pris et a refusé de m'expliquer pourquoi il l'a fait ? j'aboie, tellement furieuse que je ne sais pas comment me retenir. Comment je pourrais pardonner à l'homme qui m'a fait venir ici sans m'expliquer l'horrible situation dans laquelle je me suis retrouvée, et qui me laisse me débrouiller par moi-même ?

Il pose sa main sur ma gorge et la serre légèrement pour me mettre en garde, et sa rage devient glaciale.

– Si seulement tu m'avais dit quoi que ce soit à ton sujet, rien de tout ça ne serait arrivé.

– Ah, alors c'est *ma faute*, maintenant ? je siffle.

– Oui, déclare-t-il en serrant plus fort ma gorge. Le nom d'Amir Zoheir te parle, par hasard ?

Soudain, tout s'arrête.

Ma colère s'évanouit.

Mon indignation aussi.

Au lieu de ça, une terreur aiguë et âpre s'élève en moi, si puissante que je me mets à trembler.

– Non, je chuchote en plongeant mes yeux dans les siens, regrettant qu'il ait prononcé ce nom, qu'il m'ait anéantie comme ça.

Sa colère semble se dissiper et il lâche ma gorge pour me prendre dans ses bras et m'attirer contre lui.

– Tu aurais pu me le dire, dit-il d'une voix rauque en m'étreignant plus fort. Tu pensais vraiment que j'utiliserais ses horribles crimes contre toi ?

Je suis gelée, figée sur place, incapable de bouger. Il essaie de me réconforter, maintenant, alors qu'il me criait dessus il y a quelques secondes. Il me dit que j'aurais pu lui confier mon passé. Comme si l'existence d'Amir Zoheir, tout mon passé, n'était qu'un tas de poussière qui pouvait être balayé sous le tapis.

Comme si mon père n'était pas un monstre et que je n'étais pas son horrible création.

Je plaque mes mains sur son torse et le pousse fort, mais il refuse de bouger.

– Lâche-moi, je dis d'une voix étrange que je ne me connais pas.

– Parle-moi, Henderson, exige-t-il en m'enlaçant plus fort.

Mais j'ai assez parlé.

– Lâche. Moi, je grogne.

L'espace d'un instant, je pense qu'il va refuser. Mais il me libère et fait un pas en arrière en me dévisageant d'un air on ne peut plus frustré. Il a l'air d'avoir envie de me secouer jusqu'à ce que je crache tout. Comme s'il voulait s'immiscer dans mes pensées et découvrir tous mes secrets. Comme s'il voulait me *connaître*.

Cependant, je ne peux pas m'attacher à ça. Je ne peux m'attacher à rien au-delà du fait qu'il *sait*.

Il sait qui est mon père.

Il sait ce qu'il a fait.

Il ne connaît peut-être pas mon implication dans tout ça – il n'en existe aucune trace, ça, je le sais –, mais il sait suffisamment de choses.

Je plonge mon regard dans le sien et pointe la porte du doigt.

– Pars.

Son œil tressaute.

– Je ne tolérerai pas ce ton, Henderson. Tu ne peux pas me parler comme ça juste parce qu'on…

– S'il te plaît, je l'interromps d'une voix tremblante, et j'ai l'impression que c'est la première fois qu'il me voit. *S'il te plaît.*

Sans un autre mot, il tourne les talons et s'en va.

La porte se referme derrière lui et je tombe par terre. Je pose ma main sur ma bouche et m'effondre en espérant que personne ne m'entende.

CHAPITRE 29

– Et si on le faisait ?

Logan me regarde de ses grands yeux turquoise.

– Quoi ?

– L'amour, du sexe, je réponds en haussant les épaules. On devrait essayer.

– Mais… commence Logan avant de regarder par terre. Ce n'est pas… Genre… je ne sais pas…

– Tout le monde le fait, je réponds en pensant à papa. Je parie que tes parents le font tout le temps.

– Beurk ! s'exclame-t-il en pâlissant.

– Oh, allez, j'insiste en levant les yeux au ciel. Ce n'est pas comme si tu n'avais pas appris comment on faisait les bébés, Logan. Mais c'est vrai que tu avais l'air gêné quand Madame Holden a dit qu'elle allait te confier la poupée pour que tu la ramènes chez toi et t'en occupes. Allez, viens, on le fait.

– Mais si on fait un bébé ? s'exclame-t-il. On n'a pas besoin de c… capotes ?

– On n'a pas besoin de capote, bêta, je dis en souriant et en prenant son visage dans mes mains. Je n'ai pas encore eu mes règles, alors je ne peux pas tomber enceinte. Et puis, je crois qu'il faut le faire beaucoup beaucoup pour qu'on tombe enceinte.

Il a l'air de paniquer de nouveau.

– Peut-être qu'on peut juste… fricoter. Tu sais, se toucher…

Un éclat de colère jaillit en moi.

– Tous les autres le font. Tout le monde baise ! On n'est pas des bébés ! Tu ne veux pas coucher avec moi ? Ce n'est pas ce que veulent les garçons ?

Il plisse les yeux.

– Je… si, mais… mais j'ai l'impression qu'on va trop vite…

– Trop vite ? je m'exclame en lui coupant la parole. On a treize ans, Logan ! Je connais des filles qui ont déjà fait l'amour et qui sont beaucoup plus jeunes que nous ! Tu ne penses jamais à le faire ? Tu n'as pas envie de savoir ce que ça fait ? Comment c'est ? Si tu m'aimes, tu devrais avoir envie de le faire avec moi.

Logan me dévisage longtemps, jusqu'à ce que quelque chose change dans ses yeux, et il prend mes mains.

– Ça te rendra heureuse, si on le fait ?

– Oui, je réponds en serrant ses mains.

Il soupire, pose une main sur ma joue et m'embrasse tendrement.

– On n'a qu'à le faire, alors.

– Qu'est-ce que tu lui as fait ? hurle Ella, les yeux rouges, mais je fuis son regard.

– Co… comment ça, Madame Kara…

– Mon fils saigne. Il saigne ! crie-t-elle en désignant la porte des urgences. Et il y a un truc horrible planté, couvert de sang… poursuit-elle, le visage rouge de colère. Qu'est-ce que… putain, qu'est-ce que vous… QU'EST-CE QUE TU LUI AS FAIT ?

Je me mets à trembler.

– P… pardon, on voulait juste…

– Ella, le médecin a fini de l'examiner, dit le père de Logan, les yeux vitreux et stupéfaits. C'est… je n'en reviens pas… il était… elle…

Il lui chuchote à l'oreille et Ella retient son souffle en se tournant brusquement vers moi, la mine horrifiée.

– Elle a quoi *?*

J'avais essayé de lui faire ce que j'avais vu faire mon père pendant des années. J'ai appris plus tard que ce que j'ai fait était considéré comme un acte de maltraitance, que les choses que mon père faisait au nom de l'amour étaient en réalité tout sauf ça. Et si ce que Logan et moi avions fait était consensuel, j'ai compris plus tard que Logan n'avait pas de pouvoir dans la relation. J'avais fait preuve d'autorité sur lui comme mon père l'avait fait sur moi et les autres fillettes. J'avais employé les manières de faire horribles de mon père pour montrer à mon amoureux que je l'aimais.

Logan m'avait fait confiance parce qu'on était ensemble depuis quatre ans, depuis qu'on avait treize ans. Je lui faisais confiance aussi. Je lui faisais confiance pour me permettre de prendre du plaisir en utilisant son corps de façons que je n'aurais pas dû. J'étais trop brisée à l'époque pour savoir que ce que je faisais était mal. Que ce n'était pas normal – que les jeux de sang étaient réservés aux adultes responsables et matures. Que mes envies, mes désirs et mes besoins n'étaient pas mauvais, mais qu'entre les mauvaises mains, ils étaient dangereux.

Ella, la mère de Logan et ma mère d'accueil, continue de me crier dessus, retenue par son mari pour qu'elle ne m'agresse pas physiquement alors qu'on est dans le couloir des urgences, attendant des nouvelles. Et je ne peux que sentir la crasse coller à ma peau. La crasse qui vient de la réalisation de ce que j'ai fait.

J'ai fait mal à Logan. En fait, j'ai pratiquement abusé de lui sexuellement. Le consentement était peut-être mutuel, mais ça n'arrange rien.

Ça ne me rend pas meilleure que mon père.

– Mes parents ne veulent plus que je te voie.

On est assis dans l'herbe derrière ma maison. Logan, qui semble trois fois plus large et mature que la dernière fois que je l'ai vu il y a plusieurs mois, refuse de me regarder dans les yeux. Je sais pourquoi. Notre dernière fois ensemble était horrible. Au point qu'il est resté hospitalisé pendant des semaines.

– J'ai envie de te toucher, j'admets, faisant preuve d'une franchise que j'ai tendance à éviter avec lui.

Pourtant, c'est la triste vérité. Malgré tout, en dépit de ce que je lui ai fait, je veux encore qu'il m'aime.

Je suis égoïste, je le sais. Une personne meilleure que moi le laisserait partir.

Mais je ne veux pas que Logan soit libre de moi. Je veux qu'il soit enchaîné à moi pour toujours. Et même si je sais que je suis un monstre, je ne peux pas m'empêcher de le vouloir.

– Je veux te toucher aussi, répond-il d'une voix douce alors qu'une larme coule sur sa joue. Je t'aime, Aileen. Je n'ai jamais aimé personne avant toi, mais…

Je lève la main, sur le point de le toucher, quand il évite mon geste et se tourne vers moi en écarquillant les yeux.

– Pourquoi il a fallu que tu fasses ça ? demande-t-il d'un ton accusateur. Pourquoi il a fallu que tu… tu…

– Je ne connais que ça, Logan, je gémis en repensant à mes longues séances avec le psy. C'est le seul moyen que je connais pour te montrer que je t'aime…

– Quand on aime quelqu'un, on ne l'envoie pas à l'hôpital ! aboie-t-il. Quand on aime quelqu'un, on fait en sorte que la personne soit en sécurité, qu'elle… qu'elle…

– J'étais perdue ! je m'écrie, les lèvres tremblantes. J'étais bête et perdue et, bon sang, Logan, c'est arrivé juste après toute cette histoire avec mon père…

– On n'est plus des gamins, putain, Aileen ! crie-t-il. Tu te comportes encore comme la petite fille perdue de son papa…

– Je t'interdis de dire ça ! je siffle en serrant les poings. Tu ne sais pas ce qui s'est passé…

– Alors pourquoi tu ne me dis rien ? hurle-t-il. Ça fait quatre ans que je sors avec un putain de fantôme. Un fantôme, Aileen ! Je ne sais rien de toi et de ton enfance… Bon sang, je connais juste quelques détails sordides parce que j'ai cherché sur Google ! Et tu ne m'as rien dit ! Il a fait quoi, ton père ? Qu'est-ce qui t'est arrivé avant que tu arrives chez nous, putain ?

Je suis sur le point de parler, mais les mots refusent de sortir. Tout ce qui s'est passé… en dépit de tout ça, je ne pourrai jamais révéler ces informations. J'ai beau savoir que c'est illogique et irrationnel, je veux quand même tenir la promesse que j'ai faite à mon père.

Logan a déjà trop vu et trop vécu de ce que j'ai subi. De ce dont j'ai été témoin – du cauchemar qu'a été mon enfance.

Toutefois, je vois à son expression que je le perdrai si je ne dis rien.

– Apprends-moi à t'aimer comme il faut, et je te le promets, je te dirai tout, je dis enfin.

Logan m'adresse un regard dégoûté, mais son dédain cache autre chose, une émotion plus grande et plus vive qu'aucune autre.

– L'amour devrait venir naturellement, sans effort, crache-t-il. Ça ne devrait pas être forcé ou appris. Le fait que tu veuilles que ce soit comme ça…

Quelque chose se met à brûler en moi. La peur.

– Ne me quitte pas.

Logan éclate d'un rire jaune.

– Justement, c'est ce que tu ne comprends pas à l'amour, Aileen. J'ai beau être furieux contre toi, tu as beau m'avoir fait plus mal que quiconque, je ne pourrai jamais te quitter. Parce que c'est un amour sous sa forme la plus honnête et brutale.

Il passe ensuite son bras autour de mes épaules et me plaque au sol, puis il m'arrache mes vêtements et s'empare de ma bouche, comblant mes désirs.

Je me réveille les yeux remplis de larmes.

Ça fait des années que je n'ai pas fait ces rêves. Des années, mais ils refont surface maintenant.

Je sais pourquoi je rêve de Logan et de notre relation tordue, voire brisée. Je sais pourquoi mon esprit me force à me rappeler ce qui arrive aux gens que j'essaie d'aimer et ce qui leur arrive quand ils découvrent mon passé. Et je sais que ce rêve sert à me mettre en garde contre l'avenir.

L'horreur de qui je suis, de *ce que* je suis, me hantera pour toujours.

Les souvenirs de moi, faisant à Logan ce que mon père faisait à ces filles, seront à jamais une tache sur mon passé sordide.

Même après des années de thérapie, je me déteste. Je me hais d'avoir fait ces choses, d'abord au nom des Dieux du Lendemain, puis pour mes propres raisons égoïstes.

Savoir que je ne mérite rien de bon est douloureux. Et je suis terrifiée que Ragnor, qui a découvert Amir par je ne sais quel moyen, découvre tout ça et me voie à jamais telle que je suis réellement.

Un monstre. Ou, du moins, le produit d'un monstre.

Et cette peur m'étrangle pour le reste de la nuit.

L'assiette glisse de ma main et se brise au sol. CJ, qui balaie près de moi, approche en fronçant les sourcils et nettoie les dégâts.

– Va t'asseoir, dit Jada d'un air inquiet. Je ne veux pas que tu t'approches des assiettes si tu dois les faire tomber.

Je hausse les épaules sans un mot et m'assois près d'elle. C'est la quatrième assiette que je casse depuis le début de mon service. Je n'arrive pas à me concentrer, maintenant qu'il ne reste plus qu'une semaine jusqu'aux Enchères.

– C'est le stress des Enchères, c'est ça ? demande Bowen en s'asseyant à côté de moi.

Je hoche la tête, même si ce n'est pas que ça. Je n'ai pas vu Ragnor cette semaine, pas depuis notre dispute dans l'atelier. Je peine encore à trouver une bonne idée de tableau pour les Enchères, alors que mes camarades ont tout prévu pour leur démonstration. Les cours de sport de Logan sont de plus en plus intenses et brutaux, et tout mon squelette est ankylosé. Les cauchemars interrompent constamment mon sommeil et ne font qu'ajouter à mon épuisement.

– Je me souviens de mes premières Enchères, murmure CJ en aidant Jada à laver le reste des assiettes. Ce n'était pas une bonne expérience.

– Tes premières ? je m'enquiers à voix haute.

Abe n'a rien dit de la possibilité d'y prendre part plus d'une fois.

Jada m'adresse un petit sourire.

– CJ a complètement merdé sa présentation, ricane-t-elle, et CJ la regarde d'un air misérable.

– J'étais nerveux, marmonne-t-il, et j'ai oublié ma choré.

– Tu es danseur ? je m'étonne.

– Pas vraiment. C'est plutôt un passe-temps, et j'ai décidé de danser pour ma présentation aux Enchères.

– Hélas, CJ est tombé sur le cul en essayant de faire un saut périlleux arrière, intervient Jada avec un sourire mielleux malgré le regard assassin de CJ.

Bowen glousse et se tourne vers moi.

– En fin de compte, notre Lord n'a pas trouvé CJ si inutile que ça, ricane-t-il avant de crier quand CJ lui jette une éponge savonneuse au visage.

– En parlant de ça, tu te souviens de cette fille qui n'avait pas été achetée ? demande Jada à Bowen. Je crois que c'était à ton arrivée.

CJ se crispe et le visage de Bowen s'assombrit. L'atmosphère se tend, et pour la première fois depuis que je les ai rencontrés, il n'y a pas la moindre trace d'humour sur leur visage.

– Ouais, chuchote Bowen. Luana.

– C'est ça, Luana, acquiesce Jada d'une voix triste.

Je ne supporte pas le silence tendu et me dépêche de le briser.

– Qu'est-ce qui lui est arrivé ? je demande.

En fait, Abe ne nous a jamais dit ce qui nous arriverait si on n'était pas achetés. Et aucun de nous n'en parle, parce qu'on se doute que ça ne peut pas être positif. Cela dit, j'ai l'impression que je devrais le savoir. Au cas où.

Bowen esquisse un minuscule sourire.

– Luana n'était pas perçue comme particulièrement belle ou talentueuse, explique-t-il. Mais elle était assidue. Elle avait été sur liste d'attente pendant de nombreuses années avant d'avoir la chance d'être Imprégnée, alors elle a travaillé comme une malade pour être achetée par une bonne Ligue.

– Quelle idiote, murmure CJ d'un ton lugubre.

– Elle a eu le trac, poursuit Bowen en secouant la tête. Elle est montée sur la scène et elle a regardé droit devant elle, les yeux dans le vide, sans bouger, sans dire un mot.

Il soupire.

– C'est très rare qu'aucun Lord ne parie sur un vampire, et quand c'est le cas, le vampire en question a trois options, dit-il, les yeux luisant de colère.

Ils restent tous les trois silencieux pendant longtemps, puis Jada pose la dernière assiette de la pile et fait un pas en arrière en s'essuyant les mains.

– La société vampirique est très différente de la société humaine, dit-elle d'un air très sérieux. On est plus proches des animaux que le sont les humains. On a de meilleurs instincts, des sens plus aigus et une force largement supérieure. Les Lords de notre société sont l'incarnation de ces attributs.

Elle vient s'asseoir à côté de moi et prend ma main dans la sienne.

– Pour rester civilisés, on a créé des lois dures qui sont presque gravées dans le marbre, poursuit-elle en me serrant la main. Sans ces lois, on serait des barbares. Impitoyables. Bien plus inhumains qu'on ne l'est déjà.

CJ s'accroupit devant moi, le regard sombre.

– Les trois options qui ont été offertes à Luana représentent justement cela, chuchote-t-il. Comme Luana a montré qu'elle n'était d'aucune utilité à la société vampirique – et hélas, les Lords n'ont que cinq minutes aux Enchères pour évaluer les capacités d'un vampire –, elle a eu un choix à faire.

– Tu parles d'un choix, ricane Bowen d'un ton amer et en agitant le pied, furieux. Elle pouvait soit devenir esclave dans sa Ligue d'origine, devenir esclave dans une autre Ligue ou rompre en toute légalité son Accord sur le Fonctionnement des Ligues et devenir sans Ligue.

Je le dévisage, stupéfaite et horrifiée, et je prends une inspiration tremblante.

– Vous n'êtes pas sérieux, je chuchote, et Jada émet un rire dénué d'humour.

– Tu connais le pire ? Luana ne pourra plus jamais participer à des Enchères. Elle est coincée comme esclave jusqu'à la fin de son existence.

Un frisson glacial parcourt mon échine.

– Mais ce n'est pas juste, je murmure en enlevant mes mains de celles de Jada pour les poser sur mes genoux. Tout ça parce que personne n'a misé sur elle ?

– Hélas, ce n'est pas juste ça, dit CJ en m'adressant un regard misérable. Comme je l'ai dit, j'ai participé une seconde fois aux Enchères. Étrangement, même si on est acheté la première fois, on peut tenter sa chance de nouveau. C'est ce que j'ai fait, parce que je n'aimais pas la Ligue dans laquelle j'étais ni mon boulot d'agent de recrutement, dit-il en grimaçant. Mais ce que je ne savais pas, à l'époque, c'est que le destin des redoublants est souvent semblable à celui des vampires qui ne sont pas achetés, même s'ils sont acquis à leurs deuxièmes Enchères.

C'est tellement tordu que je commence à avoir la nausée.

– Est-ce que ça veut dire que tu es l'esclave de Rag… de notre Lord ? je demande en grimaçant.

– Sur le papier, oui, admet-il en fuyant mon regard. Mais notre Lord n'aime pas les esclaves, donc j'ai un poste en cuisine.

CJ dit tout ça d'un ton qui trahit son respect, comme si Ragnor lui avait épargné le pire – ce qui d'après ce qu'ils racontent, est bien plus terrible que de devoir faire la plonge. Toutefois, si je ne comprends pas tout à fait ce qu'implique le fait d'être *esclave*, et j'espère bien que je n'aurais pas à le découvrir, la notion est suffisamment inquiétante pour me donner la nausée.

– CJ, Bowen et moi avons eu de la chance, chuchote Jada, et je lève les yeux sur elle. Des sept Lords, le nôtre n'est pas seulement le meilleur dirigeant. Il est aussi le plus juste, le plus respecté et le plus fort. Donc, Aileen, ajoute-t-elle d'une voix déterminée, tu dois faire en sorte que notre Lord t'achète. Pour ton propre bien.

CHAPITRE 30

– Non, je gronde en jetant la toile sur le côté.

– Non, je siffle une heure plus tard, enfonçant si fort mon pinceau que la toile se troue. Non, non, non, je grogne en déchirant le tableau avec mes ongles dans un accès de rage.

Pantelante et en nage après des heures et des heures à tenter de peindre quelque chose, n'importe quoi, je regarde, dépitée, le bazar qu'est devenu l'atelier.

Je jette si fort le pinceau qu'il s'écrase au mur dans un éclat de peinture bleu avant de retomber sur un tabouret. Je prends mon visage dans mes mains tachées. Il ne reste que cinq jours avant les Enchères. Cinq putains de jours, et je n'ai encore aucune démonstration précise.

Je me sens écrasée par un poids terrible, étranglée par des mains invisibles. Mon cœur bat dangereusement vite et tout mon corps frémit de trépidation.

– Je n'y arriverai pas, je marmonne en secouant la tête pendant que mes yeux se remplissent de larmes. Je n'y arriverai pas, putain…

La porte de l'atelier s'ouvre avec fracas et je me lève d'un bond. Je me crispe des pieds à la tête en voyant la Lieutenante rousse approcher en grimaçant de dégoût.

Apparemment, l'univers tient à ce que je me sente encore plus minable, puisque ma mentore insaisissable jusqu'à maintenant me rend visite.

– Ça sent le renfermé, ici, grommelle-t-elle en m'adressant un regard désapprobateur. Mais qu'est-ce que tu fous depuis tout ce temps ?

La dernière chose dont j'ai envie est de lui parler, mais je sais que l'ignorer ne la fera pas partir.

– Je peins, je réponds sèchement.

Avec la pointe du pied, elle pousse une des toiles.

– Tu ne fais pas du super boulot, remarque-t-elle d'un ton hautain et satisfait.

J'en viens à me demander si Magnus, l'autre Lieutenant, traite ses mentorées comme ça – Tansy et Zoey, en l'occurrence. Quelque chose me dit que non.

– Qu'est-ce que tu veux ? je demande, allant droit au bout.

Elle n'est clairement pas là pour m'aider.

Elle se tourne vers moi et me regarde d'un air arrogant.

– Eh bien, je voulais juste jeter un œil sur ma pauvre petite mentorée, dit-elle avec un rictus. Apparemment, je m'inquiétais pour rien. Tu t'en sors très bien toute seule.

Ma colère surgit, mais Margarita n'a pas fini. Elle se met à faire les cent pas en étudiant mes œuvres d'art désastreuses.

– J'ai vraiment hâte d'être aux Enchères, maintenant, ricane-t-elle. J'ai hâte de voir ce qui arrivera quand personne ne misera sur toi.

Je réalise qu'elle tourne autour de moi comme un requin.

– Je t'avais prévenue de ce qui arriverait si tu ne restais pas à ta place, la nov, murmure-t-elle d'une voix mielleuse en approchant, la mine triomphale. Tu as creusé ta propre tombe.

J'ai envie de la gifler. J'ai envie de lui cracher au visage pour effacer son sourire dédaigneux. J'ai envie de hurler et de l'insulter et de la maudire. Mais je reste silencieuse et immobile et la dévisage avec tant de haine que les mots me manquent.

Elle ricane et se tourne pour se diriger vers la porte.

– Au fait, notre Lord organise les entretiens privés finaux avec tous les novs, dit-elle en ouvrant la porte et en tournant la tête vers moi pour m'offrir un dernier sourire machiavélique. Le tien est dans dix minutes.

Elle claque la porte et je baisse les yeux sur ma tenue. Je porte un jean sale et un tee-shirt trop grand, et ma peau est couverte de peinture. Mes cheveux sont pleins de nœuds et ça fait plus de vingt-quatre heures que je ne me suis pas douchée.

Ça doit faire au moins une heure que Margarita sait que j'ai cet entretien avec Ragnor.

Quelle pétasse !

Je réalise que je vais voir Ragnor, et je me sens pâlir. Je me dépêche d'aller dans la petite salle de bains de l'atelier et me lave le visage dans le lavabo. Je lève la tête et suis horrifiée de voir que mes yeux noisette sont injectés de sang et que j'ai des cernes énormes.

J'essaie de me coiffer avec les doigts, la gorge nouée. *Je ne devrais pas me fatiguer*, je me dis en me sentant pathétique. *Il est au courant pour Amir, après tout. Il n'a pas cherché à me voir depuis notre dispute, non plus. Ce n'est pas comme si notre liaison était toujours d'actualité.*

Quand Ragnor me verra mal habillée, sale et épuisée, il saura que je ne vais pas bien – or je refuse de me montrer à lui comme ça. Je refuse de lui montrer la moindre vulnérabilité, pas comme la dernière fois, quand j'ai failli m'effondrer en sa présence.

Mais cette garce ne m'a pas laissé assez de temps pour me rendre présentable !

– Putain ! je crache quand mes cheveux refusent d'être démêlés.

Je sors ensuite de l'atelier et me dirige vers l'escalator qui me mènera au bureau de Ragnor, et je me sens aussi dégoûtante que Margarita pense que je suis.

Je passe devant la réception et ne me fatigue pas à me signaler aux secrétaires. J'ouvre juste la porte de son bureau d'un geste brusque, entre et referme la porte derrière moi.

Ragnor est dos à la porte et se tourne en m'entendant arriver.

Depuis que je m'enferme dans l'atelier, je ne sors que brièvement pour aller à la cafétéria aux heures des repas. Mes services en cuisine sont également réduits en préparation des Enchères, donc je n'ai pas eu l'occasion de le revoir avant.

Il est tellement beau que je manque craquer.

Ses cheveux bruns sont lâches et les pointes effleurent ses épaules carrées. Il est vêtu d'un tee-shirt simple, d'un pantalon et de ses rangers, mais sur lui, la tenue décontractée semble tout droit sortie d'un magazine de mode. Son visage est également sublime et ses yeux bleu nuit et pénétrants sont magnifiques.

Il a l'air propre et frais et j'en ai l'eau à la bouche. La mine sévère, il paraît calme, concentré et en plein contrôle.

J'ai envie de franchir la distance qui nous sépare et le laisser m'enlacer, me prendre dans ses bras puissants.

J'ai envie qu'il me dise que tout ira bien. Que je n'ai pas à m'inquiéter, que je ne devrais pas me fatiguer autant parce qu'il m'achètera aux Enchères.

Je désire tant ces choses que j'ai de nouveau l'impression d'étouffer, mais la sensation est encore plus grande cette fois. Je cherche mon souffle et titube en arrière pour m'adosser au mur, la main sur la poitrine, sentant mon cœur accélérer alors que j'essaie de me calmer.

Un parfum savonneux et addictif chatouille mes narines quand Ragnor se poste devant moi et pose ses mains sur mes épaules.

– Respire, insiste-t-il d'une voix grave.

J'essaie de le faire, mais ça ne fait que rendre ma vue floue.

– *Respire*, Aileen, tu dois respirer…

Ma panique enfle de plus belle et je ne tiens plus debout. Ragnor me prend dans ses bras avant que je tombe par terre, sa voix se déforme, comme si je me noyais et qu'il était hors de l'eau.

Ça dure une éternité. Les mains invisibles refusent de me laisser respirer. Ma vue refuse de redevenir nette. Mon corps est parcouru de spasmes alors que j'essaie de combattre cet ennemi invisible.

Lentement, les mains lâchent ma gorge et je peux respirer, essayant de gonfler mes poumons dès que possible. Ma vue se dégage et mon corps cesse de trembler. Je réalise que je suis assise par terre dans les bras de Ragnor et qu'il me berce d'avant en arrière en murmurant des choses inintelligibles.

Je m'agrippe à son tee-shirt en cherchant mon souffle et il m'étreint plus fort encore. Plusieurs minutes plus tard, quand je peux enfin respirer normalement, je penche la tête en arrière et le vois me regarder de ses yeux néon, avec un air indéchiffrable.

Et son regard m'anéantit. *Toi qui ne voulais pas te montrer vulnérable*, se moque la voix dans ma tête alors que les larmes enflent dans mes yeux.

– Je suis désolée, je chuchote d'une voix rauque en m'appuyant sur ses épaules pour me redresser. Je suis désolée pour tout ça. Et pour la dernière fois, aussi.

Ses yeux semblent luire de plus belle.

– Henderson…

– Ne me vends pas, j'interromps, les lèvres encore tremblantes. S'il te plaît, ne me vends pas, Ragnor. Je serai sage, je promets en souriant tristement. Je t'appellerai *Milord* et je vénérerai le sol que tu foules, comme le reste de tes vampires. Mais ne me vends pas.

Je me redresse à genoux et plante mes ongles dans ses épaules.

– Garde-moi ici.

Pour la toute première fois, Ragnor paraît alarmé.

– Parlons, Henderson, dit-il calmement, même si je devine que mes mots ont eu un impact sur lui.

Mais il ne me dit pas pour autant qu'il m'achètera.

– Qu'est-ce que je dois faire ? je supplie en lâchant ses épaules pour prendre son visage dans mes mains, plongeant mon regard dans le sien. Je ferai n'importe quoi…

Il attrape soudain ma taille et me pousse contre le mur.

– Arrête, grogne-t-il en me regardant d'un air désapprobateur. Ça ne te ressemble pas de supplier.

Au fond de moi, je sens la colère s'éveiller, mais je l'enfouis sous mon angoisse hystérique.

– Je supplierai aussi longtemps qu'il le faudra, je réponds. Je ne veux pas qu'on m'achète, j'ajoute alors que les larmes dévalent mes joues. Je veux rester ici, avec *toi*.

Une ombre recouvre brièvement mon visage.

– Tu ne sais pas ce que tu dis, Henderson…

Je plaque mes lèvres contre les siennes et déverse tout mon désespoir dans le baiser. Il se crispe d'abord, puis je le sens m'enlacer et m'embrasser en retour.

Chacun essaie d'avoir l'autre à l'usure. Je séduis sa langue avec la mienne et il se rend en empoignant mes cheveux et en mordant ma lèvre. J'empoigne son érection à travers son pantalon et il palpe mon sein pour le serrer fort dans sa main. J'enlève son tee-shirt et il déchire le mien. Je baisse son pantalon et il me débarrasse du mien en déposant des baisers sur ma jambe.

L'instant d'après, il est entre mes cuisses et on s'étreint dans les bras l'un de l'autre. *Ça*, je pense en retenant mon souffle quand il s'enfouit en moi en un grand coup de bassin. *C'est ce dont j'avais besoin.*

Il plante ses crocs dans la chair de mon cou et mon sang jaillit. Une euphorie exquise se répand dans tout mon corps alors que je saigne pour lui, pour Ragnor, et qu'il me baise fort et profondément. Toutes les réserves, qu'elles aient été les siennes ou les miennes, disparaissent complètement, comme si elles n'avaient jamais existé. Il me baise encore et encore et tous les muscles de ma chatte se contractent et étreignent sa verge sublime alors que je hurle, ravagée par l'orgasme qui s'abat sur moi comme une tempête.

Il jouit dans la foulée et m'empale en grognant, plus vite et plus fort qu'avant, puis il s'enfouit une dernière fois en moi, le corps parcouru de spasmes.

Il s'affale sur moi, léchant l'endroit où il m'a mordue, nettoyant les traces de sang. La sensation d'être écrasée au sol sous son corps chaud et puissant est aussi exquise que l'orgasme qu'il vient de me donner. On est tous les deux à bout de souffle, épuisés, comme si on avait tous les deux été agacés l'un par l'autre et qu'on avait enfin évacué notre frustration.

Après un long moment, Ragnor s'appuie sur ses avant-bras pour se relever, sa queue toujours en moi, et il me regarde de ses yeux bleus langoureux.

– Tout ira bien, Henderson, chuchote-t-il en caressant ma joue d'un geste presque aimant. Tout ça sera bientôt fini.

Ses propos sont censés m'apaiser, je le sais, mais ils ont l'effet inverse. Car il vient de me rappeler qui nous sommes et ce qui se passe.

Maintenant que je ne me noie plus dans le désespoir, la réalité me heurte de plein fouet.

Les Enchères.

Mes tableaux.

Ragnor qui refuse de me dire s'il va m'acheter.

Ragnor, qui sait pour Amir.

Putain. Comment j'ai pu oublier *ça* ?

Je plaque mes mains sur son torse et le pousse en arrière. Il se laisse faire et se retire, et je me lève aussitôt pour rassembler mes vêtements.

– Bon, je dis en faisant de mon mieux pour parler d'un ton détendu. C'est censé être un rendez-vous pré-Enchères, c'est ça ?

Il se met debout et s'habille à son tour.

– Oui, répond-il d'une voix étrangement douce.

Quand j'ai fini de m'habiller, je rejoins son bureau et m'assois dans le fauteuil réservé aux invités.

– Alors, allons-y, je déclare, ennuyée.

Il fait le tour du fauteuil et appuie ses mains sur les accoudoirs, plaçant son visage à quelques centimètres du mien.

– La Aileen Henderson que je connais ne supplie personne, dit-il, l'air sévère.

Je soutiens son regard. Je suis tellement épuisée émotionnellement que je n'ai pas trop de mal à adopter un air neutre.

– Je suis prête à faire beaucoup de choses pour obtenir ce que je veux, je réponds froidement, et je le vois plisser les yeux. Tu es peut-être au courant de qui est mon père, Ragnor, mais si tu crois que ça implique que tu me connais *moi*, tu te trompes.

Il n'a pas besoin de savoir qu'il a raison. Je déteste quémander, supplier. Je déteste me sentir impuissante au point que c'est mon seul recours. Mais je refuse de lui montrer davantage de qui je suis. Je refuse qu'il voie combien je suis stressée alors qu'il est l'incarnation du self-control.

Il lâche mon fauteuil et s'appuie contre son bureau.

– Tu es encore en colère que j'aie découvert Amir ?

Je ne peux pas m'empêcher de ricaner. Je ne suis pas en colère. Il n'a jamais été question d'une émotion aussi simple.

– Ouais, pourquoi pas, disons que c'est ça, je réponds d'un ton insolent.

Apparemment, mon ton l'agace, car ses yeux brillent d'une lueur menaçante.

– Si tu comptes te comporter comme une gamine irascible, cet entretien est fini, gronde-t-il.

Mon sourire en coin intact, je me lève d'un bond.

– Dans ce cas, arrêtons-nous là.

Je suis sur le point de tourner les talons pour partir quand il saisit mon poignet et m'attire à lui, plaquant ma poitrine contre son torse.

– Pourquoi tu ne me résistes pas ? demande-t-il, les yeux brillant d'une émotion que je ne sais pas déchiffrer. Pourquoi tu te comportes comme si on était des inconnus l'un pour l'autre ?

J'essaie de dégager mon poignet, mais il ne le lâche pas. Mon sourire disparaît et je le regarde froidement dans les yeux.

– Parce que c'est ce qu'on est, je réponds en serrant le poing. De l'extérieur : un Lord et sa nov Commune. Et de l'intérieur, deux inconnus qui baisent.

Il grimace, clairement mécontent.

– C'est tout ce que je suis pour toi ?

Soudain, je sors de ma torpeur, bouillonnante de colère.

– C'est tout ce que *je* suis pour *toi*, enfoiré ! je m'écrie en arrachant mon poignet et en reculant. Mais qu'est-ce que ça peut te faire, hein ? Je suis juste une meuf lambda à qui tu as *eu envie* de donner l'Empreinte sans lui donner d'explications, et tu es un putain de Lord qui va me vendre au plus offrant !

Pour la première fois depuis qu'on s'est rencontrés, Ragnor craque.

– Tu crois vraiment que j'ai *eu envie* de te donner l'Empreinte ? crie-t-il en franchissant la distance que j'ai essayé de mettre entre nous. Tu crois que j'ai aimé te jeter à l'eau sans t'avoir d'abord appris à nager ?

– Alors *pourquoi* ? je hurle en le bousculant. Pourquoi tu l'as fait ?

Il cligne des yeux et, soudain, ses iris brillent plus fort que jamais.

– Parce que je n'ai pas pu me contrôler ! crache-t-il, furieux, en saisissant mes poings serrés. Parce que j'ai vu tes beaux yeux noisette et que toutes mes facultés rationnelles m'ont quitté !

Je me fige et écarquille les yeux, choquée.

– Quoi ?

Un grognement bestial vibre dans son torse, puis dans le mien, alors qu'il me plaque contre lui.

– Je te l'ai dit. Depuis le début, tu me rends complètement dingue.

Je pousse un petit cri et sens battre mon cœur dans mes tempes. J'observe son beau visage. Jamais je ne l'ai vu ouvert et fragile comme ça, et j'en ai le souffle coupé. J'ai l'impression de le voir pour la première fois. C'est comme s'il était une personne différente – il n'est pas juste un Lord vampire, mais un homme.

Il me faut quelques secondes pour pouvoir parler. Je me perds dans ses yeux pleins d'émotions brutes et animales et complètement envoûtantes. Mais je repense à ses propos et réussis à trouver mes mots.

– Pourquoi tu ne me l'as pas dit dès le début ? Que ma situation était différente et que j'étais une exception accidentelle ?

Il lâche mes mains et détourne le regard. Je me crispe, pensant qu'il ne va pas me répondre et qu'il gâche ce moment, mais il finit par parler, d'une voix à peine audible.

– Je ne voulais pas que tu le saches.

Mon cœur s'arrête et il soupire.

– Je n'ai pas de bonne excuse, Henderson, dit-il en me regardant de nouveau. J'étais juste trop agacé par moi-même d'avoir fait une chose stupide que même les jeunes Lords ne font pas, et je me suis vengé sur toi.

J'ouvre la bouche, mais les mots ne sortent pas. Je ne peux que le regarder en retour, cherchant quoi dire, cherchant à lui montrer que je comprends, que je pourrai enfin m'en remettre, maintenant qu'il m'a avoué la vérité. C'est alors qu'une voix mécanique jaillit sur son bureau.

– Milord, Zoey Rittman est là pour vous voir.

Aussitôt, le petit moment magique qu'on a partagé prend fin. J'ai à peine cligné des yeux que le visage de Ragnor se referme comme une porte claquant dans le vent. Ses yeux ne sont plus sauvages et apaisants, mais durs et froids.

– Le temps est écoulé, déclare-t-il d'une voix dénuée d'émotion.

Cependant, je ne le prends pas personnellement, cette fois. Car je ressens le même besoin de me protéger. De remettre en place mes défenses. De mettre ce moment d'honnêteté pure et douloureuse derrière moi.

Alors je me contente de hocher la tête, puis je tourne sur moi-même et sors du bureau avec l'impression qu'après cette révélation, je ne serai plus jamais la même.

CHAPITRE 31
Ragnor Rayne

Il lui faut attendre plusieurs heures avant de pouvoir être seul.

Ragnor ouvre le tiroir de son bureau et en sort un petit portrait à l'huile d'une femme dont il étudie chaque trait, chaque coup de pinceau. Ses cheveux flamboyants ondulent jusqu'à sa taille, ses yeux bleus regardent d'un côté, sa peau est merveilleusement nacrée, et elle esquisse un petit sourire enjoué. Les couleurs sont si vives que la femme paraît presque vivante.

Elle était tout pour lui, et elle le sera à jamais. Toutefois, un autre visage est désormais gravé dans son esprit – celui d'une femme brisée aux yeux noisette et aux longs cheveux bruns. Elle devrait n'être rien pour lui. Elle devrait rester ce rien pour toujours.

Pourtant quelque chose lui hurle d'y retourner, de la prendre dans ses bras et de ne jamais la laisser partir.

Et il ne le peut pas. Pas quand il s'est déjà trop révélé, montré vulnérable comme il ne l'a pas fait depuis des siècles.

Il repense à cette soirée fatale où il a vu Aileen Henderson cachée derrière les poubelles. C'est comme s'il avait été possédé – il était censé la tuer, pas lui donner l'Empreinte. Et il n'a pas pu s'en empêcher. Il a perdu le contrôle et a agi, tout simplement.

Il a cherché à garder ses distances avec elle, à la traiter comme tous les autres, mais comment le peut-il alors qu'elle est toujours avec lui, dès qu'il ferme les yeux ?

Lui raconter une partie de la vérité n'était pas prévu, mais elle l'a poussé à s'ouvrir, et sur le moment, il a voulu qu'elle comprenne. Il a voulu effacer le mélange de désespoir et de dégoût dans son regard.

Il baisse de nouveau les yeux sur le portrait. En vérité, rien de tout ça n'a de réelle importance. Il a fait ses choix et il doit désormais les assumer. Car cette femme n'est pas la sienne.

Il ne peut y en avoir qu'une.

Ragnor ouvre les yeux, mais au lieu de son bureau, il revoit cette vieille image, des cheveux roux étalés sur le marbre, dans une flaque de sang, son corps sans vie, ses yeux bleus ouverts et vides.

Son cœur se pince comme si on y enfonçait un poignard. Effectivement, tout ça n'a pas d'importance. Aileen… n'a pas d'importance.

Il décide donc de faire un serment.

– Je ne t'oublierai plus jamais, Yulia.

CHAPITRE 32

Une atmosphère pesante et menaçante flotte dans la salle de classe quand Abe y entre, les traits tirés, il s'appuie à son bureau et nous regarde d'un air lugubre.

– Les Enchères ont lieu demain, dit-il, comme si on ne le savait pas déjà. Il est donc temps de clore cette formation.

Personne ne répond. Tous les visages sont tendus, et je ne suis pas une exception. Les Enchères qu'on attend et qu'on appréhende tous sont enfin à moins de vingt-quatre heures.

Et je n'ai toujours pas de stratégie.

– Tout ce que vous avez appris ici vous servira, où que vous finissiez, dit Abe d'une voix calme en gigotant nerveusement. Vous serez un atout pour n'importe quel Lord qui vous accueillera dans sa Ligue.

Zoey lève la main, je vois qu'elle tremble.

– Vous serez là ? demande-t-elle d'une petite voix qui ne lui ressemble pas. Toi et Logan, je veux dire.

Le visage du professeur s'attendrit légèrement.

– Oui, Rittman. On sera là.

– Il y aura qui d'autre ? demande Jakob en regardant le sol.

– Eh bien, le Lord et ses Lieutenants, bien sûr. Les autres Lords que vous avez déjà rencontrés seront également présents. Ils viendront avec leurs propres Lieutenants, leurs novices à vendre, et il y aura aussi quelques membres VIP des différentes Ligues, explique-t-il avant de marquer une courte pause. Il y aura de nombreux spectateurs.

La classe redevient silencieuse et Abe nous regarde avec une inquiétude qui semble sincère.

– J'ai déjà été à votre place, déclare-t-il soudain. J'ai été mis aux Enchères, moi aussi.

Je crois que son sourire est censé nous rassurer, mais il m'apparaît légèrement amer.

– Je n'ai pas de conseil particulier à vous donner. Je peux juste vous dire que du moment que vous ferez de votre mieux, vous n'aurez pas de regrets.

Abe pense bien faire, je le sais, mais ses propos m'agacent au plus haut point, à la lumière de ce que Jada, CJ et Bowen m'ont dit.

– Sauf que ce n'est pas tout à fait vrai, n'est-ce pas ? je rétorque d'un ton défiant.

Il lève des yeux écarquillés sur moi.

– Pourquoi ça ?

– Je sais ce qui arrive si personne ne parie sur nous, je réponds amèrement.

Mes camarades se tournent vers moi et la tension augmente dans la salle.

– Quoi que tu aies entendu, Aileen, je peux t'assurer que ça ne se produira pas, s'empresse-t-il de répondre quand il réalise qu'il perd le groupe.

Je déteste qu'il essaie de mettre tout le monde à l'aise alors qu'ils ignorent les conséquences de rater leur présentation aux Enchères. Quand j'ouvre la bouche pour parler, le regard d'Abe se durcit et il articule quelque chose qui ressemble méchamment à « ne dis rien ».

J'étudie les visages de mes camarades, et je m'arrête, car ils ont l'air sur le point de craquer. Même s'ils ont bien répété leur démonstration, ils ont tous peur de ce qui va arriver demain.

Leur dire ne fera que les stresser davantage.

Je me pince les lèvres et croise les bras en détournant le regard. Ces Enchères n'ont rien de juste. Il n'y a aucune justice dans le fait d'être vampire.

Je n'arrête pas de penser à ce que Ragnor m'a dit concernant les raisons pour lesquelles il m'a Imprégnée. Et ses propos me rendent folle, maintenant, au lieu de me rendre heureuse et confiante pour demain. Je ne ressens qu'un mélange de terreur et d'angoisse que j'arrive à peine à contenir alors que je me demande si Ragnor m'achètera.

Apparemment, personne n'est d'humeur bavarde après ma petite intervention.

– On va s'arrêter là, dit Abe. Mais avant de partir, ajoute-t-il en adressant un sourire triste à la classe, vous avez fait du bon boulot, et je vous souhaite le meilleur pour la suite.

La Formation Générale des Nouveaux-Arrivants prend ainsi fin. Abe ne nous apprendra plus quoi attendre de notre nouvelle existence. Nous n'aurons plus de cours de sport avec Logan. Et bientôt, les postes auxquels on a été affectés ne seront plus les nôtres.

Le jour du jugement dernier est arrivé et nous allons soit survivre… soit affronter un sort pire que la mort.

– Aaah, Aileen, dit Jada en souriant tout en me tendant les assiettes rincées pour que je les sèche. Ça va me manquer de faire la vaisselle avec toi.

– On ne sait jamais, je murmure, d'humeur lugubre. Si ça se trouve, je serai de retour ici dans deux jours.

CJ, qui essuie le plan de travail près de nous, ricane.

– J'en doute fortement, répond-il en m'adressant un regard compatissant quand je tourne la tête vers lui. J'ai entendu que le Lord compte vendre tous les novs, cette fois.

– Et moi, j'ai entendu qu'il va acheter la petite avec les cheveux longs, répond Bowen, qui coupe des légumes sur l'îlot face à nous. Apparemment, son Lieutenant, Magnus, l'a à l'œil. Et tu sais comment il est quand il veut quelqu'un.

– Les Enchères sont vraiment une vilaine affaire, marmonne Jada en attrapant une autre pile d'assiettes sales. Tout est pipé depuis le début, et tout le monde fait comme si ce n'était pas le cas.

– Ça, c'est vrai, acquiesce CJ. Mais ne t'en fais pas, Aileen. Je suis sûr que tu t'en sortiras très bien.

– À moins que Lord Renaldi l'achète, murmure Bowen, et Jada lui met une tape sur la tête. Eh !

Jada lui adresse un regard assassin avant de se tourner vers moi.

– J'ai quelque chose qui va peut-être te remonter le moral, dit-elle en souriant, les yeux pétillants. J'ai entendu que certains pensent que notre Lord a pris une amante. Donc peut-être que maintenant qu'il prend son pied pour la première fois depuis je ne sais combien de temps, il va peut-être être de meilleure humeur.

Je continue à essuyer la vaisselle et m'oblige à ne rien montrer alors que mon cœur se met à battre la chamade.

Ragnor et moi n'avons pas recouché ensemble depuis ses aveux d'il y a quelques jours, dans son bureau. Il ne m'a pas cherchée, et je me suis enfermée dans l'atelier, essayant en vain de trouver un sujet intéressant à peindre pour les Enchères.

Ne pas le voir n'a fait qu'aggraver ma panique. J'ai envie qu'il me tienne dans ses bras et qu'il me fasse oublier les Enchères. Je veux qu'il me dise qu'il ne laissera personne m'acheter. J'aimerais qu'il apaise mes inquiétudes.

Une appréhension terrible me dit de ne pas me faire d'illusions.

– Tirer son coup ne veut pas dire qu'on tourne la page, rétorque CJ, me sortant de mes pensées lugubres. Mais peut-être que tu as raison. Peut-être que cette fille mystère est plus qu'un plan cul…

– Ne sois pas bête, interrompt Jada en levant les yeux au ciel. Tu as oublié ce qu'il a dit à Lissia ?

Je me fige.

– Qui est Lissia ? je demande d'un ton que j'espère ennuyé et désintéressé, qui n'a évidemment rien à voir avec ce que je ressens.

– Son amante précédente, répond CJ avant de se tourner vers Bowen. Mais c'était il y a plus de trente ans. Il a dû changer d'avis, depuis.

J'ai du mal à contenir ma jalousie.

– Qu'est-ce qu'il a dit à Lissia ? j'insiste.

Jada marque une pause, puis elle soupire.

– Il lui a dit de ne pas s'attendre à ce qu'il l'aime. Parce qu'il a déjà donné son cœur à une autre il y a plusieurs siècles.

La tasse que je tenais se brise par terre.

Ragnor a été amoureux ?

Je ne sais pas pourquoi je suis choquée. La logique veut qu'il ait eu des relations par le passé, forcément, étant donné son âge. Ç'aurait été encore plus bizarre s'il n'avait jamais eu de relation.

Toutefois, savoir quelque chose et l'entendre sont deux choses différentes. Soudain, ma détermination se brise en mille morceaux, comme la tasse.

Je ne vois pas passer la fin de mon dernier service en cuisine. Jada a volé une vieille bouteille de whisky et nous levons tous notre verre en mon honneur.

En temps normal, j'aurais apprécié – mes collègues de la plonge sont mes vampires préférés de la Ligue Rayne –, mais j'ai l'esprit ailleurs et mon cœur est envahi de tant d'émotions que j'en viens à me sentir anesthésiée, apathique et vidée.

À la fin de mon service, je dis au revoir à l'équipe pour la dernière fois et m'en vais en me sentant à côté de la plaque. Je suis tellement perdue dans mes pensées que quand je prends l'escalator pour descendre, je ne vois pas l'homme qui m'attend en bas.

– Aileen.

Je sursaute et lève la tête. Logan se tient à l'entrée du couloir sombre, dans sa tenue de sport habituelle. Ses cheveux noirs sont luisants et il plisse ses yeux bleus quand je m'arrête devant lui.

– Logan… je réponds avant de comprendre que quelque chose ne va pas. Pourquoi tu me parles ?

Après notre conversation d'il y a presque trois mois, il n'est jamais venu me parler et je ne me suis pas fatiguée à aller le voir non plus. Il voulait qu'on redevienne des inconnus l'un pour l'autre, et contrairement à Cassidy qui se pense supérieure à moi, Logan a parfaitement le droit de me le demander.

Alors qu'est-ce qui a changé ? Et pourquoi maintenant ?

– Parce que contrairement à toi, je ne suis pas un enfoiré sans cœur, répond-il avec un regard compatissant.

Je ne peux pas m'empêcher de grimacer et de me sentir coupable.

– De quoi tu parles ?

D'un hochement de tête, il désigne la pièce sur notre gauche et je le suis. C'est la salle des vampires Communs où je ne suis jamais venue – elle sert aux rassemblements et je n'y ai jamais été invitée. Elle est exactement comme je l'avais imaginée, avec des canapés partout, un bar, un grand écran plat devant des coussins de sol, des billards et des baby-foot.

On est presque au matin et les Enchères ont lieu demain, donc la pièce est déserte, elle me semble à la fois immense et étouffante.

Je suis là avec Logan, après tout.

Il s'arrête au milieu de la salle et se tourne vers moi.

– Margarita est au courant, déclare-t-il.

Je m'arrête aussi, surprise par ses propos. Je suis sur le point de lui demander de quoi il parle quand il s'explique.

– De la liaison entre notre Lord et… *toi*, conclut-il en grimaçant de dégoût.

Je le dévisage en me crispant des pieds à la tête. J'ai l'impression qu'il rêverait d'être n'importe où ailleurs, mais donc : pourquoi est-il ici ? Ça ne peut pas être pour n'avoir rien à se reprocher. Comment serait-ce possible en ce qui me concerne ?

Cependant, la question la plus importante est de savoir comment Margarita est au courant. Je sais qu'elle se doute de quelque chose, mais ce n'est pas comme si elle avait des preuves.

– Pourquoi tu me dis ça ? je demande, soulagée que ma voix ne tremble pas.

Est-ce que Ragnor sait qu'elle est au courant ?

Il me regarde comme si j'étais idiote.

– Elle va te détruire, si ce n'est pas déjà fait, répond-il lentement en scrutant mon visage. Tu ne veux pas que Margarita Wallen soit ton ennemie, Aileen, crois-moi.

Trop tard, je me dis en repensant à sa provocation d'il y a quelques jours. C'est une mauvaise nouvelle, car Margarita n'est pas Lieutenante pour rien. Elle possède une sorte de Talent – tous les Lieutenants sont Talentueux, de la même façon que tous les Lords sont Sacrés. Devenir l'ennemie d'une vampire comme elle n'est pas très malin de ma part.

Non pas que mon aventure avec Ragnor ait été maligne, non plus.

Cependant, si Ragnor m'agace de bien des façons, au moins il n'a pas une dent contre moi comme elle.

J'étudie Logan et son inquiétude qu'il essaie désespérément de cacher, et je me mets aussitôt sur mes gardes.

– Elle compte faire quelque chose contre moi ? je demande alors que mon sang se glace.

– Je connais Margarita par cœur, susurre-t-il. Elle n'a pas eu besoin de me dire quoi que ce soit. Je le sais. Je sais comment elle fonctionne. Ça fait sans doute un moment qu'elle sait que tu couches avec notre Lord, et elle doit attendre le bon moment pour frapper.

Découvrir qu'il est aussi proche de Margarita me met hors de moi. Il n'a donc pas d'instinct de survie, bon sang ? Pourquoi faut-il qu'il se sabote ? Car Margarita est mauvaise – peut-être pas autant que je l'ai été avec lui –, mais elle est suffisamment malicieuse pour lui faire du mal.

Mais j'ai perdu le droit d'interroger Logan. Je réfléchis donc à ce qu'il m'a dit et pense aux Enchères.

– Elle a un penchant pour ce qui est théâtral, n'est-ce pas ?

– Si j'étais toi, je ferais attention, demain, répond-il d'une voix lugubre.

Mon cœur accélère. Les Enchères vont être rudes, avec ou sans l'intervention de Margarita. Je ne sais toujours pas quoi peindre. Ma relation avec Ragnor et mon avenir dans cette Ligue sont toujours incertains, et je suis tellement à cran que je suis au bord de la crise de nerfs.

Mais en même temps, est-ce que je veux rester dans cette Ligue après avoir appris de Jada que Ragnor a aimé quelqu'un par le passé ?

J'ai vu les autres Ligues, à part la dernière en Oregon, et j'ai rencontré les autres Lords. Le seul qui semble s'approcher de Ragnor en termes de pouvoir, de richesse et de capacité à diriger est Atalon, et quelque chose me dérange, chez lui. Puis il y a Renaldi, qui est sans doute le pire de tous. Et à voir les interactions de Ragnor avec O'Brien, Daugherty et Bowman, ils ont beaucoup moins d'influence que les autres – même si Bowman est à la tête des finances de la société vampirique.

Dans un des cours de la FGNA, Abe nous a dit que la source principale de revenus de la Ligue Rayne était l'immobilier. Sans entrer dans les détails, il nous a expliqué que la Ligue possédait de nombreuses propriétés dans toutes les grandes villes du monde. Ça a suffi à confirmer que la Ligue doit être extrêmement riche.

Au-delà de l'état financier de la Ligue Rayne, Ragnor est un Lord très respecté. La plupart des autres ont fait attention à l'accueil qu'ils lui ont réservé.

Et puis, je n'ai pas oublié ce que mes collègues m'ont dit à la plonge : « Des sept Lords, le nôtre n'est pas seulement le meilleur dirigeant. Il est aussi le plus juste, le plus respecté et le plus fort. Donc, Aileen, a ajouté Jada d'une voix déterminée, tu dois faire en sorte que notre Lord t'achète. Pour ton propre bien. »

Logan me tire de mes pensées paniquées en me passant devant pour sortir.

– Comment est-elle au courant ? je demande, angoissée qu'il parte sans un mot.

J'ai besoin de savoir comment Margarita est au courant pour Ragnor et moi. J'ai besoin de me préparer à ce qu'elle va faire demain.

Il s'arrête et se tourne vers moi, un sourire vicieux aux lèvres.

– Vous n'avez pas été aussi discrets que vous le pensez.

Je repense à la fois où Ragnor et moi étions en plein ébat et où un bruit a retenti dans le couloir. Il est sorti, mais il n'a vu personne, et je n'y ai plus repensé. Quelqu'un devait être là.

Quelqu'un a dû nous voir, Margarita elle-même ou quelqu'un qui le lui a raconté.

J'ai été trop distraite par tout le reste et je me fais rattraper par des choses que j'aurais dû remarquer.

– J'ai dit ce que j'avais à dire, dit Logan.

Son sourire narquois a disparu et une émotion indéchiffrable brille dans ses yeux.

– Surveille tes arrières, et bonne chance. Je le pense, ajoute-t-il.

Je le dévisage, stupéfaite. *Je croyais que tu me détestais*, ai-je envie de dire, mais je baisse la tête et réponds sans le regarder.

– Merci.

– Je n'ai pas besoin de ta reconnaissance, aboie-t-il, me faisant lever les yeux.

Son regard est tellement plein de haine que je grimace en écarquillant les yeux.

– Je veux juste que tu disparaisses dès que possible pour que je n'aie plus jamais à te revoir.

Je me demande, et ce n'est pas la première fois, comment serait ma vie si je n'avais pas suivi Cassidy dans la ruelle cette nuit-là. Est-ce que Skye aurait gardé contact avec moi après la disparition de Cassidy ? Aurais-je trouvé d'autres femmes superficielles avec qui traîner ? Est-ce que j'aurais travaillé à la supérette jusqu'à la fin de ma vie ?

J'aurais peut-être rencontré un mec avec qui sortir. Peut-être que j'aurais eu une augmentation. J'aurais peut-être trouvé autre chose à faire de ma vie, un but, et j'aurais bossé dans un grand groupe qui m'aurait rapporté une fortune. J'avais seulement vingt et un ans, j'avais toute la vie devant moi. J'aurais pu être libre et rencontrer le succès, si on m'avait laissé ma chance.

Je n'ai jamais considéré ma liberté comme acquise – pas après l'incarcération de mon père ni après l'enfance que j'aie eue. Toutefois, si j'ai essayé de la protéger à tout prix, elle m'a été enlevée par l'unique personne vers laquelle je suis inexplicablement attirée.

Et demain, je vais être vendue comme du bétail par ce même homme que je désire au-delà du raisonnable.

Je sens une grande main chaude saisir délicatement mon tibia et je m'assois en sursautant sur le canapé de la salle commune. Je croise les yeux bleu nuit de Ragnor et réalise qu'il est accroupi devant moi.

– Tu devrais aller dormir, dit-il en caressant mon mollet de haut en bas, comme s'il voulait me réconforter.

Je n'ai pas l'énergie de l'accepter. Je suis émotionnellement et physiquement épuisée. Rien ne peut mettre fin à l'apathie qui m'a saisie. J'ai l'impression que pour la première fois depuis que je suis devenue vampire, je fais le deuil de mon ancienne vie. Être réconfortée par Ragnor est au-delà de mes forces.

Il retire sa main quand je ne réponds pas et s'assoit à côté de moi.

– Est-ce que ça va ? demande-t-il d'une voix grave en me prenant par les épaules.

Mon corps semble savoir ce dont j'ai besoin avant ma tête et je me rapproche pour nicher ma tête contre son torse. Il m'attire à lui et m'enlace en reculant contre le dossier du canapé pour me tenir dans ses bras chauds et musclés.

Ce n'est pas une question de réconfort, mais de contact humain. Et c'est bon. *Tellement* bon. Trop. Mon instinct de survie est en veille pour l'instant, alors je me blottis encore plus contre lui tandis qu'il m'étreint en silence.

Ce n'est qu'une illusion, me dit la voix de la raison. *Il ne tient pas à toi. Il ne fait que t'utiliser, comme tu as un jour utilisé Logan. Il ne sera jamais à toi.*

Je grimace et mon cœur se pince. J'essaie de m'éloigner, mais Ragnor me serre plus fort.

– Ça va, chuchote-t-il, et ses lèvres effleurent mes cheveux. Laisse-moi faire.

Sauf que ça ne va pas, en fait. Parce que l'homme sur lequel je m'appuie, et dans les bras duquel je tire du réconfort, est le même qui m'a emmenée ici et qui m'a tout pris – quelles que soient ses raisons – et qui compte peut-être me vendre au plus offrant demain.

Et j'ai couché avec lui de nombreuses fois. J'ai baisé avec lui sans hésiter, aveuglée par le désir et l'attirance absurde qui crépite constamment entre nous. Je n'ai jamais pris le temps de réfléchir. Au lieu de ça, j'ai succombé au sentiment d'être désirée.

Je n'ai pas besoin de psy pour savoir que c'est hyper tordu.

Je le repousse donc jusqu'à ce qu'il cède et me lâche, puis je me lève du canapé.

– Tu me vends, demain, je dis en regardant droit devant moi.

Car à ce stade, j'ai l'horrible pressentiment que ce n'est même plus une question.

Il ne répond pas.

J'aurais éclaté de rire si ma situation n'était pas aussi désespérée.

– Dans ce cas, rien ne va.

Il se lève et attrape mon poignet pour me ramener contre lui.

– Ce n'est pas si simple, chuchote-t-il en prenant mon menton entre ses doigts pour me faire lever la tête. Tu dois le comprendre.

– Pour toi, je n'ai rien de spécial, je déclare d'un ton amer. Entre nous, c'est juste du sexe, c'est ça ?

– C'est faux, répond-il en me serrant contre lui. Accepte juste ce réconfort, Aileen. Ça n'a pas besoin d'être plus que ça.

Quelque chose se brise en moi à ses mots.

– Le réconfort devrait être offert parce qu'on tient à une personne, pas parce qu'on a pitié d'elle.

– Je te l'ai dit, ce n'est pas si simple…

– C'est n'importe quoi, je gronde en lui coupant la parole.

Ma colère me tire de ma torpeur apathique et je dégage ses mains en reculant, rivant mon regard assassin sur lui.

– Tu es un Lord, putain. Tu peux acheter qui tu veux. Personne d'autre n'a son mot à dire.

Ses yeux noircissent et sa bouche se pince. Il l'ouvre pour répondre, puis il hésite et détourne le regard, comme s'il était tiraillé. C'est une réponse suffisante.

Je me force à sourire et fais un pas en arrière.

– Je vois, Milord, je déclare froidement, m'attirant son regard luisant et plein d'émotions que je refuse d'admettre. J'espère simplement que tu me vendras à une bonne Ligue.

Il vient vers moi en tendant la main, mais je lève la mienne, le suppliant en silence de s'arrêter.

– Bonne nuit, Milord, je conclus en esquissant une révérence théâtrale avant de m'enfuir.

CHAPITRE 33

Le jour des Enchères est enfin arrivé.

C'est comme si toute la Ligue Rayne attendait anxieusement ce jour, et toutes les activités qui ne sont pas en lien avec les Enchères sont mises sur pause. Les couloirs sont déserts, tout comme le gymnase. Tout le monde est soit dans la cafétéria pour le petit déjeuner, soit occupé à faire des arrangements de dernière minute.

Quant à moi, la seule pensée qui m'anime est que les Enchères ne sont plus une menace lointaine.

Elles sont arrivées.

C'est alors que je me souviens d'un détail important. J'ai oublié d'obtenir la lettre de recommandation de Lon. Si je ne paniquais déjà pas assez, mon destin est désormais scellé par cette unique erreur.

Je cherche Lon partout, en vain, et finis par aller à la cafétéria pour manger quelque chose, même si je n'ai pas du tout faim. Mon estomac est tellement noué que j'en ai la nausée.

Je mets des spaghettis à l'huile et à l'ail dans mon assiette et suis sur le point d'aller m'asseoir à une table pour une personne quand Zoey me fait signe et m'interpelle.

– Aileen ! On mange tous ensemble, aujourd'hui !

Bon, d'accord.

Je m'assois entre Tansy et Zoey à la même table que mes futurs ex-camarades. Je ne suis pas d'humeur à discuter, et personne ne semble enclin à entendre ma voix. Ils continuent à parler entre eux, donc je me contente de tendre l'oreille et de rassembler quelques infos tant que je le peux.

– On dit que le Lord a été très occupé, cette semaine, dit Bryce. Je me demande s'il va se pointer aux Enchères...

– Bien sûr que oui, intervient Jakob en levant les yeux au ciel. Rappelle-toi ce qu'Abe a dit il y a quelques semaines : les Enchères réunissent les Lords des différentes Ligues. Je doute que le nôtre laisse entrer autant de vampires dans son territoire sans superviser personnellement.

Apparemment, Tansy écoute également la conversation, car elle tourne brusquement la tête vers Jakob et rive sur lui des yeux étonnamment lucides.

– Vous ne trouvez pas que ça ressemble à une forme de trafic humain ?

Tous se tournent pour la dévisager, mais c'est Zoey qui répond :

– C'est comme ça, Tansy. Et puis, on n'est plus humains.

– Mais c'est mal ! insiste Tansy et se concentrant sur moi. Tu ne penses pas, Aileen ?

Je ne sais absolument pas pourquoi elle s'adresse à moi en particulier, je lui réponds néanmoins.

– Tu as raison. C'est mal, et c'est injuste. Mais hélas, tu le savais en t'inscrivant sur la liste d'attente.

Un luxe dont j'ai été privée.

– Aucun de nous n'était au courant des Enchères avant de devenir vampires, Aileen, rétorque Zoey avec une mine sévère.

– Donc, je n'en aurais rien su, je rouspète en haussant les épaules. Puisque je n'ai jamais été sur cette liste.

C'est désormais vers moi que tous les regards se tournent.

– Comment ça, tu n'étais pas sur la liste ?

J'étudie mes camarades et leurs visages perturbés. Et j'en ai assez de garder ce secret. Après tout, je n'ai plus rien à perdre.

– Les circonstances de ma transformation sont différentes des vôtres. J'étais au mauvais endroit au mauvais moment, et on m'a donné l'Empreinte sans mon consentement.

Ils me dévisagent à présent comme si c'était la première fois qu'ils me voyaient.

– Tu déconnes, dit enfin Zoey, comme si elle espérait que je plaisante.

Comme je ne réponds rien, elle paraît encore plus choquée.

– Ça a dû être rude, chuchote Jakob avec un sourire compatissant. Mais… en dehors des Enchères, être vampire est bien mieux que rester humain. Tu devrais te considérer comme chanceuse.

Je détourne le regard et serre les poings sous la table. Il me trouve chanceuse ? Où est la chance dans cette situation merdique ? Si je *voulais* rester humaine, histoire de savoir que ma vie aurait une fin et pas seulement un début ? Si j'avais *envie* de travailler dans une supérette et d'être le défouloir de mes amies pour toujours ?

Tout ça aurait pu être tolérable si j'avais su, au moins, ce que pense Ragnor. Mais ce n'est pas le cas. Il a tout juste admis avoir perdu le contrôle dans cette ruelle. Il refuse de me dire s'il compte m'acheter aux Enchères.

Il ne t'a jamais rien promis, Aileen, dit la voix de la raison, me nouant la gorge. *Il n'a jamais dit qu'il te voulait.*

Non, il ne me l'a jamais dit, en effet. Est-ce que je peux lui en vouloir, d'ailleurs ? Je suis loin d'être quelqu'un de bien. Mon être et mon âme seront à jamais entachés par les péchés de mon passé. Je serai pour toujours la création de mon père.

Peut-être que je gagnerai à être vendue à une autre Ligue, finalement. Au moins, je pourrai épargner à Ragnor de découvrir qu'il a couché avec un monstre.

Je pose le pinceau et étudie la toile que j'ai peinte en noir dans un accès de rage et de frustration. Mes joues sont mouillées d'un mélange de sueur et de larmes, mais je n'ai même pas l'énergie de les essuyer. Je penche la tête en arrière et regarde le plafond de l'atelier.

Je n'y arriverai pas.

Une part de moi, désespérée et abattue, me crie d'essayer de m'enfuir. Mais je ne peux pas, pas quand l'ascenseur ne répond qu'à certaines empreintes digitales.

En plus, je n'ai nulle part où me cacher. J'ai vu des gardes patrouiller dans les couloirs quand je venais ici après le petit déjeuner. Ils me trouveront, où que j'aille.

Même si je réussissais à m'enfuir, est-ce que je voudrais vivre sans Ligue ? Je ne sais rien des dangers extérieurs. La fois où j'ai été kidnappée par ces hommes à Vegas m'a suffi à comprendre que je suis encore trop ignorante et impuissante.

Si seulement j'avais une stratégie, une idée de quoi peindre, n'importe quoi, en fait…

Je jette la toile contre le mur et ravale un hurlement. Je me lève et mets un coup de pied dans le chevalet, puis je me dirige jusqu'à la pile de toiles et les prends une par une avant de les jeter de tous les côtés, cherchant désespérément un peu d'inspiration.

Aucun de mes tableaux n'est assez bon. Ils sont abstraits et obscurs, dépourvus de sens profond. Même d'un point de vue esthétique, aucun n'attire le regard.

Quand j'atteins le bas de la pile, je m'arrête devant la première toile que j'ai peinte pour l'évaluation, avec les cicatrices et le message adressé à Margarita. *Il ne t'appartiendra jamais.*

Soudain, les mots me semblent adressés, à *moi*, et je retiens brusquement mon souffle en tombant à genoux, les yeux à nouveau remplis de larmes. Je prends la toile dans mes mains tremblantes et relis le message, encore et encore, et chaque fois est plus douloureuse que la précédente. Je continue jusqu'à ce que les mots soient gravés dans mon esprit.

Ragnor ne m'appartiendra jamais. Son cœur appartient déjà à quelqu'un.

Alors, pourquoi me donner autant de mal ?

Parce que tu ne veux pas être liée à un seul Lord pour l'éternité, dit la voix de la raison. *Parce que tu ne veux pas être coincée dans une position d'impuissance. Tu t'es promis de ne plus jamais être dans une telle situation, Aileen. Tu t'es juré de ne plus jamais être spectatrice et que tu prendrais le contrôle de ta vie.*

Est-ce que j'ai le contrôle, justement ? J'ai été Imprégnée et, maintenant, je vais être vendue aux Enchères. En quoi est-ce un signe de contrôle ?

Je pose la toile et prends mon visage dans mes mains, puis je me force à inspirer profondément, à ravaler mes larmes et à me ressaisir. Je n'ai plus de temps pour les larmes, les regrets ni les rancœurs. La seule chose que je peux faire maintenant, c'est prendre une autre toile et me remettre au travail.

Cependant, alors que j'essaie de passer à l'action au lieu de réfléchir, je continue d'être écrasée par mon désespoir, au point que je reste assise par terre, entourée par mes toiles, incapable de me tirer de la désespérance dans laquelle je me suis enfoncée.

Je passe quinze minutes à fouiller dans ma valise, que je n'ai jamais défaite, pour trouver ma seule et unique robe : une robe d'été grise, sans manches, qui m'arrive aux genoux. Je devais avoir seize ans la dernière fois que je l'ai mise et elle me va à peu près, même si elle est un peu plus moulante qu'avant au niveau de la poitrine.

Je mets mes bottes noires en cuir synthétique, car ce sont mes chaussures les moins usées, et j'attache mes cheveux en queue-de-cheval, laissant mes mèches ondulées tomber jusqu'au milieu de mon dos. Quant au maquillage, je choisis simplement un trait d'eye-liner et du rouge à lèvres coquelicot.

Épuisée émotionnellement, je me fiche que ma tenue soit bien trop simple pour un tel évènement et que ma poitrine, plus grosse que la dernière fois que j'ai porté cette robe, déborde un peu trop du décolleté, à mon goût.

Je sors de ma chambre et entre dans le salon de la suite, où Zoey et Tansy attendent près de la porte. Comme moi, Tansy est vêtue d'une robe d'été à fleurs et de petites sandales, et elle a lâché ses cheveux qui lui arrivent donc derrière les genoux. Elle n'a pas l'air de s'être maquillée.

Zoey, en revanche, est apprêtée pour l'occasion. Elle porte une combinaison couleur crème qui n'a qu'une seule bretelle et dont les jambes sont larges. Elle est couverte de strass argentés qui font ressortir sa peau mate. Elle est lourdement maquillée et elle a même mis des lentilles qui changent ses yeux normalement marron en gris, ses cheveux sont attachés en un chignon tressé très travaillé qui lui donne un air royal.

– Tu as fait ta valise ? demande Zoey quand elle me voit.

– Ouais. Vous m'avez attendue ?

Zoey est sur le point de répondre quand Tansy fait un pas en avant.

– C'était mon idée de partir ensemble, dit-elle avec un regard étonnamment lucide. Ce sont nos derniers instants de colocataires.

Elle a raison. Ce soir, soit on partira dans une nouvelle Ligue pour ne plus jamais revenir, soit on restera. Quoi qu'il en soit, notre colocation, aussi courte et distante soit-elle, touche à sa fin.

– Je n'en reviens pas que ça fasse déjà trois mois, soupire Zoey en m'adressant un triste sourire. Je suis désolée pour tout, Aileen.

Ses excuses me prennent de court et m'atteignent malgré mon apathie.

– Pourquoi ? je m'étonne.

– De t'avoir traitée comme une paria, explique-t-elle en secouant la tête. Surtout après que tu t'es retrouvée dans cette situation sans en avoir eu le choix et sans y avoir été préparée.

Je serre les poings, légèrement agacée. Je ne veux pas de sa pitié.

– Ce n'est rien, je réponds sèchement. Je comprends, tu sais.

– Mais je ne suis pas comme ça, dit-elle en s'adossant au mur. Quoi qu'il en soit, j'espère que ça se passera bien pour toi, aujourd'hui.

Elle paraît sincère et je me calme.

– Merci. Pour toi aussi.

– J'aimerais dire quelque chose, aussi, dit soudain Tansy d'une voix sérieuse que je ne lui connais pas. Te rencontrer a été très instructif, Aileen. Jamais je n'aurais cru te trouver ici.

Ce n'est plus de la surprise que je ressens, mais un choc.

– Qu'est-ce que tu veux dire ? je demande en faisant un pas vers elle alors que mon ventre se noue.

Elle secoue la tête et se tourne vers la porte.

– Rien, rien ! répond-elle d'un ton chantant qui lui ressemble davantage. Il faut qu'on y aille.

Elle ouvre la porte avant que j'aie pu l'interroger, et elle sort. Zoey me dévisage, aussi confuse que moi.

Je suis consciente que m'attarder sur les propos de Tansy ne me fera aucun bien, surtout quand les Enchères sont dans quelques minutes, donc je me force à prendre une grande inspiration, à faire le vide dans ma tête, et je sors de la suite, fermant la porte sur mes débuts en tant que vampire.

CHAPITRE 34

L'Exposition, la première étape des Enchères, se déroule dans la salle de bal située près de l'auditorium où se tiendront les deux autres étapes – la Bénédiction et les Enchères elles-mêmes.

La salle semble tout droit sortie d'un film sur Dracula. Contrairement au reste de la Ligue Rayne, dont l'architecture et la décoration sont relativement modernes, la salle de bal est construite dans un style gothique. De grandes fenêtres s'élèvent depuis le sol en marbre noir jusqu'au sommet des arches et, éclairés par-derrière, leurs vitraux bleus et violets forment de magnifiques rosaces qui ne font qu'accentuer l'ambiance vampirique – ça et le fait que la salle soit remplie de véritables vampires. D'un côté de la salle se trouve un bar proposant du sang et des cocktails, et il y a aussi un buffet composé de toutes sortes de petits-fours salés et sucrés.

Les invités déambulent dans la salle, discutant les uns avec les autres, les mains chargées de boissons et de canapés. Je ne connais rien à la mode, mais même moi, j'arrive à voir que les robes et autres combinaisons sont toutes de grandes marques et que les costumes trois-pièces sont taillés sur mesure. Nous autres, nouveaux arrivants – pas seulement ceux de la Ligue Rayne mais ceux des autres Ligues aussi –, détonnons. Aucun novice n'est aussi bien habillé, pas même Zoey avec sa combinaison scintillante.

Et c'est pour ça que les Lords et leurs Lieutenants repèrent aussi facilement les nouveaux pour leur parler.

Dès que Zoey, Tansy et moi entrons dans la salle bondée, Stefan, le Lieutenant de Lord Renaldi, vient vers nous, les yeux rivés sur Zoey.

– Veuillez me suivre, Mademoiselle Rittman.

Zoey le reconnaît et, si elle se crispe, elle le suit sans un mot à travers la foule.

Je doute que Zoey ait envie de parler à Renaldi, mais Abe nous a dit pendant nos cours qu'il était dans notre intérêt d'accepter de discuter avec tous les Lords qui nous aborderaient. Il vaut mieux ne pas se mettre un Lord à dos en refusant de lui parler.

Une fois que Zoey est partie, je me tourne pour discuter avec Tansy, mais elle s'entretient déjà avec une femme à la peau brune, avec une bouche très charnue et des yeux en amande. Elle porte un tailleur rouge clairement haute couture, et ses boucles brunes tombent élégamment sur une épaule. Je ne crois pas qu'elle soit la Lieutenante d'un des Lords, et à voir sa façon de se tenir, bien droite, les épaules en arrière et le menton fièrement levé, je me demande si ce n'est pas Lady Kalama, de la Ligue Kalama dans l'Oregon, la seule que je n'ai pas visitée.

Comme personne n'est encore venu me parler, je profite de ma liberté pour me diriger vers le bar. Des apéritifs sont posés sur le comptoir et j'en prends un, espérant que le cocktail sera assez fort pour apaiser mon angoisse.

– Calme-toi, je me raisonne en m'adossant au bar pour observer la foule.

Je vois Lord Atalon et ses cheveux platine qui parle à un nouvel arrivant que je ne connais pas – sans doute quelqu'un d'une autre Ligue. Le Lord porte un costume blanc avec une cravate rouge et des chaussures noires tellement cirées qu'elles scintillent. Avec ses yeux noirs, sa peau ivoire, ses cheveux pâles et ses pommettes saillantes, je réalise qu'il est plus beau que dans mes souvenirs.

Je détourne le regard et bois une gorgée, le cocktail est un mélange d'AB positif et d'une sorte de cranberry. Je vois alors Jakob, qui discute avec Lord Bowman en gesticulant de façon enthousiaste alors que le Lord le regarde d'un air ennuyé.

Je suis sur le point de boire une autre gorgée quand des cheveux flamboyants apparaissent dans la foule, et je me crispe en baissant lentement mon verre tandis que Margarita s'approche de moi.

J'ai beau la détester, je dois admettre qu'elle est canon dans sa longue robe noire et moulante et ses escarpins noirs de dix centimètres. Elle porte des bracelets dorés assortis à ses boucles d'oreilles, et ses boucles rougeoyantes sont attachées en demi-queue-de-cheval. Elle est plus jolie que d'habitude, avec un maquillage smoky et du rouge à lèvres cerise.

Elle s'arrête devant moi ; avec ses talons, elle fait presque une tête de plus que moi.

– Henderson, dit-elle avec un sourire moqueur et arrogant.

Je hoche brièvement la tête sans un mot, elle sourit de plus belle.

– J'espère que tu es prête, dit-elle, et son sourire devient carrément machiavélique.

Je serre si fort mon verre que j'ai peur qu'il se brise.

– Comme si tu en avais quelque chose à faire, je murmure en la dévisageant d'un air que j'espère neutre.

Je refuse de la laisser voir combien elle m'énerve.

– Bien sûr que si, ricane-t-elle en me reluquant des pieds à la tête d'un air hautain. Je veux te voir échouer, après tout.

Ne la gifle pas… Ne gifle pas cette garce…

– Mais on dirait que je me suis inquiétée pour rien, glousse-t-elle d'un ton diabolique. J'ai l'impression que mon vœu que tu ne sois pas achetée va finalement être exaucé.

J'étudie son visage en m'efforçant de maîtriser ma colère. Hier, Logan a sous-entendu qu'elle manigançait quelque chose. Qu'est-ce que ça peut être ?

J'ai ma réponse quelques secondes plus tard, quand un homme à la carrure menaçante fend la foule. Il est vêtu d'un costume noir sur une chemise lie-de-vin presque entièrement déboutonnée, révélant son torse musclé et poilu ainsi qu'un grand tatouage de dragon chinois. Ses cheveux noirs sont décoiffés, comme s'il sortait tout juste du lit, et ses yeux sombres brillent d'excitation.

Je suis plus crispée que jamais, figée comme de la pierre, quand Lord Renaldi s'arrête à côté de Margarita.

– Tu es charmante, Wallen, déclare-t-il en toisant Margarita d'un regard si ouvertement lubrique que je suis étonnée de ne pas voir la Lieutenante mal à l'aise.

Or c'est l'inverse, en fait. Elle lui adresse un immense sourire séducteur qui me donne la nausée.

– Merci, Milord, répond-elle avec un regard de braise qui le fait sourire. Je voulais te présenter la nov dont je t'ai parlé : Aileen Henderson.

Lord Renaldi semble soudain remarquer ma présence et il m'étudie avec de grands yeux satisfaits.

– Je crois qu'on s'est déjà rencontrés, Mademoiselle Henderson, murmure-t-il d'une voix basse et intime, comme si on avait fait plus que discuter.

Il fait un pas vers moi et je me raidis de plus belle tandis qu'il lève la main pour caresser ma joue.

– Mais je dois admettre que dans mes souvenirs, tu étais plus… *appétissante*.

J'ai envie de vomir, mais je refuse d'en donner la satisfaction à Margarita.

– C'est un plaisir de vous revoir également, Lord Renaldi, je réponds d'un ton las.

Il baisse la main et se tourne vers Margarita qui essaie de maintenir un visage neutre, mais qui n'arrive pas tout à fait à cacher sa joie.

– Elle est unique en son genre, en effet, dit-il avec un sourire mystérieux.

– Alors, vous vous êtes déjà rencontrés, répond-elle avant de m'adresser un regard si satisfait et arrogant que j'ai envie de la cogner. Elle sera un bel ajout à ta collection.

Je réalise soudain que Margarita n'a pas qu'un seul plan. Elle ne veut pas seulement que personne ne m'achète. Si je dois être achetée, elle veut que ce soit par l'horrible et répugnant Renaldi.

Il me reluque encore une fois d'un air pervers, comme s'il cherchait à voir à travers ma robe. Mon cœur bat la chamade et j'ai réellement peur, à présent.

Est-ce ce qu'ont ressenti les victimes de mon père ?

Tout à coup, il fait un pas vers moi et son torse n'est plus qu'à quelques centimètres de mon visage.

– Allons parler en privé, Mademoiselle Henderson, chuchote-t-il dans mon oreille.

Mon corps se couvre de chair de poule et je me mets à trembler.

J'entends le rire lointain de Margarita tandis qu'elle me laisse avec cet homme horrible.

Elle veut qu'il me ruine avant même le début des Enchères.

Quand il empoigne ma taille et commence à la caresser en haletant de façon excitée et dégoûtante dans mon oreille, je lève lentement la jambe, prête à lui asséner le plus gros coup de pied de ma vie, quand une voix familière s'élève.

– Notre Lord requiert ta présence, Aileen.

J'écarquille les yeux, choquée, alors que Lord Renaldi soupire d'un ton agacé.

– Je te retrouverai plus tard, alors, murmure-t-il en m'adressant un sourire prometteur.

Je me tourne alors vers Cassidy, qui vient de m'épargner un acte qui équivaudrait à du suicide.

– Il va tomber, dit Cassidy en fronçant les sourcils tandis qu'elle saisit mon verre de ma main tremblante et le pose sur le bar.

Elle me prend ensuite par le poignet et m'entraîne au fond de la salle, où il y a beaucoup moins de monde.

Je suis tellement choquée que je ne lui résiste pas, et quand elle me lâche et se tourne vers moi, je réalise ce qui s'est passé.

Ce que Margarita a fait.

Ce que Renaldi a failli faire.

Ce que Cassidy est en train de faire.

J'observe mon ancienne amie, vêtue d'une longue robe verte étonnamment sage et chaussée de talons aiguilles argentés, et m'arrête sur son joli visage et ses beaux yeux émeraude.

– Pourquoi ? je demande soudain.

Pourquoi tu m'as aidée ?

Ragnor n'a pas pu l'envoyer me chercher.

Elle croise les bras et fuit mon regard.

– Parce que j'avais une dette envers toi, répond-elle d'un ton amer.

Je ne comprends pas.

– Pourquoi tu aurais une dette envers moi ?

Elle passe d'un pied sur l'autre, les yeux rivés sur le sol et la mâchoire crispée.

– Tu m'as sauvée dans des situations similaires. J'avais l'impression d'avoir une dette envers toi, répond-elle avant de me lancer un regard assassin. Je ne suis pas impuissante, Aileen. Je ne l'ai jamais été. Mais tu n'as pas pu t'empêcher de vouloir me sauver d'Austin, comme tu as voulu me sauver de notre Lord, ce soir-là, dans la ruelle. Tu n'as jamais pensé que je pouvais être avec Austin parce que je le voulais ? Que je restais avec lui parce que j'en tirais quelque chose ?

Stupéfaite, je la regarde avec de grands yeux.

– Qu'est-ce que tu pouvais gagner à être avec cet enfoiré qui te maltraitait ? Qui te frappait ?

– Oublie, rétorque-t-elle en grimaçant. Tu ne sais pas tout de moi, Aileen.

– Alors, dis-le-moi, Cassidy, je réponds en m'énervant. Comment tu as pu rester avec quelqu'un comme lui ?

À voir son malaise soudain, sa bouche tremblante et son refus de me regarder dans les yeux, je devine que sa réponse ne va pas me plaire. Et j'ai raison.

– Austin est un vampire. C'est à cause de lui que Ragnor m'a sauvée. C'est à cause de lui que je suis ici, Aileen.

Je reste bouche bée. De quoi elle parle, putain ?

Elle secoue la tête en croisant les bras.

– Il est sans Ligue. C'est lui qui m'a introduite auprès des vampires. Il m'a aidée à m'inscrire sur la liste d'attente et il a parlé de moi à Ragnor. Il a tout fait pour moi, explique-t-elle avant de marquer une pause, les yeux rivés au sol. Et ton intervention a failli tout faire foirer. Mais… tu avais de bonnes intentions, admet-elle en relâchant ses bras. Alors, contente-toi de me dire merci et, dorénavant, laisse-moi tranquille.

Je suis complètement stupéfaite. Jamais je n'ai pensé qu'il pouvait y avoir une autre facette à sa relation avec Austin. Je n'ai jamais pensé non plus qu'elle remarquait que j'essayais de l'aider, car notre amitié n'était pas comme ça. J'essayais juste d'être son amie et de la protéger d'elle-même. Et en fin de compte, j'ai perdu mon humanité en pensant lui sauver la vie. Notre amitié n'a jamais été donnant-donnant. Elle a toujours été à sens unique, il n'y avait que moi qui donnais – et c'était précisément ce que je voulais.

Je n'ai pas compté les fois où je l'ai aidée. Je le faisais parce que je tenais à elle, parce que je voulais qu'elle soit heureuse et en sécurité.

En réalité, elle est restée en contact avec son ex violent. Elle me percevait comme un obstacle qui l'empêchait de devenir vampire. Pour elle, j'ai toujours été à la fois utile et pénible.

Toutefois, rien de tout ça n'a d'importance – plus maintenant, alors qu'on n'est plus amies.

– Merci, je réponds donc, d'une voix amère.

Elle lève soudain les yeux vers moi et je devine qu'elle est surprise. Elle ouvre la bouche pour dire quelque chose, puis elle se ravise et elle détourne de nouveau le regard.

– Il n'y a pas de quoi, marmonne-t-elle.

Un silence gênant s'installe alors qu'on semble toutes les deux peiner à contenir nos émotions. Cassidy finit par marmonner qu'on a besoin d'elle ailleurs, et elle fuit la réalité embarrassante qu'est notre ancienne amitié.

CHAPITRE 35

Après le départ de Cassidy, j'erre dans la salle sans but, observant les invités en priant pour qu'aucun Lord n'engage la moindre conversation avec moi.

Les invités des Enchères sont les sept Lords, leurs plus un et leurs Lieutenants, les VIP de chaque Ligue et de nombreux cadres et des membres de la Troupe de la Ligue Rayne (en tout cas c'est ce qu'on me dit, car je ne connais personne dans la Troupe), sans compter les quinze novices des sept Ligues.

Inutile de dire que la salle est bondée, ce qui explique que j'arrive à éviter de parler à qui que ce soit.

Après mes interactions avec Margarita, Renaldi et Cassidy, ma patience et ma capacité à me montrer amicale sont épuisées. Je ne suis plus qu'une masse nerveuse et angoissée et j'ai l'impression que les murs de la salle se referment sur moi. Le sentiment de suffoquer m'étrangle et devient tellement puissant que j'ai peur de faire une crise et de me donner en spectacle.

C'est pourquoi je n'arrête pas de bouger. J'ai besoin de m'étirer et de me fatiguer physiquement, sinon je céderai à l'hystérie. En tout cas, c'est ce que j'espère. Pour être honnête, je n'ai aucune idée de la façon de gérer les crises d'angoisse qui ne cessent de m'accabler.

Pendant toute l'année qui a suivi mon départ de ma ville natale, j'ai consulté une psychologue. Elle m'a aidée à surmonter certains sentiments compliqués et elle m'a montré comment aborder les crises que je faisais à l'époque. Mais celles qui me saisissent récemment n'ont rien à voir avec mon passé, et tout à voir avec le stress concernant mon avenir et qui me fait perdre la tête.

Les murs se referment au fur et à mesure que je passe devant les gens et que les Enchères approchent, et je commence sérieusement à paniquer. Je balaie la foule des yeux et ne me contente plus simplement d'observer mais de chercher la seule personne que je veux voir, que j'ai *besoin* de voir.

S'il te plaît, je prie dans ma tête en regardant partout autour de moi. *T'es où, putain ?*

J'arrive à l'autre bout de la salle et m'arrête quand mes yeux sont attirés comme des aimants vers l'homme adossé à une grande colonne. Contrairement aux autres, il est vêtu d'un simple tee-shirt noir, d'un jean et chaussé de ses rangers habituels. Ses cheveux noirs sont coiffés en arrière et ses yeux bleu nuit sont rivés devant lui, froids et durs, tandis qu'une femme avec de longs cheveux châtain clair lui parle.

Je panique et vois soudain rouge. Comment *ose-t-il* flirter avec une autre femme alors que mon avenir, ma vie, *toute ma putain d'existence* se jouent maintenant ?

Soudain, j'en ai assez. *De tout.*

Les poings serrés, je me dirige vers lui d'un pas déterminé, grinçant des dents dans un grognement sourd. Il doit me sentir approcher, car il tourne brusquement la tête vers moi, et sa mâchoire crispée est la seule trace d'émotion sur son visage. Il murmure quelque chose à la petite femme et elle se précipite vers le bar, me laissant la voie libre.

Je me poste devant lui, plus que furieuse, plus frustrée que jamais.

– Tout ça, c'est à cause de toi, je grogne.

Son visage reste impassible, mais ses yeux noircissent. Il empoigne mon bras à la vitesse de l'éclair et se dirige vers une porte située derrière la colonne.

– Lâche-moi ! je hurle en essayant de le repousser, mais il me tient plus fort et poursuit son chemin en me traînant derrière lui, m'enfermant dans ce qui ressemble à une réserve d'alcool.

C'est seulement quand la porte est refermée qu'il me lâche et se tourne face à moi. Nos regards se trouvent et ses yeux deviennent plus vifs alors que ma colère se change en désespoir.

L'air se met à crépiter, mon sang s'embrase et mes poumons se vident. Ses yeux luisent et mon estomac se noue. Puis, presque en même temps, on se jette l'un sur l'autre et nos bouches se percutent.

Le baiser est furieux et empreint d'un sentiment d'urgence. Je plonge mes mains dans ses cheveux et il me prend dans ses bras, une main sur ma nuque et l'autre dans le creux de mes reins, me serrant si fort que ma poitrine est collée à la sienne.

Il empoigne soudain mes fesses et me soulève pour que j'entoure sa taille avec mes jambes, et une petite voix se met à chuchoter furieusement dans ma tête : *c'est mal !*

Mais mon corps n'est pas d'accord et rien ne m'a jamais paru aussi juste.

Je ne veux pas que ça cesse. Je veux que ça dure pour toujours. Il y a toujours eu quelque chose entre nous, quelque chose d'indéniable, mais cette fois ressemble à un adieu.

La voix continue de résonner dans ma tête quand il rompt le baiser pour embrasser ma gorge et qu'il libère une main pour palper mon sein à travers ma robe, mes cuisses se contractent alors que je me sens mouiller.

Quand il écarte ma fente trempée avec ses doigts, la voix se met à hurler *DIS-LUI D'ARRÊTER ! IL VA TE JETER ! NE LE LAISSE PAS TE FAIRE ÇA !*

Cette fois, je l'écoute.

– Attends, je souffle avant de ravaler un gémissement quand il enfouit deux doigts en moi et entame les va-et-vient.

– Non, grogne-t-il.

Il s'empare à nouveau de ma bouche dans un baiser si puissant et brûlant que je suis à deux doigts de m'abandonner à lui.

Pourtant, la voix de la raison refuse de se taire. *Il va te vendre*, se moque-t-elle. *Il t'a emmenée dans ce monde, et maintenant il va te jeter comme si tu n'étais rien.*

– Ragnor, je gémis, tiraillée, alors que le plaisir enfle en moi quand il continue de me doigter.

Je le force à reculer la tête et je regarde ses yeux luisants.

– Ragnor, je gémis, anéantie par le désir ardent que je vois dans ses yeux.

Justement, insiste la voix cruelle dans ma tête. *Il ne ressent que du désir pour toi, rien de plus.*

Après tout, qui pourrait aimer un monstre ?

La question me fait l'effet d'une gifle. Les larmes aux yeux et les mains tremblantes, je saisis son poignet et retire ses doigts de ma culotte. Je pousse ensuite contre son torse, mais il ne bouge pas. Il prend ma mâchoire dans sa main et m'oblige à le regarder.

– Pourquoi ? demande-t-il d'une voix rauque et frustrée.

Je secoue la tête et ravale mes larmes.

– Recule, j'ordonne d'une voix étranglée. S'il te plaît, Ragnor, recule, et lâche-moi…

– Je ne peux pas, dit-il en plongeant ses yeux dans les miens, d'un air qui semblerait paniqué s'il s'agissait d'un autre que Ragnor. Pas tant que tu ne m'auras pas dit pourquoi…

– Comment oses-tu ? je m'exclame en frappant des poings sur ses épaules alors que les larmes coulent malgré moi. Tu n'as aucun droit, Ragnor, *aucun droit* ! À moins que tu sois prêt à me promettre de m'acheter !

Son visage s'assombrit et il enlève ses mains de mon visage, prenant plutôt mes cuisses pour me faire enlever les jambes de sa taille et me reposer par terre.

– Pourquoi tu es venue me voir, alors ? demande-t-il simplement, même s'il ne réussit pas à cacher la colère dans ses yeux.

Mais pourquoi est-il en colère, lui ? Et surtout…

– Je voulais juste parler, j'admets d'une voix honteusement tremblante. Je n'ai donc plus droit à cette courtoisie ? je demande en fuyant son regard.

– Qu'est-ce qu'il y a à dire ? grommelle-t-il en serrant les poings. C'est la même chose à chaque fois, Henderson. Tu ne veux rien me dire sur toi, et je n'ai pas les réponses que tu souhaites entendre.

Ses propos me blessent tellement que je m'appuie contre la porte et me mets à trembler de tout mon corps.

– C'est pour ça que tu veux seulement coucher avec moi ? je demande, alors que mon cœur se pince. C'est tout ce que je vaux, pour toi ?

Il ne répond pas et je n'ai pas besoin de le regarder pour savoir que j'ai tapé dans le mille.

Je lui tourne le dos et je serais sortie si Ragnor n'avait pas plaqué sa main sur la porte en collant son torse contre mon dos.

– On était d'accord, dit-il d'une voix étrange, tout en enroulant son bras autour de ma taille. C'est tout ce qu'on était censés être l'un pour l'autre.

J'en ai assez de lui parler.

– Lâche-moi, *Milord*.

– Je ne sais pas si ça peut changer, poursuit-il en me serrant plus fort. Je ne sais pas si *je* peux changer.

– Dans ce cas, il n'y a plus rien à dire…

– Mais j'en ai envie, Aileen.

L'entendre dire mon prénom, pas mon nom de famille, me noue la gorge.

Aucun de nous ne dit quoi que ce soit pendant plusieurs secondes. J'essaie encore de comprendre ce qu'il vient de dire, ce qu'il vient d'avouer. J'ai encore mal, mais un autre sentiment embrase peu à peu mes entrailles. Ce n'est pas de la colère. Ce n'est pas du désespoir ni de la frustration.

L'espoir.

Je me tourne lentement, juste assez pour le regarder dans les yeux.

– Alors, prouve-le-moi, je dis aussi calmement que possible. Achète-moi aux Enchères. Garde-moi à tes côtés et sers-toi de moi pour comprendre ce que tu veux.

Je n'attends pas sa réponse. Je quitte ses bras, ouvre la porte et sors de la réserve, puis je m'enfonce dans la foule dont je n'entends rien, tant mon cœur tambourine dans mes oreilles.

CHAPITRE 36

L'auditorium paraît encore plus grand maintenant que tous les sièges sont occupés. J'observe le public depuis ma place entre Tansy et une femme d'une autre Ligue, essayant de repérer où sont Ragnor et ses sbires, mais il fait trop sombre.

Quand tout le monde est assis et que les applaudissements retentissent, j'arrête ma recherche et me concentre sur la scène, qui semble trop éclairée et trop petite comparée au reste de la salle. L'idée que je serai bientôt là-haut, à peindre je ne sais quoi, soulève mon estomac.

Un homme grand, à la peau brune, avec de grands yeux marron, beaucoup de maquillage, et vêtu d'un costard rose fuchsia monte sur scène.

– Bonsoir tout le monde, et bienvenue aux Enchères ! dit-il en souriant dans son micro. Je suis Kaylon, je serai votre animateur pour cette soirée !

Il attend que les applaudissements s'arrêtent pour poursuivre.

– Avant de passer aux choses sérieuses, commençons par un peu de musique ! déclare-t-il en souriant jusqu'aux oreilles. Veuillez accueillir sur scène la nouvelle venue merveilleusement Talentueuse de la Ligue Rayne, Cassidy Jones !

Je m'immobilise en la regardant monter sur scène, un micro à la main. Kaylon sort et les lumières s'éteignent pour ne laisser qu'un spot dirigé sur Cassidy.

La musique de fond s'élève et Cassidy se met à chanter.

Ma peau se couvre de chair de poule tandis qu'elle entame un morceau que je ne connais pas. Entendre sa voix angélique et apaisante me donne soudain l'impression d'être rentrée chez moi, ne serait-ce que pour quelques minutes.

Sans Fourcorns, ce groupe stupide dans lequel elle chantait, la voix de Cassidy est plus belle que jamais. J'ai l'impression que la mélodie s'enroule autour de moi et m'enveloppe comme un duvet par une froide nuit d'hiver. Chaque note qu'elle atteint est si belle que j'ai l'impression que quelqu'un caresse mes cheveux en m'aidant à m'endormir. Les vibrations de sa voix s'accordent au rythme de mon cœur, dont les battements stressés ralentissent jusqu'à adopter un tempo calme et régulier.

Le chant de Cassidy est comme un rayon de soleil alors qu'on est perdu dans une forêt sombre. Comme se réveiller après une bonne nuit de sommeil ou trouver une rose en plein milieu du désert.

Quand la chanson prend fin, j'ai l'impression que Cassidy m'a jeté un sort. Toute mon angoisse a disparu, comme si elle n'avait jamais existé. L'hystérie qui planait dans un coin de ma tête et menaçait de m'engloutir a disparu, comme par magie.

Est-ce donc ça, le Talent de Cassidy ?

Un calme endormi règne dans l'auditorium même après que Cassidy est descendue de la scène et que Kaylon a repris le micro.

– Un tonnerre d'applaudissements pour Cassidy Jones !

Il semble réveiller le public et un vacarme d'acclamations et de sifflements résonne dans la salle. Tout le monde l'adore.

Et je l'adore aussi, ne serait-ce que pour la tranquillité d'esprit qu'elle m'a apportée quand j'en avais grandement besoin – Talent ou pas.

– À présent, sans plus tarder… dit Kaylon quand tout le monde s'est calmé, je vous présente le Lord qui nous accueille, Ragnor Rayne, pour commencer la Bénédiction !

Tout le monde applaudit de nouveau et certains sifflent, même, alors que Ragnor monte sur scène, sa silhouette imposante paraît l'occuper tout entière.

Kaylon lui tend le micro et Ragnor le prend pour énoncer :

– Bienvenue aux Enchères Trimestrielles de la Ligue Rayne. Je vais faire court et simple.

Il regarde le premier rang, j'ai l'impression qu'il cherche quelqu'un des yeux.

– Tous les nouveaux arrivants de ma Ligue ont montré un potentiel certain, mais un seul s'est démarqué parmi tous, déclare-t-il en rivant ses yeux sur quelqu'un. Bryce Sullivan. Ses responsables n'ont eu que des éloges pour lui, et je crois qu'il sera un atout pour tout Lord qui décidera de l'acheter. À Bryce !

– À Bryce ! répète le public en chœur.

– Pauvre Bryce, dit la novice à ma droite alors que Ragnor est remplacé sur scène par Lord O'Brien, qui se lance dans un monologue.

– Ce n'est pas une bonne chose qu'il reçoive la Bénédiction ? je demande à ma voisine en fronçant les sourcils.

J'avoue être perplexe que Ragnor ait choisi Bryce – j'aurais pensé qu'il choisirait Zoey ou Jakob, qui sont les stars évidentes de notre promotion.

– Votre prof de FGNA ne vous a pas appris grand-chose, hein ? répond-elle avec un regard compatissant.

Je n'apprécie pas son ton condescendant, mais j'ai envie qu'elle parle, donc je n'en dis rien.

– Explique-moi, alors.

Elle regarde à nouveau la scène en parlant.

– Chaque Lord donne la Bénédiction à celui ou celle dont il veut le plus se débarrasser. Qui que soit ce Bryce, j'ai pitié de lui, soupire-t-elle. Être dans le collimateur de Lord Rayne, quelle que soit la raison, ne peut pas être bon.

On ne se dit plus rien, regardant plutôt chaque Lord donner sa Bénédiction à son novice « préféré ». Bien sûr, je prends ce que m'a dit ma voisine avec des pincettes, mais je dois admettre que ça se tient ; sinon, pourquoi Ragnor aurait-il choisi Bryce ?

Les Lords sont appelés un par un pour offrir leur Bénédiction et j'entends deux vampires chuchoter derrière moi, assez fort pour que j'entende.

– C'est là, dit l'un d'entre eux. Tu le sens, Naru ?

L'autre répond d'une voix inquiète.

– Je ne sens rien du tout.

– Bizarre, dit le premier. Peut-être que tu es trop jeune pour le sentir ?

– Tu n'as que trois mois de plus que moi, Morris, rétorque le second, Naru.

Ils continuent de chuchoter, mais je les ignore, essayant de comprendre de quoi ils parlent. Qu'est-ce qu'on est censés sentir, bon sang ?

– Merci, chers Lords et chère Lady, pour ces superbes Bénédictions ! s'exclame Kaylon, ramenant mon attention sur la scène, où il est désormais seul. À présent, voici le moment que vous attendez tous… les Enchères !

Des acclamations tonitruantes retentissent à travers la salle ainsi que de féroces applaudissements, et je pense brièvement au film *Gladiator*. Apparemment, les vampires du public sont assoiffés de sang.

– Bien ! Nous allons commencer par la Ligue Renaldi ! Veuillez accueillir sur scène Helena Tate ! s'écrie Kaylon d'une voix tout excitée en descendant de la scène.

Une femme ronde vêtue d'une robe simple et aux cheveux châtains tressés s'arrête sous les projecteurs. Elle enlève ses sandales blanches et avance jusqu'au milieu de la plateforme. Une fois installée, elle ferme les yeux et prend une grande inspiration tremblante. Elle paraît nerveuse, je la vois pianoter sur sa cuisse, les bras le long du corps. J'ai l'impression qu'elle prie en silence alors qu'elle pâlit de plus en plus. Elle rate le début de la musique et commence brusquement sa chorégraphie.

– Elle a fait la même chose l'an dernier, dit la fille à côté de moi. Quelle idiote, de penser qu'elle pouvait s'enfuir !

– De quoi tu parles ? je lui demande en fronçant les sourcils.

CJ m'a dit ce qui arrivait à ceux qui choisissaient de se représenter aux Enchères. Pourquoi cette danseuse ferait ça ?

La jeune femme m'adresse une grimace qui semble dirigée vers quelqu'un d'autre.

– Chaque vampire a le droit de participer aux Enchères une seconde fois. C'est le seul moyen de quitter sa Ligue.

Ça, je le savais.

– Mais qu'est-ce qu'elle cherche à fuir ? je demande en grimaçant. Les Redoublants sont destinés à être esclaves, non ?

– Quand c'est Renaldi qui t'a donné l'Empreinte, ça ne te dérange pas d'être esclave pour l'éternité du moment que ça te permet de ne plus jamais le revoir.

En effet… Je n'ai pas besoin d'avoir été Imprégnée par Renaldi pour comprendre.

Helena termine sa danse et Kaylon reprend le micro.

– Les enchères commencent maintenant !

Le public applaudit, quelqu'un crie : « Misez sur elle, s'il vous plaît, Lord Daugherty ! », un autre dit : « Économisez votre fric, Lord O'Brien ! »

– Je ne savais pas que les autres pouvaient influencer la décision des Lords, je marmonne en regardant le spectacle derrière moi.

– Ce n'est pas le cas, répond ma voisine, qui est apparemment une Redoublante. Les Lords prennent seuls leur décision.

Sa voix manque de conviction, et je ne peux qu'espérer qu'elle ait raison… même si ce ne serait peut-être pas si mal que d'autres aient leur mot à dire, d'une façon ou d'une autre.

Cela dit, je pense à Margarita et change aussitôt d'avis.

– Deux cents ! crie Kaylon. Je vois trois cents ! Est-ce que nous avons trois cent cinquante ? Eh bien, voilà cinq cents dollars de la part de Lord Renaldi lui-même ! Quelqu'un d'autre ? Cinq cents dollars une fois… deux fois… revendue à Lord Renaldi pour cinq cents dollars !

– Quelle idiote ! crache ma voisine.

– Je ne savais pas que les Lords pouvaient racheter leurs vampires, je dis, préférant ne pas commenter le fait que la vie d'un vampire peut ne valoir que cinq cents dollars.

– Ils le peuvent, oui, me répond la femme. Et en l'occurrence, le Lord se comporte comme un connard égoïste.

Les autres novices de la Ligue Renaldi se succèdent sur scène. Certains sont achetés par d'autres Ligues, d'autres restent avec Renaldi, et le verdict est sans appel : tous ceux qui sont achetés par Renaldi, que ce soient des hommes ou des femmes, ont l'air bien moins soulagés que ceux qui ne le sont pas.

La dernière de la Ligue Renaldi à être vendue est la femme à côté de moi.

– Isora Harland ! crie Kaylon, et elle se lève, le visage fermé.

– Bonne chance, je lui dis sincèrement.

Elle hoche la tête et avance vers la scène, et je découvre qu'elle chante.

Hélas, le concert de Cassidy, tout à l'heure, est encore frais dans l'esprit du public, et elle ne peut pas rivaliser. Elle a choisi une balade de Whitney Houston pourtant prometteuse, et elle a une belle voix, mais elle n'arrive pas à la cheville de Cassidy, ni en charisme, ni en présence sur scène, ni en talent vocal.

Quand elle a fini, elle regarde le public en tremblant des pieds à la tête.

– Les enchères commencent ! Je vois deux cents dollars, deux cent cinquante… huit cents dollars par Lord Renaldi !

Ses yeux se remplissent de larmes et elle secoue à peine la tête, les yeux écarquillés, implorant silencieusement le public.

– Huit cents dollars une fois…

Ses lèvres bougent sans un bruit. Est-ce qu'elle prie ?

– Huit cents dollars deux fois…

Elle se tient les mains comme si elle s'accrochait à une ligne de vie.

Puis…

– Nous avons mille dollars, de la part de Lord Atalon !

Elle se fige et mon cœur accélère. J'ai l'impression que tout le monde retient son souffle – mais peut-être n'est-ce que moi ? – alors que Kaylon commence à compter.

– Une fois…

S'il vous plaît, faites que Lord Atalon l'achète, je pense, ayant pitié d'elle. Je ne sais même pas pourquoi, car je ne la connais pas, après tout.

Toutefois, connaissant Renaldi, je ne peux que souhaiter le meilleur à Isora.

– Deux fois…

Kaylon continue, et j'ai presque l'impression qu'il fait exprès de traîner. Il ne voit pas qu'Isora est sur le point de s'évanouir tant elle est nerveuse ?

– Vendue à Lord Atalon ! déclare enfin Kaylon.

Aussitôt, ses genoux cèdent et elle s'écroule sur scène en fondant en larmes. Je ne peux qu'applaudir avec le reste de la salle, soulagée pour elle. *Tant mieux pour toi, Isora.*

Comme elle ne peut pas bouger, Kaylon l'aide à descendre de la scène. Quand il revient, les Enchères reprennent ; cette fois, c'est au tour de la Ligue O'Brien.

Les vampires effectuent leur performance et sont achetés les uns après les autres et je réalise que Ragnor n'a encore acheté personne.

Apparemment, il se retient réellement de participer, même si les Enchères se tiennent toujours ici – car seule la Ligue Rayne a un auditorium suffisamment grand pour accueillir tout le monde.

Une des auditions est celle d'un homme qui montre ses talents en matière de robotique, présentant au public Tintin, un robot doté d'une forme avancée d'intelligence artificielle spécialisée en psychologie et qui est donc capable d'être thérapeute (ce qu'il cherche à montrer dans un spectacle hilarant qui fait hurler de rire le public). C'est pendant cette démonstration que Tansy, qui était silencieuse depuis le début, décide de me parler.

– Tu crois qu'ils sont là ?

Je tourne la tête vers elle et la vois observer la scène, perdue dans ses pensées. J'hésite à entamer avec elle une conversation qui pourrait se révéler inutile et j'attends que Tintin et son créateur descendent de scène avant de répondre.

– Qui ça ?

– Applaudissez tous la Ligue O'Brien ! s'exclame Kaylon, et le public obéit. À présent, veuillez accueillir les nouveaux arrivants de la Ligue Atalon !

Tansy pose ses grands yeux bleu clair sur moi.

– Les Dieux du Lendemain.

Je me fige et le bruit des applaudissements n'est plus qu'un crépitement sourd et lointain tandis que je la dévisage. Avec tout ce qui s'est passé, j'avais rangé le fait qu'elle les connaît dans un coin de ma tête.

Mon cœur bat la chamade alors que je fouille son visage et cherche ma voix.

– Pourquoi… comment… tu les connais ?

Elle penche la tête sur le côté et continue de m'observer avec ses yeux étranges et fixes.

– Ils sont là, c'est ça ? demande-t-elle au lieu de me répondre.

J'ouvre la bouche, mais je ne peux pas répondre. Tout à coup, le fait que je n'ai pas de lettre de recommandation de la part de Lon paraît insignifiant, à côté de ça.

Tansy ne dit rien de plus et je me pince les lèvres en regardant la scène. Mon cœur pulse dans ma gorge et mon angoisse me noue l'estomac. Je suis tellement perturbée que je ne pourrais pas me concentrer sur les performances même si ma vie en dépendait.

Le temps ne s'arrête pas, même si j'en ai l'impression. L'heure continue de tourner et bientôt, Kaylon annonce que c'est au tour des novices de la Ligue Rayne.

CHAPITRE 37

Jakob est le premier de notre Ligue à se présenter. Il a mis un beau costard, mais il transpire à grosses gouttes, au point qu'on peut voir des auréoles sous ses aisselles, même à travers sa veste noire. Et c'est encore plus flagrant lorsqu'il l'enlève et ne reste qu'en chemise blanche. Toutefois, malgré ça, il parvient à garder une expression impassible. Sa musique choisie démarre – la « Macarena », bon sang – et il entame un enchaînement de jonglage complexe avec douze balles.

– Tu peux le faire, Jakob, dit Zoey.

Elle est assise près de moi et elle observe son ami avec un mélange de fierté et d'inquiétude.

Peut-être l'entend-il, car il fait apparaître huit autres balles de je ne sais où et les fait rebondir entre le sol et ses mains, si vite que l'enchaînement devient flou. Il contracte sa mâchoire et maîtrise parfaitement les balles, tel un chef d'orchestre. Quand la musique touche à sa fin, je ne sais comment il réussit à toutes les récupérer.

Le public n'a pas besoin que Kaylon l'invite à applaudir Jakob Stornsky. Je suis émerveillée aussi. Je l'avais vu jongler avec trois balles pendant l'évaluation, donc je n'attendais pas grand-chose de lui. Or il est clairement passé au niveau supérieur, depuis un mois. Il a tout défoncé, en fait.

Et les Lords ont adoré, à en croire leurs mises.

– Nous avons deux mille ! crie Kaylon, encore fou de joie après le spectacle de Jakob. *Trois mille*, de la part de Lord O'Brien !

– Les dieux sont avec lui, chuchote Tansy.

Je me fige, mais je fais mine de ne pas l'avoir entendue.

– Nous avons trois mille cinq cents de la part de Lady Kalama ! lance Kaylon. Quelqu'un d'autre ? Personne ? Vous êtes sûrs ? Alors, une fois... deux fois... vendu !

Le dos de Jakob se voûte, tant il est soulagé, et il descend de scène les jambes tremblantes. Comme tous ceux qui ont fait leur démonstration, il ne retourne pas à sa place.

Ensuite vient Bryce. Après le spectacle brillant de Jakob, l'air qu'il joue à la guitare n'a rien d'excitant. Sa performance est correcte, mais sa version du solo de « Hotel California », une belle chanson, certes, est un peu répétitive et n'offre pas grand-chose en termes d'harmonie. (En tout cas, c'est ce que disait Cassidy, et j'ai tendance à la croire, vu son talent.)

En fin de compte, Bryce est vendu à Lord Daugherty pour cinq cents dollars – c'est sans doute l'acquisition la plus facile de Daugherty, à ce stade.

– La suivante est Tansy Contos ! annonce ensuite Kaylon.

Tansy tressaute, puis elle se tourne vers moi, tremblant comme Isora avant elle.

– Prie les Dieux du Lendemain, Aileen. Prie pour moi, *s'il te plaît*, dit-elle en se levant, les yeux vitreux.

Je ne sais pas comment elle a entendu parler des Dieux du Lendemain, une croyance que je pensais exclusive à mon père et moi. Je n'y songe plus en la regardant monter sur scène, plus frêle que jamais. Elle est tellement petite que la scène semble l'engloutir. Elle retire ses sandales et met des chaussons en pointes – *quoi ?* – avant de se redresser, si immobile que seuls ses longs cheveux s'agitent dans la douce brise qui traverse l'auditorium.

Le premier mouvement de la *Sonate au clair de lune* de Beethoven commence, et Tansy se met à danser. Je suis stupéfaite – je ne me doutais pas du tout qu'elle était danseuse classique professionnelle. Je regarde autour de moi et vois que mes camarades n'ont pas l'air surpris.

Je réalise alors que j'ai passé tout mon temps à m'entraîner seule dans l'atelier. Pendant l'évaluation, elle n'a fait que de la danse moderne – je ne savais pas qu'elle était un fichu rat de l'opéra !

Car on dirait une danseuse étoile, ses mouvements gracieux et ses poses précises sont bien trop parfaits pour une amatrice. Elle est clairement pro, et je comprends soudain pourquoi elle a reçu l'Empreinte après seulement un an sur la liste d'attente. Ragnor a dû penser qu'elle deviendrait Talentueuse.

En la regardant maintenant, en voyant la Tansy rêveuse transformée en une tout autre personne quand elle danse, je me dis qu'elle deviendra forcément Talentueuse plus tard – elle est bien trop douée pour rester Commune.

Elle termine sa chorégraphie par une pirouette qui semble ne jamais s'arrêter. Le dos bien droit, les jambes immobiles, elle ressemble à ces figurines qu'on trouve dans les vieilles boîtes à musique.

Les applaudissements sont assourdissants. Je l'acclame avec les autres, émerveillée par ce que je viens de voir et par le salut professionnel qu'elle fait à la foule, et je ne peux pas m'empêcher de penser que Tansy n'a besoin d'aucun dieu – et certainement pas des Dieux du Lendemain – pour l'aider. Elle est déjà bénie.

Quand Kaylon remonte sur scène, il ouvre la bouche pour dire quelque chose, mais il éclate de rire.

– Eh bien, voyez-vous ça ! Les sept Lords ont la main levée !

Les cris surpris qui parcourent le public sont tellement forts que je grimace.

Je réalise alors qu'il a dit les *sept* ; et donc que, pour la première fois de la soirée, Ragnor mise sur un vampire. Et sur Tansy, qui plus est.

Cela dit, je comprends sa décision. Tansy était sublime, une artiste rare.

– Comme tous les Lords veulent miser, le règlement nous oblige à commencer à dix mille ! dit Kaylon en souriant d'un air carnassier, comme s'il allait lui-même empocher l'argent. Mais apparemment, aucun des Lords n'abandonne ! Disons quinze mille, alors ? Regardez-moi ça, personne ne baisse la main ! Alors, augmentons les enchères !

Kaylon marque une pause théâtrale.

– Les enchères commencent à cinquante mille dollars !

Des exclamations retentissent dans le public. « C'est dingue », murmure quelqu'un, tandis qu'une autre dit : « Ça fait dix ans que les enchères n'ont pas commencé à un prix aussi élevé ! »

– Il reste désormais trois candidats ! dit Kaylon. Lord Renaldi, Lord Atalon et Lord Rayne. Voyons qui remportera cette sublime danseuse étoile ! Qui propose cinquante-deux ? On reste à trois. Disons cinquante-cinq ? Ah, Lord Renaldi nous abandonne ! Ça se joue entre Lord Rayne et Lord Atalon !

Je sais déjà qui va gagner. Donc quand, après deux minutes d'enchères intenses, Kaylon annonce « Vendue pour soixante-dix mille à Lord Rayne ! » je ne suis pas étonnée. Pas comme mes pairs, en tout cas, qui sont bouche bée.

La ténacité de Ragnor est légendaire, il n'est donc pas étonnant qu'il remporte ces enchères. Ça ne me rassure pas. D'ailleurs, je me sens un peu comme mes camarades, mais pas parce qu'ils sont choqués, parce qu'ils sont jaloux.

On veut tous rester dans la Ligue Rayne, mais presque aucun de nous n'aura cette chance puisque Ragnor n'a misé que sur une novice, pour l'instant.

Les performances suivantes paraissent influencées par ce qui vient de se passer. Jane, qui avait choisi de rapper sur une chanson de Tupac, s'emmêle dans le rythme et les paroles, clairement distraite. Elle réussit tout juste à être achetée pour deux cents dollars par Lord Daugherty, qui semble acheter tous les musiciens, qu'ils soient bons ou mauvais.

Après Jane, Cynthia récite un monologue de *Hamlet*, mais la malédiction paraît perdurer, car elle oublie le texte et improvise quelque chose qui n'a rien à voir avec l'original. Son talent de comédienne, qui était plutôt correct lors de l'évaluation, est juste merdique, ce soir. Lord Bowman l'achète pour trois cents dollars sans que les autres Lords ne s'y opposent.

Un par un, mes camarades sont achetés par différentes Ligues. Et Ragnor ne parie sur aucun.

Quand Aïsha monte sur scène, il ne reste plus que Zoey et moi. Zoey se rapproche et prend la chaise de Tansy, et on regarde toutes les deux Aïsha conter son histoire, mais je sais que je ne suis pas la seule à ne pas l'écouter.

Je serai bientôt sur cette scène et je vais devoir improviser ma performance, car je n'ai pas réussi à choisir une stratégie. Qu'est-ce qui se passera si je me rate ? Est-ce que Ragnor m'achètera ? Mais peut-être que pour garder notre liaison secrète, il laissera un autre Lord m'emporter ?

Je me mets à trembler, l'angoisse me ronge et me donne la nausée.

Soudain, Zoey saisit ma main.

– Ça va aller, murmure-t-elle.

Quand je tourne la tête vers elle, je vois que, si ses yeux sont sur la scène, elle ne semble pas regarder Aïsha.

– Ça va forcément bien se passer.

Être réconfortée par Zoey est pour moi une réelle leçon d'humilité et je serre sa main en retour avant de prendre une grande inspiration tremblante.

– Oui, ça va aller, Zoey. Ça va aller.

Main dans la main, Zoey et moi regardons Aïsha descendre de scène après une petite bataille remportée par Lord O'Brien, qui l'achète trois cent cinquante dollars. On se crispe toutes les deux quand Kaylon reprend sa place, car c'est au tour de l'une de nous deux.

– Veuillez accueillir sur scène Zoey Rittman !

Elle pousse un petit cri étranglé et lâche ma main en se levant.

– Tu vas t'en sortir à merveille, Zoey, je lui dis alors qu'elle grimace de peur. Montre-leur de quoi tu es capable.

Elle me regarde en tremblant des pieds à la tête, puis elle respire un bon coup et m'adresse un regard déterminé.

– Toi aussi, Aileen, déclare-t-elle avec une résolution désespérée. On gère.

Le temps qu'elle prenne place sur scène, Zoey semble s'être motivée. Elle ne tremble plus et sa mâchoire est contractée. Elle enlève ses talons pour être pieds nus avec sa combinaison à paillettes. Son morceau, « The Final Countdown », résonne, et elle se lance.

Elle commence par une série de mouvements impressionnants, sautant en l'air pour mettre un coup de pied au mannequin qu'elle a apporté, et elle prouve à tout le monde pourquoi elle était la meilleure de notre cours de sport.

Le public l'adore – ses gestes précis et puissants sont tels qu'elle est impossible à quitter des yeux. Elle démonte le mannequin avec tant de force qu'elle aurait causé de réels dégâts si ça avait été une vraie personne.

Quand elle a fini, Kaylon n'a pas besoin de lancer les enchères, car cinq des sept Lords ont déjà la main en l'air.

– Notre première mise est de Lord Daugherty pour cinq mille ! annonce-t-il. Nous avons cinquante-cinq de la part de Lord Rayne. Quelqu'un dit cinquante-six ? Lord O'Brien double la mise !

Je reste concentrée sur Zoey. Elle est à bout de souffle et en nage après sa performance, et elle regarde droit devant elle avec un mélange de trépidation et d'espoir. Parce que Ragnor a fait une offre. Et Ragnor étant l'enfoiré têtu qu'il est, il va clairement gagner.

En tout cas, c'est ce que je pensais.

– Vendue pour deux cent mille dollars à Lord Renaldi !

Zoey pâlit et son visage se décompose. Ses yeux se remplissent de larmes et elle secoue la tête en faisant un pas en arrière alors que Kaylon s'approche pour lui chuchoter quelque chose à l'oreille. Elle continue de secouer la tête et elle tremble violemment, comme Isora – sauf que Zoey n'a pas échappé aux griffes de Renaldi.

Il a payé le prix fort pour lui mettre le grappin dessus.

Horrifiée, je regarde Kaylon faire descendre Zoey de scène, presque de force. Et je vois sa mine apeurée et les larmes couler sur ses joues juste avant qu'elle disparaisse en coulisses.

Tous ces efforts… pour rien.

Je n'ai pas le temps de m'apitoyer sur le sort de Zoey, car mon heure est venue.

Kaylon regarde la feuille dans sa main et marmonne dans sa barbe. Il fait signe à un vampire sur le côté, qui le rejoint et scrute également son papier, puis ils chuchotent entre eux et se tournent vers le public, comme si quelque chose n'allait pas. Je suis la dernière de la Ligue Rayne. C'est forcément à moi, non ?

Kaylon et l'autre sont rejoints par une femme qui cherche à son tour dans le public, puis Kaylon lève son micro.

– Lord Rayne, il semblerait que nous n'ayons pas la recommandation pour l'une de vos Communes. Est-ce que vous pourriez venir pour qu'on arrange ça ?

Le public s'agite et des cris surpris retentissent. Je regarde Ragnor, suivi par Margarita, monter sur scène et parler à Kaylon et les deux autres. À les voir, la conversation n'est pas agréable.

Je me recroqueville sur ma chaise en me demandant si je vais pouvoir participer aux Enchères, finalement. J'étais tellement préoccupée par Ragnor et le fait qu'il m'achète ou pas, et par ce que je vais peindre pour ma performance, que je n'ai pas pris le temps de demander une recommandation à Lon. Et maintenant, mon tour est sans doute passé avant même d'avoir commencé.

Ragnor, Margarita et les deux autres vampires quittent la scène. Margarita grimace comme si elle avait sucé un citron vert, et Ragnor semble avoir atteint sa limite de conneries pour la journée. Quant aux deux autres, ils ont l'air soulagés.

Puis, comme s'il ne s'était rien passé, Kaylon sourit et déclare :

– Veuillez accueillir sur scène… Aileen Henderson !

CHAPITRE 38

Je gravis les marches, les yeux rivés sur la toile vierge posée sur le chevalet. Les applaudissements bourdonnent dans mes oreilles, étouffés par les pulsations assourdissantes de mon cœur.

Le projecteur réchauffe mes joues quand j'arrive au milieu de la scène, et mon estomac se soulève quand la bile remonte dans ma gorge. J'ai envie de vomir. J'ai trop chaud. Je sens de façon tangible les regards des centaines de vampires assis dans le public qui attendent en trépignant de voir ce que cette autre nov va soumettre à ses bourreaux.

Je m'arrête devant le chevalet et regarde la palette de peinture posée sur la chaise en bois. Soudain, un regret profond et douloureux me saisit. J'ai été ridiculement arrogante de penser que je pouvais me présenter aux Enchères en peignant. Le problème n'est pas seulement que je n'ai pas de stratégie mais que je ne suis tout simplement pas assez douée. Du potentiel ? Du talent ? J'en suis dépourvue en matière d'art. Je suis médiocre, *au mieux*.

Une pulsion désespérée et dangereuse me dit qu'il n'est pas trop tard. Que je pourrais faire autre chose que peindre, comme démontrer l'*Imperium* de Iovan.

Cependant, Abe nous a expliqué que lorsqu'on a choisi sa démonstration, on ne peut pas en changer. Je serais disqualifiée, et le sort de ceux qui le sont est le même que ceux qui ne sont pas achetés, si ce n'est pire.

La pulsion disparaît et je me dégonfle. Il est trop tard pour changer de voie.

J'inspire lentement, consciente que, prête ou non, je dois commencer. Je prends la palette et m'assois sur le tabouret, les yeux rivés sur la toile blanche. J'essaie de trouver quoi peindre – n'importe quoi, à ce stade –, mais un vide terrible règne dans ma tête.

Prie les Dieux du Lendemain, Aileen.

Les propos de Tansy avant d'entamer sa propre démonstration résonnent dans ma tête, comme une ondulation sur la toile vierge qu'est mon esprit. J'écarquille les yeux tandis qu'une idée terrible émerge dans un coin de ma tête, plantant lentement ses griffes dans ma psyché.

Non, chuchote une voix effrayée dans ma tête. *Ne fais pas ça, Aileen.*

Mais l'idée refuse de me quitter. Elle ne fait que prendre racine dans mon esprit et me narguer, me défier de faire ce que je me suis un jour juré de ne plus jamais faire.

– Tu peux le faire, Henderson.

Le chuchotement vient de Kaylon, qui a baissé son micro et m'observe au pied de la scène en levant les pouces pour m'encourager.

Ça ne sert pas à grand-chose, je suis pétrifiée. Parce que Kaylon me dit de me bouger, et j'ai trop peur d'exécuter ma seule et unique option.

Je regarde le public. La scène est tellement éclairée que la salle n'est qu'un abîme noir, prêt à m'engloutir. J'aimerais juste voir le visage de Ragnor, ne serait-ce qu'une seconde. J'aimerais qu'il me rassure en me disant qu'il m'achètera.

Mais il fait trop sombre, et mon sang se glace en réalisant que je suis seule.

Et ma décision est prise.

Je ferme les yeux, inspire en tremblant et, mon cœur martelant dans mes oreilles, je lâche la palette qui tombe au sol. Je plante alors mes ongles dans mon bras gauche. Je ne grimace même pas – la sensation de mes ongles déchirant ma peau m'est terriblement familière.

S'il vous plaît, je supplie dans ma tête, me détestant pour ce que je m'apprête à faire. *Si vous êtes là, quelque part, entendez mon appel.*

J'entends les cris surpris du public, mais c'est comme s'ils provenaient d'un tunnel submergé. Mes sens sont concentrés sur la sensation du sang qui coule de ma plaie.

Une brise douce et presque surnaturelle chatouille mon visage alors que j'ouvre les yeux et appuie mon bras ensanglanté à la toile blanche, étalant mon sang dessus avant de baisser la main. Bizarrement, la brise enfle et m'enveloppe comme une couverture invisible tandis que je commence à dessiner.

S'il vous plaît, je pense désespérément en esquissant les silhouettes de trois hommes. *Aidez-moi, s'il vous plaît.*

Je ne veux pas quitter la Ligue Rayne.

Je ne veux pas être achetée par un autre que Ragnor.

Je veux rester.

Et dans l'immédiat, même si je me déteste et que ma décision désespérée me terrorise, c'est ma seule chance.

Doucement, dans un murmure grave et hoquetant, alors que je continue de dessiner, je me mets à chanter.

Au cœur de la forêt, aucun oiseau n'est sauf,
Des baies émiettées les dieux feront pousser ;
Conçus dans le ventre de dame Nature,
Les Dieux du Lendemain viendront...

J'ajoute des détails aux corps rouges, puis je dessine délicatement leurs membres.

Le vent et l'océan caressent tes peurs,
Car l'amour et sa mort sont portés par Dieu ;
Ouvre les yeux et vois le miracle
Qu'est le retour des Dieux du Lendemain...

Le sang sèche trop vite et je dois me blesser à nouveau pour en faire couler et y tremper mes doigts. Ma main se met à frémir quand je l'approche de la toile, et je me force à franchir toutes les barrières que j'ai érigées dans mon esprit pour me remémorer les récits que mon père me racontait dans mon enfance au sujet des Dieux du Lendemain.

Les oiseaux d'abord s'envoleront,
La peur leur appartient ;

Car les Dieux aux yeux ardents
Sont l'orage sans fin tissé…

Je passe mon pouce au-dessus des yeux des hommes pour tracer leurs sourcils. Je trempe ensuite mon doigt dans mon sang et me mets à esquisser l'arrière-plan. La brise est plus forte qu'avant et agite mes cheveux, comme pour me débarrasser de ma misère.

À terre et enfermés, ils ne sauront pas
Quel est leur destin ;
De leurs ossements funèbres ils s'élèveront pour s'incliner,
Car leurs feux ont engendré les flammes…

Il devient de plus en plus dur de respirer dans la brise qui refuse de s'apaiser. Je continue d'agiter mes doigts sur la toile, dessinant les flammes infernales des abysses. J'assombris le rouge autant que possible et ma voix s'élève en même temps que le sentiment d'urgence qui m'anime.

Au cœur de la forêt, un puits de sang enflammé, je chante en traçant les troncs des arbres, presque étouffée par la brise.

Strie la terre nue et aride, je poursuis en esquissant le ciel pour créer un horizon cramoisi alors que le vent frotte ma peau qui se couvre de chair de poule.

Trois hommes bestiaux partagent une cape d'or, je fredonne en passant une phalange sur les visages des hommes, sentant la brise dans ma gorge.

Les Dieux du Lendemain sont là.

Le tableau représente trois hommes côte à côte, leur silhouette à peine croquée, leurs visages expriment la même colère – du moins, c'est mon intention. Ils se tiennent au milieu d'une forêt en feu, sous un ciel chargé de fumée. La peinture n'est pas nette puisque mon sang est mon seul pigment et que je ne suis pas une vraie artiste, mais le dessin est assez clair pour que mon but soit compris.

Car cette toile est mon moyen de demander aux Dieux du Lendemain leur miséricorde. De me sauver de l'enfer que sont ces Enchères, de l'hystérie et de la peur, de la tristesse et de l'agonie qui m'étouffent de l'intérieur.

En tremblant, je me mets debout et, craignant la réaction du public, je me tourne vers lui. Je réalise seulement maintenant que ça fait presque une minute que ma performance a pris fin et que la salle est parfaitement silencieuse.

Ça n'aide pas à me calmer.

J'observe le public et réalise qu'une sorte de paralysie le recouvre. Si j'avais perçu la salle comme une grande toile noire, je comprends que cette toile est immobile. Comme si tout le monde était figé.

Je cligne alors des yeux, et la salle des Enchères disparaît.

Je me trouve dans un champ, une étendue sans fin, pleine d'herbe sèche et grise et de petites fleurs blanches légèrement luisantes, sous un ciel sans nuage, orange et violacé. Ce champ m'est étrangement familier, comme si j'y étais déjà venue, mais je sais que c'est impossible. Je m'en serais souvenue.

Une douce brise, semblable à celle d'avant, porte sur elle l'odeur de l'océan et agite mes cheveux.

Une vive lueur dorée m'interpelle et je saisis mes cheveux. Mon cœur accélère en découvrant que ma teinture brune a disparu et que mes mèches ont repris leur blond naturel, comme si toute ma couleur s'était soudain envolée.

Je lève la tête en lâchant mes cheveux et regarde autour de moi, balayant le champ des yeux pour comprendre où je suis.

Car je ne suis plus dans la Ligue Rayne.

Je ne suis plus en Nouvelle-Angleterre, c'est certain.

Existe-t-il sur terre un tel endroit ? Aussi tranquille, tout en étant étrangement inquiétant, sans la moindre étoile dans ce ciel sans nuage, sans soleil, et qui ne semble jamais changer ?

Mon cœur pulse dans mes oreilles et je fais un pas en avant. Un bruissement sur ma droite me fait pivoter brusquement et je m'étrangle sur un cri. Je crois d'abord l'imaginer puis, à quelques pas, je vois un mouvement dans l'herbe fanée.

Prudemment, je marche et m'arrête.

C'est un oiseau.

Un oiseau étrange et nu avec la tête d'un aigle, le corps d'un faisan, une longue queue pareille à celle d'un rat et de grandes ailes dépourvues de plumes. Sa peau est grise comme l'herbe sur laquelle il est couché, et ses mouvements sont maladroits. Ses yeux sont plissés et fermés, comme s'il supportait une douleur atroce.

Je m'accroupis devant le volatile et le regarde se tordre au sol sans pouvoir agir. Il paraît sentir ma présence et s'immobilise, puis il ouvre son bec blanc pour émettre un son torturé qui ne ressemble en rien au cri d'un oiseau.

Il n'empêche, quoi que soit cette bête, je ne peux pas me contenter de la voir souffrir ainsi. Délicatement, je prends l'oiseau dans mes bras et m'assois dans l'herbe sèche et craquante pour le caresser comme je cajolerais un chat.

– Ça va aller, je mens, sentant au fond de moi que la vie de cet oiseau touche à sa fin. Tout ira bien, je répète.

Les paupières de l'oiseau tremblent avant de s'ouvrir, révélant des yeux couleur rubis. Il regarde droit dans les miens et les émotions que j'y lis me semblent contenir bien plus qu'une agonie accablante. Les joyaux expriment aussi une terrible... tristesse.

Je m'en trouve anéantie et mon cœur se brise. J'ai l'impression de regarder un vieil ami sur le point de rendre son dernier souffle, et un sanglot m'échappe sans que je puisse le retenir.

– Ne meurs pas, je supplie, les yeux remplis de larmes, obsédée par l'idée de sauver cet oiseau. S'il te plaît, ne meurs pas.

Je retiens mon souffle quand les larmes enflent également dans ses yeux et, tremblante, je le regarde fermer ses paupières, laissant les gouttes tomber au sol.

L'oiseau cesse de bouger.

Il est mort.

Et j'ai l'impression de mourir avec lui.

– Non ! je hurle en le serrant contre moi tandis que les larmes dévalent sur mes joues comme l'eau d'un barrage qui se serait brisé. Non, non, non... je gémis, endeuillée pour cet oiseau, comme si nous étions du même sang.

Mon désespoir est insupportable. J'ai l'impression que plus jamais je ne serai capable de rêver, de ressentir, d'espérer.

C'est comme si Dieu lui-même venait de mourir.

Quelque chose bouge sur mes cuisses et j'ouvre brusquement les yeux. Choquée, horrifiée, je vois le volatile se décomposer. Son corps se change en poussière, depuis la pointe de sa queue à celle de son bec.

J'essaie de le retenir, de le conserver dans mes bras, refusant de le lâcher. Je cligne des yeux, je ne tiens plus son cadavre, mais ses cendres.

La brise emporte ces cendres, les balayant de mes mains jusqu'à ce qu'il n'en reste que quelques grains, au loin.

Ma tête tombe sur ma poitrine. Je suis anéantie. Je ne sais pas comment je vais pouvoir avancer, comment je vais pouvoir continuer à vivre alors que je me sens pulvérisée de l'intérieur.

Je regarde alors l'herbe sur laquelle je suis assise, et ma stupeur, ma souffrance, mon deuil insupportable se changent en émerveillement.

Car cette herbe n'est plus sèche.

Elle est désormais verte et grasse. Tellement verte qu'elle en est presque aveuglante.

Mon cœur bat la chamade, je lève la tête et regarde autour de moi, mais le reste du champ n'a pas bougé. Seul ce petit carré est soudain revenu à la vie.

J'essaie de lever la main et grimace de douleur. C'est vrai, je me suis coupée. Mais pourquoi ai-je mal, tout à coup ? Quand je tenais l'oiseau, je ne sentais rien. Je regarde mon bras, maintenant, et vois que la plaie a cessé de saigner. D'ailleurs, elle a l'air de pulser.

Choquée, je me fige en voyant la coupure se refermer lentement, comme si une aiguille invisible la recousait. Elle cicatrise avant de disparaître sans laisser de trace, comme si je ne m'étais jamais coupée.

Je frissonne et m'étreins, apeurée à présent. Je lève les yeux vers le ciel qui se met à onduler et à se déformer.

La voûte céleste noircit et mon carré d'herbe verdoyante se transforme en une scène aux lumières aveuglantes, meublée d'un chevalet et d'une toile ensanglantée. Le reste du champ aride est remplacé par le vide noir qu'est le public.

Je suis de nouveau dans la salle des Enchères.

C'est comme si tout ce qui vient de se passer n'avait été qu'un rêve lointain et horriblement réaliste.

Je suis debout à côté de mon tableau fini. La brise étrange a disparu. J'attrape ma queue-de-cheval et mon dos se voûte – je suis soulagée de voir que ma couleur brune est bien là. Mais peut-être n'a-t-elle jamais disparu.

Je lève les yeux et fronce les sourcils. Comme avant ce rêve étrange, le public semble immobile. Est-ce qu'ils sont sous le choc ? Étaient-ils dans ce champ, eux aussi ?

Je me tourne ensuite vers Kaylon, l'animateur, qui est au pied de la scène et semble parler à quelqu'un. Mais quelque chose cloche. Leurs bouches ne bougent pas ni leur corps.

Une alarme retentit dans ma tête et je m'approche du bord de la scène pour m'accroupir devant eux et mieux les voir. Ils sont comme gelés, comme les poupées très réalistes des musées de cire.

Mon cœur martèle dans ma poitrine et je balaie des yeux le premier rang, où sont assis les novices restants. Leurs yeux sont rivés sur la scène, mais comme l'animateur et son ami, ils sont immobiles également et leurs expressions sont figées, comme s'ils n'étaient que des portraits. Je ne les vois même pas respirer.

Tout à coup, mes jambes se mettent à trembler et je tombe sur les fesses, le souffle court, je comprends que je suis en hyperventilation. Car ce que je vois ne peut pas être réel. C'est impossible.

J'observe les vampires, les secondes passent, mais ils ne bougent toujours pas.

Je suis donc la seule dans cette salle qui sent les secondes passer.

Car pour tous les autres, le temps semble s'être arrêté.

CHAPITRE 39

Le seul bruit, dans cet étrange silence, provient du martèlement paniqué de mon cœur contre mes tympans.

Je me mets debout et descends les marches de la scène en voyant les visages dans le public devenir de plus en plus nets, leurs expressions toutes différentes. Ça me fait penser à ce jeu auquel on jouait en primaire et que je détestais – « Un, Deux, Trois, Soleil ». Dans une version bien plus flippante.

Je parcours les rangées de sièges, passant devant les vampires immobiles, et je suis à la fois fascinée, confuse et terrifiée par ce qui se passe. Qu'est-ce qui peut causer cette... *anomalie* ?

Peut-être est-ce toi, murmure une voix logique dans ma tête, et je suis à deux doigts d'éclater de rire. Ça ne peut pas être vrai. Je suis une vampire Commune, et avant d'être vampire, j'étais simplement humaine. Aucun être vivant ne peut arrêter le temps.

Alors, pourquoi suis-je la seule à ne pas être affectée ?

Mes pensées torturées sont interrompues par les cheveux rouges de Margarita. Même dans un si grand public, sa tête flamboyante est impossible à rater. Elle est assise deux rangs devant moi et je marche vers elle, curieuse de voir son visage.

Toutefois, je remarque d'abord qu'elle est à côté de Logan. Et quand je les regarde tour à tour, mon estomac se noue – jamais je ne les ai vus avec une telle expression.

Margarita observe la scène, la bouche entrouverte, et ses yeux verts et luisants trahissent son inquiétude. Une autre fois, j'aurais adoré la voir ainsi, mais constatant que Logan partage son appréhension et que ses iris turquoise brillent presque de peur, je me sens malade.

Parce que ce ne sont pas les seuls qui ont l'air d'avoir vu un fantôme.

Je regarde derrière eux, Ragnor scrute également la toile sur scène, arborant une expression qui me fait faire un pas en arrière.

On dirait qu'il vient d'être giflé. Il a de grands yeux stupéfaits et il est penché en avant, comme s'il était sur le point de se lever quand le temps s'est arrêté.

Je ne l'ai jamais vu ainsi, et je meurs d'envie de prendre son visage dans mes mains, de caresser les rides au coin de ses yeux, de remodeler son expression telle qu'elle est gravée dans ma mémoire. Je veux poser ma bouche sur la sienne et utiliser mon toucher pour lui montrer que, quoi qui le dérange, ce n'est rien, ce n'est pas grave.

Cependant, une douleur tranchante jaillit dans ma tête avant que j'aie pu bouger. Je grogne et je titube en arrière, la vision devenue floue.

J'ai bientôt l'impression qu'un poignard essaie de me découper les yeux et mon instinct se met à me hurler : « *RETOURNE SUR SCÈNE !* » Je grince des dents et passe entre les rangs en me cognant aux chaises, les larmes prêtes à couler tant la douleur est insupportable, mais je ne sais comment, je réussis à remonter sur la scène.

Je me laisse tomber sur le tabouret en bois à côté du chevalet, je gonfle mes poumons, ma tête dans mes mains, et je ferme les yeux en suppliant la douleur, cette *torture*, de cesser.

La pression devient tellement insupportable que je hurle.

« *Libère le temps.* »

La tourmente doit être sévère, car il semblerait que j'ai halluciné une voix, dans ma tête, qui m'est à la fois familière et inconnue.

La douleur se répand depuis mon crâne, le long de ma colonne vertébrale, jusqu'à ma taille. Je me cambre, essayant d'échapper au mal, priant pour qu'il parte, pour qu'il me laisse tranquille.

« *Libère le temps, Aileen. C'est toi qui l'as figé.* »

C'est quoi ce bordel ?

Devant mes yeux embués, j'ai l'impression d'halluciner de nouveau, je crois voir une créature transparente à la forme étrange. Elle brille d'une lumière blanche qui aggrave la douleur, et la voix chuchote à nouveau dans ma tête. « *Libère le temps que tu as arrêté, Aileen, sinon tu mourras.* »

À cet instant, rien ne compte, pas même la logique. J'ai juste besoin que la douleur disparaisse.

Je ne me pose pas de question, je ferme les yeux et, malgré la douleur, les larmes et la sueur, je supplie en silence : « *Que le temps reprenne. S'il te plaît. Je t'en supplie, continue de tourner et libère-moi de cette horrible souffrance.* »

J'entends un cliquetis dans ma tête, comme les aiguilles d'une horloge ancienne qui atteignent minuit, et la douleur s'évanouit aussi vite qu'elle est apparue.

Je me penche en avant sur le tabouret, le souffle laborieux, ma sueur coulant sur mes joues, mêlée à mes dernières larmes.

L'espace d'un instant, je ne suis pas sûre qu'il se soit passé quoi que ce soit. Je suis trop obnubilée par mon soulagement de ne plus souffrir. Ainsi, quand Kaylon s'écrie : « Nous avons quinze mille dollars ! » je mets un moment à comprendre.

J'ouvre grand les yeux, comme si je revenais à la réalité après un rêve fiévreux, et je regarde le public sombre et mouvant. À côté de moi, Kaylon, qui ne semble pas me remarquer sur scène, sourit face à la salle.

– Et Lord Rayne vient de faire monter les enchères à vingt-deux mille ! Est-ce que quelqu'un dit trente ?

Je cligne des yeux et essuie ma sueur et mes larmes avant de me redresser sur le tabouret. Le temps a repris. La douleur est partie. Et personne ne semble savoir ce qui vient de se passer.

Alors, est-ce que c'est vraiment arrivé ? Le champ, le temps arrêté, la douleur ?

Est-ce que c'était dans ma tête ?

– Cinquante mille dollars de la part de Lord Renaldi ! s'exclame soudain Kaylon, et je rive mes yeux sur lui. Eh bien, nous avons une véritable bataille, Mesdames et Messieurs. Et Lord Atalon augmente la mise à soixante-dix ! Est-ce qu'on a soixante-quinze ?

Les murmures du public augmentent à chaque annonce de l'animateur.

– Quatre-vingt-cinq mille pour Lord Renaldi ! Est-ce qu'on monte à quatre-vingt-dix… Lord Atalon nous offre cent mille dollars !

Je réalise, un peu tard, que les Lords se battent pour m'acheter.

Et que la bataille semble être entre Atalon, Renaldi et peut-être Ragnor.

– *Cent dix mille dollars de la part de Lord Rayne* ! s'écrie Kaylon d'une voix incrédule, tout excité.

Je tourne la tête en direction de l'endroit où Ragnor est assis, mais je ne le vois pas. Je ne vois rien.

C'est alors que…

– Cent vingt mille pour Lord Atalon !

Mon cœur se pince. Atalon ne lâche pas l'affaire.

Augmente la mise, Ragnor, je le supplie en silence.

– Une fois ! déclare Kaylon.

Mon estomac fait un saut périlleux, si violent que je suis prise d'un vertige. *Allez, Ragnor…*

Je ne réfléchis pas et je me lève d'un bond pour approcher du bord de la scène, cherchant Ragnor des yeux. *Ne me vends pas*, je pense d'une voix hystérique. *Achète-moi. Tu me veux, non ? T'as dit que tu voulais essayer !*

– Deux fois !

Non, ça ne peut pas arriver.

Ragnor, je t'en supplie, augmente la mise ! Je regarde de droite à gauche, essayant de le voir alors que mon front se couvre de sueur et que j'ai du mal à respirer.

Plus rien n'a d'importance. Ni mes hallucinations, ni le champ, ni l'oiseau mourant. Pas même l'étrange anomalie qui s'est produite et son lien probable avec moi.

Tout ce qui compte, c'est que je suis en train d'être vendue au plus offrant.

Et que ce plus offrant n'est pas Ragnor.

Mes prières sont plus désespérées que jamais. *Ne me quitte pas, Ragnor. Ne sois pas comme Logan. Ne sois pas comme papa.*

Je ferai tout pour toi si tu me choisis, je serai ton amante, ton plan cul, même ton esclave, mais garde-moi avec toi, s'il te plaît.

– Vendue pour cent vingt mille dollars à Lord Atalon !

On m'escorte dans une pièce derrière la scène où deux vampires qui ont été achetées avant moi attendent. Elles se tiennent l'une contre l'autre et pleurent en silence. Je réalise vaguement que l'une d'elles est Isora, la Redoublante qui a réussi à échapper aux griffes de Renaldi grâce à Atalon.

Le même Atalon qui vient de m'acheter.

Parce que Ragnor m'a vendue.

Il ne s'est pas battu pour moi.

Il s'en fiche.

J'entends mon cœur se briser.

Il m'a quittée, abandonnée.

Comme ma mère m'a abandonnée quand j'avais trois jours.

Comme mon père m'a quittée en allant en prison.

Comme Logan m'a quittée quand on avait dix-huit ans.

De la même manière que Cassidy a essayé de m'abandonner, et qui aurait réussi si je ne l'avais pas suivie, comme Alice a suivi le lapin dans le terrier magique de ce putain de Pays des Merveilles.

Or on n'est pas au Pays des Merveilles. Et rien de tout ça n'est merveilleux.

Comment ça pourrait l'être alors que l'homme que je désire de tout mon être, celui que je croyais capable de tenir à moi, malgré tout, vient de me jeter comme j'ai jeté mes toiles lors de mes préparatifs ?

Je marche jusqu'au mur de la petite salle d'attente et me laisse glisser jusqu'au sol avant de prendre ma tête dans mes mains. Pourquoi tout le monde cherche à me quitter ?

Tu le sais, dit une voix horrible dans ma tête. *Tu sais pourquoi tout le monde t'abandonne.*

Je lève la tête et regarde Isora et l'autre fille. Je réalise qu'elles sourient, soulagées. Elles sont sans doute ravies d'avoir échappé à la Ligue Renaldi.

Le désespoir m'accable et m'écrase et je ramène mes genoux contre ma poitrine. Je les entoure avec mes bras et me dis que plutôt qu'arrêter le temps, j'aurais voulu le remonter, jusqu'avant les Enchères, quand il n'y avait que Ragnor et moi dans cette remise.

Avant qu'il brise mon âme en mille morceaux.

Au total, Atalon a acheté cinq vampires. Isora et l'autre fille de la Ligue Renaldi, un homme de la Ligue Daugherty, un homme de la Ligue Kamala et moi.

Lord Atalon lui-même entre dans la salle d'attente, accompagné par ses Lieutenants jumeaux. Il paraît aussi impeccablement apprêté que tout à l'heure et ses yeux noirs et pénétrants nous étudient avec une lueur satisfaite.

– Bonsoir, mes nouveaux vampires, dit-il d'un ton formel. Maintenant que les Enchères sont terminées, il est temps pour nous de partir.

Un des jumeaux fait un pas en avant.

– Suivez-moi, s'il vous plaît.

Je me lève comme les quatre autres. J'ai l'impression d'être en mode automatique et qu'un vide anesthésié remplace l'endroit où se trouvait mon cœur. Toutefois, quand je vais pour emboîter le pas aux quatre vampires et au jumeau, Atalon me saisit le bras.

– Un mot, Aileen.

Je m'arrête et me tourne vers lui, étudiant son visage avec indifférence.

– Oui ?

– Je suis content de t'avoir achetée, dit-il en souriant, et mon estomac se noue. Et je veux t'assurer que je traiterai convenablement. La Ligue Atalon est un bel endroit. Je peux te le promettre.

Il a raison. Je me souviens d'avoir visité sa Ligue, et c'est un bel endroit, en effet. Si je devais être achetée par un autre que Ragnor, Atalon est clairement le meilleur remplacement.

Toutefois, c'est Lord Atalon lui-même qui est le problème. Ses yeux sont bien trop rusés.

Et puis, il n'est pas Ragnor.

– Merci, je réponds sincèrement, malgré le sentiment de trahison qui me déchire.

Je réalise soudain que je ne me suis pas adressée à lui comme il faut.

– Milord, j'ajoute.

– Je t'en prie, appelle-moi Atalon, répond-il en gloussant.

Je lui offre un sourire dénué de joie. Dans ma tête, je revois Ragnor s'agacer face à mon insolence, et je me remémore combien il détestait que je ne lui adresse pas le respect qu'il méritait. Je repense aussi au fait que ça le dérangeait moins quand on…

Je fais taire mes pensées. Ça suffit. Juste… ça suffit.

Ragnor Rayne m'a jetée sans hésitation. Il se fiche de moi. Il n'a même pas pris ses responsabilités après m'avoir emmenée dans ce nouveau monde contre mon gré.

Et malgré tout ça, je l'ai laissé m'envahir de plus d'une façon, et il m'a piétinée comme un vulgaire déchet.

Or je ne vais plus m'apitoyer sur mon sort.

J'en ai fini avec Ragnor Rayne.

Je suis donc Atalon en silence qui m'emmène jusqu'à l'entrée de la Ligue Rayne. Margarita se tient près de l'ascenseur, mais je ne lui adresse pas même un regard alors qu'elle l'appelle en posant sa main sur le lecteur d'empreintes.

On entre dans la cabine qui nous amène dans le hangar où tout a commencé, et quand on en sort et que je suis Atalon dans l'air frais, sous le sublime ciel étoilé, une sensation froide, dure et mordante envahit ma poitrine.

Ragnor Rayne regrettera ce jour jusqu'à la fin de sa vie.

J'en fais le serment.

ÉPILOGUE
Eliza Wains

La salle des Enchères est plongée dans le silence lorsqu'Eliza y entre enfin. Elle était assise au fond et a observé les enchères, elle a vu tout ce qui s'est passé concernant une vampire précise. Elle revient maintenant après avoir vu cette vampire quitter la Ligue Rayne au bras d'un autre Lord.

La salle est vide, désormais, à l'exception d'un homme assis au premier rang, une toile ensanglantée entre les mains.

Elle s'installe à côté de lui. Ragnor Rayne, un homme qu'elle a connu toute sa vie et qui est pour elle comme un grand frère embêtant, paraît perdu.

Ragnor n'est jamais perdu. Il est plutôt le genre à guider les âmes perdues vers le droit chemin.

Or il semble parfaitement abattu par son propre entêtement.

– C'est beau, dit-elle en regardant le tableau.

Ce n'est pas une toile de maître et elle n'est pas sublime, mais elle est fascinante. Aileen Henderson n'est peut-être pas une grande artiste, mais elle pourrait le devenir.

Rayne ne répond rien, son regard est vitreux tandis qu'il observe la peinture.

Elle soupire et pose sa main sur son épaule.

– Tu as pris la bonne décision, lui dit-elle. Tu l'as entendue chanter. Tu sais ce que ça veut dire.

Il ne semble pas enregistrer ce qu'elle dit. Elle enlève sa main et recule sur sa chaise pour regarder la scène.

– Tu aurais mieux fait de l'acheter, si tu dois être comme ça.

Sa remarque semble l'atteindre et il tourne la tête vers elle, les yeux luisants.

– Ah oui ? Tu crois ? crache-t-il d'une voix grave. Elle a été insupportable depuis le début. Elle est arrogante, insolente, agaçante au plus haut point. Impolie.

Eliza regarde ses mains et voit qu'il étreint si fort la toile que ses doigts l'ont enfoncée.

– Il n'empêche, tu t'es vu, là ? Tu n'es pas beau à voir, Ragnor.

Il détourne le regard et se concentre sur le tableau en fronçant les sourcils.

– J'ai failli l'acheter, Eliza, grogne-t-il. Je l'aurais fait si l'animateur avait attendu une seconde de plus.

Eh ben, fallait pas t'endormir, pense-t-elle, mais elle n'en dit rien. Pas maintenant, alors que pour la première fois de sa vie, Rayne montre de véritables émotions humaines.

– En fin de compte, c'est bien que tu l'aies laissée partir, chuchote-t-elle. Tu le sais, n'est-ce pas ?

Il ferme les yeux et s'affale sur la chaise.

– Elle n'a jamais rien dit au sujet des Dieux du Lendemain, siffle-t-il.

Elle se retient de ricaner, mais ses propos la trahissent.

– Oui, alors que toi, tu t'es confié à elle, c'est ça ? rétorque-t-elle.

Il couvre ses yeux avec son avant-bras et gonfle ses poumons.

– Je suis fatigué, chuchote-t-il. Je suis tellement fatigué, putain.

– Je sais. Mais tu as fait ce qu'il fallait. Tu le sais.

Car Eliza sait que l'existence même d'Aileen Henderson représente un danger. Quel que soit son lien avec les Enfants de Kahil, ça ne peut qu'être dangereux, surtout pour Ragnor.

Eliza ne le pensait pas avant les Enchères. Elle pensait qu'Aileen Henderson était le salut qu'elle espérait pour Ragnor. Elle avait adoré le voir aussi tourmenté au sujet d'une jeune femme de vingt et un ans, au point que les horreurs qu'elle avait découvertes sur le passé de la jeune femme n'avaient pas d'importance. Elle avait continué de penser qu'elle serait positive pour Ragnor.

Toutefois, essayer d'invoquer les Dieux du Lendemain a tout changé. Eliza ne peut plus encourager ce qui se passe entre Rayne et cette femme. Elle ne peut plus encourager les sentiments de Ragnor pour elle.

Car Aileen Henderson est l'ennemie de Ragnor Meha-Seraphim.

NOTE DE L'AUTEURE

Chers merveilleux lecteurs,

J'espère que vous avez aimé lire ce livre autant que j'ai aimé l'écrire !

Sapir

REMERCIEMENTS

Je remercie ma mère, mon père, ma sœur, mon beau-frère, mon neveu, ma nièce, mes amis, mes éditeurs, etc.

Un merci tout particulier à Georgia McBride, ma fabuleuse agente littéraire.

Découvrez le prologue du tome 2 de la série
« Cloak of the Vampire » de Sapir A. Englard,
Blood of the Gods.

CLOAK OF THE VAMPIRE

TOME 2

BLOOD OF THE GODS

Pour Eden.
Ton courage sera à jamais une source d'inspiration.

PROLOGUE

Huit ans plus tôt
Lewiston, État du Maine

Le ciel n'est qu'une toile sombre quand Natalia et son père avancent vers la rivière Androscoggin. Ils ne parlent pas, mais ça ne dérange pas Natalia, son père est toujours silencieux à l'heure du second rite.

C'est bien mieux que le bruit qu'il fait pendant le premier.

Mais un monstre taciturne reste un monstre.

Son père s'arrête près de la berge. Natalia se poste à côté de lui, les yeux fixés sur la rivière. Il n'empêche que ne pas regarder, *ça* n'efface pas sa présence pour autant. Son père se met alors à parler, à murmurer les paroles qu'elle a entendues chaque mois, toute sa vie. Et comme chaque fois, elle ressent le besoin étrange de l'observer.

Elle avait un jour entendu les mères de ses camarades dire que son père était charmant. Elle partageait leur avis, d'une certaine manière. À première vue, il avait l'air intelligent et gentil, avec des yeux chaleureux derrière ses lunettes carrées. Et puis, le fait qu'il soit professeur de biochimie à l'Université du Maine jouait en sa faveur.

Ce que ces mères n'avaient pas vu, c'était le fanatisme ancré dans ses iris noisette.

– Chers Dieux de la Foi et de la Divinité, murmure son père, le regard vitreux dirigé sur l'eau, comme s'il était perdu dans ses pensées. Permettez-nous de puiser dans la source de nos croyances et d'atteindre notre véritable potentiel en tant que réceptacles pour vos bénédictions.

Il baisse les yeux sur le grand saladier en verre qu'il tient dans ses bras. Ses iris sont brillants et brûlants de colère.

– Nous vous avons déçus, poursuit-il d'une voix plus forte et amère.

Natalia frémit, perplexe. Son père n'a jamais dévié du discours jusque-là.

– La dernière fois, nous ne vous avons pas fourni la preuve de notre foi. N'ayez crainte, cela ne se produira plus jamais.

Natalia sent son cœur se comprimer tandis qu'elle se concentre à nouveau sur la rivière. Elle n'a pas oublié l'incident du mois dernier. Cela continue de la hanter de savoir que quelqu'un d'autre à part elle connaît la véritable nature de son père. Elle se souvient de l'éclat de colère de son père quand il n'a pas pu accomplir le rite. Elle ne veut plus jamais le revoir.

Son père s'agenouille à côté d'elle, secoué par des soubresauts de rage à peine contenue.

– Nous vous présentons ainsi un digne hommage pour vous prouver notre gratitude sans faille après tout ce que vous nous avez offert, ô, Êtres Sublimes, car notre foi en vos pouvoirs est de loin supérieure à toute autre.

Il tourne la tête vers Natalia et elle réalise qu'elle tremble elle aussi en voyant la dévotion fervente qui brille dans le regard de son père.

– Allons, Natalia, montre-leur ta foi.

Natalia hoche maladroitement la tête et fait un pas en avant en sortant son opinel de la poche de son jean. Elle presse la lame contre l'intérieur de son avant-bras et ressent aussitôt cette sensation familière et écœurante alors qu'elle accueille la douleur, regardant son sang jaillir de la plaie, brillant au clair de lune.

Elle commence alors à chanter.

– *Au cœur de la forêt, aucun oiseau n'est sauf...*

Natalia récite le vieux psaume du *Livre de Kahil* et tend son bras au-dessus du saladier que tient son père. Il est rempli de cendres, qui rougissent peu à peu avec le sang qu'elle verse dans le bol.

Natalia et son père sont immobiles, figés, et seul le chant de Natalia anime l'atmosphère pesante.

Quand la dernière goutte de sang tombe sur les cendres, Natalia replie le bras et se redresse.

– Les Dieux du Lendemain sont là, chuchote-t-elle.

Son père se remet debout et avance vers l'eau calme pour y verser le contenu de son saladier, colorant les flots d'une teinte rougeâtre.

Natalia et son père regardent la dernière goutte de sang et de cendre atterrir et disparaître dans l'eau. Ils attendent encore quelques instants avant de joindre leurs mains, de fermer les yeux et de murmurer :

– Puissent les Dieux du Lendemain conférer à l'Au-delà leur brasier éternel.

Natalia observe la rivière Androscoggin depuis la fenêtre du salon et son père rince le saladier dans la cuisine quand on frappe à leur porte. Ils tournent tous les deux la tête vers l'entrée, immédiatement sur leurs gardes.

Ni Natalia ni son père n'ont d'amis. Il fut un temps où les voisins avaient essayé de se lier d'amitié avec eux, mais ils avaient vite compris que des choses aussi triviales que les amitiés ne les intéressaient pas. Si Natalia avait un jour regretté de ne pas avoir d'amis, faire l'école à la maison et ne pas avoir d'activité extrascolaire ne le permettait tout simplement pas.

Il n'y a donc aucune raison pour que qui que ce soit leur rende visite, surtout quand il est presque minuit.

On frappe à nouveau et Natalia sursaute. Elle pose son cahier d'exercices et se lève d'un bond, puis elle avance vers la porte sur la pointe des pieds et regarde par l'œil-de-bœuf sans faire de bruit.

Ce qu'elle voit la fait pâlir.

Elle recule, alors qu'un autre coup retentit dans la maison silencieuse. Elle se tourne vers son père, qui hausse les sourcils et articule : « Qui est là ? »

Natalia ouvre la bouche pour répondre, mais aucun son n'en sort. De nombreux scénarios défilent alors dans sa tête, au point qu'elle peine à respirer.

Son cœur s'emballe et des gouttes de sueur froide coulent dans son dos. *C'est une chance*, chuchote une petite voix lointaine dans sa tête. *C'est la chance que tu as tant espérée.*

Mais une autre voix, plus grave et terrifiée lui hurle : *Tu n'as nulle part où aller !*

Elle n'a pas le temps de faire un choix.

La porte s'ouvre avec fracas et cinq policiers entrent dans la maison. Ils passent devant Natalia et se dirigent tout droit vers son père. L'un d'eux saisit ses mains et lui passe les menottes.

– Amir Zoheir-Henderson, aboie-t-il d'une voix dégoûtée, vous êtes accusé d'enlèvement et de viol. Vous avez le droit de garder le silence. Tout ce que vous direz pourra être utilisé contre vous devant une cour de justice.

Le père de Natalia ne résiste pas. D'ailleurs, c'est tout le contraire. Il reste parfaitement calme alors qu'ils le traînent jusqu'à la porte, et il tourne la tête vers Natalia avant de la passer.

– Elle n'a rien à voir dans tout ça, dit-il aux policiers. Ne la mêlez pas à ça.

Elle regarde les officiers emmener son père tandis qu'une policière reste en arrière et se poste devant elle.

– Tout va bien se passer, dit-elle, et Natalia voit qu'elle n'essaie pas de cacher sa compassion. Tout ira bien.

Après ça, tout s'est passé tellement vite que Natalia s'en souvient à peine. On l'a mise dans une voiture, des gens lui ont parlé et dit des choses qu'elle n'a pas vraiment comprises, pendant tout ce temps, elle n'a pas dit un mot et n'a pas versé la moindre larme.

Jusqu'à ce qu'un enquêteur s'asseye avec elle.

– Est-ce que tu savais que ton père enfermait des jeunes filles dans le sous-sol de ta maison ?

Elle sort alors de sa torpeur hébétée, et la première chose qu'elle dit depuis plusieurs heures est un mensonge.

– Non.

Et l'enquêteur la croit. Pourquoi ne serait-ce pas le cas, se dit-elle amèrement ? Elle n'a que treize ans et elle n'est elle-même qu'une jeune fille, après tout.

Dans les jours qui suivent l'arrestation de son père, Natalia ne dort pas. Elle n'y arrive pas. Elle reste éveillée, les yeux rivés sur le plafond de la chambre du motel dans laquelle les flics l'ont installée, à se demander ce qui va bien pouvoir lui arriver maintenant.

Car elle a conscience que le sort de son père est scellé. Elle est suffisamment intelligente pour savoir que la police ne l'aurait pas arrêté sans preuve.

Mais qu'en est-il de son cas, à elle ?

Natalia est assise devant la vitre carrée, un téléphone appuyé contre son oreille. Son père est de l'autre côté, vêtu de la combinaison orange des prisonniers qu'elle a vue tant de fois à la télé. Elle trouve irréel que son père, qui portait quotidiennement ses pantalons beiges d'intello et ses chemises de costume, soit désormais habillé de la sorte.

– Natalia, chuchote-t-il.

Elle ne l'a jamais vu aussi fatigué, ses yeux sont injectés de sang et ses cernes sombres lui rappellent les siens. Ses cheveux bruns sont décoiffés et il a une barbe, lui qui était toujours rasé de près. La seule chose qui semble normale est qu'il porte encore ses lunettes.

– Papa, marmonne Natalia, chamboulée.

Elle ne sait pas quoi ressentir ni d'ailleurs si elle sera un jour capable de ressentir quoi que ce soit, étant donné l'apathie froide qui a pris racine dans sa poitrine depuis le soir de son arrestation.

– On n'a pas beaucoup de temps, donc je vais faire vite, dit son père en plongeant son regard dans le sien. Tu dois continuer à mettre en œuvre tout ce que je t'ai enseigné.

Une onde frémit sous son apathie. Une onde chaude et laide.

– Comment tu peux penser à ça maintenant ? siffle-t-elle, incrédule.

Il lui adresse un regard désapprobateur, celui qu'elle redoutait quand elle était plus jeune.

– C'est tout ce qui compte, Natalia, gronde-t-il, les yeux noirs et brillants. Nous sommes les derniers Enfants de Kahil. Sans moi, c'est toi qui devras faire perdurer notre héritage. C'est toi qui devras prouver ta foi.

Ce n'est pas ma foi, papa, c'est la tienne. C'est ce que Natalia aimerait répondre, mais elle se tait et fuit son regard. Il serait anéanti si elle le lui refusait, elle en a conscience. Après tout, il tient beaucoup plus aux Dieux du Lendemain qu'il n'a jamais tenu à elle.

Son père a le don troublant de lire dans ses pensées, hélas.

– Je te le demande pour ton propre bien. Tu sais que je t'aime plus que tout au monde, Natalia. Je ferais n'importe quoi pour toi.

Mensonges.

– Regarde-moi, s'il te plaît, chuchote-t-il, et elle obéit malgré elle, levant la tête vers ses yeux désespérés. Le *Livre de Kahil* est dans mon bureau. Prends-le. Lis-le. Fais le nécessaire.

Elle n'a qu'une envie, retourner dans sa maison d'enfance et brûler ce grimoire. Car ce livre ne leur a apporté que des malheurs – maintenant, et *avant* que son père soit arrêté. Tout ce qu'il a fait, tout ce dont elle a été témoin, le rôle qu'elle a joué dans ses actes, faire semblant de ne pas entendre les cris provenant de la cave… tout ça, c'était à cause de ce fichu livre.

– Natalia, mon amour, supplie son père, et elle ne peut plus le regarder. Ne laisse pas notre dur labeur être gâché.

Elle pince ses lèvres et regarde ses mains. Il essaie de lui parler encore, mais elle ne l'écoute plus. Elle ne peut plus l'écouter alors qu'il ne fait que l'implorer d'accomplir les mêmes crimes qu'il a commis au nom d'une foi morte depuis longtemps.

Natalia regarde le milk-shake qu'Amy, l'assistante sociale, lui a apporté, et se demande si elle devrait montrer qu'elle fait un effort après plusieurs jours à ne manger qu'une barre de céréales, et encore.

Toutefois, elle n'a pas faim – ça fait un mois qu'elle n'a pas d'appétit. Les travailleurs de l'orphelinat Augusta essaient constamment de la faire manger, comme Amy qui lui apporte des hamburgers à chaque visite. Quand elle est de meilleure humeur, Natalia fait semblant de manger alors qu'elle passe secrètement sa nourriture à Carter, un garçon de son âge qui a constamment faim. Mais, en général, elle refuse simplement de manger.

S'il y a bien une chose qu'elle déteste, c'est que des adultes essaient de la contrôler.

Amy revient dans la pièce, suivie par un couple d'une quarantaine d'années.

– Tu devrais goûter le milk-shake, ma puce, dit-elle gentiment en désignant la boisson vanille-fraise.

Cependant, Natalia ne pense plus au milk-shake. Elle scrute le couple avec un regard suspicieux, ils lui adressent des sourires chancelants et des regards pleins d'espoir – comme si elle était la réponse à toutes leurs prières.

Ça ne lui donne pas plus envie de boire ce milk-shake débile.

Voyant qu'elle n'est pas d'humeur à coopérer, Amy se racle la gorge et hoche la tête vers le couple.

– Natalia, je te présente Ella et Roger Kazar.

Ella a l'air au bord des larmes quand elle avance vers Natalia et s'accroupit devant sa chaise.

– Salut, dit-elle avec un sourire larmoyant que Natalia ne lui rend pas.

– Salut.

– Roger et moi avons tant entendu parler de toi, poursuit Ella. Et on a hâte de te présenter à notre fils, Logan.

Surprise, Natalia tourne brusquement la tête vers Amy, attendant qu'elle s'explique.

– À partir d'aujourd'hui, Ella et Roger seront tes parents d'accueil, dit-elle en souriant, tout excitée. Ce n'est pas super,

Natalia ? Tu vas avoir de nouveaux parents, une nouvelle maison et même un frère de ton âge !

Le cœur de Natalia se pince. Elle ne voulait pas d'une nouvelle famille. Certes, l'orphelinat n'est pas génial, mais elle n'a toujours eu qu'une famille. Son père. Et malgré tout ce qu'il a fait, elle l'aime. Elle l'aime profondément.

Cependant, elle se tourne vers Monsieur et Madame Kazar, consciente qu'elle n'a pas son mot à dire. Tout ça a déjà été réglé. Ils ne font que l'informer de la suite, ils ne lui demandent pas si ça lui convient.

À leurs yeux, elle est une petite fille qui a besoin qu'on s'occupe d'elle.

En vérité, Natalia est incroyablement mature pour son âge.

Et c'est cette maturité qui lui permet de s'adapter rapidement aux changements. Elle protège donc son cœur et adresse un petit sourire à la femme.

– Merci.

Ella s'effondre, et Roger se met à pleurer aussi. Quant à Amy, elle est folle de joie.

Mais Natalia est en colère.

Et cette colère la pousse à agir de façon impulsive. Elle n'y réfléchit pas, mais elle sait qu'elle doit le faire. Si elle doit faire semblant d'être la fille innocente et ignorante qui fait tout ce qu'on lui dit, elle doit faire ça d'abord.

– Mais j'aimerais que vous m'appeliez par un prénom différent, déclare-t-elle, et les trois adultes rivent leurs yeux sur elle. J'aimerais un nouveau départ, ajoute-t-elle en feignant un sourire timide.

Ella est perplexe, mais elle se détend et sourit jusqu'aux oreilles.

– Bien sûr, ma puce. Et quel est ton nouveau prénom ?

Ce ne sera pas Natalia Zoheir-Henderson. Pas pour ces gens. Pas quand son père est en prison, peut-être à vie, et qu'elle est, elle aussi, sur le point de passer d'une prison à une autre.

Elle utilisera son deuxième prénom. Celui que son père lui a donné, contrairement au premier, pour qu'elle n'oublie jamais d'où elle vient et qui elle est vraiment.

Poussée par une conviction bien plus grande que celle qu'elle n'a jamais ressentie pour les Dieux du Lendemain, elle répond :

– Aileen Henderson.

Composition et mise en pages
Nord Compo à Villeneuve-d'Ascq